FIONA DAVIS

Die Hoffnung der goldenen Jahre

GOLDMANN
Lesen erleben

FIONA DAVIS

Die Hoffnung der goldenen Jahre

Roman

Deutsch von
Doris Heinemann

GOLDMANN

Die amerikanische Originalausgabe erschien 2017
unter dem Titel »The Address« bei Dutton, New York.

Dieses Buch ist auch als E-Book erhältlich.

MIX
Papier aus verantwortungsvollen Quellen
FSC® C014496

Verlagsgruppe Random House FSC® N001967

1. Auflage
Deutsche Erstveröffentlichung Dezember 2018

This edition is published by arrangement with Dutton, an imprint of
Penguin Publishing Group, a division of Penguin Random House LLC.
Umschlaggestaltung: UNO Werbeagentur, München
Umschlagmotiv: Paar: Arcangel/Susan Fox;
Dakota Apartment House: Getty Images/Universal History Archive;
Brücke und Landschaft: istock/robertcicchetti
Redaktion: Ele Zigldrum
An · Herstellung: kw
Satz: Uhl + Massopust, Aalen
Druck und Bindung: GGP Media GmbH, Pößneck
Printed in Germany
ISBN: 978-3-442-48799-8
www.goldmann-verlag.de

Besuchen Sie den Goldmann Verlag im Netz

Für Caitlin, Erin und Lauren

Kapitel 1

London, Juni 1884

Es war der Anblick eines Kindes auf der Fensterbank von Zimmer 510, der Saras Leben auf den Kopf stellte.

Nachdem sie sich mehrere Jahre lang als Zimmermädchen geplagt und dabei mühsam hochgearbeitet hatte, war sie einen Monat zuvor mit der Stellung der Hausdame im Londoner Langham Hotel belohnt worden. Eine ihrer Hauptaufgaben bestand darin, über die Zimmermädchen zu wachen, die allesamt sehr jung und nur in Ausnahmefällen mit einem Funken Verstand begabt waren. Häufig traf Sara sie dabei an, wie sie, statt die Zimmer in Ordnung zu bringen, in den Fluren kicherten oder mit den Hotelpagen flirteten, die Teetabletts und Blumen austrugen.

Heute Morgen war sie in das Büro des Geschäftsführers einbestellt und dafür gerügt worden, dass sie bei der Erfüllung ihrer Aufgaben nicht streng genug vorging.

»Sie sind sehr nachsichtig. Wir fragen uns fast schon, ob Sie nicht einfach noch zu jung für diesen Posten sind«, erklärte Mr Birmingham hinter seinem Schreibtisch aus Walnussholz, der trotz seiner eleganten schmalen Beine in etwa die Ausmaße eines kleinen Bootes hatte.

Sara, die unlängst dreißig geworden war, fühlte sich keineswegs jung und hatte ohnehin nie jugendlichen Leichtsinn an den Tag gelegt. In ihrer Anfangszeit im Langham hatte sie alle auf Vergnügungen zielenden Freundschaftsangebote gleichaltriger Zimmermädchen abgelehnt, weil sie wusste, dass sie sich hervortun musste, wenn sie schnell aufsteigen wollte. Dieses Kalkül hatte sich ausgezahlt, und ihr höherer Lohn machte das Fehlen von Freundinnen mehr als wett.

Doch Mr Birmingham, der seinen Spaß daran hatte, die jüngeren Zimmermädchen zum Weinen zu bringen, war dennoch unzufrieden. Er befahl ihr, Platz zu nehmen. Saras Vorgesetzter war klein und hatte das Pech, dass sein Oberkörper einem Ei mit zwei Dottern glich. Sie überragte diesen Mann um mehrere Zentimeter. Und dennoch blickte Mr Birmingham von seinem thronartigen Sitz irgendwie auf sie herab. Das war bei ihrem letzten Besuch in seinem Büro noch nicht der Fall gewesen. Sie warf einen verstohlenen Blick Richtung Fußboden. Die unteren fünf Zentimeter seiner Stuhlbeine waren leicht anders gefärbt als der Rest. Er hatte sie verlängern lassen.

Als sie wieder zu ihm aufblickte, plusterte er sich auf wie ein Singvogel, offensichtlich verärgert darüber, dass sie es gemerkt hatte.

Sie rutschte auf ihrem Stuhl herum. »Es tut mir leid, Mr Birmingham. Ich werde strenger zu den Mädchen sein.«

»Wenn sie Probleme machen, geben Sie ihnen eine Ohrfeige. Oder noch besser, Sie schicken sie zu mir, und ich übernehme das für Sie.« Er fuhr sich mit der Zunge über die Lippen.

O ja. Sie konnte sich gut vorstellen, dass er das enorm genießen würde. »Gibt es sonst noch etwas?«

»Nein, Mrs Smythe. Fort mit Ihnen.«

Sie musste sich immer noch daran gewöhnen, mit *Mrs* angesprochen zu werden. Seltsam, wie eine einfache Beförderung nicht nur einen Lohn mit sich brachte, von dem sie endlich leben konnte, sondern auch eine Anrede, die nichts mit ihrem Verheirateten- oder eben Nicht-Verheirateten-Status zu tun hatte. Als Hausdame durfte man nicht mit *Miss* angeredet werden. Das gehörte sich einfach nicht. Die Mädchen neigten immer noch dazu, sie mit ihrem Vornamen anzusprechen, auch in diesem Punkt musste sie strenger durchgreifen. Mr Birmingham durfte auf keinen Fall zufällig mitbekommen, dass sie sie *Sara* riefen. Das würde das Fass zum Überlaufen bringen und sie ihren Posten kosten.

An diesem heißen Juninachmittag war sie, nachdem sie durch alle Flure und das Untergeschoss patrouilliert war, um etwaige heimliche Zusammenrottungen zu unterbinden, in ihr Dienstzimmer im fünften Stock zurückgekehrt und wollte noch einmal die Wäschereirechnungen überprüfen. Sie brauchte eine Pause vom Böse-Blicke-Werfen, ihr Gesicht war schon ganz müde von all dem Grimm. Das einzige Fenster des Raums war so weit wie möglich geöffnet, um eine etwaige Brise einzulassen, die Petrus ihr jedoch beharrlich verweigerte. Den ganzen Tag über hatte eine feuchte, schwere Atmosphäre geherrscht, und das Hotel hatte sich ein bisschen so angefühlt – und gerochen – wie die Königlichen Gewächshäuser. Als sich der Vorhang leicht bewegte, stand sie vom Schreibtisch auf, in der Hoffnung, Anzeichen eines aufziehenden Gewitters entdecken zu können.

Zu ihrer Enttäuschung war der Himmel dunstig, aber blau. Sie blickte über den Hof, und da fiel ihr plötzlich ein Stockwerk tiefer eine hautfarbene Bewegung auf, ein rundliches Ärmchen, eine kleine Hand, die jetzt nach dem Rand der Fensterbank griff. Hastig folgte der andere Arm, eine zweite kleine Hand umschloss den Rand des Fensterbretts, und ein blonder Lockenkopf beugte sich vor. Hinten auf diesem Lockenkopf saß etwas schief eine Haarschleife aus Samt. Sara hielt den Atem an. Sicher würde gleich ein Erwachsener auftauchen und das Mädchen zurück ins Zimmer holen.

Mit einiger Mühe zog es sich jetzt bis auf Brusthöhe zur Fensterbank hoch und verhielt dann eine Sekunde, um mit über der Brüstung baumelnden Armen nach unten zu schauen. Sara überlegte fieberhaft, wie sie das Kind außer Gefahr bringen konnte. Wenn sie nach ihm rief, würde es möglicherweise so erschrecken, dass es sich noch weiter vorbeugte. Noch immer war keine Aufsichtsperson in Sicht. Zu ihrem Schrecken wurde jetzt ein Fuß hochgeschwungen und über die Fensterbank geschoben – schon drei Gliedmaßen! Das Mädchen kletterte am Fenster hoch, vielleicht hoffte es auf frischere Luft außerhalb des stickigen Raums.

Es war höchste Zeit. Sara stürzte aus ihrem Dienstzimmer und den Gang hinunter, eine Hand um den großen Schlüsselbund gekrampft, der an ihrer Taille hing. Sie raffte ihre Röcke weit höher, als der Anstand es erlaubte, und rannte die Treppe hinunter, den Blick direkt vor die Füße gerichtet, um auf dem glatten Marmor nicht ins Straucheln zu geraten. Im vierten Stock verließen gerade einige Gäste den Lift, und sie entschuldigte sich flüchtig, als sie an ihnen vorbeischoss, behielt jedoch ihr Tempo bei. Dann kam eine Biegung nach links und eine, wie ihr schien, endlose Strecke bis Zimmer 410. Klopfen kam nicht in Frage, es konnte das Kind erschrecken, und in einem solchen Moment machte es nichts aus, dass sie einfach hereinplatzte, auch wenn es gegen jede Hotelregel verstieß.

Der Schlüssel drehte sich leise im Schloss, und sie trat ein. Das Mädchen in seinem hellrosa Kleid stand inzwischen aufrecht auf der Fensterbank und hielt sich mit einer Hand am Fensterrahmen fest. Sie war etwa drei Jahre alt. Wieso war sie allein?

Jetzt tauchten schwer atmend Walter, einer der Hausdiener, und Mabel, das leitende Zimmermädchen des Stockwerks, neben ihr auf. Wahrscheinlich waren sie ihr hinterhergerannt, weil sie ahnten, dass etwas Schlimmes drohte oder schon geschehen war.

Sara streckte die Arme aus, um die beiden daran zu hindern, weiter in das Zimmer zu treten. »Psst. Wir dürfen sie nicht aus dem Gleichgewicht bringen.«

»Wo ist das Kindermädchen?«, flüsterte Mabel. »Ist jemand im Schlafzimmer?«

»Ich weiß nicht.« Sara machte einen Schritt vorwärts, als betrete sie unsicheres Gelände. Der dicke Teppich dämpfte das Geräusch.

Als sie näher kam, hörte sie, dass das Mädchen leise vor sich hin sang. Ein Wiegenlied über ein Kind in einem Baumwipfel.

Jetzt wandte es den Kopf und sah Sara an. Der rosige Mund öffnete sich, die Augen wurden weit.

Sara streckte eine Hand aus, die Handfläche nach oben, und begann die Melodie leise weiterzusummen. Darauf lachte die Kleine, doch ihre Stimmung war so unbeständig wie die aller Kinder ihres Alters, und schon sammelten sich Tränen in ihren Augen.

»Mama!«, rief sie flehentlich und schüttelte dann den Kopf. Sara wagte sich nicht mehr weiter vor, ihre Muskeln verkrampften sich in der Anstrengung, sich nur ja nicht zu bewegen. Ein Luftzug von draußen ließ die Locken des Mädchens aufwehen und brachte es ganz leicht ins Schwanken. Sollte sie nach hinten fallen, dann würde Sara gerade zur rechten Zeit da sein können, um den Sturz abzufangen.

Doch stattdessen setzte das Mädchen dem Luftstoß ein bisschen zu viel Widerstand entgegen, und seine Hand begann vom Fensterrahmen abzurutschen. So kleine Fingernägel, so kleine Finger.

Sara hechtete nach vorn. Ihre Hand krallte sich in den weiten Rock des Kleidchens, sie packte so viel Stoff wie irgend möglich und zog mit aller Kraft. Das Mädchen schrie auf und fiel von der Fensterbank, zurück ins Zimmer. In einem Wirrwarr von Gliedmaßen und Stoff trafen sie gleichzeitig auf dem Boden auf, die Kleine praktisch auf Saras Schoß.

Sie wandte sich um und sah Sara überrascht blinzelnd an. Sara war darauf gefasst, dass sie weinen würde, doch stattdessen begann sie wieder zu summen und streckte eine Hand aus, um Saras Kinn zu streicheln.

»Gut gemacht, und gerade noch rechtzeitig«, sagte Walter mit einem tiefen Seufzer, als er und Mabel sie in die Mitte nahmen.

»Glauben Sie, sie hat sich wehgetan?«, fragte Sara.

»O nein, kein bisschen. Sie haben sie abgefangen. Aber ist bei Ihnen alles in Ordnung?« Mabel nahm ihr das Kind ab, während sich Sara von Walter wieder auf die Füße helfen ließ. Sie war gerade dabei, ihre Röcke glattzustreichen und ihre Hüfte zu reiben, auf der am nächsten Tag wahrscheinlich ein großer blauer Fleck prangen würde, als eine hochgewachsene, schlanke Frau in der Tür erschien.

»Was in aller Welt geht hier vor?«, fragte sie und umfasste die Hand eines Mädchens, das ein paar Jahre älter war als das in Mabels Armen.

Sofort stand Sara die Eintragung im Gästebuch vor Augen: The Honourable Mrs Theodore Camden. Sie reiste mit drei Kindern, einem Ehemann und einem kleinen Gefolge von Dienstboten. Mr Birmingham hatte Sara eingeschärft, dass den Camdens alle Wünsche von den Augen abgelesen werden mussten, weil Mrs Camden die Tochter eines Barons war.

Sara trat vor. »Die Kleine stand auf der Fensterbank, und wir holten sie ins Zimmer zurück.«

»Es war eher so, dass sie ihr das Leben gerettet hat«, mischte sich Walter ein. »Mrs Smythe konnte sie durch einen beherzten Sprung gerade noch rechtzeitig zurück ins Zimmer ziehen.«

Die Kleine schien jetzt die Anspannung der Erwachsenen ringsum zu spüren und begann zu weinen. Die Frau stürzte zu ihr, riss sie Mabel aus den Armen und drückte sie an sich. Als das Weinen nachließ, sah Mrs Camden auf, als würde sie sie alle zum ersten Mal wahrnehmen.

»Ich danke Ihnen für Ihre Hilfe, aber wo ist das Kindermädchen?«

Wie aufs Stichwort erschien jetzt ein eher reizloses Mädchen in der Tür.

»Ma'am?«, fragte sie, einen Ausdruck der Verwirrung auf dem Gesicht.

»Miss Morgan, wo waren Sie? Lula wäre während Ihrer Abwesenheit beinahe in den Tod gestürzt.«

»Wie meinen Sie das?« Die junge Frau sah jeden im Raum an. »Ich war nur eine Minute lang weg, um an der Rezeption eine Postkarte einzuwerfen. Ich dachte, Mr Camden wäre hier gewesen.« Ihre Stimme war leiser geworden, sie sah sich um, als wollte sie Mr Camden herbeizaubern.

»Sie hätten hier sein und auf die Kinder aufpassen sollen!«

Die Kleine barg das Gesicht an der Schulter der Mutter und begann wieder zu weinen.

»Wo ist Luther?« Mrs Camden stürzte in das Zimmer nebenan, und alle folgten ihr. Da lag noch ein Kind – etwa in Lulas Alter – fest schlafend auf dem großen Bett, die feuchten Locken klebten ihm an der Stirn.

Sara, die neben Mrs Camden stand, konnte regelrecht fühlen, wie in einer Art Nachbeben erst Angst und dann Erleichterung durch den Körper dieser Frau gingen. Das Kindermädchen übernahm Lula von Mrs Camden und begann, sie zu beruhigen, wich dabei aber dem Blick ihrer Arbeitgeberin aus.

Wie schrecklich, wenn etwas passiert wäre. Zwei Kleinkinder allein mit einem weit offenen Fenster, einfach unvorstellbar. Sara wandte sich Mrs Camden zu. Diese hatte ein fein geschnittenes Profil, ihr Haar war blond, doch ihre braunen Augen wurden von dicken schwarzen Wimpern beschattet. Sara war im Langham unzähligen Mitgliedern des Adels begegnet, sie bewegten sich alle auf dieselbe Weise durch die Welt – im sicheren Vertrauen darauf, dass man ihnen jeden ihrer Wünsche erfüllen würde. Nur selten begegnete man jemandem von ihnen in einer Notsituation.

Sara spürte Walters und Mabels Anwesenheit in ihrem Rücken und entwickelte eine Art Beschützerinstinkt gegenüber der Würde dieser Frau. »Können wir sonst noch etwas für Sie tun, Mrs Camden?«, fragte sie.

»Nein, das ist alles.« Mrs Camdens Gesicht wurde weicher. »Danke, dass Sie sie gerettet haben.«

»Keine Ursache, Ma'am.« Sara nickte Walter und Mabel zu und ging ihnen voraus aus dem Zimmer. Kaum hatte sich die Tür hinter ihnen geschlossen, seufzte Sara erleichtert auf.

»Das war wirklich knapp.« Walter rieb sich mit dem Handrücken über die Stirn.

»Sie waren atemberaubend, Sara, ich meine, Mrs Smythe«, sagte Mabel.

Am liebsten wäre Sara einfach auf dem Boden zusammengesunken, doch ein derartiges Schauspiel durfte sie ihren Untergebenen nicht bieten.

»Mehr als genug Aufregung für einen Tag, zurück an die Arbeit. Und bitte, Mabel, denken Sie daran, mich korrekt anzureden.«

»Gewiss, Mrs Smythe.«

Sara wandte sich ab und ging den Flur hinunter, dankbar dafür, dass ihre zitternden Knie von mehreren Rock- und Unterrockschichten verborgen wurden.

* * *

Wann immer Sara an diesem Tag an die Ereignisse in Zimmer 410 zurückdachte, begann ihr Herz wild gegen die Rippen zu klopfen. Was, wenn sie das Kind nicht rechtzeitig hätte packen können? Was, wenn sie über die Brüstung geschaut und auf dem harten Boden des Hofes ein lebloser, zerschmetterter Körper gelegen hätte? An Schlaf würde heute Nacht in ihrem stickigen Zimmer in Bayswater nicht zu denken sein.

Doch bis dahin gab es noch genug für sie zu tun. Sie prüfte die Rechnungen zu Ende und wollte gerade aufbrechen, um zu kontrollieren, ob die Betten in den Zimmern korrekt für die Nacht aufgeschlagen worden waren, als ein Mann an die Tür ihres Büros klopfte. Dass es ein Mann war, erkannte sie am harten, hohlen Klang. Das Anklopfen der Zimmermädchen war kaum hörbar, es entschuldigte sich gewissermaßen schon für die Störung, doch die Männer, sei es nun Mr Birmingham oder der Hausmeister, hatten da keinerlei Skrupel.

Sie stand auf und öffnete die Tür, darauf gefasst, dass Mr Birmingham extra zu ihr heraufgekommen war, um sie wegen des unangenehmen Auftritts zur Rede zu stellen. Stattdessen blickte ein Fremder auf sie herunter. Und trat einen Schritt zurück, als hätte er ihr Unbehagen gespürt. »Mrs Smythe?«

»Ja. Kann ich Ihnen helfen, Sir?« Er war eindeutig Hotelgast, er trug einen perfekt maßgeschneiderten Anzug und unter dem Arm einen seidenen Zylinder.

»Bitte entschuldigen Sie, dass ich hier einfach eindringe.« Er wischte sich mit seiner großen Hand über die Stirn. »Wie halten Sie es bei dieser unerträglichen Hitze nur hier oben aus?«

»Zum Glück ist es selten so heiß.«

»Sie haben, glaube ich, heute meine Tochter Lula gerettet. Dafür wollte ich Ihnen persönlich danken. Mein Name ist Theodore Camden.« Er hatte eine warme Tenorstimme und sprach mit amerikanischem Akzent.

Sara bot ihm mit einer Handbewegung einen Platz auf der anderen Seite ihres Schreibtischs an. Er bewegte sich mit einer angesichts seiner Größe nicht zu erwartenden Anmut. Nichts an ihm war nach üblichen Maßstäben schön. Der Kopf war klein im Verhältnis zu den breiten Schultern, die Augen engstehend über der unregelmäßigen Nase. Aber alles zusammengenommen machte ihn geradezu magisch anziehend. Sie setzte sich, senkte den Blick und klappte das Kontobuch zu, um ihn nicht weiter anzustarren.

»Ich bin froh, dass sie heil und in Sicherheit ist. Es geht ihr doch gut, oder?« Sie dachte an die weinende Lula.

»Ja. Sie bekam ein Stück Biskuitkuchen spendiert, und darüber hat sie den Vorfall völlig vergessen.« Er lachte in sich hinein, doch dann huschte ein schmerzvoller Ausdruck über sein Gesicht. »Ich weiß nicht, was passiert wäre, wenn Sie nicht rechtzeitig gekommen wären. Die Zwillinge, Lula und Luther, geraten ständig in Schwierigkeiten.«

»Am besten denken wir gar nicht mehr darüber nach.«

Sara wusste nicht, wie sie sich verhalten sollte. Noch nie hatte sie einen Hotelgast in ihrem kleinen Büro gehabt, und er war so groß, dass er sehr viel Platz darin einnahm.

»Woher wussten Sie, was los war?« Mr Camden lehnte sich auf seinem Stuhl zurück und legte den Hut auf die Knie. Ihm schien nicht klar zu sein, wie unschicklich es war, dass sie hier so zusammensaßen, auch wenn die Tür offen stand, sodass nichts Ungehöriges unterstellt werden konnte. Er schien diese Zusammenkunft geradezu zu genießen, obwohl die meisten Gäste nicht im Traum daran dachten, sich mit dem Personal auf Gespräche einzulassen.

»Von meinem Fenster aus kann ich Ihr Zimmer sehen. Ich stand am Fenster, um ein wenig Luft zu schnappen, und dabei sah ich sie aufs Fensterbrett klettern.«

»Das Kindermädchen sollte auf die Zwillinge aufpassen, während meine Frau ausgegangen war. Unnötig zu sagen, dass wir ihr fristlos gekündigt haben.«

»Nun, zum Glück ist ja alles gut ausgegangen.« Außer für das Kindermädchen natürlich.

»Wie viel Personal gibt es hier im Verhältnis zur Gästezahl?«

Eine seltsame Frage. »Wir haben dreihundert Zimmer und etwa vierhundert Angestellte.«

»Wie lange sind Sie schon Hausdame?«

»Es ist mein erster Monat.« Er war nicht zu ihr heraufgekommen, um sich nur zu bedanken, ganz sicher nicht. Hinter seinen Fragen steckte etwas anderes. Sie nahm die Schultern zurück und lehnte sich leicht vor, als würde sie sich gegen einen Wind stemmen, um ihn genauer unter die Lupe zu nehmen. »Aber ich arbeite hier schon seit elf Jahren in verschiedenen Positionen.«

»Dann kennen Sie das Haus gut.«

»O ja.«

»Mr Birmingham sagt, dass Sie sehr tüchtig sind.«

Mr Camden hatte sich also nach ihr erkundigt. »Nett von ihm, dass er das sagt.«

»Das Langham ist ein großes Haus. Und schön gebaut.«

»Ja.« Die Amerikaner waren wirklich seltsam. Er schien es überhaupt nicht eilig zu haben, zu seiner Familie zurückzukehren. Ob Mr Birmingham ihn zu ihr hinaufgeschickt hatte, um sie irgendwie zu testen? »Ich arbeite sehr gern hier.«

»In diesem Hotel gab es die ersten hydraulischen Aufzüge in England. Wussten Sie das?«

Vielleicht gehörte er zu den Männern, die solches Wissen sammelten, um damit angeben zu können. Sie nickte.

Mr Camden lächelte. »Ich rede und rede, bitte verzeihen Sie. Ich versuche nur herauszufinden, wie ich Ihnen danken kann.«

»Das ist ganz unnötig. Wir alle hier im Hotel tun für die Gäste, was wir können.«

»Sie haben mehr getan. Ich hoffe nur, Sie haben sich dabei nicht verletzt.«

»Nein, gar nicht.«

Eins der Wäschereimädchen steckte den Kopf durch die offene Tür und zuckte erschrocken zurück, als sie Mr Camden entdeckte.

»Bitte entschuldigen Sie, Mrs Smythe, ich komme später wieder.«

»Schon in Ordnung, Edwina.«

»Edwina? So hieß auch meine Mutter.« Mr Camden drehte sich um und lächelte das Mädchen an. Er strahlte vor Vergnügen. »Edwina, dürften wir Sie um etwas Tee bitten?«

Er wollte länger bleiben. Aber sie konnte sich nicht vorstellen, wozu. Edwina sah Sara an. In ihren Augen stand derselbe leichte Schrecken, der sicher auch in ihren eigenen zu lesen war, doch Sara riss sich zusammen. »Ja, bitte, Edwina.«

Das Mädchen verzog sich, und Mr Camden wandte sich wieder Sara zu. »Natürlich nur, wenn ich Sie nicht von Wichtigerem abhalte.«

»Gar nicht. Aber wir brauchen wirklich nicht mehr über diesen Zwischenfall zu reden. Es ist ja alles gut.«

»Darf ich Sie nach Ihrer Vorgeschichte fragen?«

»Ich glaube nicht, dass die etwas zur Sache tut, Mr Camden.«

Er errötete. Sie hatte ihn nicht in Verlegenheit bringen, nur das Gespräch in andere Bahnen lenken wollen. Doch wie schnell er rot geworden war, wie ein kleiner Schuljunge. Er legte den Kopf schief und stotterte: »Ich meine natürlich in beruflicher Hinsicht. Ich wüsste gern, wie ein Riesenhaus wie dieses immer weiter funktioniert, von Tag zu Tag, egal, was passiert.«

»Ich kann Ihnen versichern, dass wir selten Zwischenfälle wie den heute erleben. Die meiste Zeit läuft das Hotel wie eine gut geölte Maschine.« So drückte sich Mr Birmingham gern aus. Sie hatte es nie gemocht, weil die Angestellten aus Fleisch und Blut so zu Rädchen im Getriebe herabgewürdigt wurden, doch sie wusste nicht mehr, wie sie das Gespräch mit Mr Camden in Gang halten sollte.

»Natürlich. Was ist Ihrer Meinung nach das größte Problem für die Angestellten?«

Sie dachte nach. »Wir sind in jeder Beziehung ein Grandhotel, Mr Camden. Wir gehen auf jeden Wunsch und jede Laune der Gäste ein. Was manchmal zum Jonglierkunststück wird, denn wir haben eine hohe Fluktuation.«

»Bringen viele Gäste ihre eigenen Dienstboten mit?«

»Ja, natürlich. Dennoch müssen auch ihre Räume gereinigt und gelüftet werden. Die Zofen und Butler haben ihre ganz eigenen Aufgaben, die mit den Hotelannehmlichkeiten nichts zu tun haben.«

»Haben Sie auch vor Ihrer Anstellung hier solche Hauspersonalaufgaben erfüllt?«

»Nein. Allerdings war meine Mutter Haushälterin bei einem Earl. Ich habe eine Schneiderlehre gemacht, bevor ich hierherkam.«

»Und endeten dann doch als Dienstmädchen?«

Sie hätte ihm nie so viel aus ihrer eigenen Vergangenheit erzählen dürfen. Doch etwas am Verhalten dieses Mannes hatte sie bewogen, mehr preiszugeben, als gut war. Und jetzt war sie auf schwieriges Terrain geraten.

Zu Saras Erleichterung kam nun der Tee. Ein Schlusspunkt für Mr Camdens unaufhörliche Fragen. Sie würde die Rollen umkehren und wieder Oberhand gewinnen. Während sie den Tee einschenkte, erkundigte sie sich nach seiner Arbeit. Amerikaner schienen sehr gern ausführlichst über ihre Leistungen zu plaudern.

Er ging sofort darauf ein. »Ich helfe beim Bau eines Apartmenthauses in New York City.«

»Sind Sic Architekt?«

Er strahlte. »Ja. Ich arbeite für den großen Henry Hardenbergh.«

Sara schüttelte bedauernd den Kopf. »Ich fürchte, ich kenne diesen Namen nicht.«

»Er erobert New York City im Sturm. Er hat ein Haus entworfen, in dem die besten Familien elegant und in aller Privatheit leben können und sich Dinge wie Wäschereien und Haushaltsdienstleistungen teilen. Wir haben sogar einen Schneider und einen Bäcker im Team. Sehen Sie, deshalb fasziniert mich das innere Getriebe eines Hotels. Wer es am Laufen hält und wie.«

Das erklärte alles. Ihre Schultern entspannten sich, sie lächelte ihn freundlich an, erleichtert darüber, dass nicht Mr Birmingham hinter all den Fragen steckte. »Das klingt nach einem wirklich großen Vorhaben.«

»Das Dakota, so wird es heißen, wird die Art und Weise verändern, wie die Oberklasse der Stadt wohnt. Im Augenblick residiert die New Yorker Elite in Brownstone-Häusern, die ihren Terraced Houses, etwa am Grosvenor Square, entsprechen. Das heißt, es lebt immer nur eine Familie in einem Haus. Sich Räume und Einrichtungen mit anderen zu teilen, wie es etwa in Frankreich vorkommt, gilt als unpassend.«

»Und warum?«

»Es hat zu viel Ähnlichkeit mit Behausungen für die Arbeiterklasse, wo Dutzende Familien in Armut und Schmutz zusammenleben.«

Fast ohne Atem zu holen, redete er immer weiter über das neue Gebäude, und Sara trank rasch ihren Tee, um endlich ihre trockene Kehle zu erfrischen. Schließlich zückte Mr Camden seine Taschenuhr. »Ich muss gehen. Wir brechen sehr früh auf, wir fahren nach New York zurück. Sagen Sie, Sie hätten nicht Lust, im Dakota zu arbeiten?«

Porzellan schepperte gegen Porzellan. Als er es gesagt hatte, hatte sie zu ihm aufgeblickt und mit der Tasse die Mitte der Untertasse verfehlt.

Er lachte. »Ich sehe, ich habe Sie überrumpelt. Wir

brauchen jemand, der sich um die Organisation von Reinigung und Hauswirtschaft kümmert, und Sie sind offensichtlich sehr qualifiziert. New York City ist eine aufregende Stadt, das kann ich Ihnen sagen. Ich könnte Sie Mr Douglas empfehlen, dem Verwalter des Gebäudes.«

Er sprudelte es hervor, als wäre er gerade erst auf die Idee gekommen. Typisch amerikanische Gedankenlosigkeit. So ein alberner Vorschlag, in ein anderes Land zu gehen, wo sie doch hier eine absolut gute Stelle hatte, auch wenn Mr Birmingham nie wirklich zufrieden war.

»Ich bin da, wo ich bin, durchaus glücklich, Mr Camden. Aber vielen Dank für das Angebot.«

»Ich meine es ernst.« Seine Stimme und sein Gesicht wurden lebhaft, als er in die Details ging. »Ich werde Ihnen nach meiner Rückkehr einen offiziellen Brief schicken und auch eine Geldanweisung für die Überfahrt. Die Eröffnung soll Ende Oktober stattfinden. Denken Sie darüber nach. Es ist das Mindeste, was ich für Sie tun kann, nach dem, was Sie heute für meine Familie getan haben. Werden Sie es in Betracht ziehen?«

Sie schüttelte den Kopf. Er lebte ganz im Augenblick, ein impulsiver Amerikaner wie so viele andere, denen sie im Langham begegnet war. Zu laut, zu distanzlos, ohne jeden Sinn für Schicklichkeit.

»Nein, Mr Camden. Aber vielen Dank. Bitte lassen Sie es mich wissen, wenn Sie während Ihres Aufenthalts noch etwas benötigen. Ich wünsche Ihnen einen schönen Tag.«

Als er aufbrach, schloss sie die Tür hinter ihm und trat an ihr Fenster. Das von Zimmer 410 war fest geschlossen, und die Vorhänge waren zugezogen. Sehr gut.

Für einen Tag hatte sie mehr als genug Aufregungen gehabt.

Kapitel 2

Fishbourne, August 1884

Ich weiß wirklich nicht, warum du dir die Mühe machst und mich besuchst. Es geht mir sehr gut.« Mit zitternden Händen zog Saras Mutter die Wolldecke enger um sich, und Sara unterdrückte den Impuls, aufzuspringen und sie ihr um die schmaler werdenden Schultern zu legen. Damit hätte sie sie nur noch mehr verärgert.

Sie nippte an ihrem Sherry. »Ich komme doch jedes Jahr um diese Zeit. Weißt du noch? Mein Urlaub vom Hotel.«

»Natürlich weiß ich das noch; ich bin im Vollbesitz meiner geistigen Kräfte, Sara.« Die Mutter richtete ihre blauen Augen auf ihre Tochter und runzelte die Stirn. »Ich verstehe nur nicht, was das alles soll. Du hättest genauso gut in London bleiben und dir die Finger wund arbeiten können, da dir das doch so viel Freude macht. Ich denke wirklich darüber nach, ob ich nicht mit Seiner Lordschaft darüber sprechen sollte.«

Sie saßen am Kamin des Cottages in Fishbourne, wo sich ihre Mutter Jahre zuvor niedergelassen hatte, nachdem sie ihre Stellung auf dem vierzig Meilen ostwärts gelegenen Besitz des Earls of Chichester verloren hatte. Selbst an den langen Augustabenden war das Haus noch so kühl und klamm wie an einem Novembermorgen, als würden die Mauern, ebenso wie ihre Mutter, alle von außen kommende Wärme abwehren.

Sara versuchte, sie in die Gegenwart zurückzuführen. »Du arbeitest gar nicht mehr für Seine Lordschaft, weißt du noch? Schon seit dreißig Jahren nicht mehr.« Eine leicht zu merkende Zahl.

Ihre Mutter schüttelte den Kopf. »Nein, das glaube ich nicht.« Ihre Worte schienen aus weiter Ferne zu kommen, als spräche sie vom anderen Ende eines langen Tunnels her.

»Ich bin jetzt Hausdame im Langham, genauso wie du damals in Stanmer House.«

»Ich werde nie verstehen, warum du in die Fußstapfen deiner Mutter trittst, obwohl ich dir jede Chance gegeben habe, etwas Besseres aus dir zu machen.« Sie hob eine Hand. »Schenk mir noch etwas Sherry nach.«

Schon als sie noch bei vollem Verstand gewesen war, hatte Saras Mutter Sara und die Zugehfrau, deren Lohn zu einem Großteil von Sara finanziert wurde, ohne jedes Danke oder Bitte herumkommandiert. Vielleicht lebte sie in ihrer Fantasie ein anderes Leben, eines, in dem Seine Lordschaft sie nicht nur geschwängert, sondern danach geheiratet hatte, und das nichts mit der Realität zu tun hatte, in der sie sich tagaus tagein hatte abrackern müssen, bis sie so sehr zitterte, dass sie nicht einmal mehr eine Teetasse in der Hand halten konnte.

Nachdem Sara ihr nachgeschenkt und ihr das Glas an die Lippen gehalten hatte, setzte sie sich auf das kleine Sofa und griff nach einem Unterrock, der geflickt werden musste. Sie spürte den Blick ihrer Mutter auf den Händen, als sie geschickt den gerissenen Saum zusammenheftete.

»Deine Stiche sind feiner als meine.«

Ein Kompliment. Sara hielt den Blick auf ihre Arbeit gesenkt, sie wusste, dass sie diesen Moment leicht verderben konnte. »Danke, Mum.«

»Ich kann immer noch nicht verstehen, dass du Mrs Ainsworth verlassen hast, um nach London zu gehen. Mit deinen flinken Händen hättest du ein Vermögen machen können.«

»Es war einfach nicht das Richtige.«

»Du hast dir eine gute Gelegenheit entgehen lassen, wenn du mich fragst. Mrs Ainsworth' Mann ist vor drei Monaten gestorben, habe ich dir das schon erzählt? Er wurde von einer Kutsche überfahren.«

Die vermutlich von einer der Frauen gelenkt wurde, die bei seiner Frau in die Lehre gegangen waren. Hätte Sara die Möglichkeit gehabt, hätte auch sie ihn überfahren.

»London gefällt mir gut. Das Langham ist ein erstklassiges Hotel. Genauso groß wie Stanmer House, aber es gehen jeden Tag viel mehr Leute ein und aus.«

»Aber ist es die richtige Art von Leuten?«

»Ich denke schon, schließlich können sie für ein Hotelzimmer fünfzehn Shilling pro Nacht ausgeben.« Dieses Gespräch führten sie jedes Jahr, und Sara musste jedes Mal ihren Entschluss verteidigen.

»Du arbeitest in einem Hotel. Erstklassig hin oder her, ein Hotel ist nicht der rechte Ort für ein anständiges Mädchen. Geld ist kein Zeichen für gute Erziehung.«

»Genauso wenig wie gute Erziehung für eine hohe Moral.«

Ihre Mutter zog scharf die Luft ein. Sara blickte auf und wollte sich schon entschuldigen, doch ihre Mutter sprach hastig weiter. »Davon hast du keine Ahnung.«

»Natürlich nicht, Mum.« Um das Thema zu wechseln, sprach sie aus, was ihr gerade durch den Kopf ging. »Ich habe ein neues Angebot bekommen.« Seit sie im Haus ihrer Mutter war, hatte sie es vor sich hergeschoben, ihr von Mr Camdens Brief zu erzählen, weil sie wusste, dass sie nur mit noch größerer Geringschätzung reagieren würde. Aber jetzt wollte sie ihr etwas beweisen.

»So? Und was für eins?«

»Als leitende Hausdame in einem großen Apartmenthaus in New York City.«

Da. Nun war es heraus.

Das Gesicht ihrer Mutter erstarrte. »In den Staaten?«

»Ja. Weißt du, die Tochter eines Gastes wäre fast aus dem Fenster gefallen, ich sah es zufällig und konnte sie retten. Ihr Vater war mir so dankbar, dass er mir diese Stellung angeboten hat.«

Ihre Mutter schwieg einen Moment lang. Sara verknotete den Faden und faltete den Unterrock zusammen, wobei sie den schmutzigen Stoff auf ihrem

Schoß glattstrich. Morgen würde sie ihn gründlich waschen.

Zugegebenermaßen war sie geschockt gewesen, als der Brief ankam, in dem sie offiziell gebeten wurde, nach Amerika zu kommen, und der neben einem Scheck für ihre Ausgaben eine Zweite-Klasse-Passage auf einem Schiff ab Liverpool enthielt. Mr Camden hatte sie gebeten, über das Angebot nachzudenken und, falls sie es ablehnen sollte, Geld und Schiffspassage zurückzuschicken. Es hatte sie überrascht, dass er ihr nach so kurzer Bekanntschaft so sehr vertraut hatte.

»Das Mädchen fiel aus dem Fenster?«

»Fast. Aber ich kam gerade noch rechtzeitig. Ehrlich gesagt weiß ich nicht so genau, was ich tun soll.«

»Wenn du nach Amerika gehst, sehe ich dich nie wieder.« Die Äußerung war eine Feststellung von Tatsachen, nur ein leichtes Zittern in der Stimme verriet ihre Sorge.

»Die Überfahrt dauert nur eine Woche. Ich kann zurückkommen und dich besuchen.«

»Wie bald sollst du dort sein?«

»Das Apartmenthaus soll Ende Oktober fertig sein, und sie möchten, dass ich einen Monat vorher da bin, um alles vorzubereiten.«

»Du kannst wohl nie bei einer Sache bleiben, oder? Immer musst du neue Risiken eingehen, immer setzt du dir etwas Neues in den Kopf.«

»Mutter, ich arbeite seit elf Jahren im Langham. Ich denke, meine Beständigkeit steht also außer Frage. Es geht um mehr Geld, viel mehr Geld. Was bedeutet, dass wir dir sowohl einen neuen Unterrock kaufen als auch Avril anstellen können, damit sie sich um dich kümmert. Wir müssten uns dann nicht mehr für eines von beidem entscheiden.«

»Avril hat ein Spatzenhirn. Und wozu brauche ich Geld? Ich sterbe sowieso bald.«

»Nein, so bald stirbst du nicht.«

»Dr. Torrington ist da anderer Meinung.«

»Er sagte mir, dass es dir gut geht.«

Ihre Mutter wandte den Kopf ab und schloss die Augen, das Thema war beendet.

Später am Abend, nachdem Sara ihrer Mutter ins Bett geholfen hatte und sie durch die Wand schnarchen hören konnte, ging sie zum Bücherregal und holte vom obersten Brett eine Blechdose herunter. Das tat sie bei jedem Besuch, sie hatte jedes Jahr nachgesehen, nachdem sie, mit zehn Jahren, die Dose zum ersten Mal geöffnet hatte. Darin waren vier Briefe von Lord Chichester an ihre Mum, alle ziemlich geschäftsmäßig, es ging darin um Saras Wohl und die damit verbundenen Ausgaben, für die gesorgt sein sollte, solange sie sich fernzuhalten versprachen.

Sara hatte ihrer Mutter die Briefe gezeigt und eine vitriolgetränkte Reaktion erlebt, als hätte ihre Mutter schon seit Langem auf diesen Augenblick der Wahrheit gewartet. Wütend hatte sie erzählt, sie sei von der Countess aus dem Haus geworfen worden und nun verbannt und überdies mit einem undankbaren Kind gestraft. Von da an diente jeder kleine Fehltritt Saras als Vorwand dafür, ihr die Schuld für den sozialen Absturz ihrer Mutter zuzuweisen. Die Rolle des Earls of Chichester in dieser Sache blieb selbstverständlich unerwähnt.

Ihre Mutter hatte es geliebt, den Haushalt von Stanmer House zu leiten. Mit ihrem militärischen Ordnungssinn hatte sie ihre Aufgabe bestens erfüllt, und Sara war sicher, dass sie Lord Chichester mit der Hingabe eines Schoßhündchens angebetet hatte. Zum Dank war sie fortgeschickt worden. Wie schrecklich es für sie gewesen sein musste, den großen Schlüsselbund, das Zeichen ihrer Macht über fast jeden anderen Dienstboten im Haus, von seinem angestammten Platz an ihrer dicker werdenden Taille zu entfernen.

Ihre Mutter hatte sich zurückgezogen und erwartet, dass Sara ihre Sache besser machen würde. Doch trotz der wilden Entschlossenheit der Mutter hatte Sara als Lehrling versagt und war nur ein einfaches Dienstmädchen geworden. Das hatte ihre Mutter ihr nie vergeben, und sie hatte sie auch nie nach dem Grund für den plötzlichen Sinneswandel gefragt. Den Sara ihr auf keinen Fall genannt hätte.

Dennoch, wie grausam es für ihre Mutter gewesen sein musste, aus der vertrauten Rolle und Umgebung herausgerissen zu werden. Sich nach Jahren treuer Dienste verstecken zu müssen. Eine Ungerechtigkeit, die Sara empörte, zumal ihre eigene Stellung im Langham ähnlich gefährdet war, denn wie kompetent auch immer sie ihre Aufgaben erfüllte, sie hing von Mr Birminghams tyrannischen Launen ab. Immerhin hatte ihre etwas seltsame, kurze Begegnung mit Mr Camden sie daran erinnert, dass sie ihre Arbeit tatsächlich gut machte.

Im Moment ihrer Beförderung hatte sie die Herausforderung, die vielen Pflichten einer Hausdame unter einen Hut zu bringen, freudig erregt. Wie ein General im Krieg stellte sie ihre Truppen auf und gewährleistete dabei die Präzision und Qualität, die das Langham zu einem der ersten Häuser Londons gemacht hatten. Doch für Mr Birmingham war es nie genug, und in jüngster Zeit hatte diese Aufgabe ihre Nerven anzugreifen begonnen. Den ganzen Tag lang arbeitete sie wie besessen, fiel dann erschöpft ins Bett und konnte doch nicht schlafen, weil am nächsten Morgen so viel Dringendes anstand: beispielsweise die reizbare Chefin der Wäscherei mit Schmeicheleien dazu bewegen, bei den Bettlaken weniger Bleiche zu verwenden, und herausfinden, welches Zimmermädchen einen Schildpattkamm aus Zimmer 322 gestohlen hatte.

Sie legte die Briefe wieder weg und verließ das Haus durch die Hintertür. Die kräftigen Lilienstängel lagen wie gefallene Wachtposten quer über dem Gartenweg. Der orangefarbene Abendhimmel spiegelte sich im Teich, und es war, als stünden Himmel und Wasser in Flammen. Sie war dreißig Jahre alt. Zu alt für eine Veränderung, zu alt, um auf einem völlig anderen Kontinent einen Neuanfang zu wagen.

Und doch, was sie in den Zeitungen über Amerika gelesen hatte, hatte sie fasziniert. Kein Getue wegen des richtigen Titels. Jeder wurde mit Mr oder Mrs oder Miss angesprochen. Und die amerikanischen Gäste, die sie kennengelernt hatte, waren, wie Mr Camden, weit weniger anspruchsvoll als die englischen.

Wie es aussah, konnte sie für weitere dreißig Jahre

im Langham bleiben, sich dann in dieses Cottage zurückziehen und dort weitermachen, wo ihre Mutter aufgehört hatte. Tee am Kamin, Sherry am Kamin, und das jeden Tag.

Oder sie konnte etwas Neues versuchen.

Kapitel 3

New York City, September 1985

Dankbar, der erstickenden New Yorker Hitze entkommen zu sein, ließ sich Bailey im Wartezimmer von Crespo & O'Reilly auf einen unbequemen Stuhl im Stil der Fünfziger sinken. Sie holte ein Kleenex aus ihrer Handtasche und betupfte sich Wangen und Stirn. Die blöde Dauerwelle, die sie sich auf Tristan O'Reillys Wunsch hin vor einem halben Jahr hatte machen lassen, wuchs zwar langsam heraus, trotzdem sah sie nach der Fahrt in der überhitzten U-Bahn wahrscheinlich aus wie ein zerzauster Pudel. Nicht gerade der Look, den sie angestrebt hatte, als sie heute Morgen aufgebrochen war. Tristan, der sich nur für Schönes interessierte, würde nicht angetan sein.

»Er kann Sie jetzt empfangen.« Sie kannte die Rezeptionistin nicht. Aber Tristan pflegte sie alle drei Monate zu wechseln, also lag er in seinem Zeitplan.

Drei Monate war sie weg gewesen. Es kam ihr eher vor wie drei Jahre. Ein unangenehmes Gefühl strahlte von ihrer Wirbelsäule in ihren Nacken aus, sie atmete tief durch.

Die Empfangsdame erhob sich. »Hier entlang, bitte.«

Gehorsam folgte ihr Bailey an ihrem früheren Büro

vorbei. Die Frau hinter dem Schreibtisch blickte auf und lächelte Bailey erschrocken zu, bevor sie hastig wieder auf die Stoffmuster vor sich starrte. Wanda, ausgerechnet Wanda. Wanda, die den Unterschied zwischen Dupion- und Shantungseide nicht kannte. Bailey hätte sie jederzeit und bei jedem Kunden in den Schatten stellen können.

Sie wurde in das Eckbüro geführt.

»Da bist du ja, Liebes.«

Tristan erhob sich und machte unterwegs ein paar schleifende Ballettschritte, bevor er Bailey umarmte. Er hatte beim American Ballet Theatre trainiert, bevor er als Assistent zum Inneneinrichtungsstar Diego Crespo gewechselt war und sich zu dessen Lebens- und Geschäftspartner hochgearbeitet hatte. Diego verbrachte inzwischen die meiste Zeit in East Hampton, während Tristan sich um die Organisation des Unternehmens kümmerte. Sie hatten Bailey direkt von der Parsons School of Design weg engagiert, und Tristan war ihr engster Vertrauter und Partypartner gewesen, bis alles ins Wanken geraten war.

Sie ließ sich in seine Umarmung sinken. »Tristan, ich habe dich so vermisst.«

»Das kann ich mir denken, Baby. Wie geht's dir?« Er hielt sie von sich weg, und sie blinzelte unter seinem durchdringenden Blick.

»Ich versuche, den Kopf oben zu behalten.« Noch ein Schweißausbruch, diesmal nicht wegen der Luftfeuchtigkeit, sondern aus Nervosität.

»Dein Haar ...« Er machte sich nicht die Mühe weiterzusprechen.

»Ich weiß, es sieht furchtbar aus.«

Tristan machte eine Handbewegung in Richtung des Stuhls und ließ sich auf der Schreibtischkante nieder. Er war kein gut aussehender Mann, jedenfalls nicht so gut aussehend wie der dunkelhäutige Diego, aber er kleidete seinen geschmeidigen Körper klug in genau die richtigen Farben und Schnitte. Heute trug er einen azurblauen Leinenblazer, der das Blau seiner Augen zur Geltung brachte. Sein blondes Haar wurde zwar langsam schütter, doch er hatte es mit Pomade frisiert wie ein Schuljunge. Insgesamt untadelig wie immer.

»Erzähl, wie war es in Silver Hill?«

Bailey zuckte die Schultern. »Eine Kurklinik eben. Viel Gerede, viele Leute, die über ihr trauriges Leben lamentieren.«

»Fühlst du dich besser?«

»Viel besser.«

Sie ließ unerwähnt, dass sie sich die meiste Zeit verzweifelt nach einem Drink sehnte und sich, sobald es fünf Uhr nachmittags schlug, in dem Apartment in East Village verkroch, in dem sie vorübergehend wohnen durfte, bis ihre Zimmergenossin aus dem Silver Hill entlassen wurde. Bailey vergrub dann auf ihrem Klappbett den Kopf unter dem Kissen, um alle Sirenenrufe und hoffentlich auch ihr Verlangen nach einem Drink auszusperren.

»Hast du da irgendwelche Celebrities gesehen? Liza Minelli soll sich selbst eingewiesen haben. Bist du ihr begegnet?«

Bailey hatte sich zwar dem dort gepredigten Gruppensolidaritätszwang und dieser ganzen Gefühlsduselei verweigert, aber sie hatte sich brutale Geschichten anhören müssen und respektierte daher das Prinzip der Anonymität. Den Gedanken, dass man nicht jeden Dreck weitertratschen sollte. Natürlich konnte sie das Tristan, der vom Tratsch geradezu lebte, nicht erklären.

»Nö, die hab ich nicht gesehen.« Sie beugte sich vor. »Aber ich wollte dir und Diego danken. Für alles. Ich weiß, dass ihr beide mir vermutlich das Leben gerettet habt.«

Tristan machte eine abwehrende Handbewegung und ging zu seinem Stuhl hinter dem Schreibtisch. Er hielt demonstrativ inne, bevor er sich setzte und die Schultern zurückdrückte. »Es war das, was getan werden musste. Jetzt musst du nur weiter auf dich achtgeben. Im Palladium gibt es nur noch zwei Gläser Champagner, dann drehe ich dir den Hahn ab.«

»Nein, Tristan. Mit dem Champagner ist Schluss.« Sie hoffte, dass er einen Scherz gemacht hatte. »Ich darf nichts mehr trinken. Auch sonst nichts in der Art zu mir nehmen.«

»Natürlich darfst du das nicht.«

Sie hatte es eilig, diesen Teil des Gesprächs, der sie bis auf die Knochen beschämte, hinter sich zu bringen. »Wie läuft das Geschäft?«

»Prächtig. Wir haben gerade die Stadtvilla an der East Seventy-Seventh Street bekommen, die, die Rebecca Meyer im Frühjahr gekauft hat.« Er wartete ihre Antwort nicht ab. »Die Renovierung hat vor einigen Wochen begonnen, und sie besteht tatsächlich darauf, all die Antiquitäten aus Marokko und London ranschaffen zu lassen. Und stell dir vor: Letzte Woche hat mich Lilly-Beth Latwick mit einem Hubschrauber zu ihrem Haus in East Hampton gebracht, weil ihr Hausmädchen die Kissen auf der Sitzgruppe umsortiert hatte und sie nicht mehr wusste, wie sie liegen mussten.« Er schnippte mit den Fingern. »Mit dem Heli!«

»Wow. Echt krass.«

»Außerdem haben wir das Strandhaus der Sanfords an Land gezogen. Ein Riesenbesitz, überall Farne und Zen-Ästhetik. Ich habe es Wanda zugeteilt. Ich nehme an, sie kann nichts falsch machen, wenn alles in irgendeinem Weißton gehalten sein soll. Weißer Teppich, weiße Sofas.«

»Du solltest sie besser im Auge behalten. Wenn irgendjemand imstande ist, Eierschalentöne zu finden, die sich beißen, dann sie.«

»Stimmt.« Er lächelte und zeigte dabei ein strahlendes Gebiss, das wie aufgereihte Chiclets wirkte.

»Und deshalb wollte ich heute bei dir vorbeikommen.«

Die Zähne verschwanden.

»Ich weiß, ich habe hier einen ziemlich spektakulären Abgang hingelegt, aber ich möchte es bei dir und Diego wiedergutmachen. Alles, was ihr in den letzten Monaten für mich getan habt. Ich könnte mit Wanda zusammenarbeiten, als eine Art Vermittlerin zwischen ihr und den Sanfords. Du weißt ja, dass sie nicht so begabt ist im Umgang mit Leuten.«

Tristan seufzte. »Ich weiß, Darling. Wir hätten dich so gern zurück.«

Gott sei Dank. Wenigstens dieses Problem war gelöst.

»Aber es hat sich schnell rumgesprochen. Wie auch nicht? Du hast mitten im Oak Room gestanden und Mrs Ashfield-Simmons angebrüllt, die Wohnung ihrer Tochter sei ein Albtraum. Ich glaube, deine Worte waren: ›Eine Mischung aus mittelalterlichem Mist und weißem Müll.‹«

Bailey krümmte sich innerlich. Sie konnte sich an nichts davon erinnern. Natürlich wusste sie, dass sie sich und die Firma blamiert hatte. »Ich rufe sie an und entschuldige mich. Ich werde auch ihrer Tochter einen Brief schreiben. Ich werde alles wiedergutmachen.«

»Das ist alles schon erledigt. Die Hauptsache ist doch, dass du wieder okay bist.«

»Ich bin jetzt trocken, also vermutlich doppelt so effizient. Ich verspreche dir, du kriegst echt was für dein Geld.« O Gott, sie klang wie ein abgehalfterter Gebrauchtwagenverkäufer. »Natürlich bin ich mit einem geringeren Gehalt einverstanden. Mir ist klar, dass dies eine Vorbedingung sein muss.«

Wenn er sie nicht zurücknahm, wusste sie nicht mehr wohin. Keine andere Inneneinrichtungsfirma würde sich noch mit ihr einlassen. Ganz davon zu schweigen, dass sie nur noch eine Woche hatte, bevor sie aus dem Apartment in East Village herausmusste, weil ihre Zimmergefährtin von Silver Hill dann ihre Wohnung selbst brauchte. Vor ihrem dramatischen Zusammenbruch hatte Bailey mit einem Freund namens Rocco zusammengewohnt, der, wie sie jetzt mit klarerem Verstand erkannte, schlicht und einfach ein Drogenhändler und kein Künstler à la Jean-Michel Basquiat war. Diese Option schied also aus, genauso wie die, reuig zu ihrem Vater zurückzukehren, der dann sicher behaupten würde, er habe die ganze Zeit recht gehabt und sie hätte gar nicht erst nach New York City ziehen dürfen.

»Hör zu, Tristan. Ich habe Mist gebaut. Aber du weißt, dass ich allen hier voraus bin, wenn es darum geht, mit Kunden und Vertragspartnern zusammenzuarbeiten. Ich habe das beste Auge von allen, das hast du selbst oft gesagt. Selbst alkoholisiert war ich gut. Gib mir noch eine einzige Chance.«

Tristan betrachtete sie aus dem Augenwinkel, unter gesenkten Lidern. Nicht gut. »Schau mal, Bailey. Du hast uns hier die Hölle durchmachen lassen. Wir haben dich das ganze letzte Jahr über gedeckt. Du ahnst ja nicht, wie sehr wir dich gedeckt haben, weil wir dich mögen und weil du, ja, es stimmt, gut warst. Du warst die Beste, und du hättest hier Unglaubliches leisten können. Wir gehen alle feiern, wir alle lassen es uns gut gehen, aber du hast es übertrieben.«

Die Härte in seinen Worten tat weh.

»Okay. Wow.« Sie blickte zu Boden und hasste die Hellsicht der Nüchternheit mehr denn je. »Ich wusste nicht, dass es so schlimm war.«

»›Schlimm‹ ist reine Untertreibung. Ich mag dich, ehrlich, aber ich halte jetzt Abstand.«

Er hielt Abstand. Als wäre sie ansteckend. »Du bist ziemlich hart, meinst du nicht? Wenn ich das so sagen darf: Ich finde, du benimmst dich gerade wie ein

Arschloch.« Sie sagte es mit leichtem Lächeln, so wie früher, wenn sie sich kabbelten.

Keine gute Idee.

»Du hast mich damals enttäuscht, und du enttäuschst mich jetzt. Hast du wirklich den Nerv, hier hereinzutanzen und praktisch deine Wiedereinstellung zu fordern?« Tristan zuckte mit den Schultern, bevor er an beiden Jackettärmeln zog, ein vertrautes Zeichen dafür, dass die Unterredung zu ihrem Ende gekommen war. »Ich liebe dich, das werde ich immer tun, und deshalb haben wir für deinen Aufenthalt im Silver Hill gezahlt, das, nebenher bemerkt, verdammt teuer ist. Erwarte also bitte nicht noch mehr von uns, ja? Du würdest hier nicht mehr reinpassen.«

Einen Moment lang saß sie ganz still da, zu benommen für eine Bewegung.

»Es tut mir leid, Bailey. Aber wir sind jetzt fertig. Du bist hier fertig.«

* * *

Bailey stand draußen auf dem vor Hitze dampfenden Bürgersteig und versuchte, nicht daran zu denken, wie gerne sie jetzt ein Glas kühlen Chardonnay getrunken hätte. Der Rand des Glases an ihren Lippen, die intensive Säure und dann das samtige Gefühl, alles auf der Welt sei gut. Damals, als sie noch trank, konnte sie im Augenblick leben. Wenn sie vom Gras oder Kokain high war, gab es für sie weder Vergangenheit noch Zukunft. Erst in der Geborgenheit der luxuriösen, von Landschaftsgärtnern gestalteten Umgebung von Silver Hill war ihr aufgegangen, dass diese Sicht auf die Dinge nicht hilfreich war, und sie hatte erstmals offen über ihre Vergangenheit geredet. Aber hier in der Stadt interessierte sich niemand dafür.

Wenn sie rechts abbog und der Seitenstraße folgte, würde sie sicher auf einen der vielen irischen Pubs stoßen, die die Blocks in Midtown säumten. Orte, an denen die Büroangestellten der Monotonie ihres Lebens entkommen konnten.

Der Raum, in dem sie sich in Silver Hill versammelt hatten, war mit Slogans aus dem Programm gepflastert gewesen: »Einen Tag nach dem anderen« und »Ganz gleich, wo du hingehst, da bist du.«

Genau, da war sie, ein erbärmliches, durchgeschwitztes und zerzaustes Etwas, das sich verzweifelt nach einem Drink in einer Kaschemme sehnte.

Sie sah auf die Uhr. Sie hatte keine Zeit mehr für flüssige Ablenkungsmanöver. In einer halben Stunde sollte sie Melinda im Café Luxembourg in den West Seventies treffen. Wirklich ihre letzte Chance. Die U-Bahn würde zu dieser Tageszeit ein dampfender Menschenkessel sein, zwar mit aufgerissenen Fenstern, aber die Hitze in den Tunneln war genauso unerträglich wie die in der Gluthölle der Waggons. Das würde sie nicht aushalten. Stattdessen machte sie sich zu Fuß Richtung Norden auf und bog an der Seventh Avenue in den Central Park ein.

Vor dem Tod ihrer Mutter hatten Bailey und ihre Eltern mehrmals im Jahr ihr Haus in New Jersey verlassen und einen Ausflug in die Stadt gemacht, meistens, um ein Broadway-Musical zu sehen. Bailey verfolgte die Vorstellung gebannt, während sich ihr Vater in dem zu engen Sitz neben ihr wand. Sie und ihre Mutter waren am Morgen vor solchen Events immer ganz aufgeregt gewesen und hatten genau überlegt, was sie anziehen sollten, als könnten sie an diesem großen Tag »entdeckt« werden. Wenn sie dann in Manhattan waren, zeigte ihre Mutter ihnen ihre alten Fixpunkte, die schicke Sekretärinnenschule, die sie drei Monate lang besucht hatte, bevor sie heiratete, und das Horn-&-Hardart-Automatenrestaurant, in dem sie und Jack sich kennengelernt hatten.

Bei einem dieser Ausflüge, als sie noch zwei Stunden bis zur Vorstellung hatten, hatte Bailey vorgeschlagen, den kleinen See im Park zu besichtigen. Sie hatte eine Zeitschrift mit dem Foto einer unter einer Bogenbrücke hindurchfahrenden Gondel mitgebracht und warf sie zwischen die Vordersitze des VW-Käfers. »Es sieht so hübsch aus.«

»Niemand geht in den Park«, sagte Jack warnend. »Der ist voller Verbrecher-Gangs, weil die Stadt nicht mehr genug Geld hat, sich darum zu kümmern. Der Park ist genauso heruntergekommen wie der Rest von Manhattan.«

Ihre Mutter betrachtete die Zeitschriftenseite. »Wir könnten doch die Central Park West entlangspazieren und bei deinen Verwandten im Dakota vorbeischauen.«

»Um Himmels willen, Peggy. Niemand schaut in der Stadt einfach so vorbei. Und sie sind nicht meine Verwandten, bitte vergiss das nicht.« Das Gespräch endete abrupt, als Jack auf die Bremse stieg, weil er fast einen Fahrradboten mitgenommen hätte. Stattdessen hatten sie dann, um die Zeit totzuschlagen, in einem Diner weiche Fritten und Hamburger mit zu lange gebratenem Fleisch gegessen.

Bailey kam die Stadt nicht heruntergekommen vor. Sie sah vielmehr wichtige Leute, die zu wichtigen Orten unterwegs waren. Und sie wollte zu diesen Leuten gehören.

Eine Zeit lang hatte sie auch dazugehört. Doch nun war sie abgestürzt.

Als Bailey tiefer in den Park vordrang und sich vom Straßenraster entfernte, wurde die Luft merklich kühler. Von Westen her wehte leichter Wind – für den Nachmittag waren Gewitter angekündigt –, und das rhythmische Wispern des Laubs trug dazu bei, ihren Herzschlag und ihr Verlangen nach einem Drink zu besänftigen. Sie atmete tief durch.

Ja, es stimmte, der Park war immer noch ziemlich ungepflegt. Aber seit einiger Zeit kümmerte sich eine von Privatleuten gegründete Organisation darum und hatte ihn schon ein wenig aufgeräumt. Insbesondere, was den Müll anging: Die Abfalleimer quollen nicht mehr über, und man sah auch keine Ratten mehr darin wühlen. Ein Fortschritt.

Hässlicher Maschendraht umsäumte die nördliche Seite des Eingangs an der Seventy-Second Street. Bailey atmete noch schwer vom schnellen Gehen und der Hitze und blieb einen Augenblick stehen. Sie hakte ihre Finger in den Zaun und drückte wie ein Kind ihr Gesicht in das Rautenmuster. Dieser Ort, der kürzlich zu Ehren von John Lennon »Strawberry

Fields« getauft worden war, sollte im Monat darauf für das Publikum geöffnet werden. Fünf Jahre war es her, dass er niedergeschossen worden war. Jeder in ihrer Generation wusste noch, wo er gewesen war, als er die Nachricht gehört hatte, als wäre es erst gestern passiert.

Ein Schrei von einem der Arbeiter riss sie aus ihren Gedanken. Einige der Jungs unten neben dem Bagger starrten auf etwas im Dreck, dann riefen sie jemanden, der eine Art Vorarbeiter zu sein schien und jetzt mit dem Kaffeebecher in der Hand herangeschlendert kam. Er gab dem Baggerführer einen Wink, den Motor auszustellen, und rieb sich dann mit einem roten Halstuch den Schweiß von der Stirn. Jetzt standen sie alle im Kreis und blickten wie im Gebet nach unten.

Bailey ging weiter. Das Dakota ragte hoch vor ihr auf, während sie darauf wartete, dass die Ampel umsprang. Die Mauern waren ergraut und von einem Jahrhundert Ruß bedeckt, doch es setzte sich immer noch von den Nachbargebäuden ab. Keine subtilen Art-déco-Motive, sondern pure Dekadenz. Giebel und Fenster aller Größen und Formen. Eine schmutzige, alternde Matrone. Bailey zählte vier Stockwerke nach oben, um Melindas Wohnung zu finden.

Als sie klein war, hatten sie und ihre Eltern Melinda, ihren Zwillingsbruder Manvel und deren Mutter einmal im Jahr besucht, meistens um Weihnachten herum. Sophia, die Mutter der Zwillinge, lebte noch ganz in der alten Zeit, ihr Benehmen war kühl und förmlich, und sie trug schon zum Frühstück haufenweise Juwelen. Die ersten Familienzusammenkünfte waren immer ziemlich mühsam gewesen, die Spannung zwischen Baileys Vater und der »Tante« spürbar und der große finanzielle Abstand eine enorme Kluft. Einmal hatte Melinda darauf bestanden, dass Bailey über Nacht blieb. In den ganz frühen Morgenstunden fielen sie in die Küche ein und stopften sich Schoko-Flakes direkt aus der Packung in den Mund, während Melinda ihr die blutrünstigen Details der Ermordung ihres Urgroßvaters, des Architekten Theodore Camden, in genau dieser Wohnung ins Ohr flüsterte. Sie schlichen sich in die dunkle Bibliothek, und Melinda deutete auf eine Ecke in der Nähe des Fensters.

»Er wurde von irgendeiner Frau getötet, die hier im Haus arbeitete«, hauchte Melinda. »Sie stach ihn nieder, und er verblutete direkt hier. Und flehte dabei um Gnade. Man sagt, sie sei verrückt gewesen. Als Andenken schnitt sie ihm einen Finger ab. Sieh genauer hin, das Blut ist noch zu erkennen.«

Bailey beugte sich vor und kniff die Augen zusammen, um dunkle Flecken auf dem Boden zu entdecken. Plötzlich zwickte Melinda sie von beiden Seiten in die Taille, sodass Bailey schreiend zusammenzuckte, und beide rannten, halb lachend, halb weinend in die Sicherheit von Melindas Himmelbett zurück.

Nachdem Bailey in die Stadt gezogen war, um das College zu besuchen, sahen sich die beiden regelmäßiger, und beide konsumierten immer häufiger immer größere Mengen verbotener Substanzen. Manvel machte in dieser Zeit seinen Abschluss an der Yale University und ging dann in den Deep South, wo er eine Dissertation über Künstler schreiben wollte, die sich ihre Kunst autodidaktisch angeeignet hatten. Er war nur noch wenige Male nach New York zurückgekommen, unter anderem, als Sophia vor sieben Jahren gestorben war.

Melinda hatte etwas Draufgängerisches, um das Bailey sie beneidete, und sie beide beurteilten ihr Leben nach der Anzahl der Partys, die sie mitgefeiert hatten. Doch manchmal, meistens, wenn ihr Körper die in der Nacht aufgenommenen Gifte durch Erbrechen und kalten Schweiß wieder ausschied, erkannte Bailey, dass ihre Mutter, wäre sie noch am Leben gewesen, besorgt und traurig reagiert hätte. Peggy hätte Bailey sicher in einem passenden Moment ein paar wohlerwogene Worte über deren lange Abwesenheiten von ihrem Zuhause in New Jersey und den blassen, ungesunden Teint gesagt. Sie hätte Rechenschaft gefordert. Jack war dieser Aufgabe nicht gewachsen. Er hatte sich gleich nach der Beerdigung von Baileys Mutter in sein Schneckenhaus zurückgezogen.

Während der Entziehungskur hatten ihr die Therapeuten haufenweise Fragen zum Tod ihrer Mutter gestellt und ihr geraten, ihn zu »verarbeiten«. Sie hatte sich gewehrt und darauf beharrt, es habe sie *tough* gemacht, ihre Mutter mit achtzehn Jahren verloren zu haben. Es gab nichts zu verarbeiten.

In ihrem ersten Jahr an der Parsons School hatte sie viel um die Ohren mit Lehrveranstaltungen und neuen Freundschaften und dem Erkunden aller dunklen Ecken der Stadt, bis Tristan sie einstellte und in die wunderbare Welt von Crespo & O'Reilly holte.

Das Café Luxembourg war zu dieser Tageszeit fast leer, die Kellner standen in Grüppchen zusammen und unterhielten sich, um die ruhige Zeit zwischen dem Lunch- und dem Dinner-Andrang totzuschlagen. Melinda war noch nicht da, daher setzte sich Bailey in eine Nische, die ihr eine gute Sicht auf die Tür bot. Es dauerte nicht lange, bis Melinda hereinrauschte, sie trug einen Jumpsuit mit riesigen Schulterpolstern, und ihr blondes Haar floss in perfekten Locken über den Rücken, als würde sie von einer Glasglocke vor der Feuchtigkeit geschützt, die die gewöhnlichen Menschen plagte. Sie warf die Barneys-Tüten, die sie trug, auf den Boden und breitete die Arme aus.

»Cousinchen!«

Melinda. Ihre letzte Hoffnung.

Kapitel 4

London, September 1884

Mr Birmingham gab ein tiefes Knurren von sich, als Sara kündigte. »Sie glauben wohl, Sie finden da drüben was Besseres?«, fragte er.

Sie ging nicht darauf ein, sondern machte Vorschläge für eine reibungslose Übergabe und bot an, die Bewerbungsgespräche mit ihren potenziellen Nachfolgerinnen zu führen. Das Personal gab an ihrem letzten Tag eine kleine Party, aber das Ganze wirkte etwas halbherzig. Sie packte in ihrem Zimmerchen ihre Sachen zusammen, und damit war alles erledigt. Auf zu einem neuen Kontinent.

Während der achttägigen Reise von Liverpool nach New York City verbrachte Sara möglichst viel Zeit an Deck, um dem Gestank zu entgehen, den ihre seekranken Kabinengenossinnen verbreiteten. Zu ihrer Überraschung machte ihr die ständige Schiffsbewegung nichts aus, und diese freie Woche erwies sich als überaus angenehm. Sie konnte in Ruhe in einem der Liegestühle liegen und lesen, ohne dass irgendein Mr Birmingham ihr sagte, wann sie was zu tun habe. Sie war fast versucht, sich irgendwo zu verstecken und eine weitere solche Woche zu genießen, statt an Land zu gehen.

Von ihrem Lieblingsplatz an Deck aus konnte sie zu den von einer Barriere abgeschirmten Passagieren der ersten Klasse hinübersehen, wie sie in ihren schicken Kleidern über die Decks spazierten und vom Schiffspersonal umflattert wurden. Einige der adrett gekleideten Kellner trugen auf glänzenden Silbertabletts Limonadengläser herum. Andere brachten noch ofenwarmes süßes Gebäck, das Sara das Wasser im Munde zusammenlaufen ließ. Doch die Mahlzeiten im Speisesaal der zweiten Klasse waren ihr durchaus recht, und jeden Morgen brachte sie den Frauen in ihrer Kabine, die zu krank waren, um das Bett zu verlassen, Tee und eine dünne Brühe. Als Antwort auf ihren fröhlichen Gruß bekam sie allenfalls ein Stöhnen zu hören.

Am letzten Tag der Überfahrt, als das Schiff in den Hafen von New York einlief, fiel grauer Nieselregen. Die Stadt bestand aus einem Mischmasch von Gebäuden, die sich so eng zusammendrängten wie zu viele Zähne in einem Mund. Sie stellte sich vor, wie die Häuser am Ufer ins Meer gedrückt würden, weil sich hinter ihnen immer mehr Bauten in die Lücken zwängten. Ein einzelner dunkler Kirchturm ragte aus den Dächern, und sie hörte zufällig einen anderen Passagier sagen, es sei die Trinity Church. Die würde sie sicher besuchen, ein ruhiger Ort, an dem sie an einem freien Nachmittag ihre Gedanken würde ordnen können.

Die Passagiere auf dem Zwischendeck mussten auf ihre Abfertigung warten, bis sie Castle Garden erreicht hatten. Doch Sara mit ihrer Zweiter-Klasse-

Passage genoss die Ehre, schon an Bord befragt und inspiziert zu werden. Als sie das Schiff verließ, fand sie das Chaos auf den Docks beängstigend. Der Geruch nach altem Fisch und frittierten Austern nahm ihr den Atem, und alle schienen sich die Lunge aus dem Hals zu schreien. Zeitungsjungen, Straßenbengel und Verkäufer riefen alles Mögliche mit einem seltsam verschliffenen Akzent, in dem alle Vokale flach und falsch klangen. Jeder schien zu wissen, wohin er wollte, und zwar schnellstmöglich, und die Leute liefen mitten auf der Straße, auch wenn gerade ein Wagen kam und sie fast überfahren wurden. Im Vergleich dazu war London ein idyllisches Dorf auf dem Lande.

Aus all dem Getöse hörte sie plötzlich ihren Namen heraus. Der Kutscher eines eleganten schwarzen Wagens stand auf und schrie über den Lärm hinweg. Sie winkte ihm zu und ließ sich von ihm in die Kutsche helfen, voller Bewunderung für die mit burgunderrotem Samt bezogenen Sitze. Durch das Rückfenster beobachtete sie den Kutscher, um sicher zu sein, dass ihr Schrankkoffer auch ordentlich befestigt wurde, und setzte sich dann erst bequem zurecht. Sie fuhren durch die Stadt und immer weiter, bis es mehr Brachland und Felder gab als Häuser.

Sie klopfte ans Dach, um den Kutscher auf sich aufmerksam zu machen. Er drehte den dicken Oberkörper und sah sie an. »Ja, Ma'am?«

»Fahren wir zum Dakota? Dem neuen Apartmenthaus?«

»Ja, das tun wir.«

»Aber es sieht so aus, als hätten wir die Stadt verlassen.«

»Das ist hier alles noch New York, Ma'am. Sie sehen doch da die Straßenmarkierungen.«

Und tatsächlich waren die Straßen nicht mehr granitgepflastert, folgten aber immer noch einem regelmäßigen Muster. »Aber hier ist doch nichts.«

Ringsum war baumloses Ackerland, Vieh weidete auf schlammigen Wiesen. Als wäre die Landschaft von einem enormen Windstoß flachgewalzt worden und würde erst jetzt mit armseligen Hütten und schiefen Scheunen zu neuem Leben erwachen. Das sollte New York sein?

Sie fuhren weiter. Draußen ging ein hübsches junges Mädchen über die Straße, verfolgt von einer Bande Jungs, die mit Kieselsteinen nach ihr warfen. Das Mädchen wirbelte herum und lief auf sie zu, worauf sie sofort auseinanderstoben. In jüngeren Jahren hatte Saras Gesicht mehr Aufmerksamkeit erregt, als ihr lieb gewesen war, doch jetzt war das kein Problem mehr. Niemand hielt sie mehr für ein unschuldiges Mädchen, und ihre scharfe Nase und die erhobene Braue halfen ihr bestens, jedes aufsässige Gegenüber niederzustarren, ob es sich nun um einen verschlagenen Portier handelte oder um einen arroganten Gast.

Nein, New York würde ihr keine Angst machen.

Doch als die Kutsche die breite Straße hinaufschaukelte, auf der einen Seite einen leeren Park, auf der anderen Ödland, sank ihr doch der Mut. In London konnte man über die Plätze wandern und Schönes sehen; man brauchte bloß zu wissen, wohin man schauen musste. Doch hier gab es nichts Schönes.

Sie rutschte auf die andere Seite der Kutsche und steckte den Kopf aus dem Fenster. Da stand ein wuchtiges butterbeiges Gebäude, als hätte ein Riese es, wie in einem deutschen Märchen, auf das flache Land fallen lassen. Neun Stockwerke mit Fenstern, die so hoch waren, dass ein Mensch in ihnen stehen konnte, ohne die oberste Scheibe zu erreichen, und ein giebelgespicktes Dach, dem kein regelmäßiger Bauplan zugrunde zu liegen schien.

»Ist es das?«

»Ja, klar ist es das. Die haben Jahre daran gearbeitet.« Der Kutscher drehte sich zu ihr um. »Ein Verrückter namens Clark hat es gebaut!«, rief er.

»Warum ist Clark verrückt?«

»Es ist ein monströses Ungetüm mitten im Niemandsland. Keine gute Familie würde im Traum daran denken hierherzuziehen, das kann ich Ihnen sagen. Man kann sich schon vorstellen, was für Bewohner hier letztlich einziehen werden. Clark hatte Glück, er starb und konnte es nicht mehr fertig sehen.«

Sie hatte sich ein hübsches Gebäude nach Art des Langham vorgestellt, mitten in der Stadt, von Parks und Geschäften umgeben, vor dem die Gäste in eleganten, von hübschen Gespannen gezogenen Kutschen vorfuhren. Doch dies war ein düsterer Ort, und die Straßen waren nicht einmal gepflastert. Sie hätte sich genauer nach den Eigentümern und der Umgebung erkundigen sollen. Wenn der Kutscher recht hatte, würde die Kundschaft wenig Lebensart haben.

Gute Wäsche. Gute Manieren. Eine gewisse Distanz zum Personal, die die Arbeit der Hausdame erst möglich machte.

Der Kutscher lenkte die Pferde durch einen Bogen mitten in der Hausfront. Als sie ausstieg, schien sich der Boden unter ihren Füßen zu bewegen. Einer der Schiffsangestellten hatte ihr gesagt, dass es Tage dauern könne, bis sie nicht mehr die See in den Beinen hätte.

Ein drahtiger alter Mann trat auf sie zu.

»Sind Sie Mrs Smythe?« Er sprach seitlich aus einem Mundwinkel.

Sie nickte.

»Wir haben Sie schon erwartet. Ich bin Fitzroy, der leitende Hausdiener. Wollen Sie nicht drinnen warten, während ich mich um Ihr Gepäck kümmere?« Er zeigte nach rechts, wo eine steile Treppe in einen kleinen Empfangsraum führte. Zwei große Fenster ließen viel Licht herein, die Wände waren mit einer hübschen Vertäfelung bedeckt, die zu dem eingebauten Schreibtisch und dem Empfangstresen passte.

Mr Fitzroy kam händereibend zu ihr. Eine Seite seines Gesichts hing herunter, als wollte es von seinem Schädel rutschen, doch seine braunen Augen, auch das mit dem abfallenden Augenwinkel, waren voller Wärme. Er zeigte auf das Schaltbrett.

»Wir haben hier die neuesten Errungenschaften. Eine private Leitung zur Feuerwache, den Pferdeställen, dem Telegrafenamt und dem Blumenhändler. Und sogar viertausend elektrische Glühlampen.«

»Sehr modern.«

»Wie war Ihre Reise? Sind Sie aus dem Ausland gekommen?«

»Ja, aus England.«

»Aha. Mr Douglas, der Verwalter, sagte, ich solle Ihnen alles zeigen.«

Er führte sie über den Hof, wo noch die Handwerker arbeiteten und überall Werkzeugkisten und Sägeböcke mit großen Holzstücken darauf herumstanden. Einmal blickte sie nach oben, und schon wurde ihr wieder schwindelig. Der Hof schien zu eng zu sein für den wuchtigen Bau ringsum, ihr war, als würden die Mauern gleich einstürzen.

Mr Fitzroy fasste ihr leicht unter den Ellbogen, um sie zu stützen. Er zeigte nach oben. »Da werden Sie dann sein, im obersten Stock. Hübscher Blick. Und wenn die Aufzüge erst funktionieren, brauchen Sie auch nicht mehr all die Stufen hochzuklettern. Es sind die ersten Aufzüge ihrer Art in einem Wohngebäude in New York City, müssen Sie wissen.«

»In dem Londoner Hotel, in dem ich gearbeitet habe, hatten wir mehrere Aufzüge.«

Das konnte seine Begeisterung nicht bremsen. »Wenn Sie mögen, zeige ich Ihnen morgen unsere. Eine tolle Maschinerie. Funktioniert mit Wasser, alles hydraulisch.«

Ein wasserbetriebener Lift musste sich sehr sanft bewegen. Aber sie war zu müde, um genauer nachzufragen.

Die Erschöpfung überfiel sie wie eine Sturzwelle. Dieser groteske Koloss mitten im Nichts würde nun ihr Zuhause sein. Wäre sie bloß in London geblieben.

Statt ihr zwar sehr vorhersehbares, aber doch auch bequemes Leben fortzusetzen, würde sie sich nun alles neu zu eigen machen müssen: die verwirrende Geografie des Gebäudes und dieser Stadt, ganz zu schweigen von den fremden Gebräuchen dieses Landes. Menschen, die bereit waren, an einem solchen Ort zu leben, mussten verzweifelt sein, außerstande, sich eine Wohnung in der Stadt zu leisten. Und verzweifelte Leute hatte sie schon erlebt, bevor sie im Langham angefangen hatte. Sie waren anspruchsvoll, kleinlich und unberechenbar. An ihren früheren Arbeitsstellen hatten die Gäste das Hotel wenigstens irgendwann wieder verlassen. Doch die Bewohner des Dakota würden bleiben.

»Jetzt würde ich mich gern in meinem Zimmer einrichten und ausruhen, Mr Fitzroy.«

Durch einen Eingang an der hinteren linken Ecke des Hofs gelangten sie in ein dunkles Foyer. Eine breite Marmortreppe schwang sich um den Aufzug hinauf, das Geländer war mit Schnitzereien verziert, die an sich wild durcheinander windende Schlangen erinnerten. Nichts hier wirkte annähernd so warm und anheimelnd wie die cremeweißen Wände des Langhams und das viele Messing dort. In ihrem Zimmer, das am Ende eines schlauchförmigen Gangs im allerobersten Stockwerk lag, standen ein schmales Bett, ein Schreibtisch und ein Stuhl. Schlicht und einfach, wie es sich für eine Hausangestellte gehörte. Doch das Fenster zog sofort ihre Aufmerksamkeit auf sich.

In ihrem Londoner Zimmer hatte sie nur Aussicht

auf die Dächer und den Himmel gehabt. Doch hier, auf der obersten Etage des größten Hauses weit und breit, konnte sie Bauernhöfe und Straßen und in der Ferne sogar einen großen Fluss sehen.

»Bei gutem Wetter können Sie die Orange Mountains in New Jersey erkennen«, sagte Fitzroy.

Sie dachte an den Hafen von Fishbourne und fühlte sich ein kleines bisschen durch den Gedanken getröstet, dass sie wenigstens auf Wasser würde blicken können. Beschämend, dass sie sich an etwas festhalten musste. Trotzdem, es half.

»Wenn Sie eine Tasse Tee trinken oder etwas essen möchten, bevor Sie zu Bett gehen, kommen Sie in die Küche im Keller. Da ist sonst niemand; Sie können sich nehmen, was Sie brauchen. In etwa einer Stunde mache ich mich auf den Heimweg, aber ich schließe das vordere Tor ab, Sie sind also in Sicherheit.«

»Sonst ist hier niemand?«

»Von dem Personal, das hier im Haus wohnen wird, ist sonst noch niemand angekommen, Sie sind die Erste.«

Bei dem Gedanken, dass sie ganz allein sein würde, bekam sie einen Kloß im Hals.

Fitzroy zuckte die Schultern. »Auf dem Tisch steht eine Lampe, damit sie Ihren Weg finden, wenn es dunkel geworden ist. Wenn Sie Angst haben, kann ich gern länger bleiben.«

Ein wirklich nettes Angebot. »Aber nein, gar nicht. Ich habe alles, was ich brauche.«

Nachdem er gegangen war, blieb Sara am Fenster stehen und sah zu, wie der graue Himmel schwarz wurde. Ihr ging auf, dass sie in einer Falle saß, hier eingeschlossen war. Was, wenn ein Feuer ausbrach oder sie dringend das Haus verlassen musste? Ein furchtbares Unbehagen ergriff sie, sie wusste nicht mehr, wo sie sicherer war, gefangen in diesem Grab oder draußen in der weiten Öde. Panik ließ ihr das Herz im Halse schlagen und drohte ihr den Verstand zu trüben. Sie wagte es nicht, sich durch die labyrinthischen Flure den Weg bis zur Küche im Keller zu suchen, noch nicht. Also ignorierte sie ihren knurrenden Magen, zog das Nachthemd an und legte sich aufs Bett, um nach einiger Zeit vor Erschöpfung in tiefen, schweren Schlaf zu fallen.

Kapitel 5

New York City, September 1884

Entferntes Hämmern riss Sara aus dem Schlaf. Sie zog ihr schönstes Kleid an, in dunklem Jagdgrün mit schwarzen Streifen, und steckte sich das Haar zu einem strengen Knoten im Nacken zusammen, bevor sie die vielen Treppen hinunterlief. Von Stockwerk zu Stockwerk wurde das Hämmern lauter. Als sie auf den Hof trat, wurde sie von einer ohrenbetäubenden Kakophonie begrüßt: schreiende Männer, Hämmern und energisch hin- und hergezogene Sägen. Fitzroy tauchte neben ihr auf und führte sie durch eine andere Tür zurück ins Haus und dann durch einen Wirrwarr schmaler Gänge mit sehr hohen Decken in den Keller. Hier schienen einfach die Proportionen nicht zu stimmen, aber vielleicht war das typisch amerikanisch.

Er öffnete die Tür zum Speisesaal und zeigte hinein. »Nehmen Sie sich Kaffee und Eier und was Sie sonst noch finden. Im Augenblick ist das Angebot mager. Ach, und Mr Camden hat gesagt, Sie sollten danach zu ihm kommen.«

»Wo ist er?«

»In Apartment Nummer 43 im dritten Stock. Am

besten gehen Sie über die Treppe in der nordöstlichen Ecke des Hofs.«

Der Speisesaal konnte sich mit dem größten des Earls messen, wie sie ihn aus der Beschreibung ihrer Mutter kannte. Es war an nichts gespart worden, Marmormosaikboden, geschnitzte Eichendecke und sogar ein riesiger Brownstone-Kamin. Es gab mehrere wiederkehrende Motive in der Gestaltung des Raums: Das bronzene Flachrelief an den Wänden war mit Maiskolben, Pfeilspitzen und Indianergesichtern verziert, Anspielungen auf den Namen des Hauses, wie sie annahm. Sie stürzte den Kaffee hinunter, ließ die wässrigen Eier jedoch stehen. Hoffentlich würde sich der Koch mehr Mühe geben, wenn erst die Mieter da wären.

Die Tür zu Nummer 43 stand einen Spalt breit offen. Sie drückte sie weiter auf und sah sich um. Neben ihr war ein Kamin, was für eine Diele ungewöhnlich war, und gegenüber begann ein langer dunkler Flur. Links lag eine große Bibliothek, wo Bücherregale die vom Boden bis zur Decke reichenden Fenster umrahmten. Ein französischer Balkon bot Aussicht auf den Park, und eine Schiebetür führte in den Nachbarraum. So viel Handwerkskunst erstaunte sie. Mit solchen Details konnte selbst das Langham, das luxuriöseste Hotel Londons, nicht aufwarten.

»Mr Camden?« Ihre Stimme hallte von den Wänden wider.

»Ja, ich bin hier.«

Sie hatte ihn nicht gesehen, weil er seitlich im Raum und daher außer Sicht gewesen war.

Mr Camden beugte sich mit einem Stift in der Hand über einen Zeichentisch. Er sah zu ihr auf und lächelte. Er war der einzige Mensch, den sie hier kannte, und diese Vertrautheit, so vage sie auch sein mochte, ließ die Panik, die sie im Griff hatte, seit sie das Dakota erblickt hatte, etwas abflauen.

»Wie war Ihre Reise, Mrs Smythe?« Der Raum war kleiner als das Wohnzimmer daneben, aber die Ausrichtung nach Osten sorgte für bestes Licht. Er legte den Stift hin und wies auf die zwei Armlehnsessel zu beiden Seiten des Fensters.

»Ich hatte eine schöne Reise, danke.«

»Das freut mich.«

Er strich sich über das Kinn. Er trug keinen Bart, was auf den ersten Blick irritierte, denn die meisten Männer hatten dicke, buschige Schnurrbärte. Wegen seiner glatten Haut war sein Alter schwer abzuschätzen. Mitte dreißig, vermutete sie.

Verlegen zuckte sie zusammen. Während sie sein Gesicht betrachtet hatte, hatte sich das Schweigen peinlich in die Länge gezogen. »Die Innengestaltung des Hauses ist sehr schön.«

Er schüttelte das Kompliment mit einem Schulterzucken ab. »Ich würde sie eher *überladen* nennen. Aber ich sollte mich vielleicht an sie gewöhnen, schließlich wird dieses Haus mein neues Heim.«

»Sie werden hier wohnen?« Sie hatte nicht schockiert klingen wollen, aber sie hatte sich vorgestellt, dass er eher in einem etablierteren Stadtteil leben wollte.

»In genau dieser Wohnung. Mrs Camden war nicht

ganz so begeistert, aber ich erklärte ihr, dass dieser Wilde Westen hier bald gezähmt sein würde. Das übrige Mobiliar und meine Familie werden in einigen Monaten eintreffen, sobald das Gebäude fertig ist und funktioniert. Es ist kein Langham Hotel, aber ich kriege es schon hin.«

»Ich bin sicher, Ihrer Familie wird es hier gut gefallen, und ich freue mich schon darauf, Ihre Kinder unter weniger dramatischen Umständen zu sehen. Es geht ihnen doch hoffentlich allen gut?«

»Durchaus.«

Genug der Höflichkeiten. Sie musste noch viele Informationen sammeln, bevor das Haus für die Mieter geöffnet wurde. »Wie viele Wohnungen wurden bereits vermietet?«

»Alle. Fitzroy wird Sie noch einmal richtig durch das Gebäude führen, aber ich kann es Ihnen schon einmal hier auf den Plänen zeigen.« Er stand auf und führte sie zu einem Tisch an der Wand, wo er durch mehrere Bögen Zeichenleinwand blätterte, bis er fand, was er suchte. »Das ist der dritte Stock. Und wir sind hier.«

Die Wohnung war riesig, mit mehreren Schlafzimmern, Vorzimmern mit Kaminen, Anrichten, Dienstbotenräumen und einem weitläufigen Salon.

Sara betrachtete den Stockwerksplan. »Die Wohnungen scheinen völlig unterschiedlich aufgeteilt zu sein.«

»Ursprünglich hatte Mr Hardenbergh sechs mehr oder minder gleich große Wohnungen je Stockwerk vorgesehen. Aber als der Eigentümer, Mr Clark, vor einigen Jahren verstarb, trat der Verwalter an seine Stelle und erlaubte es den Mietern leider, sich eine bestimmte Anzahl von Zimmern zu wünschen. Ich kann gar nicht sagen, wie viele Nächte ich damit verbracht habe, die Wohnungen wie in einem Riesenpuzzle zusammenzusetzen. Aber schließlich ist es uns gelungen. Wir hängen ein bisschen hinter dem Zeitplan zurück, und Mr Douglas sitzt mir schon im Nacken, aber jetzt sind Sie ja da.«

Bevor er weitersprechen konnte, hörte man eine Männerstimme auf dem Gang.

»Hier sind wir, Mr Douglas.« Mr Camden lächelte Sara an. »Ihr Boss ist da.«

Sie wünschte, Mr Camden wäre ihr Boss, und ein Blick auf den Mann, der jetzt den Raum betrat, bestätigte sie nur in diesem Wunsch. Er wirkte schwerfällig und hatte blauschwarzes Haar. Als er Sara sah, nahm er den Hut ab, sodass sie die dunklen Haarfärbemittelspuren am Schweißband kaum übersehen konnte.

»Mr Douglas, ich freue mich, Sie mit Mrs Smythe bekannt machen zu können; sie ist gestern aus England angekommen.«

Mr Douglas beäugte sie, als wäre er Pferdehändler und sie eine wenig erfolgversprechende Stute.

»Schön, Mrs Smythe. Wir haben nicht mehr viel Zeit, und alles ist durcheinander, wie Sie sehen. Wir müssen schnell für Ordnung sorgen.«

»Ich tue gern, was immer getan werden muss«, sagte Sara. »Natürlich wäre es hilfreich zu wissen, wie viele Dienstmädchen eingestellt wurden und wann sie hier sein können.« Vom Augenblick des Aufwachens an hatte sie schon überlegt, wie man am besten eine Dienstmädchenschar organisierte, um das Gebäude von Grund auf zu säubern, vom Sägemehl zu befreien und das Mahagoni zum Glänzen zu bringen.

»Nun ja, da gibt es ein kleines Problem.«

Sie stützte sich mit einer Hand auf den Tisch und versuchte ihrem Blick Festigkeit zu verleihen. »Ein Problem?« Wenn er es sich anders überlegt hatte, wusste sie nicht mehr wohin. Würden er oder Mr Camden ihre Überfahrt nach Hause bezahlen? Würde das Langham sie wieder einstellen?

»Nicht doch, schauen Sie mich nicht so erschrocken an. So schlimm ist es auch wieder nicht.« Mr Douglas atmete so schwer, als wäre er den ganzen Weg zu dieser Wohnung gerannt. Er hatte rote Wangen, und seine Lippen waren überraschend puttenhaft, fast wie die eines Babys. »Der Mann, den wir als Geschäftsführer eingestellt hatten, kann nicht kommen. Seine Mutter ist erkrankt, und er musste nach St. Louis, um sich um sie zu kümmern. Deshalb möchte ich, dass Sie die *Lady Managerette* werden. In Anbetracht Ihrer Erfahrungen im Londoner Langham denken wir, dass Sie diese Stellung gut ausfüllen können.«

»Statt Hausdame?«

»Genau. Sie bekämen eine Gehaltserhöhung und wären nicht nur für die Hauswirtschaft und die Dienstmädchen zuständig, sondern für das gesamte Personal.«

»Aber ich habe noch nie als *Lady Managerette* gearbeitet.« Und sie hatte das Wort noch nie gehört. Es klang lächerlich, fürchterlich weiblich und gekünstelt.

»Das macht nichts. Allein die Tatsache, dass Sie aus dem Ausland geholt wurden und in einem Grandhotel gearbeitet haben, wird die Mieter beeindrucken. So kurzfristig kann ich sonst niemanden bekommen, und Mr Camden hat eine hohe Meinung von Ihnen.«

»Was bringt diese Stellung mit sich?«

Er blickte zur Decke und ratterte eine Liste herunter. »Wie schon gesagt, Sie beaufsichtigen das gesamte Personal und sind für die allgemeinen Abläufe zuständig. Sie sorgen dafür, dass vom Portier bis zum Zimmermädchen alle ihren Job machen und pünktlich bezahlt werden, und kümmern sich um die Rechnungen. Sie halten das Haus am Laufen. In der ersten Etage sollen die auswärtigen Gäste der Mieter untergebracht werden, mit solchen Sachen sollten Sie ja vertraut sein. Außerdem nehmen Sie potenzielle Mieter in Augenschein und sorgen dafür, dass der Einzug reibungslos abläuft.«

»Sieht so aus, als wären Sie schon befördert worden, Mrs Smythe.« Mr Camden begann die Pläne zusammenzulegen. »Nicht schlecht für die allererste Arbeitsstunde.«

Sie brachte ein schwaches Lächeln zustande. Die Geschäftsführer im Langham kamen und gingen alle paar Jahre, weil sie es nie fertigbrachten, Gäste und Eigentümer gleichermaßen zufriedenzustellen, und für jedes Missgeschick verantwortlich gemacht wurden. Und es waren immer Männer gewesen. »Wie viele Wohnungen gibt es in diesem Gebäude?«

»Fünfundsechzig, von Vierzimmerwohnungen bis zu Zwanzigzimmerwohnungen«, antwortete Mr Camden.

»Wie viel Personal wird hier sein, sobald das Haus fertig ist und der Betrieb läuft?«

Mr Douglas brauchte einige Zeit für seine Antwort, anscheinend musste er die Zahl erst im Kopf addieren. »Einhundertfünfzig Leute.«

Sie schrak zusammen. »Ich soll für hundertfünfzig Menschen zuständig sein? Und was machen die alle?«

»Lassen Sie mich nachdenken, das ist ein guter Test für mich.« Mr Douglas lachte in sich hinein, als wäre das alles nur ein Spaß. »Aufzugpersonal, Türsteher, Portiers, Hausdiener, Wachleute, hauseigene Wäscherei mit Personal, Herrenschneider, zwei Anstreicher, Schreiner, Elektriker, Klempner, Personal im Speisesaal. Ich denke, das waren alle. Praktisch eine Stadt in der Stadt, nicht wahr?«

»Vergessen Sie nicht den Zimmermann und den Glaser«, warf Mr Camden ein.

Einige Minuten lang unterhielten sich die beiden Männer noch über die letzten Arbeiten an den Otis-Aufzügen, dann machte Mr Douglas kehrt und entfernte sich, schnaufend wie eine Dampflokomotive, durch den Flur.

Mr Camden ging zur Wand und drückte auf einen Knopf. »Das sind doch aufregende Neuigkeiten, nicht wahr?«

Sie war wie erstarrt und wusste keine Antwort.

Sie sollte für das gesamte Personal und das Wohl von Hunderten von Mietern verantwortlich sein.

»Fitzroy wird gleich hier sein und Ihnen Ihr Büro zeigen. Ich denke, Sie werden es schöner finden als die Dachstube, die Sie bei Ihren früheren Arbeitgebern hatten. Die Inneneinrichtung habe ich selbst entworfen.«

Einen Moment lang sehnte sie sich verzweifelt nach dem kleinen Büro ganz oben im Hotel, wo sie jeden Morgen erschienen war und dabei genau gewusst hatte, was man von ihr erwartete. »Ich bin mir nicht sicher, ob ich die Richtige für diese Stellung bin.«

»Dann nehmen Sie den nächsten Dampfer zurück.«

Sie wurde blass, und er lachte. »Nicht doch, seien Sie nicht albern, versuchen Sie es einfach. Douglas ist in der Klemme. Und Sie schaffen das, okay?« Bevor sie antworten konnte, stand Fitzroy im Zimmer.

»Sir?«

»Bringen Sie Mrs Smythe ins vordere Büro. Und, Mrs Smythe, als Erstes müssen Sie eine neue Hausdame finden. Und jetzt fort mit Ihnen.«

Gehorsam folgte sie Fitzroy wieder die Treppe hinunter. Für sein Alter bewegte er sich sehr behände. »Ich führe Sie durch den Keller, dann müssen wir nicht durch das Chaos im Hof.«

Sie nickte nur, ihre Kehle war wie zugeschnürt, und sie sehnte sich verzweifelt nach einer Tasse Tee.

Sie stiegen bis zum untersten Geschoss des Gebäudes hinunter. Doch obwohl sie so tief unter Bodenniveau waren, waren die Räume von natürlichem Tageslicht erfüllt.

»Wie kommt es, dass hier unten Fenster sind?«, fragte sie.

»Rund um das Gebäude gibt es einen Graben ohne Wasser. Aber der ist nicht die einzige Lichtquelle.« Er zeigte zur Decke. »Wenn Sie hochschauen, können Sie die Oberlichter erkennen, die in die Brunnen des Innenhofs eingebaut sind.«

Fitzroy setzte die Führung fort, zeigte ihr die Wasserrohre, die das Aufzugsystem speisten – wie, verstand sie nicht so ganz –, und außerdem Dutzende kleiner Räume. »Hier wird der Schneider arbeiten, und das ist der Lagerraum für die Koffer und Truhen der Mieter. Über eine Rampe an der Westfassade kann man Waren und Lasten direkt in den Keller bringen.«

In einem Aufzug fuhren sie ein Stockwerk nach oben, dort schloss Fitzroy eine von der Empfangshalle abgehende Tür auf und öffnete sie schwungvoll.

Mr Camden hatte recht. Es war an nichts gespart worden. An den mahagonivertäfelten Wänden hübsche Holzregale für Bücher, daneben ein dazu passender Schreibtisch. Es sah fast so aus wie die Kajüte auf einem alten Schoner, in der der Kapitän die Route berechnete.

Auf dem Tisch stapelten sich Papiere und ungeöffnete Briefumschläge. Einige davon waren auf den Boden gerutscht.

»Was ist das alles?«

»Rechnungen, Anfragen von Mietern und ähnliches. Der Geschäftsführer hätte schon vor einer Woche hier sein sollen, deshalb sind wir ein bisschen im Rückstand.«

Sorgfältig hob Fitzroy die Umschläge vom Boden auf und legte sie auf einen der kleineren Stapel. »Hat Mr Camden die Mitarbeiterversammlung erwähnt?«

»Nein, davon sagte er nichts.«

»Nun.« Er sah auf seine Taschenuhr. »Das gesamte Personal wird bald hier sein und sich in einer Stunde im Speisesaal versammeln, um die Anweisungen entgegenzunehmen.«

»Wird Mr Douglas die Versammlung leiten?«

»Mr Douglas?« Fitzroy sah sie von der Seite an. »Nein, Mrs Smythe. Sie werden die Versammlung leiten. Sie nehmen die Sache in die Hand.«

* * *

In der sich anschließenden halben Stunde versuchte sie, sich durch die Papierstapel zu arbeiten und sie nach Rechnungen, Mieteranliegen, Lieferscheinen und Ähnlichem zu sortieren. Es warf kein besonders gutes Licht auf die Organisation dieses Hauses, dass Mr Douglas ihr diese Pflichten übertragen hatte, ohne ihr genau zu erklären, was von ihr erwartet wurde. Sie bezweifelte, dass er es überhaupt wusste. Bei diesem Wie-ein-Hotel-geführtes-Apartmenthaus-Unsinn schien jeder Beteiligte bei absolut Null zu beginnen. Soweit sie begriffen hatte, war es ihr Job als *Lady Managerette*, das Dakota Apartmenthaus in Gang zu halten. Welche Einzelaufgaben sich daraus ergaben, war für sie noch nicht erkennbar und wahrscheinlich auch nicht für Mr Douglas, der mit seinen eigenen Pflichten und Terminen beschäftigt war.

Sie wusste, wie man Zimmermädchen organisierte, aber das war auch alles. Na schön, vielleicht konnte sie auch ein bisschen mehr, denn im Langham hatte Mr Birmingham sie im Laufe der Jahre mit zusätzlichen Aufgaben betraut. Besonders solchen, die er nicht mochte, wie zum Beispiel Personal einstellen beziehungsweise entlassen und sich um heikle Gäste kümmern.

Sie hatte sich dort bis zur Stellung der Hausdame durchgekämpft, warum sollte sie nicht auch diese Herausforderung hier annehmen?

Weil sie vielleicht schrecklich scheitern und, genau wie ihre Mutter es erwartete, mit gebrochenen Flügeln nach Fishbourne zurückkehren würde.

Ein Mädchen mit rotblondem Haar schaute durch die Tür. »Mrs Smythe?«

Sara nickte. »Wie kann ich Ihnen helfen?«

Das Mädchen trat ein, gefolgt von einer dünnen, knochigen Frau. Die beiden hätten kaum unterschiedlicher sein können. Die Jüngere war rund und rosig mit einem Netz heller Sommersprossen auf Nase und Wangen. Sie strahlte Neugier und Eifer aus, wie ein Mädchen, das gerade eine Bäckerei voller verlockender Kuchen betreten hat. Die Ältere hatte nach unten gezogene Mundwinkel, und ihr schlichtes graues Kleid ließ ihren Teint unglücklicherweise etwas aschig wirken.

»Ich bin Daisy Cavanaugh, Ihre Assistentin«, sagte das Mädchen. »Und das ist Mrs Haines, sie ist ebenfalls Ihre Assistentin.«

Sara stand auf. »Ich freue mich, Sie beide kennenzulernen. Bitte, setzen Sie sich doch.« Sie deutete auf die beiden Stühle. »Die Personalliste muss ich erst noch finden, fürchte ich. Würden Sie mir einfach ein bisschen über sich und Ihre Aufgaben erzählen?«

Vielleicht bekäme sie so eine Vorstellung von ihren eigenen.

Daisy beugte sich auf ihrem Stuhl vor. »Mir wurde gesagt, ich solle alles tun, um Ihnen zu helfen. Ich nehme an, meine erste Anweisung lautet, diese Personalliste aufzutreiben.«

Sie mochte das Mädchen bereits.

»Früher«, Daisy legte den Kopf schief, »habe ich im Cosmopolitan Hotel gearbeitet, als Assistentin des Geschäftsführers.«

»Das hier ist etwas völlig anderes.« Mrs Haines bewegte die Lippen beim Sprechen so wenig, als hätte sie Zahnprobleme. »Ich habe in den letzten drei Jahren im Hubert Home Club gearbeitet, und ich kann Ihnen versichern, dass es viel mehr Arbeit macht, ein Apartmenthaus zu managen. Zu meinen Pflichten wird es genau wie im Club gehören, Gäste einzulassen und die Bewohner anzurufen, um deren Zustimmung zum Besuch einzuholen. Eine Art Türsteher, wenn Sie so wollen, der das Gesindel fernhalten soll. Meine Domäne wird die Telefonzentrale sein.«

»Werden Sie beide hier im Dakota wohnen?«

Mrs Haines nickte. »Wir ziehen heute noch ein, in den achten Stock.«

»Ja, unsere Zimmer liegen ganz dicht beieinander«, warf Daisy ein, sie schien sich darüber zu freuen.

Mrs Haines hingegen machte sich gar nicht erst die

Mühe, ihre Enttäuschung darüber zu verbergen. Die beiden Frauen würden wahrscheinlich keine Busenfreundinnen werden, aber mit ein wenig Glück lernen zusammenzuarbeiten.

Die Türglocke erklang, und Mrs Haines sprang auf. »Ich würde gern gleich mit meiner Arbeit anfangen, wenn Sie nichts dagegen haben.«

Sara entließ die beiden, doch Daisy wandte sich in der Tür noch einmal um. »Mrs Smythe, stimmt es, dass Sie aus London gekommen sind?«

»Ja, das stimmt.«

»Das ist aber eine weite Reise.«

»O ja.«

»Ich sollte es vielleicht nicht sagen, aber Mrs Haines hat mir erzählt, dass sie damit rechnete, Ihre Stelle zu bekommen, als sie frei wurde. Mit der könnten Sie Probleme kriegen.«

Tratsch würde Sara auf keinen Fall dulden.

»Ich bin sicher, Mrs Haines und ich werden wunderbar zurechtkommen. Ich behandle jeden meiner Untergebenen mit Respekt und erwarte im Gegenzug das gleiche Verhalten. Das bedeutet, Daisy, dass Sie mich in Zukunft nur über Dinge informieren werden, die direkt mit Ihnen oder Ihren Pflichten zu tun haben.«

»Gewiss, Ma'am.« Daisy biss sich auf die Lippen.

Es tat Sara nicht leid, dass sie das Mädchen gerügt hatte; sie musste von Anfang an Grenzen setzen. Andererseits wollte sie von Daisy nicht für grausam oder kaltherzig gehalten werden. Es wäre schön, an diesem seltsamen Ort eine Freundin zu haben.

»Wo wir gerade von Pflichten sprechen, ich gehe

in all diesen Papieren unter.« Sara hielt in jeder Hand einen dicken Packen Rechnungen hoch und lächelte Daisy gequält an. »Es wäre mir wirklich eine Hilfe, wenn Sie sie mit mir durchsehen könnten. Würden Sie mir beispringen?«

Daisys Gesicht hellte sich auf. »Aber gern, Mrs Smythe. Soll ich Ihnen eine Tasse Tee holen, bevor wir uns in den Ozean stürzen?«

»Das wäre nett, und bringen Sie bitte auch eine für sich selbst mit.«

In kurzer Zeit machten sie große Fortschritte. Während Daisy sich auf die Rechnungen konzentrierte und sie ins Hauptbuch einzutragen begann, ging Sara die Personalliste durch, die das Mädchen wundersamerweise unter dem Tisch gefunden hatte. In den letzten Minuten vor der vollen Stunde hörten sie die Angestellten durch den Eingangsbereich laufen.

»Wir sollten jetzt gehen.« Sara holte tief Luft.

Sie ging voraus in den Speisesaal, in dem sich Männer und Frauen aller Größen und jeden Alters drängten, von den durchtrieben wirkenden Botenjungen bis hin zu der Waschfrau des Hauses, die an ihren roten, aufgesprungenen Händen leicht zu erkennen war. Alle standen und bemühten sich, weder die Wände noch die seidenbezogenen Stühle zu berühren. Sie war froh, dass die Versammlung in diesem Raum mit seiner ehrfurchtgebietenden Vornehmheit stattfand. Das würde sie beflügeln. Hoffte sie jedenfalls.

Mr Camden kam federnden Schrittes herein und bahnte sich nickend und winkend einen Weg durch die Menge. Sara merkte, dass Daisy nach Luft schnappte.

Dieser Mann hatte, so seltsam es klang, eine raue Eleganz.

»Danke, dass Sie alle gekommen sind«, sagte er. »Mein Name ist Camden, ich gehöre zum Architektenteam hier. Als künftiger Bewohner bekam ich außerdem die Aufgabe, mich um die Fertigstellung und den Betrieb dieses Hauses zu kümmern, und zwar gemeinsam mit Mrs Smythe, der ebenfalls hier wohnenden *Managerette.*« Er machte eine Handbewegung in ihre Richtung. »Wir wollen unseren Mietern das Gefühl geben, dass sie nicht in einem Apartmenthaus leben, sondern in einer eigenen Villa, in der ihnen jeder Wunsch von den Augen abgelesen wird. Mein Boss, Mr Henry Hardenbergh, hat eines der modernsten Gebäude von New York City erschaffen. Wir eröffnen am 27. Oktober. Bis dahin haben wir nur noch wenig Zeit, wir brauchen also Ihre höchste Aufmerksamkeit und Unterstützung.

Jetzt möchte ich das Wort Mrs Smythe erteilen, sie kommt aus London, wo sie im Grandhotel Langham gearbeitet hat.«

Diese abrupte Vorstellung überrumpelte sie. Sie spürte, dass ihr unter dem Hemd der Schweiß ausbrach, und war dankbar für die vielen Kleidungsschichten, die alle Anzeichen ihrer Panik verbargen. Sie hätte eigentlich eine dieser Frauen sein sollen, die ihre Blicke jetzt auf sie geheftet hatten, erwartungsvoll, misstrauisch und bemüht, einen guten Eindruck zu machen.

Sie atmete tief durch und ließ den Blick durch den Saal wandern, dann hob sie eine Braue und senkte kaum merklich das Kinn, wie es ihre Mutter zu tun pflegte, wenn sie im Dorf an einem Grüppchen tratschender Frauen vorbeiging. Sie entdeckte Fitzroy, der seine Kappe in der Hand hielt – wenigstens ein bekanntes Gesicht.

»Ich freue mich, hier vor Ihnen zu stehen, und ich freue mich auch schon darauf, jeden Einzelnen von Ihnen kennenzulernen. Wie Mr Camden schon sagte, übernehmen wir hier ein Flaggschiff, ein Gebäude, über das die Bürger New York Citys auch noch in vielen Jahren sprechen werden. Es steht in der Macht eines jeden von uns, dafür zu sorgen, dass man dieses Haus bewundert und seine Bewohner beneidet. Das Gebäude selbst mag nur aus Stein und Holz bestehen, doch Sie werden sein Herz sein. Wir alle müssen auf unsere Aufgabe stolz sein und gut zusammenarbeiten.

Ich möchte, dass die Leiter der einzelnen Abteilungen Miss Cavanaugh aufsuchen und sich von ihr einen Termin für morgen oder übermorgen geben lassen, damit wir miteinander sprechen können. Dann stellen wir einen Arbeitsplan auf, legen Ziele fest und können dem Eröffnungstag zuversichtlich entgegensehen.«

Sie drehte sich zu Mr Camden um. Viel mehr gab es wirklich nicht zu sagen.

Er warf ihr ein kurzes Lächeln zu. »Gut gemacht«, sagte er fast unhörbar. »Sie retten nicht nur kleine Mädchen, Sie sind überhaupt jemand, mit dem man rechnen muss. Ich wusste doch, dass ich in Bezug auf Sie den richtigen Instinkt hatte.«

Und schon war er weg und ließ sie in einem Stimmen- und Fragengewirr zurück.

Kapitel 6

New York City, September 1985

Bailey hatte sich in ihrer Nische erst halb von ihrem Sitz erheben können, da schloss Melinda sie schon in ihre mageren Arme, wobei sich ihre auffallende Halskette schmerzhaft in Baileys Hals grub.

»Ich hab dich so vermisst«, sagte sie, »und die ganze Zeit immer nur an dich gedacht, du böses Mädchen.« So schnodderig die Worte auch waren, die Umarmung war fest und ehrlich.

Nach einer Weile lösten sie sich voneinander, und Melinda setzte sich, warf auf beiden Seiten das lange Haar nach hinten und rückte den Haargummi auf ihrem Kopf zurecht. Der ein Stückchen heruntergezogene Reißverschluss ihres Jumpsuits enthüllte einen üppigen gebräunten Brustansatz. »Ich hätte dich besuchen müssen, es tut mir so leid. Du weißt ja, ich wäre gern gekommen.«

»Ach bitte. Ich wollte doch keine Besucher. Ich musste an mir selbst arbeiten.« Manchmal musste man sich mit Floskeln retten.

»Ich bin so froh, dass du es getan hast. Tristan hat die Kosten übernommen, hörte ich?«

»Ja, das hat er.« Innerlich krümmte sie sich bei

dem Gedanken an das Gespräch, das sie am Morgen mit ihm geführt hatte.

»Aber eins nach dem anderen. Erzähl mir von Silver Hill. Hast du berühmte Leute kennengelernt?«

»Liza war da. Eine nette Frau, aber mehr darf ich natürlich nicht sagen.«

Das hatte gewirkt. Melinda schien sich getadelt zu fühlen, war aber auch beeindruckt.

Diese Antwort musste sie sich merken, für den Fall, dass noch jemand fragte.

Der Kellner schenkte beiden Wasser ein, und Bailey leerte ihr Glas zur Hälfte.

»Es tut mir so schrecklich leid, dass du das hast durchmachen müssen.« In Melindas Augen standen Tränen. »Ich hätte dir beistehen sollen, wie du mir beigestanden hast. Weißt du noch? Als du mich aus dem Roxy gezerrt hast, kurz bevor die Bullen kamen?«

»Stimmt. Das Roxy. Eine der vielen Gelegenheiten, bei denen wir nur um Haaresbreite davonkamen.«

Der Kellner brachte die Speisekarten. Melinda würdigte ihre keines Blickes, sie sah immer noch Bailey an. »Hast du bei der Kur Freunde gefunden?«

»Nein. Waren alle nicht mein Typ. Lauter Abhängige und Trinker.«

Melindas große blaue Augen schienen noch größer zu werden. »Mach keine Witze. Ich weiß, dass es hart gewesen sein muss.«

Bailey krümmte sich geradezu unter Melindas Mitleid. »Das Schlimmste ist, dass ich praktisch nichts mehr von der schrecklichen Nacht weiß.«

Melinda lachte auf. »Du warst echt witzig, das muss ich sagen.«

»Warst du dabei?«

Bailey konnte sich tatsächlich nur an wenig erinnern. Sie hatte ein Paar Gläser Champagner getrunken und in einem Zimmer des Plaza ein bisschen gekokst. Sie waren alle zusammen ausgegangen, um Tristans Geburtstag zu feiern. Dann wollten sie im Oak Room noch ein paar Martinis kippen und vielleicht danach ins Limelight gehen, eine ehemalige Kirche aus dem 19. Jahrhundert, in der früher High-Society-Familien wie die Astors und die Vanderbilts gebetet hatten.

»Hmhm. Wir sind im Oak Room zu euch gestoßen. Tony und ich haben dir noch Hallo gesagt, aber da warst du schon nicht mehr ganz bei dir.«

Plötzlich hörte sich Bailey in ihrer vernebelten Erinnerung Tonys englischen Akzent nachäffen. Melindas neuer Freund war ihr nicht sympathisch gewesen. Einer dieser Typen, die immer jemanden kennen, der jemanden kennt, und der gerne mit seinen Beziehungen angab.

Bailey verzog das Gesicht. »Ich war schrecklich in jener Nacht. Warum habe ich Tristans wichtigste Kundin beleidigt?«

»Weil sie es verdiente! Du hattest völlig recht mit dem, was du über die Wohnung ihrer Tochter gesagt hast. Diese Familie hatte noch nie Stil.«

»Sie wollte für ihr Wohnzimmer einen drehbaren Fußboden, stell dir das mal vor!«

»Ich war vor ein paar Wochen auf einer Party bei

denen. Grauenvoll. Geschmack lässt sich eben nicht kaufen.«

Der Kellner tauchte wieder auf. »Darf ich Ihnen etwas zu trinken bringen?«

Bailey bestellte einen Eistee, und Melinda zögerte kurz, bevor sie das Gleiche bestellte.

»Du musst meinetwegen nicht auf Alkohol verzichten«, sagte Bailey freundlich. »Trink, was du möchtest.«

»Dann nehme ich einen Vodka on the rocks. Ich treffe mich nachher noch mit Tony im Area, deshalb lasse ich es jetzt lieber langsam angehen.«

»Läuft es noch gut zwischen dir und Tony?« Sie waren jetzt schon ein Jahr lang zusammen.

»Und wie! Ich denke, eine Heirat ist nicht ausgeschlossen. Wie fändest du einen neuen Schwiegercousin?«

»Wenn er dich glücklich macht, bin ich sehr dafür. Ich stehe sogar als Babysitter zur Verfügung, wenn ihr anfangt, den Stammbaum auszubauen.«

Melinda kicherte. »Ich nehme an, ich muss zumindest einen süßen Kleinen für das Erbe der Camdens produzieren. Sieht nicht so aus, als wollte sich Manvel in nächster Zeit fortpflanzen. Er ist viel zu sehr in seine gruseligen Künstler vom Lande verliebt.«

Bailey wischte ein paar imaginäre Krümel vom Tisch. »Vielleicht findet er in Alabama ein nettes Mädchen und tut sich mit ihr zusammen.«

»Ich jedenfalls würde ihn nicht daran hindern.« Melinda zwinkerte ihr zu. »Es ist ja nicht so, als würde ich in der Erbfolge benachteiligt, wenn der arme Manvel einen Erben in die Welt setzt. Wir bekommen an unserem dreißigsten Geburtstag beide den gleichen Anteil. Und bis dahin dauert es nur noch einen Monat. Juchhu, Cousinchen!«

Melinda konnte noch so sehr einen auf Familie machen, sie und Bailey waren gar nicht verwandt. Jedenfalls nicht blutsverwandt. Melinda und Manvel waren echte Camdens, Erben des Camden-Vermögens und gleichberechtigte Eigner der Wohnung im Dakota. Bailey hingegen war außen vor. Eine unechte Camden, deren Großvater, als er als Baby aufgenommen wurde, zwar den Familiennamen tragen durfte, aber nicht die Geburtsrechte eines Familienmitglieds erhielt. »Wir sind aber keine echten Cousinen, *Cousinchen.*«

»Sei nicht albern. Unsere Großeltern sind zusammen aufgewachsen wie echte Geschwister. Das macht uns zu Cousinen, jedenfalls für mich.« Melinda nippte an ihrem Drink. »Darauf trinken wir einen.«

Baileys Sinne waren allesamt auf das Glas in Melindas Hand gerichtet. Das Klingeln der Eiswürfel, der rosa Lippenstift am Rand, wie rosa Kuchenguss. Und daneben ihr Eistee, eine bittere Enttäuschung.

»Und wie geht's jetzt mit dir weiter?«, fragte Melinda. »Gehst du zu Crespo und O'Reilly zurück?«

»Nein. Die wollen mich nicht mehr. Tristan hat klargestellt, dass ich nach dem, was ich angestellt habe, eine Belastung wäre.«

»Mistkerl. Du verdienst eine bessere Behandlung, nach allem, was du für die Firma geleistet hast. Wo wohnst du?«

»In der Wohnung meiner Zimmergenossin von Silver Hill, an der Avenue A.«

Melinda blinzelte mehrmals. »Ist das die richtige Gegend für einen, der frisch aus der Entziehungskur entlassen wurde? Ist deine Zimmergenossin ein Junkie?«

»Exjunkie. Ein echt nettes Mädchen, aber sie hat eben Mist gebaut. Ich achte darauf, zu Hause zu bleiben, sobald es dunkel wird. Zum Glück hindert mich meine Angst vor Spritzen daran, in den Heroin-Sumpf zu geraten.« Melindas verachtungsvoller Blick war zu viel für sie. »Und wie geht's dir? Was macht das Dakota?«

»Erinnere mich nicht daran. Es verfällt. Aber jetzt, wo das Treuhandvermögen fällig wird, lasse ich alles renovieren. Tony und ich wohnen in den Hamptons, und ich komme alle paar Wochen her, um nach dem Rechten zu sehen.«

»Wen hast du beauftragt?«

Über Melindas Gesicht huschte etwas wie Verlegenheit. »Tristan. Er hat ein Mädel namens Wanda, das sich darum kümmert. Ich kann sie nicht ausstehen.« Melinda kreischte auf und erschreckte damit einen vorübergehenden Kellner. »Ich weiß was! Du übernimmst das. Dir vertraue ich sowieso viel mehr als ihm, du kannst da wohnen und alles im Auge behalten. Das ist *die* Lösung. Und ich hole dich aus Alphabet City raus.«

»Aber die Wohnung wird doch gerade renoviert.«

»Du kannst dich im Dienstbotenzimmer verkriechen. Das wird toll, du kannst die Arbeiten überwachen, und ich bezahle dich.« Sie machte eine Pause. »Sobald ich das Treuhandvermögen kriege.«

Bezahlung. Obdach. Melindas Angebot konnte eine Reihe von Baileys kurzfristigen Problemen lösen.

»Du wirst im Oktober dreißig, stimmt's?«

»Genau! Und dann bezahle ich dir alles, und du kannst deinen eigenen Laden aufmachen. Scheiß auf Tristan.«

Bailey hatte all ihre Chancen vertan, und jetzt kam Melinda und rettete sie. Sie lehnte sich vor und umarmte sie über den Tisch hinweg, wobei ihr der Duft von Fracas in die Nase stieg. So hatte sich Bailey ihr Leben nach der Entziehungskur zwar nicht vorgestellt, aber vielleicht hatte Melinda recht.

Vielleicht war das genau der Neuanfang, nach dem sie gesucht hatte.

* * *

Bailey lächelte dem Türsteher zu, als sie ins Dakota gingen – wenn sie hier arbeiten wollte, musste sie die Angestellten auf ihrer Seite haben –, aber er lächelte nicht zurück. In ihrer Erinnerung hatte der Mann vor der Tür immer mit ihnen geplaudert, wenn sie mit ihren Eltern hier zu Besuch kam, und aus einem Korb in der Portiersloge Lutscher geholt und verteilt. Aber es hatte sich eben überall viel verändert.

Auf der anderen Straßenseite richtete eine Touristengruppe die Kameraobjektive auf das Dakota. So etwas hatte es vor Lennons Ermordung nicht gegeben, als das Dakota zwar schon groß und geheimnisvoll, aber noch nicht Schauplatz einer Tragödie gewesen war. Jedenfalls keiner weltweit bekannten Tragödie, korrigierte sie sich und dachte an den Mord an Melindas Urgroßvater, der in genau der Wohnung stattgefunden hatte, die sie jetzt renovierte.

»Himmel, ich hasse dieses Viertel«, sagte Melinda, als sie über den Hof gingen. Bailey wäre gern stehen geblieben und hätte nach oben geblickt, um all die Simse, Kreuzblumen und Wasserspeier zu betrachten. Es war wie eine Zeitreise ins Europa des 19. Jahrhunderts. Doch Melinda lief hastig weiter.

»Warum, was gefällt dir denn nicht an diesem Viertel?«

»Es ist Ödland. Überall diese lausigen Weinbars und heruntergekommenen Brownstone-Häuser. Wenn man die Amsterdam Avenue entlanggeht, läuft man wie durch einen Schweinestall. Als ich letzte Woche aus einem Lebensmittelladen rauskam, hat ein Typ, der draußen stand, mir direkt vor die Füße gespuckt. Krass.«

»Ja, das ist krass.«

»Ich würde lieber in Upper East Side leben. Es ist mir echt unangenehm, wenn ich sagen muss, dass ich im Dakota wohne. Und dann noch die Busladungen von Touristen, die einem in die Fenster starren.«

»Du könntest doch umziehen.«

»Ich denke, ich harre noch ein paar Jahre aus und verkaufe dann. Jedenfalls ist es das, was Fred mir rät. Er sagt, dann ist es eine Goldgrube.«

»Fred ist also noch in Form?« Fred, der die Familie in allen rechtlichen und finanziellen Dingen beriet, hatte in der Nachfolge seines Vaters und Großvaters das Treuhandvermögen in den letzten zwanzig Jahren verwaltet.

»Er sagt mir immer noch, was ich tun soll, genau wie er früher meiner Mutter sagte, was sie tun sollte, dieser altmodische alte Kerl.« Sie hatten das Foyer an der nordöstlichen Ecke des Hofes betreten und warteten nun auf den Fahrstuhl.

Bailey ging zur Treppe hinüber und ließ ihre Hand über das geschnitzte Geländer gleiten. »Herrlich.«

»Vermutlich. Alles hier drin ist so wuchtig, man fühlt sich wie in einem Mausoleum.«

»Aber es steckt so viel Geschichte darin.«

»Mag sein.« Plötzlich begann Melinda leise zu fluchen. »Schnell, komm mit.«

Bailey sah nach draußen auf den Hof, wo sich ein Mann mit einem unordentlichen blonden Haarschopf näherte. »Wer ist das?«

»Der Hausmeister. Ein echter Knallkopf. Wir müssen uns verstecken.«

Melinda zog sie hinter sich her in einen Gang und um eine Ecke, sodass sie vom Foyer aus nicht mehr zu sehen waren. Sie hörten, wie der Mann eintrat und dann die Treppe hinaufging. Als seine Schritte nur noch entfernt zu hören waren, atmete Melinda aus.

»Warum musst du dich vor ihm verstecken?«

»Er ist ein Idiot. Er hasst mich. Keine Ahnung warum. Ich gebe ihm zu Weihnachten immer ein Riesentrinkgeld, aber ich glaube, er will mehr Geld, jetzt wo ich renoviere. Du weißt ja, wie das ist in New York. Alle halten die Hand auf.«

Kein gutes Zeichen. Den Hausmeister auf seiner Seite zu haben, war das Wichtigste, wenn man in der Stadt arbeitete. Ohne seine Unterstützung würde nichts funktionieren. Der Hausmeister konnte den Zugang zu den Lastenaufzügen untersagen, die Arbeiter wegen jeder Kleinigkeit nerven und allen Beteiligten ganz allgemein das Leben sehr schwer machen.

Die Wohnungstür war nicht verschlossen. Bailey konnte vom Flur aus direkt in die Bibliothek sehen, aus der alles Mobiliar entfernt worden war, sodass die riesigen Fenster mit Blick in den Park durch die Leere noch mehr zur Wirkung kamen.

»Hallo? Jemand da?«, rief Melinda.

Als Antwort kam ein donnernder Knall vom anderen Ende des Flurs.

»Himmel.«

Wanda streckte den Kopf aus dem Wohnzimmer. »Melinda? Ich wusste nicht, dass Sie heute kommen wollten.«

»Überraschung! Ich habe Ihre Kollegin mitgebracht. Oder vielleicht sollte ich Exkollegin sagen.«

Wanda kam auf sie zu. Sie war eine geisterhafte Frau mit hellem flachsblondem Haar und gelblichem Teint, zu dem sie unseligerweise gern Neonfarbtöne trug, die ihre Blässe zusätzlich betonten. Sie schien geradezu dahinzuwelken, als sie näher kam. Arme, rückgratlose Wanda. Tristan hatte ihr wahrscheinlich das Leben zur Hölle gemacht, seit Bailey nicht mehr da war.

»Wanda, ich fürchte, ich habe schlechte Nachrichten.«

Wanda schien bereits mit den Tränen zu kämpfen. »Ja?«

»Ich schicke Sie weg. Sagen Sie Tristan, dass der Job jetzt Bailey Camden übertragen wurde, sie übernimmt ab jetzt.«

»Ich bin gefeuert?«

»Ja. Zeit für einen Wechsel, und es ist echt fies von Tristan, dass er Bailey keine zweite Chance gibt, nach allem, was sie für ihn getan hat.«

»Und ich soll ihm das sagen?«

»Ja. Und jetzt ab mit Ihnen.«

»Aber was ist mit den Arbeitern?«

»Die können mit dem weitermachen, was sie gerade tun. Sie haben einen Vertrag mit mir, nicht mit Crespo & O'Reilly. Und jetzt hauen Sie bitte ab.«

Wanda schüttelte den Kopf, als sie an ihnen vorbeihuschte. Bailey empfand unwillkürlich Mitleid. Wanda war einfach überfordert, wenn es darum ging, sich den starken Persönlichkeiten der Upper Class von New York zu stellen.

»Autsch.« Bailey hatte gewartet, bis Wanda die Tür hinter sich geschlossen hatte, und dann erst gesprochen. »Das war grob.«

»Na wenn schon. Was hat die schon zu bedeuten? Und jetzt zeige ich dir das innenarchitektonische Meisterwerk, das ich plane. Du wirst es lieben.«

Sie gingen durch den Flur, und Bailey sah in das Wohnzimmer, aus dem der laute Knall gekommen war. Zwei Arbeiter auf Leitern stemmten einen Sims über dem Durchgang zur Bibliothek heraus. Er löste sich und krachte auf den Boden.

»Was machen die da? Das ist noch original. Warum lassen sie es einfach fallen?« Der Boden war bereits mit Holzstücken und -splittern bedeckt. »Seien Sie doch vorsichtig, damit die Sachen nicht kaputtgehen!«

Die Männer sahen Melinda an.

»Machen Sie weiter.« Melinda winkte Bailey mit dem Zeigefinger, auf dessen Nagel magentaroter Lack prangte, zu sich. »Komm mit. Ich zeige dir dein neues Heim.«

Sie bogen nach rechts in den Gang zur Küche ab. Bailey erinnerte sich, dass von der Küche mehrere kleine Räume abgingen, in denen sie sich als Kinder gern versteckt hatten. Ein Badezimmer, eine Speisekammer, eine kleine Waschküche, wobei sie nicht mehr wusste, was genau wo gewesen war. Melinda öffnete die letzte Tür rechts.

Der Raum hatte nichts von der Noblesse der öffentlichen Räume dieser Wohnung. Tatsächlich erinnerte er sie von Größe und Schlichtheit her an ihr Schlafzimmer in Silver Hill, er war gut neun Quadratmeter groß, an einer Wand stand ein schmales Bett. Vielleicht würde ihr eine gewisse Kontinuität helfen, ihre niedrigeren Instinkte unter Kontrolle zu halten. Trotzdem, es war deprimierend.

»Du kannst hier wohnen und sie beaufsichtigen, dann machen sie nicht noch mehr Mist, als sie schon gemacht haben.«

»Gut. Was genau willst du hier verändern?«

»Jetzt kommt das Vergnügen. Komm, wir setzen uns in die Küche, und ich zeig's dir.«

Auf dem Küchentisch lag ein Aktenordner. Bailey

erkannte, dass es eins der Kundenbücher von Crespo & O'Reilly war. In ihrer Eile, Melindas Unmut zu entkommen, hatte Wanda es hier vergessen.

Sie setzten sich, und Melinda blätterte darin. »Es sind nur kosmetische Veränderungen, wir versetzen keine Wände oder dergleichen.«

»Was für einen Stil strebst du an?«

»Diese Wohnung ist dunkel und schmuddelig und deprimierend. Das ganze Holz macht einen trübsinnig, und Tony ist auch der Meinung, dass sie ein ordentliches Facelifting gebrauchen kann.«

Baileys Nackenhaare sträubten sich. »Facelifting?«

»Ja. Wir wollen hier mehr so ein Palm-Beach-Feeling haben, verstehst du?«

»Pastelltöne?«

»Mehr als das. Ich möchte, dass die Leute hier reinkommen und sich fühlen, als würden sie eine römische Villa am Strand betreten. Hier.« Sie schlug den Ordner auf. »Wir reißen alles raus und machen es neu. Ich will jede Menge Illusionsmalerei, die Säulen werden so gestrichen, als wären sie aus Marmor, so mit rosa und grauen Maserungen. Tonys Freund hat eine Firma, die so was macht, es sieht toll aus. Und im Flur werden wir diese coole Schwammtechnik einsetzen. Ich finde Ocker gut, aber Tony hätte es gern mehr ins Orangefarbene getönt. Das entscheiden wir, sobald du uns Muster vorlegst.«

Bailey musste schlucken. Der Gedanke, dass das schöne Holz überstrichen und der ganze Stuck entfernt werden sollte, machte sie ganz krank. »Puh.«

»Da bist du sprachlos, was? Das dachte ich mir.« Sie

schlug den hinteren Teil des Ordners auf, wo Möbelprospekte in Klarsichthüllen eingeheftet waren. »Du kriegst doch noch deinen Designer-Rabatt?«

»Sicher.« Bailey blätterte weiter. Vergoldete Esszimmerstühle, mit Leopardendruck bezogene Sessel, ein Plexiglas-Couchtisch. Sie wusste gar nicht, womit sie anfangen sollte. In Malibu mochte das gehen, aber es wirkte irgendwie unpassend, eine solche Einrichtung ins Dakota zu bringen.

Sie schlug den Ordner zu. »Bist du sicher? In dieser Wohnung lebt so viel Geschichte. Deine Familie. Das Vermächtnis von Theodore Camden. Es wirkt irgendwie so drastisch.«

»Ich hab es so satt, immer wieder Theodore Camden vorgehalten zu bekommen, bla, bla, bla. Das ist hundert Jahre her. Er ist tot. Die Zeiten ändern sich. Alle hier im Gebäude machen so was.« Melinda schnaubte. »Nein, nicht alle. Da gibt es noch ein paar verkalkte Alte, die gar nichts ändern wollen. Aber hier leben Celebrities, Musiker, Künstler, Schauspieler. Die mögen Langflorteppiche, weiße Wände und Edelstahl. Du solltest das am besten wissen.«

Bailey überschlug ein paar Summen im Kopf. Auf ihrem Bankkonto hatte sie genug Geld für die täglichen Ausgaben, und wenn sie während der Renovierungsarbeiten hier wohnen und am Ende einen dicken Scheck kassieren konnte, würde sie nicht schlecht dastehen. Es würde ihr eine Verschnaufpause ermöglichen, in der sie über die nächsten Schritte nachdenken konnte. Vielleicht hätte sie dann sogar genug Geld, um ihre eigene Firma zu gründen.

Vielleicht hatte Melinda recht. Dieser Wohnung haftete ein trauriger Geruch nach alten Menschen an, eine Mischung aus Waschmittel und abgestandenem Rosenwasser.

»Ich kümmere mich um deine Renovierung, und am Ende feiern wir nicht nur, dass die Renovierung fertig ist und du das Geld aus dem Treuhandvermögen bekommst, sondern auch, dass ich Bailey Camden Designs gründe.« Sie streckte die Hand aus.

Melinda schüttelte sie mit einem Freudenschrei. »Ich bin deine erste offizielle Kundin. Vergiss mich nicht, wenn du ein Star bist.«

»Ich werde mein Bestes tun.«

Kapitel 7

New York City, September 1884

Zwei Tage später hatte Sara zwei schlaflose Nächte hinter sich. Immer wieder ging ihr die Liste der noch zu erledigenden Aufgaben durch den Kopf wie ein außer Kontrolle geratener Zug, der nicht anhält, um die Passagiere aussteigen zu lassen. Zum Glück konnte sie die meisten Arbeitsabläufe aus dem Langham auf das Dakota übertragen, Personaleinsatzpläne ausarbeiten und an der richtigen Stelle wichtige Details festhalten, etwa dass Mrs Knoblauch nicht nur einen, sondern zwei Butler mitbrachte und dass die Putnams gern Soireen gaben und ihr Konzertflügel schon in der kommenden Woche angeliefert würde.

Sie veranlasste regelmäßige Kohle- und Holzlieferungen ab der letzten Oktoberwoche und machte sich sogar die Mühe, die Mietställe, die einige Straßen entfernt lagen, aufzusuchen und mit dem leitenden Groom zu sprechen. Flure wurden gefegt und Läufer ausgelegt, die den Hall der Schritte dämpften, sodass man sich im Gebäude weniger wie in einer Anstalt und mehr wie in einem Zuhause fühlte. Das hoffte sie zumindest.

Sie hatte Mr Douglas nur selten zu Gesicht bekommen, was ihr gut passte, denn seine Nervosität steigerte nur ihre eigene. Wenn sie zufällig Mr Camden begegnete, tauschten sie nur ein paar Höflichkeiten aus, und sie hatte versucht, ruhig und kompetent zu wirken und den Kloß des Unbehagens in ihrer Kehle herunterzuschlucken. Die Zusammenarbeit mit Daisy war eine Freude, für Mrs Haines galt das nicht im selben Maße, aber das war wenig überraschend. Sara zweifelte nicht daran, dass Mrs Haines eine hervorragende Pförtnerin sein und den schmutzigen Plebs daran hindern würde, ins Luftschloss vorzudringen.

Nach einem raschen Mittagsimbiss im Personalraum neben der Küche im Keller ging Sara zurück in ihr Büro und sah im Empfangsbereich eine korpulente Frau mit einem Hermelincape stehen, die sehr ungeduldig wirkte.

»Kann ich Ihnen helfen?«, fragte Sara.

»Das will ich hoffen. Ich stehe hier schon seit mehreren Minuten, und niemand hat sich um mich gekümmert.«

»Das tut mir sehr leid.« Mrs Haines, die an ihrem Tresen hätte sein sollen, war nirgends zu sehen. Sara trat näher. »Ich bin Mrs Smythe, die *Managerette*. Was kann ich für Sie tun?«

Die Dame rümpfte die Nase. »Ich habe eine Verabredung mit Mr Hardenbergh, er will mir meine Wohnung zeigen.«

»Aber natürlich. Darf ich Ihren Namen erfahren?«

»Mrs Horace Putnam.«

Nummer 63. Mr Putnam, ein Anwalt, und Gemahlin. Sie hatten eine der größeren Wohnungen des Hauses genommen, fünfzehn Zimmer, darunter ein Salon mit zwei Kaminen und Baccarat-Kronleuchtern.

»Wie nett, Sie kennenzulernen. Ich werde Sie sehr gern begleiten. Bitte hier entlang.«

Saras Small-Talk-Versuche während der Hofüberquerung wurden zurückgewiesen. Die Tür zu Nummer 63 stand offen, und Mr Camdens Stimme drang, lauter als sonst, bis hinaus auf den Gang.

»Ich tue, was ich kann, Mr Hardenbergh. Sie können jetzt nicht von Ihren Zusagen abrücken.«

Eine tiefere Stimme antwortete. »Ich habe nichts versprochen. Wir müssen abwarten, wie sich die Dinge entwickeln. Versuchen Sie nicht, mich unter Druck zu setzen, Theo.«

Beim Eintreten rief Sara laut Mr Camdens Namen, damit er gewarnt war. Er stand in der Diele, und neben ihm ein großer Mann mit beginnender Glatze, dessen gewachste lange Schnurrbartspitzen sich nach oben bogen wie Klammern in einem Satz.

»Ah, Mrs Putnam!« Mr Hardenbergh kam auf sie zu. »Ich kann es kaum erwarten, Sie herumzuführen. Bitte folgen Sie mir.«

Mrs Putnam entschwand mit Mr Hardenbergh ins Esszimmer. Sara warf Mr Camden einen Blick zu.

»Sie ist eine unserer härtesten Kritikerinnen«, flüsterte der. »Will nichts mit diesem Haus zu tun haben. Ihr Mann ist derjenige, der an den Stadtrand ziehen will.«

»Und das ist Mr Hardenbergh, nehme ich an.«

Als Mr Camden nickte, hörten sie Mr Hardenberghs Stimme aus einem anderen Raum. »Wir brauchen Sie hier, Camden. Und bringen Sie diese Frau da mit.«

Diese Frau da. Wie reizend.

Ein Flur zog sich durch die gesamte Länge der Wohnung und schien überhaupt nicht enden zu wollen. Im Vorbeigehen warf Sara verstohlene Blicke in die beidseits liegenden Zimmer. Die Bibliothek hatte eine Verbindungstür zu einem doppelt so großen Salon, und rechts lag ein vertäfeltes Esszimmer, wo Mrs Putnam vor den für das Geschirr bestimmten Eckvitrinen stand. »Ich mag dieses Holz nicht. Zu dunkel. Reißen Sie es raus und ersetzen Sie es durch etwas anderes.«

»Sie meinen die Porzellanschränke?«, fragte Mr Camden.

»Nein, das ganze Zimmer.«

Mr Camden fasste sich an die Stirn. »Aber das ist bestes Mahagoni- und Eichenholz.«

»Die Rutherfords haben so einen geflammten Ahorn importiert. Den will ich auch haben.« Sie wandte sich Sara zu. »Sie sind doch für den Einzug zuständig, oder?«

Sara nickte. »Ja, Ma'am.«

»Ich glaube nicht, dass mein Esstisch hier reinpasst. Und ich kaufe bestimmt keinen neuen.«

»Ich werde ihre Haushälterin um die Maße bitten, Mrs Putnam, und mich dann melden. Wenn der Tisch nicht passt, können wir ihn von einem Schreiner ändern lassen.«

»Die Türgriffe sind aus Sterlingsilber, nicht wahr?«

Mr Camden zwang sich zu einem Lächeln. »Genau Ihren Wünschen entsprechend.«

»Sehr gut. Ich möchte mehr Stuck an den Wänden und der Decke, und zwar blattvergoldet. Der Raum wirkt ziemlich schäbig.«

Schäbig war wirklich das letzte Wort, das einem in den Sinn kam. Mr Camden stotterte etwas, schien aber entweder so erschrocken oder so verärgert über diese Beleidigung zu sein, dass er keine richtige Antwort zustande bekam.

Mr Hardenbergh befingerte seinen Schnurrbart. »Das ist alles gar kein Problem.« Dabei warf er Mr Camden einen sprechenden Blick zu, der Sara nicht entging.

Sie mischte sich ein. »Ich verstehe, warum Sie diesen Raum ein wenig aufhellen möchten. Wie wäre es, wenn wir für die Eckschränke ein jadegrünes Service von Limoges bestellen würden? Die Farbe wäre hell und freundlich.«

Die Dame betrachtete Sara, als sähe sie sie zum ersten Mal. »Limoges. Ja, das könnte gehen.«

Mr Camdens Schultern entspannten sich ganz leicht.

»Und kümmern Sie sich auch um den Stuck. Blattvergoldet.«

Mr Hardenbergh erbot sich, Mrs Putnam zu ihrer Kutsche zurückzugeleiten. Nachdem sie gegangen waren, fuhr sich Mr Camden mit der Hand durchs Haar. »Das ist jetzt das dritte Mal, dass sie herkommt und drastische Veränderungen verlangt. Ich habe gar nicht die Zeit, dieses Zimmer umzugestalten. Wir hängen jetzt schon hinter dem Zeitplan zurück.«

»Warten Sie noch eine Woche ab«, riet ihm Sara.

»Ich vermute, bis dahin hat sie eine Idee, die weniger Arbeit macht.«

»Oder mehr.«

Sie lachten.

»Danke, dass Sie versucht haben, ihr zuzureden«, sagte er.

»Nun ja, das Haus ist ja wirklich alles andere als schlicht und schäbig.« Sie wich seinem Blick aus und hoffte, dass sie ihn nicht gekränkt hatte.

»Sie haben völlig recht. Ich betrachte es als letztes Aufbäumen eines exzessiven Zeitalters. Wenn ich das, was gerade hochmodern ist, hemmungslos übertreibe, werden wir als Gesamtgesellschaft vielleicht schneller zu einer anderen Formensprache finden.«

»Es gibt so viel anzuschauen. Besonders gefallen mir die Wasserspeier vorn an der Fassade.«

Ein Lächeln glitt über sein Gesicht. »Jetzt machen Sie sich über mich lustig, das merke ich. Heben Sie sich so etwas für Mr Hardenbergh auf. Ehrlich, ich nehme es nicht persönlich, wenn Sie den ganzen Kram für geschmacklos halten.«

»*Geschmacklos* ist ein zu hartes Wort. Wenn wirklich Sie die Schmuckelemente entworfen haben, dann hatten Sie anscheinend Ihren Spaß. Ich sehe da überall Sinn für Humor. Ist das Ihr Beitrag?«

Mr Camden schüttelte traurig den Kopf. »Sie haben mich ertappt. Ich warte eigentlich immer noch darauf, dass Mr Hardenbergh mich ernstlich dafür bestraft, dass ich zu weit gegangen bin. Maiskolben und Indianer, um Himmels willen. Soll ich Ihnen mal was zeigen?«

Sie hätte wirklich zurück an ihren Schreibtisch gemusst, doch sie konnte seiner Begeisterung nicht widerstehen.

Sie gingen in seine Wohnung, und Mr Camden breitete seine Zeichnungen auf dem Tisch in der Bibliothek aus, wobei er den gleißenden Sonnenschein mit seinem Körper abschirmte. »Verdammte Sonne. Hier ist mein schönster Beitrag.«

Mr Camden war sehr dicht neben ihr, sie konnte seinen Atem an ihrem Hals fühlen. Diese Intimität war ihr peinlich, sie hielt ihre Arme dicht am Körper, als er auf eine Zeichnung des niedrigen Zauns zeigte, der das Gebäude umgab. Aus jedem Pfosten ragte das schmiedeeiserne Gesicht eines Mannes mit Schnurrbart und langem Rauschebart, während sich um die waagrechten Gitterstäbe beidseits Drachen wanden. »Soll das der Weihnachtsmann sein?«

Mr Camdens Mundwinkel zuckte, als müsse er ein Lachen unterdrücken. »Es handelt sich um einen Meeresgott im Kampf mit Seeigeln.«

Sie konnte nicht anders, sie zog ihn ein bisschen auf. »Meeresgötter und Seeigel, natürlich. Dass ich da nicht gleich drauf gekommen bin.«

»Warten Sie nur, bis die Leute in der Stadt zu sehen bekommen, was wir hier draußen geschaffen haben. Dann wird Hardenberghs Ruf mehr als gefestigt.«

»Und Ihrer?«

»Ich habe ja gerade erst angefangen. Hardenbergh hat versprochen, mir beim Aufbau meiner eigenen Firma zu helfen, wenn das Dakota gut läuft.«

»Wären Sie beide dann nicht Konkurrenten?«

»Nein, gar nicht. Er wird mit seinen großen Apartmenthäusern und Hotels weitermachen. Ich will etwas ganz anderes. Ich bin wie der Kanarienvogel im Bergwerk. Sollte meine Vision Wirklichkeit werden, hat auch er einen Vorteil davon. Wenn nicht, besteht keine Gefahr, dass sein Ruf Schaden nimmt.«

Ein Windstoß ließ die Zeichnungen aufwehen. Mr Camden legte einen Briefbeschwerer auf den Rand, damit sie fest lagen.

»Es ist schrecklich hell hier.« Sara zeigte auf das Fenster. »Sie brauchen wirklich Vorhänge. Die würden auch gegen den Wind helfen.«

»Daran habe ich nicht gedacht. Ich schaue mal, ob mir der Schneider etwas zusammenbasteln kann.«

Sara hatte das Schneideratelier im Keller bereits gesehen, das bislang jedoch, von einer Nähmaschine abgesehen, völlig leer war.

»Ich fürchte, der hat sich noch nicht eingerichtet. Ich kann Ihnen etwas nähen, wenn Sie möchten. Nichts Großartiges, aber wenigstens würde es das Licht abhalten.«

Er sah auf. »Könnten Sie das?«

»Ich war bei einer Schneiderin in der Lehre, bevor ich nach London gegangen bin.«

»Stimmt, das hatten Sie ja erwähnt. Aber dann sind Sie in einem Hotel gelandet?«

»Ja.« Sie wechselte hastig das Thema. »Sobald ich den Stoff habe, könnte ich die Vorhänge innerhalb einer Woche fertig haben.«

Ein schiefes Grinsen ging über sein Gesicht. »Sagen Sie, waren Sie schon in der Stadt?«

»Nein, ich hatte noch keine Zeit dazu.«

»Sie müssen endlich die Sehenswürdigkeiten kennenlernen. Also morgen Vormittag. Dann kann ich gleichzeitig auch im Büro vorbeischauen, und wir kaufen Stoff für die Vorhänge. Danke für Ihr Angebot, sie zu nähen – solange Sie sicher sind, dass es Sie nicht von Ihren Pflichten abhält.«

»Natürlich bin ich sicher. Ich nehme an, Sie stellen sie sich in Limoges-Grün vor?« Sie konnte es sich nicht verkneifen, ihn zu necken, und wurde mit einem lauten Auflachen belohnt. Sie mochte sein Lachen.

»Ich wusste doch, es war die richtige Entscheidung, Sie über den großen Teich zu holen, Mrs Smythe.«

Sara war schon wieder im Flur, damit er nicht sehen konnte, wie sich die Röte auf ihren Wangen ausbreitete.

Kapitel 8

New York City, September 1884

Sara hatte erst wenige Stunden geschlafen, als sie von schweren Schritten geweckt wurde. Den Schritten eines Mannes. Dann verstummte das Geräusch, und einen Augenblick lang glaubte sie, sie habe es sich nur eingebildet. Früher am Abend hatte ein Unwetter getobt, mit Blitzen und heftigem Donner wie dem des Dynamits, mit dem die Felsbrocken an den Straßen gesprengt wurden. Aber dieses Geräusch war kein Donner. Sie lauschte angestrengt, doch jetzt war alles still. Unnatürlich still.

Irgendjemand war da draußen auf dem Flur.

Sie legte das Ohr an die Tür, hörte aber nur das Blut in ihren Ohren rauschen. Sie griff nach dem Schürhaken neben dem Kamin und riss die Tür auf.

Ein Mann.

Er gehörte nicht zum Personal, da war sie sich ziemlich sicher. In der dürftigen Beleuchtung wirkte er wie Ende zwanzig, mit einem dunklen Schnurr- und Kinnbart.

»Wer sind Sie?« Ihre Stimme zitterte. »Was machen Sie hier?«

Der Mann sah weg, auf einen Punkt hinter ihr. »Ich

arbeite hier, als Bauarbeiter. Tut mir leid, Ma'am. Ich hab mich verlaufen, weiter nichts.«

»Nach Feierabend hat sich hier niemand mehr aufzuhalten.«

Jetzt kam Mrs Haines um die Ecke, einen Morgenrock um sich gezogen und eine Lampe in der Hand. »Er ist aus Daisys Zimmer gekommen.«

Der Mann versteifte sich.

Innerlich war Sara ganz verkrampft vor Angst. Ihr Atem ging so flach, dass sie nicht sprechen konnte.

»Wie viele sind Sie denn hier?« Die Stimme des Mannes war rau und drohend.

Mrs Haines sah Sara an, blass vor Angst.

Sara hielt den Schürhaken fest in der Hand, leicht zum Boden geneigt, aber bereit zum Schlag. »Hier auf dem Stockwerk sind wir zu acht.«

Der Mann sah den Schürhaken an und dann Sara. »Acht? Wo sind dann die anderen fünf?«

»Sie sollten jetzt gehen.«

»Stimmt das?«

Sein höhnischer Ton erinnerte sie an Mr Ainsworth, den Mann ihrer Lehrmeisterin. Jemand, der es genoss, seine Macht auszuspielen. Genau wie Mr Birmingham mit seinen lüsternen Blicken auf die jüngeren Zimmermädchen im Langham. Das Dakota war nun ihr Territorium, es stand unter ihrer Verantwortung, und der Gedanke, dass dieser Mann hier so großspurig und eitel auftrat, als gehörte ihm das alles, machte sie wütend.

Ein Energiestoß durchfuhr Sara. Ohne weiter nachzudenken, hob sie den Schürhaken hoch über den

Kopf und stieß einen Schrei aus, der durch den ganzen Flur hallte und ihr selbst in den Ohren gellte. Diese dramatische Verwandlung einer ängstlichen Dame in Not in eine irre Furie wirkte. Im Nu war der Mann weg, er sprintete den Flur hinunter und verschwand um die Ecke. Der Schürhaken fiel klappernd zu Boden und hinterließ eine weiße Narbe in dem frisch lackierten Holz.

Mrs Haines und Sara tasteten sich um die Ecke. Daisys Tür stand offen, und das Zimmer schien auf den ersten Blick leer zu sein. Doch dann kam Daisy weinend hinter dem Bett hervor.

Eine Woge von Erinnerungen überflutete Sara. Wie sie dem Mann der Schneiderin zulächelte, der anfangs so nett zu ihr war. Wie er hinter ihr vorbeiging und mit der Hand ihr Kreuz streifte, eine Geste, deren genaue Bedeutung schwer zu definieren war. Wie stolz sie auf ihre Arbeit war, auf das, was sie an der Nähmaschine zustande brachte, und wie schön es war, dass er ihr dazu Komplimente machte, wo doch seine Frau so kalt und streng war. Sie war ein eifriges junges Mädchen gewesen, genau wie Daisy.

»Daisy, ist alles in Ordnung?«

Daisy konnte nicht gleich antworten, ihre großen Augen waren voller Tränen. »Ja, Mrs Smythe. Ich war in meinem Zimmer, und dann kam er rein, und …« Ihre Stimme versagte.

Sara griff nach Mrs Haines' und Daisys Arm und lotste sie in ihr eigenes Zimmer, dann schloss sie die Tür hinter sich ab. Zusammen mit Mrs Haines hob sie den Tisch hoch und stellte ihn vor die Tür. Dann holte sie ein Taschentuch und setzte sich neben Daisy aufs Bett. »Hier, nehmen Sie das.«

»Er sagte, er hätte sich verlaufen, aber dann drückte er die Tür auf und kam rein.« Daisys Stimme bebte noch vor Angst.

»Jetzt ist alles gut, wir sind in Sicherheit.« Sara blickte zu Mrs Haines auf, deren Gesicht im Lampenlicht sehr blass war. »Wir bleiben bis zum Morgen zusammen. Er kann das Gebäude nicht durch das Tor verlassen, Fitzroy hat hinter sich zugeschlossen, also wird man ihn finden, wenn alle da sind.«

Sie ging ans Fenster, in der Hoffnung, sie würde vielleicht Mr Camden sehen und ihn zu Hilfe rufen können, doch der Hof unten lag im Dunkeln. »Ich werde morgen gleich als Erstes mit Mr Camden darüber sprechen und dafür sorgen, dass so etwas nicht noch einmal passiert.« Hoffentlich schlief Mr Camden hinter einer gut verschlossenen Wohnungstür.

»Ich werde mich besser fühlen, wenn die anderen Bewohner eingezogen sind«, sagte Daisy.

»Wie auch immer, Sie sollten Ihre Tür immer abschließen und sie nie öffnen, wenn Sie eine unbekannte Stimme hören.« Der Ton von Mrs Haines war schneidend.

Und inakzeptabel. »Das arme Mädchen hat schon genug durchgemacht«, sagte Sara. »Lassen wir sie in Ruhe.« Sie wusste nicht, wie sie die Frage stellen sollte, die ihr auf der Zunge lag. »Wie lange war er in Ihrem Zimmer?«

»Nur etwa eine Minute. Ich habe mich gewehrt, so gut ich konnte.«

»Sie waren wirklich tapfer.«

Mrs Haines setzte sich in den Lehnstuhl an der Wand. »Man sollte uns hier nicht so völlig ungeschützt in der Falle sitzen lassen«, sagte sie. »Er hätte uns alle umbringen können. Das könnte er immer noch.«

Sie hatte recht, aber Sara antwortete nicht. Daisy lag auf Saras Bett, den Kopf in Saras Schoß.

»Armes Kind.« Sara streichelte ihr das Haar. »Aber wir sind ja da.«

Sara und Mrs Haines blieben auf, lauschten den sanften Atemzügen der schlafenden Daisy und horchten angestrengt auf das Geräusch von Schritten, bis der Morgen dämmerte.

* * *

Als sich scheppernd das Haupttor öffnete, weckten Sara und Mrs Haines Daisy vorsichtig auf. Sara ging ihnen voraus nach unten, wo Fitzroy am Eingang stand, während die Arbeiter unter Lachen und gegenseitigen Zurufen in den Hof schlenderten.

»Hier treibt sich ein Mann herum«, sagte Sara. Fitzroy kniff besorgt die Augen zusammen, als sie vom Abenteuer der letzten Nacht berichtete.

Sofort verschloss und verriegelte er das Tor. Er rief den Vorarbeitern zu, sie sollten ihre Leute durchzählen, dann bat er die Frauen, im Empfangsraum zu warten, während die Suche durchgeführt würde. Mr Camden wurde gerufen, und er befragte die weinerliche Daisy in tröstendem Ton und tätschelte ihr anschließend die Schulter. Diese beschützende Geste brachte Sara fast dazu, selbst in Tränen auszubrechen. Wenn sie nur jemanden gehabt hätte, der sich nach ihrem Erlebnis mit Mr Ainsworth ihr gegenüber genauso verhalten hätte.

Ein wütender Fitzroy platzte herein. »Ein Fenster in einer der östlichen Erdgeschosswohnungen ist aufgebrochen worden. So hat er fliehen können. Trotzdem, ich kann es beschwören, Mrs Haines und ich haben gestern Abend alle Arbeiter durchgezählt.«

Mrs Haines nickte, sagte aber nichts.

»Ich versichere Ihnen, wir werden so etwas nicht wieder zulassen«, sagte Mr Camden zu Daisy. »Fitzroy, sorgen Sie dafür, dass dieses Fenster noch heute Vormittag repariert wird, und dann brauchen wir für die Nacht einen Wachmann. Damit warten wir nicht bis zur offiziellen Eröffnung.«

»Ich setze ihn auf die Gehaltsliste«, sagte Sara.

»Es tut mir sehr leid, Sir«, entschuldigte sich Fitzroy.

»Das sollte es auch.« Mr Camden starrte ihn wütend an. »Die Presse und die ganze Stadt warten nur darauf, dass das Dakota scheitert. Ein Skandal wie dieser hätte uns schon ruiniert, bevor noch ein Mieter einen Fuß hier hereingesetzt hätte.«

»Ja, Sir.« Fitzroy war jedes seiner über sechzig Jahre anzusehen.

»Mrs Smythe, wir reden in Ihrem Büro weiter.« Damit entließ Mr Camden die anderen.

Sie folgte ihm in ihr Büro und schloss die Tür hinter sich.

Er ging in dem kleinen Raum auf und ab. »Ich möchte mich noch einmal für dieses Eindringen entschuldigen. Der Gedanke, dass ich die ganze Zeit hier war, Ihnen aber nicht zu Hilfe kommen konnte, macht mich ganz krank.«

»Es geht uns gut, und Fitzroy wird so etwas in Zukunft verhindern, da bin ich ganz sicher.«

»Für mich als Vater ist der Gedanke furchtbar, dass ein fremder Mann durch die Flure streicht und in Daisys Zimmer einbricht.«

Sein Beschützerinstinkt gegenüber seiner Familie rührte sie, und doch spürte sie dabei auch einen Stich Eifersucht. Es gefiel ihr, dass sie so etwas wie Freunde waren, und das würde sich ganz sicher ändern, sobald seine Familie im Dakota wäre.

Was für ein schrecklicher, selbstsüchtiger Gedanke. Sie schwor sich, künftig nicht mehr so kleinlich zu denken.

Er stützte die Hände in die Hüften und senkte das Kinn. »Ich fürchte, ich muss Ihnen eine peinliche Frage stellen.«

»Ja?«

»Braucht Daisy einen Arzt?«

Sara holte tief Luft. »Ich glaube nicht. Sie betonte, er sei nur eine Minute lang in ihrem Zimmer gewesen. Ich denke, ihr ist nichts passiert.«

Mr Camden wandte verlegen den Blick ab. »Das freut mich. Aber wie auch immer, wenn Sie denken, dass noch weitere Hilfe nötig ist, werden Sie hoffentlich nicht zögern, mich anzusprechen.«

»Ich werde mich dann ganz sicher an Sie wenden.«

Sie fragte sich, ob er sich noch an sein Angebot erinnerte, mit ihr in die Stadt zu fahren, um Stoff zu kaufen. Sie hatte sich darauf gefreut, mehr von der Stadt zu sehen. Gerade jetzt erinnerte sie der von draußen hereinwehende Geruch der Schweineställe daran, wie weit im Hinterland sie sich befanden.

Mr Camden wandte sich zum Gehen, blieb aber an der Tür noch einmal stehen. »Und wir dürfen nicht vergessen …«

»Ja?«

»Die Hausmädchen kommen diese Woche an. Haben Sie alles für ihre Unterbringung vorbereitet?«

»Natürlich. Ich habe die Zimmer schon zugeteilt und werde einen Einführungsvortrag halten.«

»Hervorragend. Und was unseren Ausflug in die Stadt angeht, wollen wir uns um 10 Uhr am Haupttor treffen?«

Er hatte es nicht vergessen. Sie lächelte, unterdrückte es dann aber. Es war schließlich nur eine Fahrt in die Stadt, kein Grund für freudige Erregung. Eine ähnliche Begeisterung hatte sie viele Jahre zuvor bis sehr nah an den Abgrund geführt, damals, in ihrer Zeit bei Mrs Ainsworth. Und seither hatte sie bei allen Männern verborgene Absichten unterstellt. Doch in den inzwischen vergangenen fünfzehn Jahren hatte sie eine schlafwandlerische Sicherheit darin erlangt, die Mistkerle von den Herren zu unterscheiden, und Mr Camden schien zu den Letzteren zu gehören. »Gern, Sir.«

Zu Saras Freude hatte Mr Camden für diesen Tag einen offenen Landauer bestellt, sie konnte die Stadt also ungehindert sehen. Ihr Blick wanderte von links nach rechts und von rechts nach links, während er ihr entlang der Fifth Avenue unterhalb des Parks mehrere Villen zeigte.

An der Fifty-Second Street ließ er den Kutscher halten. »Und hier das Meisterwerk, das aus Richard Morris Hunt den gefragtesten Architekten von New York gemacht hat.«

Sie schnappte nach Luft. »Soll das ein Haus für eine einzige Familie sein?«

»Ja, aber nicht für irgendeine Familie. Für die Rutherfords. Mr Stafford Rutherford und seine Gattin Mrs Alma Rutherford.«

Der helle Kalksteinbau war übersät mit einer Vielzahl von Giebeln, Balkonen und Kreuzblumen und leuchtete im Sonnenlicht so sehr, dass er neben den bräunlichen Gebäuden in seiner Umgebung wie ein Trugbild wirkte. Er sah aus wie ein prall aufgeblasenes Puppenhaus, das jeden Augenblick durch die strenge eiserne Umzäunung zu platzen drohte. Ein Haus für einen Berggipfel irgendwo in Europa, aber nicht für eine quirlige Großstadtstraße.

Es war so pompös, dass Sara fast gelacht hätte. »Ich weiß gar nicht, wohin ich jetzt sehen soll«, sagte sie schließlich.

»Es gibt in dieser Stadt viertausend Millionäre, und jeder von ihnen versucht die anderen zu übertreffen. Ich bezeichne die derzeitige Architekturströmung gern als Europäische Hochzeitstorte.«

»Ich kann Ihnen nur zustimmen. Es ist ziemlich auffallend.«

Er lächelte auf sie hinunter. »Wie das Dakota, oder?«

»Zugegeben, das Dakota ist auch nicht gerade schlicht, aber es ist ein Vorzeigeobjekt, und ich nehme an, genau so möchten die Bewohner es haben. Wenn sie schon nicht in einer der Villen an der Fifth Avenue leben können, warum sollen sie sich dann nicht in ein noch größeres, noch eleganteres Gebäude einkaufen?«

»In was für einem Haus würden Sie gern leben, Mrs Smythe?«

Niemand hatte ihr je eine solche Frage gestellt. In ihrer Verwirrung konnte sie nicht gleich antworten. Tatsächlich hatte sie sich nie vorgestellt, anderswo zu wohnen als in ihrem Londoner Zimmer oder der Mansarde im Dakota. Ihre Behausung hatte sich immer nach dem Ort ihrer Arbeit gerichtet.

»Ich bin sehr zufrieden mit meiner derzeitigen Unterbringung.«

»Danach habe ich nicht gefragt.«

»Was würden Sie zeichnen, wenn Sie völlig frei und nicht Mr Hardenbergh und den Mrs Putnams dieser Welt verpflichtet wären?«

»Sie weichen der Frage aus.« Er gab dem Kutscher einen Wink weiterzufahren.

»Na schön. Ich glaube, in einem Cottage auf dem Lande, mit einem kleinen Garten. Das würde mir genügen.«

»Auf keinen Fall. Das lasse ich nicht gelten. Wenn Sie alles Geld der Welt hätten und bauen könnten, was Sie wollten, und zwar hier an der Fifth Avenue – wie würde das aussehen?«

»Wenn man bedenkt, dass Sie das den ganzen Tag tun, sich Häuser ausdenken. Ich gebe zu, ich habe nicht die geringste Ahnung. Gewiss keine Richard-Morris-Hunt-Villa. In der würde ich mich auf dem Weg zum Frühstück verlaufen.«

Zu ihrer Freude brach er in schallendes Gelächter aus.

»Ich werde Ihnen ein Haus zeichnen, wie finden Sie das? Sobald sich das ganze Durcheinander ein bisschen gelichtet hat und das Dakota schön ruhig läuft, werde ich Ihnen etwas zeichnen. Auch wenn es nur ein strohgedecktes Cottage ist, das Sie an zu Hause erinnert.«

Sie schaute weg. Zu Hause. Sobald sie ihr erstes Gehalt bekommen hätte, würde Sara gleich die Hälfte an das Cottage in Fishbourne schicken, begleitet von einem kurzen, munteren Brief, in der sie ihrer Mutter versicherte, dass alles in Ordnung sei. Hoffentlich würde das ihre Schuld, so weit fortgegangen zu sein, ein wenig mildern, aber sie war klug genug, keinen Dankesbrief oder auch nur eine Antwort zu erwarten. Nicht von ihrer Mum.

Bis die Kutsche in der Grand Street ankam, zeigte ihr Mr Camden, auf wie vielfältige Weise sich die Stadt in den vergangenen Jahrzehnten verändert hatte: von den verwitterten Holzhütten, die schon hundert Jahre alt waren, über die Backsteinhäuser aus der Federal-Ära bis hin zu den dunklen Brownstone-Häusern, die jetzt in den Seitenstraßen vorherrschten. Sie kamen an der Academy of Music vorbei, dem Opernhaus, in dem sich die New Yorker High Society zum Kunstgenuss traf, und an einer neugotischen Kirche an der Twentieth Street, wo sie sich zum Beten versammelte.

Abgesehen vom Inhaber war Mr Camden der einzige Mann im Stoffgeschäft, doch das schien ihm nichts auszumachen. Gemeinsam mit Sara sah er sich Seiden- und Damaststoffe an, lehnte aber beides als zu schwer und zu steif ab. »Ich weiß, dass meine Frau etwas in der Art aufhängen lassen wird, aber fürs Erste brauche ich einfach nur etwas, das die grellen Sonnenstrahlen abhält, aber trotzdem noch Licht in den Raum lässt.«

»Wie wäre es damit?« Sara zeigte auf einen dünnen dunkelbeigen Stoff.

»Der wäre gut geeignet.« Er gab dem Ladeninhaber ein Zeichen, und der kam sofort herbeigeeilt.

»Wann erwarten Sie Ihre Familie denn?«, fragte sie, während der Stoff in Packpapier eingewickelt und verschnürt wurde.

»Irgendwann nach der Eröffnung.« Er zeigte auf die Regale, in denen feine Stoffe in allen Regenbogenfarben lagen. »Jetzt müssen Sie sich noch etwas für Ihre eigenen Fenster aussuchen.«

»Aber nein. Meine Fenster haben Fensterläden, die genügen völlig.« Sie strich mit dem Finger über ein Stückchen schwarzes Band, das auf dem Verkaufstresen lag.

»Sie tun mir gerade einen Riesengefallen, und dafür muss ich mich revanchieren. Wie finden Sie den?« Er zeigte auf einen herrlichen fein gewebten Spitzenstoff.

»O nein, Sir, das könnte ich nicht.«

»Ich bestehe darauf.«

Unwillkürlich stellte sie sich vor, wie sich der Stoff an ihren Fenstern in einer leichten Brise bauschte, wenn sie morgens aufwachte.

Sie sog die Wangen ein, damit sie ihn nicht allzu strahlend anlächelte, und dankte ihm überschwänglich, als er ihr in die Kutsche half, die sie zurück ins Dakota bringen sollte.

Mr Camden schüttelte den Kopf. »Sie brauchen mir nicht zu danken. Ich mache nur weiterhin gut, dass Sie meiner Tochter das Leben gerettet haben. Jetzt stehe ich schon wieder in Ihrer Schuld, weil Sie Daisys Angreifer verjagt haben. Ich habe das Gefühl, es ist gut, Sie auf meiner Seite zu haben, und ich werde alles tun, um Sie dort zu behalten.«

Wie sehr sich doch Mr Camden von den anderen Männern unterschied, mit denen sie bei ihrer Arbeit zu tun gehabt hatte. Er brauchte sich seiner Macht nicht zu vergewissern wie Mr Birmingham im Langham, er testete die Loyalität anderer nicht. Er schien einfach nur Freude an ihrem Fleiß und an ihrer Gesellschaft zu haben.

Während der ganzen Fahrt nach Hause klangen ihr seine Worte im Ohr.

Kapitel 9

New York City, September 1985

Nachdem die Handwerker gegangen waren, verbrachte Bailey eine Stunde damit, die Wohnung genau zu besichtigen und die Bauzeichnungen für die Renovierung zu prüfen. Ja, es waren im Wesentlichen kosmetische Veränderungen, aber die meisten Ideen von Melinda liefen darauf hinaus, originale Details entweder wegzureißen oder zu überdecken und damit etwas völlig anderes aus den Räumen zu machen. Veränderung war gut und schön, aber kein Weg führte an der Grundanlage der Wohnung vorbei: schmale Flure, hallenartige Gesellschaftsräume und rings um die Küche ein Nest kleinerer Zimmer. Das Skelett der Wohnung schrie »Tradition« und nicht »Barbies Strandhaus«. Aber es war Melindas Geld.

Normalerweise gelang es Bailey, den Mund zu halten, wenn ein Kunde etwas wollte, das ihr geschmacklos und hässlich vorkam. Doch offensichtlich war die Wahrheit in den letzten Jahren, noch begünstigt durch den Alkohol, dennoch angeklungen, bis sie schließlich bei ihrer massiven Verbalattacke auf Mrs Ashfield-Simmons und deren schwachsinnige Tochter damit herausgeplatzt war. Und aus irgendeinem Grund ärgerte sie der Gedanke, die Familienwohnung im Dakota derart umzuschminken, beträchtlich. Baileys Großvater Christopher Camden hatte seine Kindheit in diesen Räumen verbracht, nachdem der berühmte Architekt Theodore Camden und seine adelige Frau Minnie die Vormundschaft über ihn übernommen hatten. Bailey hatte ihren Großvater nie wirklich kennengelernt – als er starb, war sie noch ein Baby –, aber auf diese Wohnung im Dakota empfand sie einen seltsamen Stolz, weil sie zu seiner Geschichte gehörte. Es war nicht eigentlich Besitzerstolz, dafür kannte sie ihre Stellung zu genau.

Aber es war etwas.

Baileys Vater hatte nie viel über Grandpa Christopher erzählt. Bailey hatte den Eindruck gewonnen, dass er eher barsch zu seinem heranwachsenden Sohn gewesen war, nicht das, was man einen zugewandten, herzlichen Vater nennen würde. Ein Mann aus einer anderen Epoche, mit einer anderen Art zu denken, der mit fünfzehn von zu Hause fortging, zur Navy, und als Automechaniker in New Jersey endete.

Jedes Mal, wenn sie zu Sophia und den Zwillingen pilgerten, fragte Baileys Mutter unterwegs Baileys Vater, was genau damals eigentlich passiert sei, erntete aber bestenfalls ein Schulterzucken. Dass Grandpa Christopher alle Verbindungen zu den Camdens gekappt hatte, war nach Peggys Meinung absurd. Das konnte doch alles nur ein großes Missverständnis gewesen sein.

Aber vielleicht hatte Baileys Großvater keine Lust gehabt, wie seine Pflegeeltern zu leben, vielleicht hielt er den Rest der Familie für furchtbar versnobt. Dann wäre es ziemlich unangebracht gewesen, dass Bailey so an dieser Wohnung hing. Vielleicht hatten die Camdens Christopher in seiner Kindheit als Außenseiter behandelt und waren so gemein zu ihm gewesen, dass er sich gefreut hätte, die Wohnung in Schutt und Asche gelegt zu sehen.

Peggy war genauso verliebt in das Dakota gewesen wie Bailey. Sie betrat den Hof immer, auch an den bewölktesten Tagen, mit einer großen Sonnenbrille, als wäre sie ein Filmstar. Doch Bailey wusste, dass die Brille vor allem die verstohlenen Blicke verbergen sollte, die sie zu den schwindelerregenden Reihen dunkler Fenster hochwarf, in der Hoffnung, einen der berühmten Bewohner zu sehen zu bekommen. Peggy hätte sich so gefreut, wenn sie erfahren hätte, dass Bailey hier jetzt nicht nur arbeitete, sondern auch lebte.

Kalter Schweiß brachte Bailey zum Frösteln. Obwohl der Unfall schon Jahre her war, wurde ihr immer noch schlecht bei dem Gedanken, dass die leibliche Hülle ihrer Mutter nicht mehr existierte – oder, noch schlimmer, sie existierte und lag im sandigen Boden von South Jersey begraben.

Bailey unternahm die weite Fahrt nach East Village, holte ihre beiden Koffer und packte sie dann im Dakota wieder aus. Letzteres dauerte gerade mal drei Minuten. Zum Glück hatte sie die meisten ihrer Habseligkeiten im Keller ihres Vaters untergebracht, bevor sie in die vollgepfropfte Wohnung ihres Exfreunds gezogen war, sonst wären sie vermutlich während ihres Aufenthalts in Silver Hill im Pfandhaus gelandet. Allerdings brauchte sie im Moment auch wirklich nicht viel.

Ihr Magen knurrte. *STOPP*. Sie war weiß Gott gut konditioniert. Es hatte mehr Ähnlichkeit mit einer Gehirnwäsche gehabt als mit Ratschlägen für Drogenabhängige: Vermeide es, hungrig, zornig, einsam oder übermüdet zu sein, wenn du clean bleiben willst. Und sie hatte nun alle vier Zustände erreicht, wenn man es genau betrachtete. Sie holte sich an der Columbus Avenue eine Pizza und schlang sie in der Bibliothek der Wohnung, wo ein schäbiger Klapptisch für die Pläne aufgestellt worden war, gierig herunter. Sie sollte sich wirklich einen AA-Treffpunkt in der Gegend suchen, aber es wurde schon dunkel, und sie hatte wenig Lust, hier herumzulaufen, bevor sie nicht eine genauere Vorstellung vom Viertel hatte und wusste, welche Straßen sicher waren und welche man besser mied. Aber morgen würde sie sich bestimmt darum kümmern.

Kratzende Geräusche oben in der Decke weckten ihre Aufmerksamkeit. Höchstwahrscheinlich Mäuse. Was für ein herrliches Leben die Tierchen in diesem Gebäude mit den dicken, rosshaargefüllten Wänden und den drei Fuß Lehm zwischen den einzelnen Stockwerken haben mussten. Jede Menge Platz, um in Ruhe Nester zu bauen, von denen sie dann Beutezüge in die Küchen der Bewohner unternehmen und in den Krümeln schwelgen konnten. Ein seltsam tröstlicher Gedanke.

Der Spiegel an der gegenüberliegenden Wand warf ihr Bild zurück. Jetzt, mit dreißig, nach zehn intensivst gelebten Jahren, hatte sie um die Augen herum nicht mehr die babyweiche Haut wie als Teenager. Doch in letzter Zeit begann ihr Gesicht wieder voller zu werden, die Ausgezehrtheit der Sucht begann zu verschwinden. Ohne Alkohol und Drogen hatte sie wieder angefangen zu essen, wie die Pizza bewies.

Sie hatte ihr Haar und ihre Augen immer für viel zu unscheinbar gehalten, braun auf braun, und ihr Mund war zu groß. Als Mädchen war sie oft gefragt worden, ob sie gleich zu weinen anfangen würde, dabei war sie nur einfach in ihre eigenen Gedanken vertieft oder ein wenig abwesend gewesen. Ihre Mutter hatte gern gesagt, sie habe ein »liebes« Gesicht. Was immer das bedeuten mochte.

Bailey strich sich das Haar hinter die Ohren. Himmel, diese Dauerwelle! Nie wieder.

Sie lehnte sich zurück und sah sich um. Ihr Blick blieb an der Stelle hängen, wo Theodore Camden ermordet worden war. Armer Mann, im eigenen Zuhause niedergestochen. Sie konnte nur hoffen, dass sein Geist nicht wiederkehren und sie wegen der Zerstörung seines Eigentums behelligen würde.

Bailey ging in die Küche zurück, warf den Pizzakarton weg und betrat widerstrebend ihr Kämmerchen. Jetzt, im Dunkeln, wirkte es nicht mehr gemütlich, erinnerte es nicht mehr an Silver Hill. Es war eine Dienstbotenkammer, die des Küchenmädchens oder so, das für wenig Geld andere Leute bedient hatte und dann, als es sich nicht mehr nützlich machen konnte, vermutlich ohne Rente oder sonstige Sicherheit gestorben war.

So würde es Bailey nicht ergehen. Sie war nun wieder bei Verstand, nicht mehr von toxischen Substanzen vernebelt. Das Bett quietschte unter ihr, als sie sich erschöpft auf den Rücken legte. Nachdem sie als Teenager fast völlig sich selbst überlassen und ohne elterlichen Rat gelebt hatte, hatte ihr Melinda eine Welt voller Spaß und Vergnügungen gezeigt, und sie hatten sie beide hemmungslos genossen. Aber damit war Schluss. Bailey war in den vergangenen Jahren auf einen gefährlichen Abgrund zugesteuert, und jetzt hatte sie eine Gelegenheit, aufs rechte Gleis zu kommen.

Am nächsten Morgen wurde sie vom blechernen Klang der Türklingel geweckt. Bailey öffnete die Augen. Weiches graues Licht fiel durchs Fenster in ihre Kammer. Auf ihrer Uhr war es sieben, zu früh für die Handwerker. Sie schlüpfte in ihre Jeans und zog einen Pullover übers T-Shirt.

»Einen Moment noch, ich komme.«

Das Klingeln hörte gar nicht mehr auf. Himmel noch mal.

Sie entriegelte die Tür und riss sie auf. Vor ihr stand ein älterer Schwarzer, er trug eine Tuchhose, ein frisch gebügeltes weißes Hemd und eine dunkelrote Fliege. Seine Stirn und seine Wangen waren von tiefen Falten gefurcht, und die Tränensäcke unter seinen Augen ließen ihn schläfrig wirken. Doch seine Gestalt war die eines weit jüngeren Mannes: groß, aufrecht und breitschultrig.

Er wirkte nicht sehr glücklich.

»Kann ich Ihnen helfen?«

»Das hoffe ich. Ich wohne genau unter Ihnen, und aus meiner Badezimmerdecke läuft Wasser.«

Bailey rannte in das Badezimmer des Elternschlafzimmers. Die Arbeiter hatten die große alte Badewanne mit den Löwenfüßen herausgerissen, die durch irgendeinen monströsen Whirlpool ersetzt werden sollte.

Vom Fußboden her kam ein tropfendes Geräusch.

»Bestimmt ein Rohrbruch«, sagte Bailey. »Ich rufe sofort meine Leute an, damit sie herkommen und das in Ordnung bringen.«

»Das will ich hoffen.«

Bailey seufzte.

Worauf hatte sie sich bloß eingelassen?

* * *

Der Klempner versprach, sofort zu kommen, als Bailey ihn anrief. Widerstrebend ging sie die Treppe hinunter, um es ihrem Nachbarn mitzuteilen, und dabei wurde ihr klar, dass sie nicht einmal seinen Namen kannte.

Auf ihr Klopfen hin öffnete er die Tür, seine Lippen waren zusammengepresst. Bailey hatte auch bei anderen Renovierungen mit verärgerten Bewohnern der Nachbarwohnungen zurechtkommen müssen. Bei einer Renovierung in New York City brachte man im Allgemeinen zwei von vier gegen sich auf.

»Hi, ich schon wieder!«

Er hob die ergrauten Augenbrauen.

»Der Klempner wird in einer Stunde hier sein und

herausfinden, was passiert ist. Ich habe den Haupthahn der Wohnung abgedreht, das Schlimmste ist also vorüber.«

»Glauben Sie?«

»Ja. Darf ich einen Blick in Ihr Badezimmer werfen? Damit ich eine Vorstellung habe, was ich veranlassen muss, um es wieder in Ordnung zu bringen.«

»Sie dürfen.«

Er hielt die Tür weiter auf und ließ sie ein. Die Wohnung war eine der kleineren, was aber wegen der hohen Decken eigentlich nichts ausmachte. Zumal an der Wand dicht an dicht Gemälde aus den verschiedensten Epochen hingen, so zum Beispiel ein fröhlich abstraktes Pop-Art-Werk nur wenige Zentimeter entfernt von einem strengen Porträt aus dem 19. Jahrhundert. Das viktorianische Sofa und die passenden Sessel waren mit kunterbunten Überwürfen übersät, und auf dem Boden lagen kreuz und quer Teppiche aller Größen und Farben. Es konnte einem glatt schwindelig davon werden, man fühlte sich wie im Innern eines rotierenden Kaleidoskops.

»Ich fürchte, ich habe Ihren Namen nicht richtig verstanden.« Sie hielt ihm die Hand hin.

Sein Griff war behutsam, seine Finger lang und schlank. »Ich heiße Kenneth Worley.«

»Bailey Camden. Ich bin die Innenarchitektin Schrägstrich Bauherrenvertreterin von Melinda Camden. Freut mich, Sie kennenzulernen, obwohl mir die Umstände leidtun.«

»Ebenso.«

Die Decke seines Badezimmers sah aus wie eine

nasse Windel mit riesigen Putzblasen, die jeden Augenblick zu platzen drohten. Wasserflecken hatten die Tapete ruiniert, eine offensichtlich historische Tapete mit einem herrlichen Wildrosenmuster.

»O Gott, die Tapete ist hin. Es tut mir so leid!«

»Ja. Sie wurde in den wilden Zwanzigern angebracht. Ich nehme an, dafür finde ich keinen Ersatz.« Obwohl seine Stimme ruhig geblieben war, spürte sie unter den Worten ein Gefühl von Panik. Er blinzelte mehrmals. Stand er etwa kurz vor einem Tränenausbruch?

»Nein, dafür finden Sie bestimmt keinen Ersatz. Aber ich werde etwas möglichst Ähnliches auftreiben. Oder es selbst an die Wand malen.«

Das Letzte hatte sie halb im Scherz gesagt, aber er schien sie ernst zu nehmen und nickte. »Ich nehme an, Sie kennen Melinda gut?«

»Ja. Wir sind verwandt. Sehr entfernt verwandt.« So konnte man es wohl am ehesten ausdrücken.

Er ließ den Blick durch das Badezimmer wandern, als wollte er es sich einprägen, dann sah er sie an. »Ich brauche einen Kaffee. Möchten Sie auch einen?«

Bailey nickte und folgte Kenneth in die Küche. Sie wusste nicht recht, woran sie mit diesem Mann war.

Soweit sie es bis jetzt einschätzen konnte, bestand der Grundriss der Wohnung aus einem kleinen Schlafzimmer, einem Wohnzimmer und der hinter das Esszimmer gequetschten Küche. Alle Original-Elemente waren bestens erhalten, das Kirschbaum-Parkett und der Kamin glänzten wie unter einer Eisschicht. Oben auf den Küchenschränken hatte er ein Dutzend bunter Keksbehälter aus Glas und Keramik aufgestellt.

»Sie haben es wunderschön hier«, sagte sie. »Man sieht, dass Sie alles gut gepflegt haben.«

»Anders als Melinda da oben, die, nach den Geräuschen zu urteilen, die ich jeden Tag höre, die Wohnung abreißt.«

»Sie reißt sie nicht ab. Nun ja, vielleicht doch. Aber es ist Teil der Neugestaltung.«

Kenneth schenkte ihr und dann sich eine Tasse Kaffee ein. »Zucker oder Milch?«

»Weder noch, danke. Ich glaube, heute brauche ich ihn schwarz.«

»Ja, sieht so aus. Schauen Sie, ich weiß ja, dass ich wie ein alter Griesgram klinge, aber Melinda ist genau wie alle anderen der jungen Generation oder wie die meisten von ihnen. Ohne jeden Respekt vor der Geschichte des Hauses.«

»Ich gebe Ihnen recht, leider.«

»Sie sind noch ein junges Mädchen, was wissen Sie schon von der Geschichte?«

»Ich weiß, dass dieses Haus das Dakota genannt wurde, weil es damals so weit vom restlichen New York entfernt lag.«

»Und da täuschen Sie sich.« Er lächelte verschmitzt.

»Stimmt das etwa nicht?«

»Nein, gar nicht. Der Eigentümer, Edward Clark, liebte den amerikanischen Westen und hoffte, alles auf der West Side, auch die Avenues, würde nach Gebieten und Staaten im Westen benannt. Zum Glück konnte er sich nicht durchsetzen, deshalb müssen wir nicht mit dem grässlichen Namen Idaho Place leben, sondern haben eine West End Avenue. Die Geschichte, auf die Sie sich beziehen, wurde mal so nebenher erzählt, als zum fünfzigsten Geburtstag des Gebäudes Journalisten hier herumgeführt wurden, und zwar als reine Spekulation, doch sie entwickelte dann ein Eigenleben.«

Seine Eloquenz und sein Wissen begeisterten sie. »Ich lasse mich gern korrigieren. Aber ich weiß, dass Melindas Urgroßvater am Entwurf und der Erbauung dieses Hauses beteiligt war. Ich frage mich, was er wohl von ihren Umgestaltungsplänen halten würde.« Sie nippte an dem Kaffee, er war stark und köstlich. »Wie lange leben Sie schon hier?«

»Ich wurde hier Ende der Dreißigerjahre eingestellt.«

»Sie haben hier gearbeitet?«

»Ja, als Butler. Vor dem Krieg. Danach fingen sie an, die Künstlertypen hier hereinzulassen. Lauren Bacall, Leonard Bernstein, Rosemary Clooney. Es machte Spaß, hier zu arbeiten, auch wenn die alteingesessenen Bewohner es gar nicht gut fanden, dass wir hier alle andauernd Partys feierten und eine gute Zeit hatten. Es war echt *gay*. In jeder Beziehung.«

»Es muss wunderbar gewesen sein.«

Er zuckte die Schultern. »So weit würde ich nicht gehen. Ich mag zwar Eigner dieser Wohnung sein, aber das heißt nicht, dass ich dazugehöre. Nun ja, drei oder vier alte Haushälterinnen wurden in Apartments im achten Stock gepackt, als ihre berufliche Haltbarkeit überschritten war. Aber ich hatte Glück.

Mein lieber Chef Oscar – natürlich wussten alle, dass wir miteinander vögelten, aber niemand redete darüber – hinterließ mir diese Wohnung in seinem Testament. Alles meins, und ich könnte in Frieden leben und sterben, wäre da nicht Sophia Camdens Verachtung gewesen, wann immer sie mir im Hof begegnete. Und die Tatsache, dass mein Badezimmer jetzt ruiniert ist.«

Bailey konnte sich die Empörung vorstellen, die Melindas Mutter und andere Langzeitbewohner Kenneth hatten spüren lassen, weil sie allein schon der Gedanke aufbrachte, dass ein Dienstbote Anteilseigner wurde. Eigner einer ganzen Wohnung, als wäre er einer von ihnen.

»Ich verspreche Ihnen, ich sorge dafür, dass es hinterher aussieht wie neu. Oder wie alt.« Damit brachte sie ihn zum Lächeln. Der Kaffee übernahm die Herrschaft über ihr Gehirn, es fühlte sich an wie ein angenehmes Summen. Im Ernst, ein starker Kaffee nach dem Aufwachen war eine bessere Droge als alle, die sie in den letzten zehn Jahren ausprobiert hatte. »Seit Sie hier leben, haben Sie sicher viele Veränderungen erlebt.«

»Mehr, als Sie glauben. Dieses Haus hatte früher ein Restaurant für die Bewohner, ganz unten, allerdings war das Essen nach dem Krieg nicht mehr so toll, und irgendwann wurde es dann geschlossen. Bis dahin war dann auch schon der Schneider verschwunden, genauso wie die Wäscherei und der Putz- und Haushaltsdienst. Niemand wusste zu schätzen, was für ein besonderer Ort dieses Haus war. Ich weiß noch, in den Sechzigern, bevor eine Genossenschaft daraus wurde, konnte man eine Siebzehnzimmerwohnung mit sechs Badezimmern und acht funktionierenden Kaminen für sechshundertfünfzig Dollar im Monat mieten.«

Bailey spürte, wie ihr bei diesem Gedanken der Mund wässrig wurde.

Eine halbe Stunde später kam der Klempner, ein stämmiger Mann mit starkem polnischem Akzent. Er betastete die Decke und schüttelte traurig den Kopf. »Dafür brauchen wir mehrere Tage.«

Kenneth seufzte. »Bis dahin wasche ich mich im Dienstboten-Badezimmer.«

Bailey legte ihm die Hand auf den Arm. »Danke, dass Sie so verständnisvoll sind. Sobald die Rohre in Ordnung sind, lasse ich meinen Bauunternehmer vorbeikommen, und wir reden über den Putz und die Tapete.«

»Wenn Sie mögen, übertrage ich es Ihnen, eine Ersatztapete zu finden.«

»Wirklich? Das mache ich gern!« Bailey wusste genau, in welchem Laden im D&D Building, *der* Einkaufsquelle für alle Innenarchitekten, sie ein ähnliches Muster auftreiben konnte.

»Und jetzt würde ich gern Melindas Wohnung sehen, damit ich ein Gefühl dafür bekomme, wie viel Geschichte Sie zerstören.«

Oben ließ Kenneth seine Finger wie ein Liebhaber über die Schnitzereien gleiten, als Bailey ihn durch jeden einzelnen Raum führte. »Diese handwerkliche Meisterschaft haut mich immer noch um.«

»Melinda will alles minimalistisch, das bedeutet, ich muss das alles rausreißen. Und ehrlich gesagt macht mich das ganz krank.«

»Wissen Sie, Sie können es retten.«

Sie sah ihn gespannt an. »Wie?«

»Sie können alles im Keller einlagern. Da unten sind die Original-Aufzüge, jede Menge Decken-Stuck und Kaminsimse. Was Sie wollen. Und wenn in dreißig Jahren das Pendel zurückschlägt, wenn die Leute das Traditionelle wieder schätzen, dann können die neuen Bewohner das Verlorene wieder einbauen.«

»Das ist wirklich eine gute Nachricht. Jetzt fühle ich mich weniger wie die Tyrannin mit der Abrissbirne. Ich werde mit dem Hausmeister sprechen und das organisieren.«

»Ja, Sie müssen mit Renzo sprechen. Auch er gehört zur Dakota-Mafia. Sein Vater war hier praktisch das ganze Leben Hausmeister, bis zu seinem Tod.«

»Ich habe Renzo bisher nicht offiziell kennengelernt. Melinda scheint ihm aus dem Weg zu gehen.«

»Er ist manchmal ein bisschen barsch. Machen Sie sich auf eine Auseinandersetzung gefasst.«

»Warum?«

Kenneth zuckte die Schultern. »Wir hatten dermaßen viele ›unglückliche‹, und mit ›unglücklich‹ meine ich *scheußliche* Renovierungen in letzter Zeit, und er hat die Leute von draußen einfach satt.«

Ihr Elan war ein wenig gedämpft. »Ich werde ihn mit Samthandschuhen anfassen.«

Sie wurden von einem Klopfen an der Tür unterbrochen.

Obwohl sie ihn nur ganz flüchtig gesehen hatte, als sie mit Melinda den Hof überquert hatte, erkannte sie den Hausmeister. Renzo war gekommen.

Er musterte Bailey von oben bis unten, eine durch und durch unerfreuliche Erfahrung. Er sah sie nicht an wie ein Mann, der die Qualitäten einer Frau einschätzt, sondern wie jemand, der einem Marsmenschen gegenübersteht.

»Ich habe gehört, Sie haben die Steigleitung beschädigt.« Dem Aussehen nach war er Ende dreißig. Sein eindeutig italienischer Name passte wenig zu den grauen Augen und dem hellen Haar, das ihm bis fast auf die Schultern hing. Der Hippie-Look war schon lange out, aber offenbar hatte er das nicht mitbekommen.

Bailey streckte ihm die Hand hin. »Guten Morgen. Wir haben uns noch nicht kennengelernt. Ich heiße Bailey Camden.«

Er hielt ihr eine schmutzige Hand entgegen, die Handfläche nach vorn. Sie zog ihre zurück. »Ich war gerade in Kenneth' Wohnung und habe die Decke heruntergeholt.«

»Du bist echt toll!« Kenneth war ganz plötzlich hinter Bailey getreten. »Bailey und ich sprachen gerade über die wunderschöne Tapete, die sie auftreiben wird, um die kaputte zu ersetzen.«

»Die in deiner Wohnung war aus den Zwanzigern. Keine Ahnung, wie sie da was Gleichwertiges finden will.«

Was für ein Idiot. Gerade hatte sie etwas retten können, was sie für ein Quäntchen Wohlwollen in einer unglücklichen Situation halten wollte, und jetzt wühlte dieser Hausmeister wieder alles auf.

»Ich werde dafür sorgen, dass man sich um Kenneth' Badezimmer kümmert, dass es völlig wiederhergestellt wird. Das habe ich ihm bereits zugesichert.« Den nächsten Satz konnte sie sich nicht verkneifen. »Sie scheinen im Augenblick aufgebrachter zu sein als er.«

»Das bin ich auch, wenn Ihr Bauunternehmer die Renovierung weiterhin in dieser Art durchführen will. Die ›kosmetische‹ Renovierung.«

»Na schön. Ich bin neu bei dem Projekt, also bitte sehen Sie es mir nach, dass ich mich erst einarbeiten muss, aber ich glaube, sie haben letzte Woche einen Antrag bei der Baubehörde eingereicht. Der Rohrbruch hätte auch unabhängig von den Bauarbeiten auftreten können. Schließlich ist das Gebäude über hundert Jahre alt.«

Er legte den Kopf schief. »Wo ist Wanda?«

»Meine Firma hat den Job übernommen. Ich bin die neue Bauherrenvertretung.«

»Weiß die Hausverwaltung davon?«

»Da ich erst gestern übernommen habe: nein. Aber ich werde sie heute anrufen und ihnen alle Informationen geben.«

Kenneth berührte Renzo leicht am Arm. »Sie ist in Ordnung, Renzo. Sei nicht so streng mit ihr. Zeig ihr doch bitte die Lagerräume, damit sie einen Teil der Beute vor der Renovierung in Sicherheit bringen kann. Sie ist auf unserer Seite, das wirst du schon sehen.«

»Na gut. Ich bin in einer Stunde in meinem Büro.« Wieder sah Renzo Bailey prüfend an. »Sagen Sie Ihren Leuten, sie sollen retten, was sie können.«

Zur vereinbarten Zeit nahm Bailey den Lift in den Keller. Das unterste Stockwerk des Dakota war hell, mit gut beleuchteten Fluren und frisch gestrichenen Wänden. Der Bereich unmittelbar unter dem Hof war meistenteils offener Raum, aber an einer Seite lag ein von einem großen Glasfenster abgeteiltes Büro. Sie klopfte an die Tür.

»Herein.«

Der Raum war voller Zeitungen, grünen Aktenschränken und Umzugskisten, aber Renzo saß an einem großen, allem Anschein nach antiken Schreibtisch aus Eben- und Ulmenholz. Das grelle Neonlicht ließ das Möbelstück hier noch unpassender wirken, als wäre es ein Saphir in einer Muschelkette. An der gegenüberliegenden Wand stand ein Eichenschrank mit weit geöffneten Türen, sodass man Werkzeuge aller Größen und Formen, kleine und große Schubladen, Fächer und Borde sah. Ein Meisterstück an Design und Nützlichkeit, alles war an seinem Platz. Diesem Mann waren seine Schraubenschlüssel etwas wert.

Vielleicht konnte sie ihn mit Schmeichelei gewinnen. »Ein wirklich schöner Schreibtisch.«

Er zuckte die Schultern. »Ein Hausbewohner hat ihn mir netterweise überlassen.«

»Und was für ein Schrank. Haben Sie ihn entworfen?«

»Nein, mein Vater.«

»Unglaublich. Machen Sie auch Schreinerarbeiten?«

»Früher ja, aber in den letzten Wochen hatte ich keine Zeit.« Er wirkte verärgert. Sie hatte wohl übertrieben.

Bailey machte sich im Geiste eine Notiz, Melinda um hundert Dollar zu bitten, die sie ihm bei ihrer nächsten Begegnung geben würde, damit alles glatter lief. Das war der Preis, der bei Geschäften in Manhattan zu zahlen war. Und bis dahin musste sie behutsam vorgehen.

»Sie wollten mir den Lagerraum für die Wohnung zeigen?«

Er stand auf und nahm einen großen Schlüsselbund von seinem Schreibtisch. »Kommen Sie mit.«

Sie gingen einen Gang hinunter, der auf beiden Seiten Türen hatte, wie in einem Gefängnis. Renzo blieb vor der mit der Zahl 45 markierten Tür stehen und suchte den richtigen Schlüssel. Er schloss auf und öffnete die Tür. Drinnen hing eine nackte Glühbirne von der Decke. Er zog an der Kette.

Der Raum war leer, bis auf einen Stapel verstaubter Kacheln in einer Ecke.

Bailey schüttelte den Kopf. »Ich werde hier nicht alles unterbringen können. Es passt nicht rein. Melinda nimmt alle Kamineinfassungen und den gesamten Stuck heraus. Alles.«

»Warum?«

Auf diese Frage war sie nicht vorbereitet gewesen. »Weil sie keinen Geschmack hat.«

»Und Sie haben Geschmack?«

Sie hatte gar nicht gemerkt, wie dicht nebeneinander sie standen. Er roch nach Holzspänen und Wagenschmiere. Erstaunlicherweise keine schlechte Mischung. Sie könnte das als Männerduft vermarkten. Eau de Cologne. Bei diesem Gedanken lächelte sie.

Renzo rieb sich die Augenbraue mit der Innenseite des Handgelenks. Die Adern auf seinen Unterarmen standen hervor, in einem leicht lila getönten Blau. »Was hier läuft, ist wirklich nicht lustig. Ein neuer Bewohner im vierten Stock hat alles rausgeworfen, bevor ich die Arbeiter stoppen konnte.«

»Ich habe gehört, Sie konnten originale Aufzugkabinen retten. Die würde ich gern sehen.«

»Drei davon haben Bewohner an sich genommen. Aus einer wurde eine Art Sitzlaube, ein anderer Hausbewohner hat zwei zu einer Bar umfunktioniert.«

»Das ist wirklich fantasievoll. Und die vierte?«

»Weg. Verschwunden.«

»Wie kann eine Aufzugkabine verschwinden?«

»Keine Ahnung. Es passierte schon unter der Ägide meines Vaters. Ich vermute, einer der Bauunternehmer hat ihren Wert erkannt und sie gestohlen. Aber es wurde niemand zur Verantwortung gezogen.«

Ein lautes Grollen ging durch den Keller, es klang wie ein nahendes Erdbeben. Bailey blickte erschrocken auf.

»Das ist nur die U-Bahn. Allerdings höre ich nachts auch manchmal Schreie.«

Er versuchte, ihr Angst zu machen.

Bailey zuckte die Schultern. »Ich nehme an, ein Gebäude wie dieses hat jede Menge Gespenster, bei all den Tragödien innerhalb seiner Mauern.«

»Darüber reden wir nicht. Nicht mit Außenseitern.«

»Ich bin eigentlich keine Außenseiterin. Mein Großvater ist hier aufgewachsen, er war Theodore Camdens Mündel. Da haben Sie noch eine Tragödie. Noch einen Mord. Man könnte meinen, es läge ein Fluch auf dem Haus.«

»Sie wissen ja nicht, wovon Sie sprechen.«

Er sah so aus, als überlege er ernsthaft, sie im Lagerraum einzuschließen und wegzugehen. Sie hatte Kenneth gesagt, sie würde diesen Mann mit Samthandschuhen anfassen. Auch wenn er es eigentlich nicht verdiente. Also lieber nicht über haarige Angelegenheiten sprechen.

»Tut mir leid, ich wollte Ihnen nicht zu nahe treten.« Sie ging zurück in den Flur. »Wissen Sie noch einen anderen Ort, an den wir alles bringen könnten?«

Er führte sie zu einer weiteren verschlossenen Tür. Sie hatte die Orientierung verloren und war sich nicht mehr sicher, auf welcher Seite des Dakota sie waren. Der Raum lag irgendwo in der Mitte, er war völlig fensterlos. Renzo knipste das Licht an, und sie schnappte nach Luft. Eine Katakombe für die prächtigen Trümmer des Dakota: vier Badewannen mit Löwenfüßen, Stucksimse, Kamineinfassungen, Sockelleisten, Dutzende von Schiebetüren aus massivem Mahagoniholz. Ihr Blick glitt über jedes einzelne Stück, manche waren bestens erhalten, andere schartig und zerschrammt. Ein alter Kronleuchter thronte auf einem heruntergekommenen Konzertflügel, und in einer entfernten Ecke stapelten sich drei Schrankkoffer.

»Das ist so traurig. Wie das Land der vergessenen Spielzeuge.«

»Immerhin wissen wir, dass die Sachen hier sicher sind.« Er zeigte auf die großen Schrankkoffer. »Ihre Leute können die Schrankkoffer in die Nische da schaffen, dann haben wir mehr Platz. Aber Sie werden Ihre Arbeiter die ganze Zeit überwachen müssen, das gesamte Kommen und Gehen. Ich will hinterher nicht feststellen müssen, dass etwas fehlt.«

»Ich sorge dafür, dass alles glattgeht.«

»Wie heute Morgen in Kenneth' Wohnung?«

Allmählich hatte sie genug von seiner Selbstgerechtigkeit. »Sie wissen genauso gut wie ich, dass bei Renovierungen in New York City immer etwas kaputtgeht. Ich habe angeboten, die Sache wieder in Ordnung zu bringen, und ehrlich gesagt weiß ich nicht, was Sie sonst noch von mir erwarten. Ich kann den Geschmack meiner Kunden nicht ändern. Das ist mein Job, damit verdiene ich mein Geld.«

Seine Lippen öffneten sich, als wollte er etwas sagen. Doch stattdessen nahm er den Schlüssel zum Lagerraum vom Bund drückte ihn Bailey in die Hand.

»Geben Sie ihn mir zurück, wenn Sie fertig sind.«

Er drehte sich um und ging, und sie wusste nicht, ob sie gerade einen Waffenstillstand geschlossen hatten oder ob sie ihn mit ihrer wütenden Äußerung nur mundtot gemacht hatte.

Kapitel 10

New York City, September 1884

Am Tag nach dem Ausflug in die Stadt wachte Sara früh auf und ging gleich nach unten in die Schneiderwerkstatt. Die Singer-Nähmaschine war eines der neuesten Modelle, der Umbau aus Walnussholz bot viel Ablagefläche für den Stoff, und das glänzende Schiffchen bewegte sich gleichmäßig. Sie setzte ihre Füße auf das Pedal, holte das Schiffchen mit dem Schwungrad nach oben, drehte noch einmal fest, und schon setzte sich die Maschine ratternd in Bewegung. Die fern jeder Nähmaschine verbrachten Jahre machten sich bemerkbar, anfangs ging ihr die Arbeit schleppender von der Hand als früher. Sie fürchtete, dass Mrs Camden mit ihrem vornehmen Hintergrund sich über diese Vorhänge lustig machen würde, wenn sie sie schließlich sähe. Vielleicht würde sie beim Anblick einer derart einfachen Fensterdekoration nur lachen, und ihr Mann würde in ihr Lachen einstimmen.

Endlich glitt der Stoff leicht unter ihren Händen hinweg. Als sie fertig war, faltete sie alles zu großen Rechtecken zusammen und machte sich dann an ihre eigenen Vorhänge. Beim letzten Saum verhedderte sich der Faden und bildete ein kleines Vogelnest unter dem Stoff. Als sie ihn mühsam wieder einfädelte, überkam sie mit einem Schaudern eine Erinnerung. Rosafarbene Seide, die weich unter ihren Händen lag. Mr Ainsworth, der hinter ihr stand und ihr seine große Hand auf die Schulter legte. Wie spürbar seine Kraft war, und wie ihr Herz schneller schlug, als er sie lobte. Er hatte seine Hand rasch wieder weggezogen, doch es hatte weitere Berührungen gegeben, vertraulichere, die er in die Länge zog und unter denen sie sich wand.

»Mrs Smythe.«

Sie schrak zusammen und stach sich in den Finger. Zum Glück bekam der Stoff keinen Fleck. Mrs Haines stand in der Tür und sah sie an, mit ihren buschigen Augenbrauen machte sie immer ein wenig den Eindruck, als wäre sie böse.

»Ja?«

»Mr Camden hat nach Ihnen gefragt. Er ist in seiner Wohnung.«

»Danke.« Sie stand auf und nahm den Stoff zusammen. »Ich habe ihm Vorhänge genäht, die das Sonnenlicht abhalten sollen. Wahrscheinlich wartet er schon darauf.« Warum erklärte sie das? Mrs Haines war nicht ihre Chefin.

»Ja, Ma'am.«

Unergründlich wie immer. Zwischen der Plaudertasche Daisy und der verschlossenen Mrs Haines ergab sich für Sara immerhin eine Art Ausgleich.

Zu ihrer Enttäuschung war Mr Douglas bei Mr Camden, als sie, die fertigen Vorhänge über dem Arm, in die Bibliothek trat.

»Ah, gut, Mrs Smythe.« Mr Camden betrachtete verwirrt die Stoffbahnen in ihren Armen.

»Ihre Vorhänge.«

»Ach ja. Legen Sie sie dort aufs Fensterbrett.«

»Gewiss.« Sie legte sie auf einen Stuhl, der seitlich am Fenster stand. Wenn er es öffnete, würde der Stoff vielleicht Straßenschmutz abbekommen. Doch die Vorhänge schienen ihm ziemlich egal zu sein. Überhaupt war die Vertrautheit vom Tag zuvor aus seinem Verhalten verschwunden. Er sah sie kaum an, als er und Mr Douglas mit ihr eine Liste von Dingen durchgingen, die bis zur Eröffnung zu erledigen waren.

Sie spürte eine vage Enttäuschung, schüttelte sie jedoch rasch ab. Zu ihren Aufgaben gehörte es, die Mieter zufriedenzustellen, und Mr Camden war ein Mieter. Nicht etwa ein Freund. Besser, sie behielt das im Kopf und blieb im Rahmen ihrer offiziellen Pflichten.

Als sie schließlich alle Arbeit für diesen Tag beendet hatte, zog sie sich in ihre Kammer zurück, die von der untergehenden Sonne rötlich beleuchtet wurde. Sie hängte ihre Spitzengardinen auf und war begeistert davon, wie sehr sie den Raum verschönerten, ihn gemütlicher und heimeliger wirken ließen.

Daisy klopfte und steckte den Kopf herein. »Fertig für heute?«

»Ich denke schon.«

»Gardinen! O wie hübsch!« Daisy trat ans Fenster und ließ ihre Hand am eleganten Faltenwurf entlanggleiten. »Wo haben Sie die her?«

»Ich habe sie genäht.«

»Dann sind Sie aber sehr geschickt.«

»Ich habe in meinem Leben schon so einiges genäht.« Am liebsten hätte sie genug Stoff gehabt, um noch ein weiteres Paar zu nähen, denn so junge Mädchen sollten auch etwas Hübsches anzuschauen haben, dachte sie.

Daisy drapierte sich die Spitzen um den Kopf. »Wenn ich verheiratet bin, hänge ich goldfarbene Samtvorhänge an meine Fenster, damit mein rotes Kleid von Worth besser davor zur Geltung kommt.«

»Welch hübsches Bild. Aber dafür müssen Sie sich einen sehr reichen Mann suchen.«

»Genau das habe ich vor.« Die blauen Augen funkelten. »Haben Sie das gehört? Mrs Stuyvesant Fish hatte bei ihrem Kostümball Elefanten mit im Ballsaal. Die Gäste fütterten sie mit Erdnüssen, während sie vorbeitanzten.«

»Ich wusste gar nicht, dass Elefanten tanzen können.«

Daisy kicherte. »Nicht doch. Die Gäste tanzten.«

»Wie überdreht.« Sara rümpfte die Nase.

»Aber so spaßig.«

»Ich hoffe, Sie werden sich weiterhin auf unser großes Haus und die bevorstehende Eröffnung konzentrieren können.«

Daisy nickte. »Natürlich.«

Sara wollte nicht zu hart mit Daisy umspringen, schon gar nicht nach dem Schock, den das Mädchen mit dem Mann neulich Nacht erlitten hatte. Aber Daisy war eine Träumerin. Sie hatte im Langham ähnliche Charaktere unter sich gehabt, meistens hübsche Mädchen. »Gute Nacht, Daisy.«

Die Sonne verschwand am Horizont und zog Sara zurück ans Fenster. Ein Teil von ihr beneidete Daisy um deren Hoffnungen. Das Mädchen hatte große Pläne, und war nicht auch Sara anfangs vor allem deshalb nach New York City gekommen?

Saras großer Plan bestand darin, das Dakota entsprechend den Erwartungen ihrer Arbeitgeber zu managen, und auch wenn ihr Grauseidenes meilenweit entfernt war von alter Spitze und Perlenstickerei, würde es ganz sicher reichen.

Man musste auf dem Boden der Tatsachen bleiben.

* * *

»Schnell, öffnen Sie das hintere Tor.« Sara schob Fitzroy den Schlüssel in die Hand. »Auf der Seventy-Third Street wartet eine Schlange von Umzugswagen darauf, eingelassen zu werden.«

Fitzroy blinzelte auf den Schlüssel hinunter, als wisse er nichts damit anzufangen. »Aber es ist doch erst sieben Uhr morgens. Es dauert noch mindestens eine Stunde, bis die Ersten kommen sollten.«

»Lassen Sie sie herein, wir dürfen sie nicht warten lassen.«

Sie war früher aufgestanden als üblich, sie wusste, dass ein reibungsloser Eröffnungstag für den künftigen Ruf des Dakota von größter Bedeutung war. Sollte es ein Chaos geben, würde man das Gebäude und die, die dafür zuständig waren, abschreiben. Es hatte ja in der Presse schon bissige Kommentare über die Art von Bürgern gegeben, die sich hier eingemietet hatten und die angeblich nicht den ersten Kreisen angehörten – denn warum sonst hätten sie hier im Hinterland wohnen wollen, inmitten der heruntergekommenen Siedlerkaten?

Fitzroy eilte davon. Sie waren schon ein trauriges Gespann, das musste sie zugeben. Sie wusste nicht, was auf ihrem Posten eigentlich von ihr verlangt wurde, und musste sich alles nebenbei selbst aneignen. Und der arme Fitzroy war viel zu alt für die Anforderungen seiner Stellung. In letzter Zeit hatte ihm seine Hüfte zu schaffen gemacht, und sein schiefes Gesicht würde die Damen erschrecken. Und nun das: Ihr minutiös ausgearbeiteter Zeitplan für die Eröffnung war jetzt schon über den Haufen geworfen worden.

Fünfundsechzig Familien hatten Wohnungen gemietet, und dreißig von ihnen sollten heute einziehen, die anderen erst im Laufe der nächsten Woche. Sie hatte es genossen, in den letzten Wochen das gesamte Personal hier zu haben, die Mädchen hatten alles noch einmal gründlich geputzt, und die Elektriker mit den Kabeln hantiert. Sogar der Schneider, ein älterer und auf einem Ohr eher tauber Mann, hatte sich als feiner Kerl erwiesen und ihr lautstark versichert, außerhalb der Geschäftszeiten könne sie seine Nähmaschine benutzen, wann immer sie wolle.

Die gerade erst halbwegs eingeführte Ordnung wurde schon auf den Kopf gestellt. Sie war Mr Camden in letzter Zeit nur flüchtig begegnet, als sie beide von einer Ecke des Baus zur anderen eilten, doch sein Benehmen war immer noch sehr distanziert gewesen. Als hätte es ihre Spritztour in die Stadt nie gegeben.

Ein paar Minuten vor elf zog sich Sara in ihr Büro zurück, um Luft zu holen, denn sie war in den letzten vier Stunden vom Personal der Mieter mit Fragen und Beanstandungen bombardiert worden. Obwohl die Dienstbotenräume in den Wohnungen vergleichsweise riesig waren, hatte sie in Nummer 36 eine Kabbelei zwischen zwei Dienstmädchen, in der es darum ging, wer welches Zimmer bekommen würde, schlichten müssen und es gerade noch verhindern können, dass Mrs Quinn, die neue Hausdame, dem Butler von Nummer 32, der sich über irgendwelchen unsichtbaren Schmutz im Wohnzimmer beschwerte, eine scharfe Abfuhr erteilte. Aus dem Langham war sie es gewöhnt, mit zwei Arten von Dienstboten zu jonglieren: den Mädchen und Butlern der Gäste, die im Allgemeinen wie königliche Hoheiten behandelt werden wollten, und den Angestellten des Hotels, die mit solchen Überheblichkeiten zurechtkamen, aber hinter deren Rücken über diese Leute redeten. Derlei Animositäten durfte sie hier gar nicht erst aufkommen lassen. Denn niemand würde bald wieder ausziehen, das war jedenfalls zu hoffen, und die Hierarchie musste peinlichst eingehalten werden.

Daisy stürmte atemlos herein. Blonde Haarsträhnen hingen an ihrem weißen Hals herunter. Hübsch, aber unzulässig.

»Bringen Sie Ihr Haar in Ordnung, Daisy.«

Das Mädchen atmete tief durch und schob die Strähnen dann an ihren Platz. »Die Mieter sind da, Mrs Smythe.«

Angst überflutete Sara. »Aber sie kommen zwei

Stunden zu früh.« Ihr Plan war gewesen, dass das Personal sich schon cingerichtet hätte und die Wohnungen der Mieter bereit wären, bevor die eigentlichen Bewohner einzogen. Sie hatte sich vorgestellt, sie zu begrüßen, wenn sie über die Flure schwirrten, ihre Wohnungstüren öffneten und Freudenrufe über ihre perfekten, vor Sauberkeit strahlenden Räume ausstießen.

Daisy schob ihr einen Briefbogen zu. »Es gab da einen Fehler in dem Brief an die Mieter. Da steht elf, nicht dreizehn Uhr.«

»Daisy, Sie haben das für mich getippt.«

Daisy bohrte die Hände in die Taschen ihres Kleides. »Es tut mir leid. Ich habe nicht gemerkt, dass ich zweimal dieselbe Taste betätigt habe.«

Ein schlimmer Fehler, aber es hätte noch schlimmer kommen können. »Wenigstens haben Sie das richtige Datum hingeschrieben.«

Zwei Stunden. Sie musste sie hinhalten, beschäftigen. Sonst würden sie mit lauter Vorschlägen kommen, was wohin und wie genau der Esstisch aufgestellt werden müsse, und der Tag würde nie enden. Oder aber sie würden feststellen, dieses Haus sei unbewohnbar, und wieder ausziehen, noch bevor sie richtig eingezogen waren.

»Was höre ich da? Die Mieter kommen zu früh?« Mr Camden stand in der Tür, wutschnaubend.

»Es gab ein Kommunikationsproblem«, sagte Sara. »Wir kümmern uns darum.«

»Wir haben doch klar darüber gesprochen, Mrs Smythe. Wie wichtig es ist, dass sie in ein gut geführtes, elegantes Apartmenthaus kommen. Soweit ich erkennen kann, geht es auf jedem Stockwerk zu wie im Irrenhaus.«

Sie würde mit dem nächsten Schiff nach London zurückgeschickt, wenn sie das nicht rasch in Ordnung brachte. Mr Camdens Blick war mehr als drohend.

Sie wandte sich an Daisy und sagte sehr akzentuiert: »Gehen Sie zur Köchin, sie soll Champagner in den Speisesaal bringen. Ich gehe in den Hof und sammele sie ein.« Den letzten Satz richtete sie an Mr Camden: »Wenn Sie mitkommen würden, wäre ich Ihnen für Ihre Hilfe sehr dankbar.«

Zum Glück folgte er ihrer Bitte, obwohl er, wie sie sah, abwechselnd die Fäuste ballte und wieder öffnete, als sie in den Hof traten.

Tatsächlich stand eine Reihe von Kutschen um die beiden Springbrunnen herum; und sobald die Lakaien den Damen herausgeholfen hatten, dirigierte Fitzroy die Wagen hinaus und ließ die nächste Runde Kutschen ein. Die neuen Hausbewohner irrten ziellos umher und wussten nicht wohin.

»Warum ist mein Personal nicht hier, um mich zu begrüßen?«, fragte eine stämmige Dame im schwarzen Biberpelz.

Sara stand auf der steinernen Umrandung des südlichen Springbrunnens. Hier war ihre hohe Gestalt von Nutzen, sie konnte leicht um allgemeine Aufmerksamkeit bitten.

»Ich bin Mrs Smythe, die *Managerette* hier im Dakota, und ich möchte Sie in diesem herrlichen Bauwerk willkommen heißen. Bitte kommen Sie doch in den Speisesaal, dort wollen wir mit Champagner auf Ihren Einzug ins neue Heim anstoßen. Anschließend wird Mr Camden, einer der Architekten dieses stattlichen modernen Bauwerks, Ihnen die Besonderheiten des Dakota zeigen.«

Wie sie erwartet hatte, hob das Wort *Champagner* die allgemeine Stimmung. Sie ging ihnen voraus zum Südeingang und sah zu ihrer Erleichterung, dass die Köchin schnell reagiert und ein schönes Arrangement aus zarten Champagnerkelchen und in Eiskübeln bereitgestellten Flaschen vorbereitet hatte.

Während die Flaschen entkorkt und die Gläser gefüllt wurden, sah sich Sara im Speisesaal um.

Daisy stand neben ihr und flüsterte enttäuscht: »Das ist aber nicht die Crème de la Crème hier. In allen Zeitungen stand, dass Mrs Astors Bekannte hier im Leben nicht wohnen wollten.«

Tatsächlich standen die Namen der neuen Bewohner wohl kaum auf Mrs Astors Gästelisten. Ganz sicher nicht Mr und Mrs Gustav Schirmer vom Musikverlag oder Mr und Mrs Solon Vlasto, die nicht etwa aus der Stadt hinaus, sondern von der Ninety-Second Street weiter in die Stadt hineinzogen.

»Von der Spitze der Gesellschaft habe ich in dem Hotel in London genug gesehen. Glauben Sie mir, mit denen möchten Sie es gar nicht so gern zu tun haben.«

»Aber das sind die, die die Macht in der Stadt haben; das steht jeden Tag in den Zeitungen. Die Leute hier sind alle furchtbar durchschnittlich. Stoffe und Kurzwaren und so.«

»Sie zahlen dreitausend Dollar im Jahr für eine

Zehnzimmerwohnung, das finde ich alles andere als durchschnittlich. Vielleicht würden Sie lieber bei Mrs Astor als Dienstmädchen arbeiten?«

Daisy antwortete nicht.

Mr Camden tauchte auf, er sah auf seine Taschenuhr. »Wie lange, glauben Sie, können Sie sie davon abhalten, ihre neuen Wohnungen zu stürmen?«

Sara hob das Kinn. »Bitte folgen Sie mir.« Sie trat an einen der neuen Bewohner heran, Mr Camden im Schlepptau.

»Mr Schirmer, wie steht es um die geplante Druckerei?«

Mr Schirmer lächelte erfreut. »Sehr gut, Mrs Smythe. Danke der Nachfrage. Wir hoffen, dass sie in ein, zwei Jahren in Betrieb gehen kann.«

»Sie kennen bestimmt Mr und Mrs Steinway.« Sie wandte sich nach rechts und zog die Genannten ins Gesprächsgrüppchen. »Wir haben wirklich Glück, dass so leidenschaftliche Musikliebhaber unter den Bewohnern sind.«

Mrs Steinway warf die Pelzstola über eine Schulter. »Wir schaffen uns hier am Park unsere eigene kleine Insel, oder was meinen Sie, Mrs Schirmer?«

»Was für eine nette Art, vom Dakota zu sprechen.« Sara lächelte fein und signalisierte herzliche Zustimmung, ohne allzu vertraulich zu wirken. »Gerade noch habe ich zu Mr Camden gesagt, dass die Luft hier draußen am Stadtrand viel gesünder ist als in der Stadt.«

Mr Schirmer mischte sich ein. »Ich betrachte dies als meine ganz persönliche Ode an Magellan, mit der

Waffe an meiner Seite mache ich mich gen Norden auf.«

»Was genau ist deine Waffe, mein Lieber?«, erkundigte sich seine Frau.

»Na, aber du natürlich.«

Mr Camden lachte vergnügt in sich hinein, er passte sich wunderbar an die Situation an. Die Stimmung im Speisesaal war ausgelassen und heiter.

»Ich muss schon sagen, so ein Cocktail vor dem Lunch gefällt mir«, sagte Mrs Steinway zu Mr Camden. »Wird es das regelmäßig geben?«

»Wenn Sie das wünschen, Mrs Steinway – selbstverständlich.« Mr Camden verbeugte sich leicht, und er schien nicht mehr im Mindesten verärgert über Sara zu sein.

Ein Mann mit einem dichten Schnurrbart näherte sich. »Ich muss schon sagen, für uns Mitglieder der FFDs ist das schon ein toller Start in unser Experiment des Zusammenlebens.«

Während das Grüppchen wegen der unhöflichen Einmischung noch nach Luft schnappte, meldete sich Sara zu Wort: »Was für eine hübsche Idee, Mr Tatum. *The First Families of the Dakota*, nicht wahr?«

»Ins Schwarze getroffen!«

Die anderen wussten ja nicht, wie nervtötend oft diese Abkürzung in seiner Korrespondenz mit Sara, bei der er sich wöchentlich nach Anzahl und Größe der WCs in seiner Wohnung erkundigt hatte, vorgekommen war.

»Kommodore, es ist uns eine Ehre, Sie an Bord zu haben.«

Das Grüppchen schloss sich jetzt um Mr Tatum, und Mr Camden führte Sara weg.

»Kommodore?«, murmelte er.

»Mr Tatum ist der Präsident des New Yorker Yachtclubs. Seit meiner Ankunft habe ich die Gesellschaftsspalten eifrigst studiert.«

»Kluges Mädchen.«

Nachdem auch der letzte Tropfen Champagner eine Kehle hinuntergeflossen war, führte Mr Camden die Gruppe durch die Gesellschaftsräume im Erdgeschoss, durch das Untergeschoss mit den verschiedenen Dienstleistungsangeboten und dann hinauf auf den Dachgarten, von wo aus man an diesem klaren Tag rundum eine Aussicht von mindestens zwanzig Meilen hatte.

Schließlich zerstreuten sich die Neuankömmlinge und machten sich auf den Weg zu ihren Wohnungen, die Damen ganz leicht schwankenden Schritts, die Herren leise vor sich hin pfeifend.

Das Dakota war offiziell eröffnet.

Kapitel 11

New York City, Oktober 1884

Der Wind drohte sie wegzuwehen, doch Sara stand aufrecht oben auf dem Dach des Dakota und hielt sich am Metallgeländer fest. Der Eröffnungstag war ein Erfolg gewesen, dank dem Champagner-Empfang. Tatsächlich hatte der Alkohol nicht nur die neuen Mieter miteinander ins Gespräch gebracht; er hatte auch den Übergang des Gebäudes von der Bauphase zu einer Phase der Vollendung, des Funktionierens, des summenden Lebens erleichtert. Sie hatte ihr Tagewerk damit beendet, das gesamte Personal der Bewohner zu versammeln und klarzustellen, wo deren Pflichten endeten und die von Seiten des Dakota anfingen – bislang hatte sie noch keine verletzten Egos erkennen können. Und jetzt hatte sie die oberste Ebene des Hauses erklommen, um Luft zu schnappen.

Der Dachgarten bot einen Blick über den Central Park mit seinem malerischen Schloss und dem See in der Ferne. Obwohl die Sonne schon untergegangen war, waren die Wege zwischen den Bäumen noch im Licht der Gaslaternen zu erkennen.

»Mrs Smythe!«

Mr Camden schlenderte auf sie zu, unter dem Arm

die Nachmittagsausgabe der Zeitung. Er stellte sich neben sie, seine Augen blitzten in freudiger Erregung. Er schlug die Zeitung auf, was bei dem Wind gar nicht so einfach war, und las laut vor:

»Vermutlich gibt es unter fünfzig Fremden kaum einen, der mit der Hochbahn oder auf den beiden Flüssen fährt und sich nicht nach dem Namen des stattlichen Bauwerks westlich des Central Parks erkundigt.«

Eine Ecke der Zeitung wurde ihm vom Wind aus der Hand gerissen, und Sara hielt sie fest, damit er weiterlesen konnte.

»Dieses Gebäude ist das *Dakota Apartment House* und es ist das größte, gediegenste und am praktischsten eingerichtete Apartmenthaus dieser Art im ganzen Land. Ein beeindruckendes geographisches und architektonisches Wahrzeichen, das zweifelsohne als ›The Address‹ von New Yorks West Side bekannt werden wird.«

»Wie wundervoll! Sie freuen sich bestimmt sehr.«

»Ich habe letzte Woche eine Privatführung mit dem Reporter gemacht, aber er hat die ganze Zeit kein Wort rausgelassen. Ich wusste nicht, ob er überwältigt war oder es schrecklich fand. Aber hier, sehen Sie mal, die Überschrift.«

Sie folgte mit dem Blick seinem Finger, und ihr fiel

auf, wie elegant geformt er war. »›*Eines der vollkommensten Apartmenthäuser der Welt*‹. Fantastisch.«

»Mr Douglas wird in den nächsten Jahren eine lange Warteliste haben.«

Sie musste über Mr Camdens kindliche Begeisterung lachen. »Sie haben es geschafft«, sagte sie.

»Wir haben es geschafft.« Er faltete die Zeitung zusammen und klemmte sie wieder unter den Arm. »Ich wüsste nicht, wie ich heute Vormittag zurechtgekommen wäre; ohne Ihre Geistesgegenwart wäre es ein wilder Ansturm von FFDs geworden.« Er sah auf sie herunter. »Tut mir leid, dass ich Sie bei Ihrem Spaziergang auf dem Dach gestört habe, aber ich kam durch den Park und sah Sie hier oben.«

Zu denken, dass er sie aus solcher Entfernung hatte erkennen können. Der Wind spielte mit ihrem Rock, und sie strich ihn glatt.

»Sollen wir uns einen Moment in den Windschatten setzen?«, fragte er.

Eine Bank neben den riesigen Dachgiebeln bot Schutz vor den Elementen. Sara steckte die Haarsträhnen, die sich gelöst hatten, wieder fest. »Was werden Sie als Nächstes tun, jetzt, wo dieses Projekt fertig ist?«

Er lehnte sich zurück und streckte die Beine aus. »Hardenbergh hat mir bereits ein neues Gebäude zugeteilt, weit weg in der Innenstadt. Aber in ein paar Monaten werde ich meine eigene Firma gründen, dank diesem Zeitungsartikel und Hardenberghs Unterstützung.«

»Sie werden Erfolg haben, da bin ich sicher. Bestimmt freuen Sie sich schon darauf, dass Mrs Camden und die Kinder bald zurück in der Stadt sind.«

»Natürlich.«

Schweigen senkte sich über sie. Sie suchte verzweifelt nach einem Thema. »Wo haben Sie Architektur studiert, Mr Camden?«

»Ich hatte ein Stipendium für das Hasbrouck Institute in Jersey City, und dort habe ich auch Hardenbergh kennengelernt. Als er ziemlich früh einen Auftrag vom Rutgers College bekam, schlug er mir vor, für ihn zu arbeiten, und ich ergriff die Chance.«

Sie bewunderte die Art, wie er sich selbst seinen Weg geebnet hatte. Ein Teil von ihr hatte gehofft, sie würde dies durch ihre Übersiedlung nach Amerika, nach New York City, ebenfalls schaffen, aber ihr fehlte sein draufgängerisches Selbstvertrauen. Ihre Mutter hatte ihr einen schlechten Dienst erwiesen, als sie zwar ständig auf ihrer Blutsverwandtschaft mit dem Adel herumgeritten war, sie aber zugleich als Bastard beschimpft hatte. Sara wusste nicht, wohin sie gehörte.

Doch genau dadurch war sie so gut geworden in ihrem Beruf. Sie konnte Leuten Anweisungen geben und dabei autoritär klingen, auch wenn darunter nur die Angst lag, entdeckt und als Hochstaplerin entlarvt zu werden. In mancher Hinsicht hatte ihre natürliche Zurückhaltung nachgelassen, seit sie in den Staaten war, sie war nicht mehr so darauf bedacht, niemanden zu sehr an sich heranzulassen und zu verbergen, wer sie wirklich war. Dass sie so in die Höhle des Löwen geworfen worden war, unter lauter Fremde, die nichts über ihre Herkunft wussten und auch gar nichts wissen wollten, hatte sie ein wenig stärker gemacht. Amerika schien ein offeneres, versöhnlicheres Land zu sein.

Sie wollte nicht wieder in ihr Schneckenhaus zurück.

Er sah sie unverwandt an. Von ihrem Bauch her breitete sich Wärme bis hinauf in ihre Brust und zu ihrem Hals aus.

Wie eine tiefblaue Decke kroch der Abend von Osten nach Westen über den Himmel. Sie schaute auf. »Komisch, ich hatte Angst, in New York von allen Seiten her eingeschlossen und bedrängt zu sein, dabei habe ich hier weite Aussicht in jede Richtung und bin von einem noch weiteren Himmel umgeben.«

»Und die Leute unten sehen wie Ameisen aus.« Mr Camden zeigte auf einen Mann, der unter ihnen entlangzuwackeln schien. »Ameisen auf dem Fahrrad.«

»Bestimmt gar nicht so einfach mit sechs Beinen.«

»Sind Sie je Fahrrad gefahren?«

Sara nickte. »Ich bin in einem kleinen Dorf an der Südküste Englands aufgewachsen. Meine Mutter hat mir ein gebrauchtes gekauft, damit ich Botendienste damit machen konnte.« Sie erwähnte nicht, wie oft die Jungs sie mit Steinen bewarfen, wenn sie wütend vorbeistrampelte, und sie und ihre Mutter mit Ausdrücken belegten, die niemand würde wiederholen wollen.

»Wir sollten gelegentlich eine Tour durch den Park unternehmen. Kommen Sie mit?« Bevor sie antworten konnte, kam schon die nächste Frage: »Wann haben Sie frei?«

»Nicht vor Samstagnachmittag.«

»Sehr gut. Am Samstagnachmittag. Ich sorge für die Fahrräder, und Sie tragen Ihren besten Reitdress.«

»Soll ich eine Reitgerte mitbringen?«, fragte sie belustigt.

»Zwei, denn dann brauche ich auch eine.«

Als sie durch die Tür zurück ins Gebäudeinnere gingen, streckte er ihr die Hand entgegen, um ihr über die kleine Schwelle zu helfen.

Sie hatte das Gefühl, dass er ihre Hand kurz drückte, bevor er sie wieder losließ. Doch als sie ihn ansah, wich er ihrem Blick aus. Wahrscheinlich hatte sie es sich nur eingebildet.

Oder gewünscht.

* * *

Am Samstagvormittag schickte Mr Camden eine Botschaft an Sara, sie solle ihn um ein Uhr an der Promenade treffen. Zwischen vier und fünf Uhr nachmittags defilierten die Honoratioren der Stadt mit ihren Kutschen über diese Allee, und sie würde sich ganz sicher früh genug verabschieden, um den neugierigen Blicken der Menge zu entgehen. Zwar konnten Männer und Frauen plaudernd nebeneinander herschlendern, ohne dass sich auch nur eine Augenbraue kritisch hob, doch es wäre unschicklich, sich während der großen Promenade mit einem verheirateten Mann sehen zu lassen.

In den letzten Tagen hatte sie sich nach seiner Gesellschaft gesehnt, nach seiner Art, sie anzusehen, und seiner Art, ihr zuzuhören. Nein, nicht vertraut, sagte sie sich, das hätte sich ja auch nicht gehört. Aber er war ein freundlicher Mensch, und sie hatte noch nicht viele Freunde gehabt.

Er erwartete sie neben zwei Fahrrädern, die an einer Holzbank lehnten. Bei dem einen war ein Weidenkorb am Lenker festgeschnallt.

»Sind Sie bereit für einen herrlichen Tag in der Natur, Mrs Smythe?«

»O ja, das bin ich.« Die vergangenen Tage, an denen sie den letzten Mietern beim Einzug geholfen hatte, waren sehr anstrengend gewesen, ein Tapetenwechsel würde ihr guttun. Für einen 1. November war es ungewöhnlich mild, fast wie an einem Londoner Sommertag. Sie raffte ihre Röcke und stieg aufs Rad. Anfangs fuhr sie etwas wackelig, aber der Rahmen war solide und die Reifen dick. Solange sie ihren Blick fest auf die schwarz gekleidete Gestalt von Mr Camden auf dem Fahrrad vor ihr richtete, fiel es ihr leicht, die Balance zu halten.

Von den beiderseits des Wegs stehenden Ulmen fielen die Blätter. Sie fuhr knirschend über ein üppiges rotgoldenes Laubpolster und fühlte sich ein bisschen wie Moses, der das Rote Meer teilte. Mr Camden fuhr einen Pfad hinab, der zu einem Brunnen führte, dort stiegen sie ab und gingen dann zu einem kleinen grasbewachsenen Hügel, von dem aus man den See überblicken konnte.

Er holte eine Decke aus dem Korb, die Sara sorgsam ausbreitete, dann folgten ein frischer Laib Brot, Lachscreme und Aprikosentörtchen.

»Ein echtes Festessen, Mr Camden.«

»Ich habe es extra beim Küchenchef bestellt. Wir können doch nicht zulassen, dass unsere beste Angestellte hungert.«

Sein Überschwang machte sie verlegen, angelegentlich packte sie ein Stück Stilton-Käse aus.

»Ist das nicht großartig.« Mit einer Handbewegung zeigte er auf die Passanten. »Eine Mischung aller Gesellschaftsschichten, nicht nur die von oben oder die von unten, und alle treffen sich hier mitten in dieser großen Stadt, um einen herrlichen Herbsttag zu genießen.«

»Der Park ist sehr schön, aber ich muss sagen, dass mir der Hyde Park besser gefällt.«

Er tat sehr empört und legte die Hand aufs Herz. »Was wollen Sie denn mit diesen langweiligen englischen Gärten, wo Sie doch hier die wilden Landschaften Amerikas haben? Flüsse, die über Felsen hinabstürzen, Pfade, die sonst wohin führen. Nebenher bemerkt, kann hier ein einfacher Junge aus Buffalo alles werden, was er will, sogar Architekt. Auf der anderen Seite des großen Teichs ist das nicht so einfach.«

»Könnte Fitzroy sich so weit hocharbeiten, dass er Ihre Stellung hätte? Das bezweifle ich.«

»Ich bezweifle, dass Fitzroy morgens seine Schuhe finden könnte, wenn seine Frau sie ihm nicht eigenhändig anziehen würde.«

Sie lachte. »Sie sind wirklich nicht nett. Er ist ein wunderbarer Mann.«

»Das ist er. Aber ich spreche von Möglichkeiten. Die haben wir hier, das müssen Sie zugeben.«

»Ja, vielleicht haben Sie die.«

»Glauben Sie nicht, dass Sie sich in der Welt nach oben arbeiten könnten?«

Sie staunte über seinen mangelnden Realitätssinn. Natürlich konnte sich eine Frau nicht in der Welt hocharbeiten. Nicht so, wie er es getan hatte. »Nun ja, Sie mögen das so denken, aber es gibt klare Abgrenzungen. Sowohl hier als auch in England.«

»Was würden Sie denn tun, wenn Sie als Tochter eines Herzogs zur Welt gekommen wären?«

Es traf sie so unvorbereitet, dass sie fast ihre Limonade verschüttet hätte.

Er setzte sich auf. »Anscheinend habe ich da eine Saite zum Klingen gebracht.«

Sie sollte nichts sagen, sie sollte schweigen wie schon seit so vielen Jahren. Doch sein sehr forschender Blick sagte ihr, dass sie seine Aufmerksamkeit nicht von sich würde ablenken können. Was sie im Grunde auch nicht wollte. Sie musste zugeben, dass ein Teil von ihr den Wunsch hatte, diesen Mann zu beeindrucken.

Aber würde es ihn beeindrucken, wenn sie zugab, dass sie ein Bastard war? Sie holte tief Luft.

»Mein Vater war der Earl of Chichester.«

Jetzt war er es, der sich an seiner Limonade verschluckte. »Aber als ich Sie kennenlernte, arbeiteten Sie in einem Hotel. Nun gut, es war ein Grandhotel, aber doch eins, in dem die Tochter eines Earls für ein Zimmer zahlen und es nicht putzen sollte.«

»Meine Mutter war seine Haushälterin, wenn Sie es genau wissen wollen. Er würde mich nie als seine Tochter anerkennen.«

Er verstummte und sagte dann: »Sie haben etwas Besseres verdient.«

Bei dieser unerwarteten Freundlichkeit bildete sich ein Kloß in ihrem Hals. »Bestimmte Grenzen dürfen nicht überschritten werden«, sagte sie.

Er griff in den Picknickkorb und holte einen kleinen Skizzenblock und einen Füllfederhalter heraus. »Ich habe Ihnen versprochen, Ihnen Ihr Traum-Cottage zu zeichnen, und habe alles Nötige mitgebracht. Wenn Sie mögen, beschreiben Sie mir ein Schloss, das der Tochter eines Earls würdig ist, und es wird Ihnen gehören. Wenigstens auf dem Papier.«

»Das müssen Sie wirklich nicht tun.« Sie senkte den Kopf, um ihre allzu deutliche Freude zu verbergen.

»Ich bestehe darauf.«

Er begann, indem er ihr einfache Fragen stellte, wie viele Räume sie wolle, welche Art Stein ihr am besten gefalle.

Als sie davon sprach, dass sie gern eine schmiedeeiserne Bank unter einer von Blauregen überwucherten Pergola hätte, um dort zu lesen, musste er lächeln. »Ein wunderbarer Gedanke. Schon bei unserer ersten Begegnung in diesem schrecklichen Büro mit dem kleinen Fenster wusste ich, dass an Ihnen etwas Besonderes ist. Sie sahen nicht so aus, als würden Sie dorthin gehören. Und dann dieser Blick, mit dem Sie die Leute ansehen.«

»Welcher Blick?«

»Wenn Sie wollen, dass jemand etwas tut, wozu er keine Lust hat. Leugnen Sie es nicht! Ich habe mindestens ein Dutzend Mal erlebt, wie Sie Daisy so angesehen haben. Eine Augenbraue geht nach oben.«

Sie lachte. Er hatte ihre Geheimwaffe aufgespürt.

Während des Zeichnens redete er weiter. »Wo wir gerade von sozialem Aufstieg sprechen, hier habe ich ein schönes Beispiel für Sie: Was halten Sie von unserem geschätzten Bauherrn, dem verstorbenen Mr Clark? Er hat mit nichts angefangen, und ihm gehörte am Ende nicht nur die halbe Singer-Nähmaschinen-Firma, sondern auch noch unser geliebtes Dakota.«

»Singer wie die Nähmaschine in unserem Keller?«

»Ebendie.«

»Ich halte viel von Singer-Nähmaschinen. Es ist wundervoll, nicht mehr wie eine Sklavin selbst zu sticheln. Und doch ...« Sie zögerte, sprach aber weiter, nachdem Mr Camden ihr aufmunternd zugenickt hatte. »Wir wissen beide, dass Mr Clark nicht von der High Society akzeptiert wurde. Es ist wie beim Londoner Adel, auch in New York stehen Sie entweder auf der Liste oder nicht.«

»In hundert Jahren wird man sich über Mrs Astors Gästeliste nur noch lustig machen. Solche Trennlinien haben dann keine Bedeutung mehr. Am Ende wird sich diese Schicht durch Mischheiraten selbst in Vergessenheit bringen.«

Sein energischer Ton schockierte sie ein wenig.

Er stützte sich auf einen Ellbogen. »Darf ich Ihnen eine eher persönliche Frage stellen?«

»Was könnte das wohl sein?«

»Was wurde aus Mr Smythe?«

»Den hat es nie gegeben. Die Anrede hat rein berufliche Gründe. Es ist die Tradition vieler, vieler Generationen von Haushälterinnen, wahrscheinlich bis zurück ins Mittelalter, eine *Mrs* zu sein. Die Ironie daran ist, dass eine Haushälterin ihre Arbeitsstelle verlor, wenn sie heiratete.«

»Besser, Sie sind nicht an einen anderen Menschen gekettet. Denken Sie nur an Mrs Camden. Sie gehört zu dem Adel, der Land, aber wenig Geld besitzt, und wohin hat sie das gebracht? Jetzt hat sie einen schrecklichen Amerikaner zum Mann, der diese albernen Spielchen nicht mitspielt. Sie haben noch so viel vor sich, nachdem Sie über die Hürde gesprungen und in dieses Land gekommen sind. Ich hoffe, Sie werden Ihre Chancen zu nutzen wissen.«

Sein Vertrauen in ihre Zukunft elektrisierte sie. Was konnte aus ihr werden, wenn sie sich wirklich Mühe gab?

»Darf ich fragen, wie Sie zur Architektur kamen, Mr Camden?«

»Das dürfen Sie sehr gern.« Er zeichnete während des Sprechens immer noch weiter. »Mein Stiefvater, ein grober Kerl, der in einer Getreidemühle arbeitete, hat meine künstlerischen Neigungen nie gemocht. Er sagte immer, da könne ich genauso gut Deckchen besticken. Ich zeichnete einfach alles. Blumen, Gesichter, was immer mir vor die Augen kam. Einmal, an einem späten Samstagnachmittag, kamen meine Freunde und ich – wir waren allesamt kleine Galgenstricke – auf die Idee, uns Zugang zu einer großen Villa zu verschaffen, die am Stadtrand neu gebaut wurde. Sie war noch im Rohbau. Im Haus fand ich einen Packen Pläne, und während die anderen Jungs herumrannten und Fangen spielten, vertiefte ich mich in die Pläne, als wären sie Schatzkarten. Und das waren sie auch. Ich war geradezu verzückt und nahm sie mit, als wir gingen.«

»Wurden Sie erwischt?«

»Natürlich. Mein Stiefvater schleifte mich dorthin, damit ich mich entschuldigte, und der Polier bestand darauf, dass ich als Buße einen Monat lang Handlangerdienste auf der Baustelle verrichtete.«

»Klingt schrecklich.«

»O nein. Ich war im Himmel. Ich hob Nägel auf, brachte den Arbeitern Wasser und sah zu, wie die eindimensionalen Zeichnungen dreidimensional verwirklicht wurden. Es war fantastisch.«

Er ging mit Löschpapier über die Zeichnung, bevor er sie ihr überreichte.

Mit zarten Strichen hatte er ein hübsches Cottage mit drei Gaubenfenstern über einer Pergola voller Blauregen gezeichnet. Eine Holztür mit kräftigem Klopfer wurde von einem großen Fenster mit rautenförmigen Sprossen auf der einen und einem kleineren runden Fenster auf der anderen Seite umrahmt. Diese Asymmetrie verlieh dem Gebäude unerwarteten Charme. Sie bat ihn, die Zeichnung zu signieren, was er tat, um sie dann für die Rückfahrt zusammenzurollen.

Auf dem Weg zum Dakota fuhr Sara durch ein tiefes Loch. Sie stürzte zwar nicht, doch ihr Vorderrad lief nicht mehr rund. Neben der Statue von Daniel Webster stieg sie ab und begutachtete den Reifen.

»Stimmt etwas nicht?«, fragte Mr Camden.

»Es sieht so aus, als müsste da etwas gerichtet werden.« Sie zeigte auf die Radnabe.

Er lehnte sein Rad an die Statue und kniete sich hin, um ihres näher in Augenschein zu nehmen. In diesem Augenblick bedauerte sie, dass er einen Hut trug, sie hätte so gern sein Haar gesehen, in welche Richtung seine Wirbel gingen.

Plötzlich sah er auf, seine Augen waren sehr weit offen. Da sie ihren Gesichtsausdruck nicht unter Kontrolle hatte, lächelte sie ihn kurz an und schaute dann weg, weil sie seinen Blick nicht aushielt.

Er stand auf, die eine Hand auf den Sattel ihres Rades gelegt, und sprach völlig ruhig. »Ich werde jemanden vom Personal bitten, das zu reparieren. Ich danke Ihnen für diesen denkwürdigen Nachmittag, Mrs Smythe.«

Die Schwingungen seiner Stimme warfen sie fast um. Er stand so nah, und ihr war, als würde der Klang durch ihre Haut und ihre Muskeln hindurch bis in ihre Knochen dringen.

Sie ließ den Lenker ihres Fahrrads los. »Dann mache ich mich mal auf den Weg. Ich muss mich zurückmelden und nachschauen, ob auch keine Feuer ausgebrochen sind, die ich löschen muss.«

»Halt, warten Sie, vergessen Sie das hier nicht.« Er griff in den Picknickkorb und gab ihr die zusammengerollte Zeichnung.

Dieser Akt fühlte sich so intim und unschicklich an, als hätte er ihr mitten auf der Straße ein Spitzenunterhemd übergeben. Sie nahm die Papierrolle und versteckte sie verlegen hinter ihrem Rücken. »Danke, Mr Camden.«

Noch bevor er antworten konnte, war sie schon fort.

* * *

»Da sind Sie ja. Setzen Sie sich und erzählen Sie mir den neuesten Klatsch vom Tage.«

Sara nahm ihren üblichen Platz in Mr Camdens Bibliothek ein. Obwohl seit der Eröffnung erst zwei Wochen vergangen waren, lief es im Dakota so ruhig, als wäre es schon seit zwei Jahren bewohnt: Vorbei an den mit Mopp und Eimern bewaffneten Dienstmädchen brachten Pagen Kohle in die Wohnungen hinauf, während sich die Bewohner unten im Hof von den Hausdienern in die Kutschen helfen ließen. Glücklicherweise waren die neuen Bewohner völlig anders als die anspruchsvollen Oberen Zehntausend, die im Langham abstiegen, jedenfalls, wenn man von der reizbaren Mrs Putnam absah. Die Männer waren höflich und freundlich, und die Frauen zwar kritisch in Geschmacksfragen, aber überraschend herzlich.

Trotzdem war ihre Aufgabe nicht leicht. Die Leute, die die Waren anlieferten, waren zwar überaus diensteifrig, doch die Angestellten der Firmen, für die sie arbeiteten, reagierten sehr störrisch, wenn Sara auch nur die kleinste Beanstandung mitteilte. Am Vortag hatte sie sich persönlich in die Büros des Lieferanten für Anzündholz bemühen müssen, nachdem sie bereits mehrere Briefe geschrieben hatte, weil die dünnen Scheite nicht trocken genug gewesen waren. Der Angestellte wollte ihr nicht glauben, dass sie zuständig war, und bestand darauf, dass sie ihm den »richtigen Geschäftsführer« schickte. Sie kündigte sofort den Vertrag mit dieser Firma und beauftragte Daisy damit, passenden Ersatz zu finden.

Jeden Nachmittag um vier Uhr, wenn Mr Camden aus seinem Büro zurück war, tranken sie gemeinsam Tee und gingen die Ereignisse des Tages durch. Wie befreiend es war, mit einem Mann zu sprechen, ohne sich ständig beweisen zu müssen. Er ermutigte sie zu einem freundschaftlichen Geplänkel, wie von gleich zu gleich.

»Ich fürchte, Mrs Putnams Sohn hat seine Schlittschuhe im Wohnzimmer ausprobiert. Wir müssen den Boden erneuern.«

Mr Camdens Teetasse verhielt auf halbem Weg zum Mund. »Er hat *was* gemacht?«

Sie lächelte. »Es war nur ein Scherz. Entschuldigen Sie, den konnte ich mir nicht verkneifen. Aber sie hat darauf bestanden, dass die Silber-Einlegearbeiten in ihrem Fußboden zweimal pro Woche poliert werden.«

Mr Camden lachte schallend und hatte Mühe, die Teetasse wieder zur Untertasse zu bringen, ohne etwas zu verschütten. »Dieses Bild wird mich noch tagelang verfolgen, vielen, vielen Dank.«

»Nein, heute gibt es keinen Klatsch, tut mir leid. Hoffentlich sind Sie nicht enttäuscht.«

»Aber gar nicht. Wir haben nicht nur eine gute Presse und derzeit sehr zufriedene Bewohner, wir haben auch, wie ich heute erfahren habe, seitenlange

Wartelisten mit Menschen, die ebenfalls auf unserer kleinen Insel leben möchten.« Zerstreut nahm er eine Einladung von dem Tisch neben ihm. »Wie schade!«

»Was denn?«

»Die Rutherfords geben am Freitag einen ihrer verrückten Kostümbälle. Mrs Camden wäre bestimmt furchtbar gern hingegangen.«

Sara zwang sich zu einem Lächeln. Seine Frau und seine Kinder sollten in der folgenden Woche ankommen. Die Wohnung war mit ihren üppig gepolsterten Sesseln und zarten französischen Teetischen bestückt worden und wartete nun auf die Ankunft der restlichen Familie. Sie hatte Mr Camdens Gesellschaft in den letzten Wochen wirklich sehr genossen, doch sobald Mrs Camden aus London eingetroffen wäre, würden ihre Beziehungen förmlicher werden. Und das war ja auch richtig so.

Zum ersten Mal dachte sie über die Beziehung ihrer Mutter zum Earl of Chichester nach. Sara hatte sich nie vorstellen können, wie in aller Welt sich ihre Mutter in die Hände dieses Mannes und damit in eine so gefährdete Lage hatte begeben können. Aber vielleicht waren sie durch das gemeinsame Ziel, das Funktionieren eines großen Herrenhauses zu gewährleisten, zusammengeschweißt worden, was zu Vertraulichkeiten und ungeachtet aller Klassenschranken zu gegenseitiger Hochachtung geführt hatte. Wenn das der Fall gewesen war, musste der Verlust unüberwindlich gewesen sein. Ihre Mutter hatte nicht nur ihren Lebensunterhalt verloren, sondern auch ihre Liebe.

»Mrs Smythe?«

Sie sah zu ihm hinüber. Hatte er etwas gesagt? »Verzeihung?« Vor Verlegenheit wurde sie hochrot.

»Ich sagte, Sie sollten mitkommen.«

»Wohin?«

»Zum Ball der Rutherfords.«

»Nein, natürlich nicht.« Der Mann war verrückt. Eine bessere Dienstbotin ging nicht auf einen Ball.

Er lehnte sich zurück und fuhr mit dem Finger über die Kante des dicken, luxuriösen Papiers. »Zu schade, ich hätte Ihnen so gern die Inneneinrichtung gezeigt. Und die Abendeinladungen der Rutherfords sind berühmt. Letztes Jahr gaben sie einen Kostümball für zwölfhundert Gäste, und selbst die anspruchsvolle Mrs Astor ließ sich blicken.«

»In was für einem Kostüm?«

»Gute Frage. Das muss ich noch herausfinden. Sie bringen mich immer durcheinander, das wissen Sie, nicht wahr?«

»Jedenfalls spricht nichts dagegen, dass Sie unbegleitet dorthin gehen.«

»Ich habe nur einen Grund, dorthin gehen zu wollen, ich will Ihnen nämlich zeigen, wie schwachsinnig die Welt schon ist.«

Jetzt das schon wieder. Sie hoffte nur, dass er sich nicht noch mehr Gründe einfallen ließ. »Darüber kann ich jeden Tag in der Zeitung nachlesen, dafür brauche ich nicht auf einen Ball zu gehen.«

»Wahrscheinlich haben Sie recht.« Er seufzte. »Außerdem habe ich vergessen, dass wir ja dann noch ein passendes Kleid für Sie auftreiben müssten.«

Sara blickte in ihren Schoß hinunter. Heute Morgen hatte sie, weil sie die Kellerräume inspizieren wollte, ihr graues Tageskleid angezogen, ihr schäbigstes Kleid, und jetzt schämte sie sich. Was nützte es schon, sich mit Mr Camden auf einer Ebene zu fühlen und geistreiche Bemerkungen und Neckereien mit ihm auszutauschen, wenn sie doch in Wirklichkeit sowohl vom Aussehen als auch von der sozialen Stellung her nichts Besseres war als ein Küchenmädchen?

Trotzdem musste sie diesen Mann in seine Schranken weisen. »Ich möchte Ihnen mitteilen, dass ich ein sehr hübsches Ballkleid besitze.«

Er schlug sich aufs Knie. »Natürlich! Ich vergaß, dass Sie die Tochter eines Adeligen sind. Wie konnte ich nur etwas anderes annehmen. Damit ist es beschlossene Sache. Wir müssen hin.« Er gab ihr keine Gelegenheit zu einer Antwort. »Es ist ein Maskenball. Ich werde Sie als meine Cousine zweiten Grades aus England ausgeben. Wir gehen rein, ich mache eine kleine Führung für Sie, und dann gehen wir wieder. Eine perfekte Gelegenheit. Vielleicht die einzige.«

Das stimmte. Wenn Sara nicht gerade als Haushälterin dort engagiert würde, würde sie in ihrem ganzen Leben keinen Fuß in ein solches Haus setzen können.

»Bitte kommen Sie mit, Sara.«

Dass er sie mit ihrem Vornamen ansprach, war wie eine kalte Dusche, die sie wieder zur Vernunft brachte. Was in aller Welt dachte er von ihr?

»Das könnte ich nicht.«

»Einen Abend, nur zehn Minuten lang. Wir fahren in getrennten Kutschen los, und ich treffe Sie dann in der Nähe des Hauses.« Sein Gesicht wurde ernst. »Ich denke, wir wissen beide, dass unsere Freundschaft nächste Woche dem Diktat gesellschaftlicher Regeln zum Opfer fallen wird. Wollen wir sie nicht jetzt, wo wir sie noch haben, auch genießen?«

Er hielt ihren Blick mit seinen Augen fest. »Niemand wird davon erfahren, das verspreche ich Ihnen.«

Hatte ihre Mutter diese Worte irgendwann auch einmal gehört?

Nein. Sara durfte die Beziehung ihrer Mutter mit Seiner Lordschaft nicht romantisieren. So konnte es nicht gewesen sein. Dieser Mann war in der ganzen Grafschaft als brutaler Kerl bekannt, als einer, der die Jungs, die auf seinem Land wilderten, auspeitschen ließ. Ihre Mutter war gegen ihren Willen verführt und übertölpelt worden. Das Angebot von Mr Camden war etwas ganz anderes. Er war Amerikaner und glaubte, dass jeder Mensch unabhängig von seinem Stand eine Chance verdient hatte. Damals in London hatte er etwas in ihr gesehen und ihr die größte Chance ihres Lebens geboten. Und nun wollte er mit ihr auf diesen Ball gehen, aber nicht als Märchenprinz, sondern weil er gemeinsam mit ihr die Verrücktheiten der Oberschicht studieren wollte. Also der Gesellschaftsklasse, der die Bewohner des Dakota im Grunde ihres Herzens gleichen wollten. Wenn sie hinging, würde sie ein tieferes Verständnis für die Ressentiments, Enttäuschungen und Hoffnungen genau der Menschen gewinnen, für die sie arbeitete.

Zehn Minuten ihres Lebens. Zehn Minuten an Mr Camdens Arm.

Nur zehn Minuten.

Kapitel 12

New York City, September 1985

»Wo zum Teufel sind denn alle?«

Melinda tobte wie ein gut frisierter Wirbelwind durch die Wohnung und ließ ihre Birkin Bag geräuschvoll auf den Boden fallen.

Bailey war in der Küche gewesen, wo sie wütend und leider erfolglos versucht hatte, den Bauunternehmer zu erreichen, als sie die Wohnungstür zuschlagen hörte und genau wusste, wer da kam. Als sie sich nun an beiden Enden des langen Gangs gegenüberstanden, kam Melinda Bailey vor wie ein Stier kurz vor dem Angriff auf den Matador. Ein Stier in Candie's High Heels.

»Also, wo sind die Handwerker?«

Baileys Schritte hallten durch die leere Wohnung. »Ich versuche Steve zu erreichen, um ihn genau das zu fragen. Ich kann mich nicht erinnern, dass er was davon gesagt hat, heute nicht kommen zu wollen; die wissen doch, wie eng unser Zeitplan ist.«

»Eng ist gar kein Ausdruck.«

»Entschuldige die Frage, Melinda, aber hast du die fällige Rate gezahlt?«

Melinda verdrehte die Augen. »Ich glaube schon.«

Da hatte sie die Antwort. »Ich vermute, sie sind von dieser Baustelle abgezogen und zu einer anderen geschickt worden.«

»Warum denn das?«

»Weil die nächste Rate fällig war und sie sie nicht bekommen haben.«

»Himmel noch mal. Steve weiß, dass er das Geld irgendwann kriegt. Ich habe ihm meine Lage erklärt.«

»Das glaube ich dir. Aber sie arbeiten nicht nur für dich. Sobald ein anderer Job winkt, springen sie ab, wenn sie unzufrieden sind.«

Melindas Schultern sackten ein wenig nach unten. Immerhin. Bailey redete weiter. »Ich versuche, sie heute anzurufen und wieder herzulocken. Aber im Augenblick gibt es nur eins, was garantiert wirkt, und das ist ein dicker, fetter Scheck.«

»Dieser blöde Fred will mir vorab nichts geben. Glaub mir, ich hab's schon versucht.«

»Dann wäre es vielleicht das Vernünftigste, du wartest mit den weiteren Arbeiten, bis du das Geld in der Hand hast.« Bailey sagte es wahrhaftig nicht gern. Das bedeutete, dass sie einen weiteren Monat in der Luft hängen und pleite sein würde. Und anders als bei Melinda bedeutete pleite bei ihr wirklich pleite.

»Ich frage Tony. Er schießt es mir vor.«

»Wie schnell kannst du das Geld bekommen?«

»Ich gehe heute tagsüber bei ihm im Büro vorbei. Heute Abend gehen wir ins Limelight, dann ist er später wieder gut gelaunt, auch wenn er sich darüber ärgert, dass ich Geld von ihm pumpen will.«

Das Limelight. Baileys Kiefer spannten sich an,

und ihr Herz raste. Genau wie der Pawlowsche Hund brauchte sie nur das Wort zu hören. Die vielen Nächte, die sie mit Tanzen, Trinken und Koksen bis zum Morgengrauen verbracht hatte, hatten sich in das Gedächtnis ihres Körpers eingeprägt.

Sie hatte einige Abende zuvor an einem AA-Meeting in einer kleinen Kirche an der Sixty-Ninth Street teilgenommen. Der Kaffee war stark gewesen, und die Kirche sehr voll. Sie hörte sich die Geschichten an und nickte aufmunternd, doch sie fühlte sich wie ein Betrüger, wie ein Schauspieler in einem Film über die Heilung. Sie in der Rolle des reuigen Sünders. Bis eine Frau sie zu Tränen rührte, die davon erzählte, wie sie zusammengeschlagen in einer Wohnung in der Bronx aufgewacht war und keine Ahnung gehabt hatte, wie sie dorthin gekommen war. Das Hämatom rings um ihr Auge war bereits zu einem Schatten verblasst, doch die Qual sprach noch aus ihren Worten. Bailey hatte, vor allem im vergangenen Jahr, in so vielen Nächten nicht gewusst, wie sie es nach Hause geschafft hatte. Sie war knapp davongekommen. Und das nicht nur einmal.

Als sie aufstand und die Kirche verließ, entdeckte sie Renzo, der ganz hinten stand. Er war blitzschnell verschwunden, doch sie war sicher, dass er es gewesen war. Sie fühlte sich klein und wehrlos bei dem Gedanken, dass er ihr die ganze letzte halbe Stunde auf den Hinterkopf gestarrt hatte. Bei dem Gedanken, dass er Bescheid wusste.

Einige Tage später, als sie Kenneth Tapetenmuster für sein Badezimmer zeigte, schaute Renzo vorbei, um zu kontrollieren, wie die Klempner arbeiteten. Sie versuchte, ein *Dein Geheimnis ist bei mir sicher*- Lächeln aufzusetzen, doch er nahm kaum Augenkontakt mit ihr auf. Vielleicht wusste sonst niemand von den Hausbewohnern, dass er ein Alkoholproblem hatte, und er wollte es dabei belassen. Das ging für sie in Ordnung. Trotzdem hätte er etwas netter sein können.

Melinda hob ihre Birkin-Tasche auf und wischte imaginären Staub von ihrer Culotte aus Jeansstoff. »Du solltest heute Abend mitkommen, Bails. Wie in der guten alten Zeit.«

»Machst du Witze? Ich komme gerade aus dem Entzug. Das Limelight ist der letzte Ort, an den ich gehen darf.«

»Na schön, dann lass uns doch vorher zusammen im Odeon essen. Da brauchst du nichts zu trinken, und du wirst dich besser fühlen als in dieser Gruft hier. Du bist so blass; hast du irgendwelchen Spaß gehabt, seit du zurück bist?«

»Im Augenblick habe ich nicht die nötigen Mittel für Spaß.«

»Heute Abend geht es auf mich und Tony. Wir laden dich ein, okay?«

Wenn Bailey noch einmal ein Stück Pizza zum Abendessen bekäme, würde sie verrückt. Die Vorstellung von einer echten Mahlzeit mit Stoffservietten und Kellner hatte etwas von einer Expedition in exotische Gefilde. Und sie konnte einen Tapetenwechsel wirklich brauchen.

»Wann?«

»Um neun Uhr.«

So spät. »Ich bin mir nicht sicher. Ich darf auf keinen Fall wieder in das Partyleben von früher verfallen.«

Melinda gab ihr einen spielerischen Schlag auf den Arm. »Ich weiß. Ich will dich ja auch nicht drängen. Ich möchte dich nur einfach wieder in meinem Leben haben. Du hast mir gefehlt.«

»Du hast mich doch. Ich gehe nicht weg. Ganz anders als dein Bauunternehmer.«

»Und darüber bin ich sehr glücklich, und ich möchte, dass du mitkommst. Okay?«

Bailey willigte ein, Melindas Hartnäckigkeit rührte sie.

Ihre Auswahl an Abendgarderobe war begrenzt. Sie hatte zwar eine dunkle Jeans und ein Paar High Heels, aber das einzige »schicke« Stück für ein edles Abendessen war ein Paillettentop, das im Nacken gebunden wurde und viel Schulter sehen ließ. Es steckte in einer Ecke des Koffers, unter den vernünftigen T-Shirts, die sie zur Kur mitgenommen hatte. Für das Dakota war es zu gewagt, nicht aber für das Odeon.

Natürlich war Renzo in der Portierloge, als sie durch die Ausfahrt ging. Sie sah aus, als hätte sie sich einiges vorgenommen, und die Schuldgefühle lagen ihr gleich wie ein Klumpen im Magen.

Er winkte ihr vom Fenster aus zu, und sie winkte zurück, lächelte aber nicht. Was ging es ihn an, wohin sie ging und wie sie aussah? Wer war er schon, dass er sich ein Urteil erlauben dürfte? Dieser Mann war Hausmeister in einem Haus in New York City, kein potenzieller Kunde oder Freund. Dieses Bedürfnis, ihm zu gefallen, machte sie wütend, und die Wut ließ erst nach, als sie in einem U-Bahn-Wagen Richtung Zentrum sauste.

Tony stand auf und rückte einen Stuhl für sie zurecht, als Bailey das Restaurant betrat. Es war laut und voll, und einige Männer drehten die Köpfe, als sie an ihnen vorbeiging. Es war schön zu wissen, dass sie noch nicht völlig heruntergekommen war. Die Schnapsflaschen hinter der Bar glitzerten wie Juwelen, während Prince aus den Lautsprechern über himbeerrote Baskenmützen sang.

Sie sehnte sich schmerzlich nach einem Drink. Wenn sie in New York bleiben wollte, musste sie lernen, mit Versuchungen umzugehen, und heute Abend war der erste echte Test. Ihre Hand flog zu ihrer Kehle auf – und sie musste sich alle Mühe geben, sie nicht zu umklammern –, als sie ein Mineralwasser mit Limette bestellte, bevor sie sich bei Tony dafür bedankte, dass sie sich ihnen anschließen durfte.

»Aber klar doch. Wir haben dich schrecklich vermisst.«

Sein vornehmer Akzent ließ die meisten Zuhörer vergessen, dass das meiste von dem, was er sagte, Klatsch und Eigenlob war. Das galt auch für Melinda, die in diesen Mann vernarrt war. Die wenigen Male, die Bailey ihn gefragt hatte, womit er eigentlich sein Geld verdiene, hatte er sie mit Geschichten über wilde Touren abgespeist, die er mit Freunden von der Uni auf Ibiza unternommen haben wollte. Er hatte eine Aura von Reichtum, also war alles andere nicht so wichtig.

Obwohl man fairerweise zugeben musste, dass

Tony Melinda nicht im Stich ließ und derzeit ihren verschwenderischen Lebensstil finanzierte, jedenfalls bis das Treuhandvermögen ins Spiel kam. Kein schlechter Partner. Er hatte weit auseinanderstehende Augen, dünne Wimpern und eine rabenschwarze, gegelte Mähne, die wie eine sorgfältig gepflegte Rasenkante von seinem Haaransatz aufsprang. Er war entweder auf der Oxford oder der Cambridge University gewesen, doch Bailey würde ganz sicher nicht schon wieder nachfragen und sich lächerlich machen, weil sie es sich nicht merken konnte.

Tony bestellte noch eine Runde Getränke, Bailey Steak Frites, und dann machte sie sich, kaum dass er auf dem Tisch stand, über den Brotkorb her.

»Immer sachte, du Tiger«, sagte Melinda. »Sieht fast so aus, als hättest du tagelang nichts zu essen bekommen.«

Bailey legte das Stück Brot zurück auf den Teller und nippte an ihrem Mineralwasser. Das Restaurant summte vor koksbefeuerter Energie. Hier nüchtern zu sein, machte wahrhaftig keinen Spaß. Es war zu laut, man konnte sich kaum unterhalten.

Tony sagte etwas, und sie beugte sich vor. »Wie bitte?«

»Du siehst jetzt echt toll aus. Die Kur ist dir gut bekommen.« Er musterte sie von oben bis unten, und sie wand sich unter seinem Blick.

»Er meint damit, dass du jetzt Figur hast, Süße.« Melinda zeigte auf Baileys Brüste. »Die sind jetzt ausgefüllt.« Sie wandte sich an Tony. »Ich bekam vor Bailey einen Busen, obwohl sie ein Jahr älter ist als ich.«

Bailey stützte die Ellbogen auf den Tisch, um Tonys Blicken weniger Angriffsfläche zu geben. Als könnte die Situation überhaupt noch unangenehmer werden.

»Weißt du noch, als du in den Ferien bei uns warst? Du hast einen BH von mir anprobiert, und wir haben ihn mit Socken ausgestopft.« Melinda warf lachend den Kopf in den Nacken und zeigte dabei ihren schönen Hals. »Beim ersten Blick darauf hätte meine Mutter fast ihren Tee wieder ausgespuckt.«

Manche Erinnerungen verbannte man besser aus dem Gedächtnis, diese zum Beispiel. Der BH rund um ihren Oberkörper war eng und ungewohnt gewesen, aber sie hatte sich damit erwachsen gefühlt und einen von Melindas weichen Kaschmirpullis darüber gezogen. Als sie in das Zimmer zu den Erwachsenen kam, dachte sie, sie sähe selbst wie eine aus, doch ihr Vater wurde rot wie eine Tomate und ihre Mutter hatte erschrocken nach Luft geschnappt und ihr dann befohlen, sich sofort umzuziehen.

»Ja, ich erinnere mich.«

»Wir waren alberne Kinder.« Melinda hakte sich bei Tony unter. »Übrigens haben Tony und ich gerade darüber gesprochen, ob wir nicht demnächst auch Kinder haben wollen, stimmt's?«

Tony tätschelte ihr den Arm. »Stimmt.«

Ein neues Thema, Gott sei Dank.

Melinda schob ihr Gesicht dicht an das von Tony. »Kannst du dir vorstellen, wie süß unser Baby sein wird?« Sie küsste ihn auf die Wange und wischte die Spuren dann mit dem Finger weg. »Oder unsere Babys. Du weißt ja, Zwillinge liegen bei uns in der Familie.

Sie werden dann die perfekte Mischung aus meiner Intelligenz und deinem guten Aussehen.«

Bailey hätte sich fast an ihrem Mineralwasser verschluckt, und sie war ganz sicher, dass Tonys Gesicht kurz entgleist war.

»Deine Intelligenz?«, fragte er.

Melinda beugte sich vor und flüsterte theatralisch: »Tony ist bei den Examen an der Uni durchgefallen, aber sag es niemand. Er redet nicht gern darüber.«

Tony wurde steif. »Nur bei einem Examen, Schatz. Ich wüsste gern, wie du wohl bei einer solchen Prüfung abgeschnitten hättest. Nicht besonders gut, vermute ich. Jedenfalls ist meine Familie für ihre brillanten Köpfe bekannt. Mein Vetter zum Beispiel kriegt irgendwann in naher Zukunft einen Nobelpreis, da bin ich ziemlich sicher, daher solltest du vielleicht deine Meinung über uns noch einmal überdenken.«

»Sorry, Tony.« Melinda sah ihn mit anbetendem Augenaufschlag an. Er schniefte kurz und schien sich wieder zu beruhigen.

Bailey nahm noch ein Stück Brot. »Was hat dein Vetter denn so Tolles gemacht?«

»Er hat eine Methode entwickelt, wie man bei DNA-Proben herausfinden kann, zu welchem Menschen sie gehören.«

»Das verstehe ich nicht. Natürlich gehört die DNA zu dem Menschen, von dem sie stammt.«

»Man wird die Methode in der Kriminalistik anwenden. Wenn jemand einen Tropfen Blut oder ein Haar am Tatort verliert, dann können sie genau sagen, wer der Täter war. Wenn sie beispielsweise einen

Verdächtigen inhaftiert haben, dann können sie mit diesem Test sicher herausfinden, ob sie den Richtigen geschnappt haben.«

»Iih. Wollen wir jetzt wirklich über Haar- und Blutproben sprechen?« Melinda gab ein würgendes Geräusch von sich.

Bailey beachtete sie nicht. »Dafür verdient er den Nobelpreis wirklich, es klingt fast mehr nach Zauberei als nach Wissenschaft. Ist er auch an der Cambridge University gewesen?«

Tony schüttelte bekümmert den Kopf. Sie hatte schon wieder danebengetippt. »Oxford. In unserer Familie studiert man immer in Oxford.«

»Ach ja. Tut mir leid.«

Das Essen kam, ihr Steak glänzte saftig, aber sie hatte kaum ein paar Bissen davon gegessen, als Tony schon zum Aufbruch drängte. Bailey hatte keine Lust, in irgendwelche Clubs zu gehen, sie wäre lieber geblieben und hätte zu Ende gegessen, aber es wäre demütigend gewesen, allein am Tisch zurückzubleiben. Hastig stopfte sie sich noch ein paar Fritten in den Mund und folgte ihnen dann zur Tür und in ein Taxi.

Sie hielten vor der ehemaligen Kirche, vor deren Tür sich schon eine um den ganzen Block reichende Schlange ungeduldiger Partygänger gebildet hatte. Bailey war fest entschlossen, das Stadtzentrum zu verlassen, doch Melinda zerrte sie aus dem Taxi. Von da an schien eine magnetische Kraft die Herrschaft über sie zu übernehmen, die sie an den Türstehern vorbei und über die Schwelle in den klaffenden Schlund zog. Sie schwor sich, höchstens zehn Minuten oder so in dem

Club zu bleiben, um ihre Willenskraft zu testen, nur so lange, bis Melinda und Tony durch neue Freunde und neue Drogen abgelenkt wären. Sie sah auf ihre Uhr. Sie würde vor Mitternacht zu Hause sein und früh aufwachen, genau rechtzeitig für das AA-Meeting um halb neun.

Das Thema des Abends war »Bare as You Dare«. Aus dem Körpergewühl auf der brechend vollen Tanzfläche tauchten immer wieder entsprechend entblößte lange, schlanke Gliedmaßen auf. Die Spots verschossen ihr Licht zum Rhythmus eines Songs von Tom Tom Club, und zeitweise schienen die Tänzer zu einem einzigen Organismus zu verschmelzen, einem pulsierenden, spaßgierigen Tier.

Kaum hatten sie den Club betreten, da verschwanden Tony und Melinda nach rechts. Wahrscheinlich auf der Suche nach mehr Koks, der normalerweise in einem der kleinen Räume unten zu finden war, in den privateren Bereichen, wo die Clubbesucher knutschen oder LSD nehmen oder sonst etwas tun konnten, was sie am nächsten Morgen bereuen würden.

Sie ging die Treppe hinauf, um einen besseren Überblick zu bekommen, dann lehnte sie sich über das Geländer und suchte die Menge nach bekannten Gesichtern ab. Da war keins. Noch vier Monate zuvor wäre sie, nachdem sie die Türsteher passiert hätte, wie eine Königin behandelt worden. Wer zu Tristans Clique gehörte, für den öffneten sich alle Türen, der wurde hofiert.

»Na, wenn das nicht die kleine Schlange Bailey ist, die in die helfenden Hände beißt.«

Wenn man nur an den Teufel dachte … Tristan.

Und nicht nur Tristan, sondern auch Wanda und ein paar Assistentinnen aus der Firma, die sich im Hintergrund hielten und versuchten, cool und gelangweilt zu wirken.

»Wie meinst du das?« Sie wusste, dass man ihm gegenüber besser in die Offensive ging, aber ihr fiel keine andere Antwort ein.

Er starrte sie böse an. »Du hast den Job bei Melinda übernommen, oder? Wie soll das gehen? Jeder weiß, dass deine Cousine nicht bezahlen kann. Und woher wissen die Leute das? Weil ich es ihnen gesagt habe.«

Da hatte sie die Erklärung für die verschwundenen Handwerker. Dieses Problem würde Tonys Geld lösen, aber jetzt und hier musste sie sich mit Tristan auseinandersetzen.

Er hatte so viel für sie getan, er hatte sie eingestellt und angelernt, er hatte ihr das Gefühl gegeben, sie sei smart und talentiert. Früher war sie nur eine untere Assistentin gewesen, aber es war ihm aufgefallen, dass sie immer zu einer zusätzlichen Anstrengung bereit gewesen und oft länger geblieben war und sich, wenn es eng wurde, nicht geschont hatte.

»Ehrlich, Tristan, es tut mir leid. Wirklich. Melinda hat mir einen Gefallen getan. Und wie du schon sagtest, kann sie es sich noch gar nicht leisten. Warum hättest du dich mit so etwas überhaupt abgeben wollen?«

»Du tust mir also im Grunde einen Gefallen? Ist das deine Rechtfertigung?«

»Nein, so habe ich es nicht gemeint.«

Wanda streckte ihren langen Hals vor. »Sie hat es dir regelrecht weggeschnappt, Tristan. Ich war dabei.«

Tristan rümpfte die Nase. »Ich habe dir die Kur bezahlt, und das ist dein Dank?«

Er hatte recht. Ihre Verteidigung, welche auch immer, brach weg. »Du hast so viel für mich getan, Tristan, es tut mir leid. Ich hätte erst mit dir darüber sprechen sollen, aber es ging alles so schnell. Ich war verzweifelt. Ich hatte kein Geld, keinen Job und keine Unterkunft. Melinda hat mir diese drei Dinge angeboten, zumindest für eine Zeit.«

Er legte, vorübergehend besänftigt, den Kopf schief. »Du kannst die Wohnung deiner Cousine haben. Aber das wird dein allerletzter Job sein. Ich werde nicht zulassen, dass du in meinem Geschäftsbereich wilderst. Denk dran, ich kann dich in dieser Stadt ruinieren.«

Als sie gingen, hielt sich Bailey, am ganzen Körper zitternd, mit einer Hand am Geländer fest, die andere hatte sie auf ihr Herz gelegt, das so wild schlug, als hätte sie drei Gramm Kokain geschnupft.

Tristan hatte die Möglichkeit, sie völlig aus ihrem Beruf auszuschließen. Warum hatte sie das nicht schon vorher gesehen? In der Kur war ihr geraten worden, einen Plan für das Leben nach der Kur zu entwerfen, und sie hatte sich vorgestellt, irgendwo anders hinzugehen, zum Beispiel nach Los Angeles oder San Francisco, um ganz neu anzufangen. Aber das war alles andere als leicht, wenn man weder Geld noch Kontakte hatte.

Sie sollte jemanden von den AA anrufen. Oder ihre Zimmergefährtin von Silver Hill. Und gestehen, dass sie jetzt nur noch eins wollte, einen Tequila. Etwas Brennendes, Schnelles, das den Schmerz und die Schärfe wegnehmen würde. Doch der Gedanke, an einer Straßenecke Münzen in ein öffentliches Telefon zu werfen und ein Mädchen aufzuwecken, das sie eigentlich kaum kannte, war erbärmlich. Verzweifelt. Das war nicht sie. Noch nicht.

Einen einzigen Drink. Mehr würde sie nicht nehmen. Dann würde sie hier rausgehen und niemals zurückkommen.

In ihrem Portemonnaie waren nur ein paar Subway-Münzen und ein Fünfdollarschein. Sie durchsuchte sämtliche Seitenfächer und hätte fast vor Freude aufgeschrien, als sie einen Zwanziger entdeckte. Ihr Notgroschen.

Der Tequila war so gut, wie sie erwartet hatte. Nein, besser. Reines Feuer. Sie würde sich noch von Melinda und Tony verabschieden, ihnen vorsichtshalber sagen, dass Tristan wütend war, und dann gehen. Sie fand sie unten in der ehemaligen Krypta, wo jetzt poppige Sofas im schummrigen Licht standen. Vor sich auf dem Tisch hatten sie eine Line Kokain, neben sich auf dem Fußboden einen Kühler mit einer Flasche Champagner.

»Bailey, wo warst du die ganze Zeit? Setz dich, gib mir einen Kuss.«

Melinda war schlaff, glücklich und durch den Wind.

Bailey setzte sich neben sie. »Tristan ist auf dem Kriegspfad. Er ist sauer, weil du mich engagiert hast. Echt sauer.«

»Vergiss ihn. Ich kümmere mich um dich. Mach dir

keine Sorgen.« Sie schenkte Bailey ein Glas Champagner ein und verschüttete dabei etwas auf ihren Schoß, ohne es zu merken.

»Nein, ich möchte nichts mehr trinken.«

Tony beugte sich vor, einen gerollten Dollarschein in der Hand. »Hast du schon damit angefangen?«

»Nur ein Glas.«

Melinda lachte gackernd auf. »Na, dann nimm noch ein Glas Champagner.«

Das wärmende Gefühl des Drinks begann nachzulassen. Sie konnte hier hinausschleichen, nach einem Taxi suchen und zu Hause über das Steak nachdenken, dass sie nicht hatte aufessen dürfen. Oder sie konnte in diesem Raum tief unten in den Eingeweiden eines Gebäudes bleiben, in dem Generationen von New Yorkern Absolution von ihren Sünden erhalten hatten, und sich für ein, zwei Stunden gut fühlen. Diesen besonderen Hunger stillen.

Es war eigentlich gar keine Frage.

Kapitel 13

New York City, November 1884

Wie versprochen wartete die Kutsche um Punkt elf Uhr abends in der Seventy-Second Street vor dem Dakota. Nachdem sie eingestiegen war, nahm Sara, froh darüber, dass der Abend recht mild war, ihr langes Cape ab und strich ihr Kleid glatt. Die vergangenen drei Nächte hatte sie an der Nähmaschine des Schneiders verbracht, die Silhouette ihres Kleides verschmälert und die Ärmel geändert, um es an die Mode anzupassen, das Ergebnis war nicht vollkommen, aber doch annehmbar. Ihre Hände in den Handschuhen waren verschwitzt.

In der Fifty-Ninth Street hielt die Kutsche abrupt. Die Tür wurde geöffnet, und es erschien, von hinten durch die Straßenlaternen beleuchtet, Mr Camden.

»Sind Sie bereit dafür, den schlimmsten Teil der Gesellschaft zu sehen?« Er setzte sich neben sie und reichte ihr eine hübsch gearbeitete Maske mit Pfauenfedern in schillernden Blau- und Grüntönen. Seine eigene Maske war in Altgold bemalt.

Selbst im Abendanzug sah er aus, als käme er gerade von einer Rauferei. Wegen seiner schiefen Nase war sofort klar, dass er völlig anders war als die Oberschicht. Doch sie fand diesen wunderbaren Missklang zwischen seiner edlen Kleidung und dem rauen Körperbau atemberaubend.

»Sind Sie sicher, dass das hier eine gute Idee ist?« Sie umklammerte die Bänder ihrer Maske. »Es wäre wirklich nicht schicklich, wenn Sie mit einem Mitglied des Dakota-Personals gesehen würden. Man würde mir ans Leder gehen. Und Ihnen auch.«

»Ich habe denen gesagt, dass mich Imogen Cuthberg, meine Cousine zweiten Grades, begleiten wird. Wir huschen rasch durch die Räume, und dann ab durch die Tür. Niemand wird etwas bemerken, das verspreche ich Ihnen.«

»Imogen Cuthberg? Ist Ihnen nichts Besseres eingefallen?«

Er gab sich beleidigt. »Ich möchte Ihnen mitteilen, dass ich tatsächlich eine Cousine zweiten Grades namens Imogen Cuthberg habe, und sie ist wirklich eine gute Seele.« Er überlegte kurz. »Sie hat ziemlich schiefe Zähne und eher wenig Verstand, ist aber trotzdem eine gute Seele.«

»Nun, dann kann ich mir ja denken, wie Sie mich sehen.« Die Dunkelheit machte sie kühn.

»Mit hübschen Zähnen und einem rasiermesserscharfen Verstand, wenn Sie es genau wissen wollen.«

Zum Glück konnte er den rosa Schimmer nicht sehen, der sich von ihrem Hals bis zu ihrer Stirn ausbreitete.

Schließlich hielt die Kutsche vor der Villa der Rutherfords. Sara holte tief Luft und stieg aus. Nun, da sie ein angemessenes Kleid trug, kamen ihr wieder alle Mahnungen ihrer Mutter in Sachen Haltung und Benehmen in den Sinn, und sie schritt anmutig über den Bürgersteig auf die von weißen Marmorsäulen flankierte riesige Haustür zu.

Im Hausinnern steckten sie sofort in einem Gedränge von Gästen. Mr Camden hatte gesagt, es seien mehr als tausend Gäste geladen, und sie war dankbar für die dadurch entstehende Anonymität. Alle versuchten, in den großen Festsaal vorzudringen, und Sara, beruhigt durch Mr Camdens Hand an ihrem Ellbogen, ließ sich mitziehen. Er manövrierte sie in eine Ecke des überaus weitläufigen Ballsaals, von wo aus sie eine gute Sicht hatten und keine Gefahr liefen, niedergetrampelt zu werden.

Wäre dieser Abend nicht ohnehin schon ein Traum gewesen, dann wäre ihr diese große Halle wie ein Traum erschienen. Die in die Wände eingelassenen Brunnen und der überall kletternde steinerne Wein stülpten die Welt gewissermaßen von außen nach innen. Die Schwere dieser rustizierten Wände ließen den gemalten Himmel an der Gewölbedecke noch höher wirken.

»Ihr Kleid ist wunderhübsch.« Mr Camden trat ein paar Schritte zurück, seine Lippen öffneten sich. Sie brauchte keinen Spiegel, um zu wissen, dass ihr das Kleid gut stand – sein Gesicht zeigte seine Freude daran. »Es passt zu den Blumen.« Er zeigte auf die Vase mit rosa Rosen, die ihnen ein wenig Blickschutz bot und nur eines von Hunderten ähnlicher Arrangements in allen Schattierungen von Elfenbein bis Karminrot war. Die gerade herrschende Begeisterung für

Zimmerpflanzen zeigte sich in den riesigen Palmen und Farnen, die sich um die Marmorsäulen drängten.

»Ein wahrer Dschungel.« Sie empfand Stolz und zugleich Scheu und wollte ihn möglichst schnell von sich ablenken.

»Ein Dschungel mit einer Vertäfelung, die aus einem französischen Schloss herausgerissen wurde.«

»Ich glaube, dieser Kamin hier kann es mit unseren aufnehmen.«

Mr Camden musterte ihn. »Granit und geschnitztes Eichenholz. Scheint etwa zwanzig Fuß breit zu sein. Der in unserem Speisesaal im Dakota kann nur mit einer Breite von fünfzehn Fuß aufwarten. Dafür möchte ich mich entschuldigen, Miss Cuthberg.«

»Dazu haben Sie auch allen Grund.«

Er hätte ihren wahren Namen auch laut herausschreien können, wenn man bedachte, wie viel oder eben wenig Aufmerksamkeit ihnen geschenkt wurde. Mr Camden schnappte zwei Gläser Champagner von einem vorbeikommenden Tablett und reichte ihr eins davon.

»Kommen Sie, jetzt erkunden wir das Haus.« Er führte sie rasch durch einen breiten Flur von der Menge weg, seine Frackschöße flatterten hinter ihm her.

»Wie viele Dienstboten braucht man, um ein solches Haus in Ordnung zu halten?«, fragte sie. Der Champagner kitzelte sie in der Nase, und sie musste husten.

»Knapp vierzig, habe ich gehört.« Er öffnete eine Tür und hob die Augenbrauen. »Hier entlang, bitte.«

Sie standen in einer Bibliothek, der größten, die Sara je gesehen hatte. Regale an allen Wänden, auf insgesamt drei Ebenen, die von schmalen Galerien umgeben waren. Die Kamineinfassung aus blutrotem Marmor erinnerte sie an ein rohes, von Fett durchzogenes Steak. Sie trat näher, um die geschnitzten Figuren an der Einfassung besser sehen zu können: Eine Reihe von etwa zwölf dicken Babys, die sich wütend oder verdrossen aneinanderklammerten.

»Was in aller Welt?«

Mr Camden trat seufzend näher. »Ja, ich weiß, schrecklich, nicht wahr?«

»Ich hätte gedacht, dass für einen solchen Raum eher Putten geeignet wären.« Sie zeigte hinauf zu der Kassettendecke. »Und nicht solch teuflische Figuren.«

»Verstehen Sie jetzt, warum ich so frustriert bin? So viel Geld zu haben und es an diesen protzigen Mist zu verschwenden.« Er sah sie an. »Deshalb möchte ich von Hardenbergh weggehen, meine eigene Firma gründen und damit anfangen, die Welt zu verändern. Immer ein Gebäude nach dem anderen. Keine europäischen Schnörkel mehr. Klare Linien, die zum Himmel streben.«

»Sie sprechen davon, die ganze Stadt umzugestalten, nicht wahr?«

»Vielleicht tue ich es. Einer muss es ja machen.«

Sara betrachtete die bunten Glasfenster und die Porzellanvasen. »Woher wissen Sie, was wirklich wertvoll ist, wenn alles wertvoll ist?«

Er lachte. »Genau.« Die Maske verdeckte seinen

Gesichtsausdruck, doch seine Augen tanzten vor Vergnügen.

Sara erstarrte, als sich vom Ballsaal her eine tiefe Stimme näherte. »Da kommt jemand. Was sollen wir tun?«

Mr Camden nahm sie bei der Hand und zog sie in einen vom Hauptraum abgehenden Alkoven und damit außer Sicht.

Anfangs leistete sie Widerstand, aber es war zwecklos. Sie saßen in der Falle.

Mr Camden kam mit seinem Mund dicht an ihr Ohr. »Wir bleiben einen Moment hier und verhalten uns ruhig. Wahrscheinlich sind sie nur gekommen, um eine Zigarre zu rauchen, und gehen gleich wieder.«

Sara drückte sich so weit wie möglich an die Wand. Der Alkoven war ringsum voller Regale, in denen jedoch keine ledergebundenen Bücher, sondern Kunstgegenstände aller Art untergebracht waren. Alte Manuskripte lagen neben glänzenden Schwertern, und groteske Statuetten aus irgendeinem fernen Land starrten sie an. Außer sich vor Angst, sie könne etwas umstoßen, stand Sara so reglos da wie möglich.

Das Quietschen von Leder, gefolgt von einem Geruch nach Zigarrenrauch, bewies die Richtigkeit von Mr Camdens Vermutung. Die Männerstimmen wurden lauter.

»Sie nehmen überhand.« Der Mann schnaufte. Er sprach in einem nörglerischen Tonfall. »Mrs Rutherford wäre neulich auf der Fifth Avenue fast von einem von ihnen zu Fall gebracht worden. Unser Kutscher musste dem Jungen eine ordentliche Tracht Prügel geben. Diese Straßenkinder haben keine Spur von Verstand.«

»Ich wünschte, wir könnten sie alle auf ein Schiff verladen und an irgendeinen weit entfernten Ort schicken«, antwortete der andere. »Sie machen New York City zu einer gefährlichen Stadt.«

»Welch großmütige Seelen«, murmelte Mr Camden so leise, dass Sara ihn kaum hören konnte. Er nahm ein Messer von einem Bord, das etwa auf seiner Hüfthöhe angebracht war. Die einschneidige lange Klinge endete in einer scharfen Spitze, der Griff war mit einem Muster aus in Gold und Silber gehämmerten Wirbeln verziert. »Ich bin sicher, das Kind hätte gern so etwas wie dies hier in Händen gehabt und denen gezeigt, was eine Harke ist. So wäre es mir ergangen. Diese überheblichen Dummköpfe!«

»Wir sollten nichts anfassen.« Sie sagte es mehr mit ihren Lippen als mit ihrer Stimme.

Wie zerspringendes Glas brach eine helle Frauenstimme durch die leisen Worte der Männer. »Mr Rutherford, Sie können sich hier nicht so verstecken. Das gehört sich einfach nicht.«

Mr Camden legte das Messer zurück, und Sara rückte näher an ihn heran.

»Meine liebe Mrs Rutherford, ich hätte wissen müssen, dass Sie uns finden.«

Nach einigem weiteren Gemurmel schlurften die Männer hinaus und hinterließen abgestandenen Zigarrengestank.

Sie spielten nicht länger Reiche-Verspotten, sie

versteckten sich in Mr Rutherfords Privatbibliothek, belauschten ihn und befingerten seine Schätze. Mr Camden hatte durch seine Frau Zugang zur höheren Gesellschaft, doch Sara war schlichtweg eine Hochstaplerin. Es war dumm von ihr gewesen zu kommen. »Sie sind weg.«

Mr Camden rührte sich nicht. »Warten wir noch einen Moment, dann haben sie mehr Zeit, sich im Ballsaal zu verlieren.« Er hob die Hand und berührte ganz leicht Saras Wange.

Sie hielt den Atem an, wie gelähmt von etwas Hartem in seinem Blick.

»Sie sind wundervoll.«

Diese Geste war von einer körperlichen Kraft, als hätte er sie in einer Umarmung erstickt. Sie hatte weder den Reichtum noch den Stand der anderen Gäste, doch das war Mr Camden gleich. Seine eigene bescheidene Herkunft bewirkte, dass er Sara besser verstand, als irgendjemand es je getan hatte. Er betrachtete sie nicht als Dienstbotin oder Führungskraft, er sah in ihr die Frau.

Er legte den Finger an ihre Lippen. »Wir müssen ins Dakota zurück. Jetzt gleich.«

* * *

Als sie nach Hause kamen, war es nach ein Uhr morgens, und das Gebäude war so still wie eine Kathedrale. Theo bestand darauf, dass Sara noch einen Sherry mit ihm trank. Als sie in seinem Wohnzimmer waren, ließ sie ihr Cape von den Schultern gleiten und legte es über einen Sessel, während er den Sherry einschenkte. Nie wieder würde sie ein so feines Kleid tragen. So viele Versuchungen, und alle für so kurze Zeit. Bei Sonnenaufgang würde sie wieder bei der Arbeit sein und sich um die Anliegen aller anderen kümmern. Doch diese Nacht gehörte ihr.

Er kam zu ihr und reichte ihr ein Glas, dann setzten sie sich auf das Sofa. »Darf ich Sie Sara nennen?«

Sie nickte. »Sie dürfen.«

»Und werden Sie mich dann Theo nennen?«

»Natürlich. Wenn wir unter uns sind.«

Er seufzte. »Wir sind zwei Außenseiter, ich weiß. Der einzige Grund dafür, dass ein kleiner Architekt zu einer Party eingeladen wird, ist der Adel seiner Frau, während Sie die Tochter eines Earls sind und sich trotzdem unter falschem Namen einschleichen müssen.«

»Aber vergessen Sie nicht, wir sind beide nicht an dieser Art Leben interessiert. Nur zum Spaß.«

»Aber der Gedanke ärgert mich, dass Sie in diesem Gefängnis schuften und mit Leuten wie Mrs Haines und Fitzroy umgehen müssen. Sie hätten so viel Besseres verdient.«

Sie lachte. »Das nennen Sie ein Gefängnis?«

»Ein prachtvolles Gefängnis.«

»Wir haben alle unsere prachtvollen Gefängnisse, sogar die Queen, nehme ich an.«

»Jetzt werden Sie aber sehr philosophisch.« Er nippte an seinem Sherry. »Wissen Sie, an wen Sie mich heute Abend erinnert haben?«

Sie schüttelte den Kopf.

»An Aschenputtel. Auf dem Ball, namenlos und wunderschön.«

»Wenn dem so gewesen wäre, bin ich doch mit beiden Schuhen und ohne Prinz nach Hause gekommen.« Diese Intimität war zu viel für sie. Sie stellte ihr Glas ab und stand auf. »So, jetzt muss ich gehen. Ich möchte Sie nicht länger aufhalten als nötig.«

Er stand ebenfalls auf und gab ihr die Maske. »Würden Sie die als Souvenir behalten?«

»Sehr gern.« Sie strich über die Federn. »Danke, Theo.«

Er kam ein wenig näher.

Unerwartete Erinnerungen, und zwar schreckliche, erfüllten sie plötzlich. Mr Ainsworth' Zunge, seine Hände auf ihrem Körper, Blut.

Sie nahm sich zusammen und blieb still stehen, unsicher, was sie als Nächstes tun sollte. Auch Theo blieb still stehen, er wartete und beobachtete sie.

»Sagen Sie es mir.«

»Ich kann nicht.« Das Dunkle, Erbärmliche an dem, was sie getan hatte, brachte sie fast zum Weinen.

Sie drehte sich zum Kaminfeuer um und starrte in die Flammen.

»Habe ich etwas Falsches getan?« Diese Qual in seiner Stimme.

»Nein, natürlich nicht.«

»Ich hoffe, Sie wissen, was für eine gute Freundin Sie mir waren, wie froh ich über Ihre Nähe war. Ich möchte nicht, dass Sie sich meinetwegen unwohl fühlen, und ich entschuldige mich, wenn dem so ist. Falls ich Ihnen zu nahe getreten bin.«

»Nein, das ist es nicht. Das ist es gar nicht.« Wenn sie es nur erklären könnte.

»Was ist es dann?«

Sie begann zu sprechen, anfangs unsicher, wie viel sie preisgeben sollte. »Als ich jung war, wurde ich bei einer Schneiderin in die Lehre geschickt. Mrs Ainsworth war schrecklich, bei ihr mussten wir bis spät in die Nacht arbeiten, obwohl uns die Augen wehtaten, weil wir versuchten, bei Kerzenlicht ordentliche Stiche zu machen. Aber wenn sie gemein war, war ihr Mann nett und lustig. Er steckte uns Karamellbonbons zu und lobte unsere Arbeit. Ich merkte nicht, dass er es auf die anderen Mädchen abgesehen hatte. Er sorgte dafür, dass er mit einer nach der anderen allein war. Damals jedoch dachte ich, dass er mich für etwas Besonderes hielt.«

»Sie waren noch ein unschuldiges junges Mädchen.«

»Mrs Ainsworth arbeitete an einem Ballkleid für eine Gräfin.« Sara zupfte an ihrem Rock. »An diesem Kleid. Als es fast fertig war, musste ich es anprobieren, damit die Länge abgesteckt werden konnte. Er kam herein, als ich es trug.« Sie sprach nicht von dem Blick, mit dem Mr Ainsworth sie angesehen hatte, diesem sehnsüchtigen, wohlgefälligen Blick. Auch nicht von ihrer Freude über die Macht, die sie ausübte. Sie sagte Theo nicht, wie die anderen Mädchen sie an diesem Nachmittag vor Mr Ainsworth' Aufmerksamkeiten gewarnt und ihr von den ekligen Dingen erzählt hatten, zu denen er sie gezwungen hatte. Der Rosenduft ihres Schulmädchenflirts war faulig geworden, sie empfand nur noch Scham und Ekel. Und Zorn.

»Spät an diesem Abend bat sie mich, den Saum fertig zu nähen, und Mr Ainsworth stahl sich hinter mir in den Raum. Ich hörte ihn nicht.«

Theo schüttelte den Kopf.

»Er beugte sich über mich, eine Hand auf den Tisch gestützt, und flüsterte furchtbare Dinge, während er sich an meinen Rücken drückte. Erst erstarrte ich für einen Moment, doch dann tat ich etwas Schreckliches.« Sie holte tief Luft und erinnerte sich dabei an den kühlen Stahl in ihrer Hand. »Ich nahm die Schere und stieß sie ihm in die Hand. Und zwar durch bis auf die Tischplatte.«

»Und was geschah dann?« Theo drehte sie zu sich herum, doch sie konnte ihm nicht in die Augen sehen. Sie sog seinen Duft nach Orangen und Tabak ein.

»Ich rannte die Treppe hoch, das Kleid immer noch in der Hand, packte meine Sachen zusammen und floh nach London. Dort nahm ich eine Stelle als Dienstmädchen in einem scheußlichen, schmutzigen Gasthaus an und arbeitete mich dann hoch.«

»Mein Gott, Sara. Was Sie durchgemacht haben. Und was Sie getan haben.« Er hob ihr Kinn und sah auf sie hinunter. »Ich kann Sie so gut verstehen. Meinem Stiefvater hätte ich dasselbe angetan.«

»Wirklich?«

»Einmal habe ich meiner Mutter zum Geburtstag ein Büchlein mit Skizzen geschenkt, die ich angefertigt hatte. Zeichnungen von Burgen und Herrenhäusern, eins von ihr in einem Ballkleid, ähnlich dem, das Sie jetzt tragen, obwohl sie ihr ganzes Leben nie ein solches Kleid besessen hat. Aufmerksam betrachtete sie jede Seite und tastete mit den Fingern über die Striche, als wären sie Brailleschrift. Doch meinen Stiefvater brachte das in Wut. Er bestand darauf, dass sie das Skizzenbüchlein ins Feuer warf. Er wusste, dass er ihr damit das Herz brechen würde, und mir auch. Ich sah den Triumph in seinen Augen, als sie es den Flammen übergab, und ich wünschte mir, ein Gewehr zu haben. Dann hätte ich ihm ins Gesicht geschossen.« Er rieb sich die Augen, als wollte er die Erinnerung wegwischen. »Es tut mir leid.«

»Was denn?« Sie wollte, dass er weitersprach, dass der süße Schmerz der Nähe möglichst lange anhielt.

»Anscheinend kann ich mich nicht von Ihnen fernhalten. Wenn irgendetwas Verrücktes mit den Bewohnern oder den Bauarbeitern ist, dann sind Sie der Mensch, mit dem ich darüber sprechen will, und zwar sofort. Ich fürchte, ich bin manchmal zu weit gegangen, und ich habe immer wieder versucht, mehr Abstand zu wahren.«

»Ich verstehe. Sie haben das Richtige getan.«

»Sie sollen nie so über mich denken wie über Mr Ainsworth, aber, Sara … Ich will nicht mehr nur das Richtige tun.«

Der Kuss ging von ihr aus, nicht von ihm. Das Seidenkleid glitt von ihren Schultern wie Rosenblütenblätter in der Hitze des Sommers, und zugleich glitten die dunklen Erinnerungen an Mr Ainsworth von ihr ab. Und dann nahm Theo sie vor dem Kaminfeuer, behutsam und liebevoll.

Sara ließ alles geschehen, verlor sich in den Schatten des Dakota, zwischen diesen dicken Mauern, die alle Geräusche, alle Ängste ausschlossen.

* * *

»Mrs Camden ist da!«

Daisy kam in Saras Büro gerannt, ihre Wangen brannten rosig. Sara hatte in der vergangenen Nacht keinerlei Schlaf gehabt, im Morgengrauen war sie aus Theos Wohnung in ihr Schlafzimmer zurückgehuscht, die Pfauenmaske in der Hand. Vielleicht hatte sie sich verhört. »Wie bitte?«

»Die Frau und die Kinder von Mr Camden sind angekommen. Sie sind jetzt auf dem Weg in ihre Wohnung, und Mrs Camden hat gesagt, dass sie Sie jetzt sofort sprechen will.«

»Aber sie sollte doch erst nächsten Donnerstag kommen, oder?« Eine alberne Frage, die nichts an der Tatsache änderte, dass die Dame bereits im Dakota war, doch Sara musste Zeit gewinnen, um diese neue Information zu verarbeiten.

»Ich weiß, aber sie ist jetzt schon da. Die Kinder sind niedlich, alle gleich gekleidet. Genauso werde ich es auch machen, wenn ich Kinder habe.«

»Ich komme gleich. Schicken Sie inzwischen die Mädchen zum Auspacken auf ihr Stockwerk.«

Beim ungewöhnlich schrillen Ton von Saras Stimme wurde Daisy plötzlich steif. »Jawohl, Ma'am.«

Nachdem das Mädchen die Tür hinter sich geschlossen hatte, stand Sara auf und trat ans Fenster.

Was hoffte sie, von dort aus zu sehen? Theo, wie er den Hof überquerte, um sie in die Arme zu nehmen und ihr zu sagen, dass er sie liebte? Wohl kaum. Es war nur ein kurzer Traum gewesen, als sie beide in eine andere Welt entflohen waren, unter dem Einfluss der schönen Menschen und der schönen Umgebung auf dem Ball. Und jetzt war es vorbei.

Sie wünschte sich, in ihr Zimmer gehen und schlafen zu dürfen. Viele Jahre schlafen, bis Theo nicht mehr in diesem Haus lebte und sie ihren Pflichten nachkommen konnte, ohne dabei zu hoffen, dass sie ihm hinter der nächsten Ecke begegnen würde.

In Theos Wohnung herrschte eifriges Treiben, Hausdiener schleppten Schrankkoffer herein, und die Dienstmädchen hasteten umher wie eine Schar Gänse mit weißen Häubchen. Sara blieb in der Diele stehen, stützte sich mit einer Hand auf die Messing-Kamineinfassung und lauschte. Eine Frauenstimme mit einem melodischen englischen Tonfall erhob sich über das allgemeine Stimmengewirr.

»Keine Angst, Emily, ich bin sicher, dass deine Puppe hier irgendwo ist. Du musst nur geduldig warten, und dann taucht sie irgendwann auf.«

Sara ging ins Wohnzimmer. Dort stand die Frau, die Sara noch von damals im Langham kannte. Ihr blondes Haar war in perfekte Wellen gelegt, und sie trug ein dunkelblaues Reisekleid. Diese Frau war schön, das musste Sara zugeben. Ihr heller Teint und ihr helles Haar hätten sie farblos wirken lassen, wären da nicht ihre riesigen goldbraunen Augen und diese Wimpern gewesen, die so schwarz waren, als gehörten sie einem ganz anderen Menschen. Kein Zweifel, Theo musste auf den ersten Blick in ihren Bann geschlagen gewesen sein. Sie war der Traum jedes Künstlers.

Sie stand sehr aufrecht mitten im Raum und sprach mit einem Mädchen, das Sara von jenem Tag im Langham als die ältere Tochter erkannte. Das Haar des Mädchens war so dick und dunkel wie das von Theo.

»Mrs Camden.« Saras Stimme kiekste und sie räusperte sich. »Ich bin Mrs Smythe, die *Managerette.*«

»Ja, natürlich, wir kennen uns aus London.«

»Ja.«

Mrs Camden trat auf sie zu und streckte ihre behandschuhte Hand aus. »Sie haben damals meine Tochter Lula gerettet, ich hatte nie Gelegenheit, Ihnen angemessen zu danken. Zum Glück bestand Mr Camden darauf, dass sie uns den ganzen langen Weg nach Amerika folgten, und so kann ich es endlich doch tun.«

Sara schwieg. Sie hatte vergessen, wie ausdrucksfähig ein englischer Akzent war. Mit einer leicht veränderten Intonation konnte man leicht aus einer Feststellung eine Anklage machen oder den Satz in beißenden Sarkasmus hüllen. In ihrer ersten Woche im Dakota hatte Sara begriffen, dass die Amerikaner die Zusatzinformationen aus ihrer Stimme nicht verstanden. Sie musste klar formulieren, was sie wollte und auch, wie dringend es war, und durfte sich nicht mit einem Satz wie »Ich hoffe doch, es wird Ihnen möglich sein, pünktlich zur Arbeit zu erscheinen« begnügen.

Auch unter Mrs Camdens Sätzen lag eine Botschaft. Eine Warnung. Oder bildete sie sich das nur ein?

»Es gibt da wirklich nichts zu danken.«

»Wie auch immer, wir haben einige Schwierigkeiten, uns hier einzurichten. Die Betten in den Kinderzimmern müssen umgerückt werden, es gefällt mir nicht, wie sie stehen.«

»Gewiss.«

»Minnie.«

Theo trat in den Raum, blieb aber stehen, als er Sara bemerkte. Für einen Augenblick verharrten sie beide, den Blick fest aufeinander gerichtet, doch dann lief das junge Mädchen auf ihn zu. »Papa!«

Theo ging auf die Knie und empfing sie in seinen Armen. »Emily, mein Schatz, was für eine unerwartete Freude.« Er blickte zu seiner Frau auf. »Ihr seid früher gekommen.«

»O ja. Das Meer meinte es gut mit uns.« Sie machte eine Handbewegung in Saras Richtung. »Ich habe Mrs Smythe gerade meine Anweisungen gegeben. Das wäre dann alles, Mrs Smythe.«

»Gewiss.« Saras Wangen brannten vor Scham.

»Warten Sie.«

Theos Stimme hielt sie auf. »Vielen Dank für Ihre Hilfe, Mrs Smythe.«

Sie sah ihn bewusst nicht an. »Sehr gern.«

»Aber meine Puppe!« Emily zerrte an Theos Ärmel. »Sie ist weg, und Mama will nichts unternehmen.«

»Das reicht.« Eine Müdigkeit in Mrs Camdens Stimme erinnerte Sara an ihre eigene Ankunft in New York City, und sie empfand einen Anflug von Mitgefühl. »Die Mädchen sind mit Auspacken beschäftigt, aber ich bin sicher, Mrs Smythe wird dir helfen.«

Das Mitgefühl war verflogen.

»Ich bin sicher, Mrs Smythe hat auch noch andere Pflichten, die sie rufen«, sagte Theo.

Einen Augenblick lang wusste Sara nicht, was sie sagen sollte, bis das kleine Mädchen sie schüchtern anlächelte. »Würden Sie mir bitte helfen?«, fragte es.

»Natürlich.«

Während Sara das Mädchen aus dem Zimmer führte, hörte sie noch, wie Mrs Camden zu Theo sagte: »Ich dachte, unsere Wohnung sei schon viel weiter gediehen. Die Schlafzimmer sind in einem schrecklichen Zustand.«

»Minnie, ich musste arbeiten.«

Seine Frau antwortete nicht. Sie stellte sich vor, dass sie sich umarmten, und dass Theo seine Frau küsste. Sie selbst spürte noch den Geschmack seiner Lippen und seines Mundes.

Sara und Emily mussten nur einige Minuten nach der Puppe suchen, bis Sara sie hinter einem Schrank fand. Die Zwillinge, Lula und Luther, hatten sich ihnen bald angeschlossen. Lula, das Mädchen, das Sara an jenem Tag, der nun schon lange vergangen schien, gerettet hatte, kam zu ihr, zupfte an ihrem Rock und rannte dann, verschmitzt lächelnd, schnell wieder zu ihrem Bruder zurück. Ein energisches Kind, wie Sara befand. Viel zu draufgängerisch, was ja auch ihr Beinah-Unfall in London bewies. Der Junge hatte genauso hübsche blonde Locken wie seine Schwester, hielt sich aber schüchtern im Hintergrund.

Nachdem Sara Emilys Puppe gefunden hatte, ging sie und schloss die Wohnungstür mit einem hörbaren Klacken hinter sich. Sie schwor sich, in Zukunft großen Abstand von der ganzen Familie zu halten.

»Sara.«

Theo hatte im Flur auf sie gewartet. »Es tut mir so leid, wir hatten keine gemeinsame Minute mehr. Ich möchte mich entschuldigen.«

Sie blickte zu ihm auf. »Es gibt keinen Grund für Entschuldigungen. Es ist besser so.«

»Aber letzte Nacht ...«

»Sprechen wir nicht darüber.« Hinter der Tür weinte ein Kind auf. Noch ein kleines Missgeschick. »Du musst zu deiner Familie zurück.«

Sara wartete nicht auf den Aufzug, sondern nahm die Treppe und achtete dabei darauf, dass ihre Schritte ganz regelmäßig durchs Treppenhaus hallten, obwohl sie am liebsten Hals über Kopf vor dem Mann davongerannt wäre, auf den sie im vergangenen Monat zugerannt war.

An diesem Abend hätte sie ihr Essen im Personal-Speisesaal gern allein zu sich genommen, doch Daisy und Mrs Haines winkten sie an ihren Tisch, wo sie mit einer jungen Frau mit leerem Blick und kastanienbraunem Haar saßen.

»Das ist Miss Honeycutt, das Kindermädchen der Camdens«, stellte Daisy sie vor.

Sara nickte der jungen Frau kurz zu. »Bitte lassen Sie es mich wissen, wenn die Familie jetzt beim Einzug irgendetwas braucht.«

»Mache ich. Bisher scheint alles gut zu laufen. Aber

man weiß ja nie, was plötzlich kommt.« Das Mädchen sah sympathisch aus, ihre Gesichtszüge wirkten aber irgendwie zerknautscht.

»Arbeiten Sie schon lange für die Camdens?«, fragte Mrs Haines und spießte mit ihrer Gabel ein Stück Kartoffel auf.

»Erst seit letztem Sommer, da haben sie das letzte Kindermädchen entlassen.«

»Die Kinder scheinen lieb zu sein.« Daisy stützte den Ellbogen auf den Tisch und spielte mit einer losen Haarsträhne.

»Sie sind ganz schön anstrengend.« Miss Honeycutt lächelte süß. »Das kann ich Ihnen sagen, ich bin froh, dass Mr Camden jetzt mehr in der Nähe ist und als Vater für mehr Disziplin sorgen kann.«

»Er hat beruflich ziemlich viel zu tun.«

Sara hatte die Aufmerksamkeit nicht auf sich ziehen wollen. Mrs Haines legte neugierig den Kopf schief.

»Ich meine, das Dakota ist zwar eröffnet und läuft gut, aber er hat schon mit dem nächsten Projekt für Mr Hardenbergh zu tun. Ich rate Ihnen, Lula im Auge zu behalten. Sie hat mehr Abenteuergeist als bei Mädchen ihres Alters üblich.«

Das Kindermädchen nickte. »Das denke ich auch. Ein echter Wildfang.«

»Und wie ist Mrs Camden?«, fragte Daisy.

Sara wusste, dass sie sie vom Tratschen hätte abhalten sollen, aber sie war selbst neugierig auf die Antwort. Sie nippte an ihrem Tee, um das Hammelfleisch mit grünen Bohnen weiter Richtung Magen zu befördern. Sie würde ein ernstes Wort mit dem Koch sprechen müssen, denn das Essen für die Angestellten hatte keinerlei Ähnlichkeit mit den Köstlichkeiten des Picknicks. Sara setzte das Gespräch auf die Liste ihrer Pflichten für den nächsten Tag.

Miss Honeycutt wedelte mit ihrer Gabel herum, ganz aufgeregt, weil sie ein Publikum hatte. »Sie ist sehr ruhig und legt sich oft mit irgendeiner Unpässlichkeit ins Bett. Was schade ist, denn sie hat wunderschöne Kleider. Ich weiß nicht, ob sie hier in der Wildnis zurechtkommen wird. Ich habe gehört, es dauert Ewigkeiten, bis man in der Stadt ist.«

»Die Stadt entwickelt sich langsam Richtung Norden.« Sara konnte nicht anders. »Es gibt schon einige große Villen in den Fünfziger-Hausnummern an der Fifth Avenue, und es heißt, es würde vielleicht auch am Park entlang gebaut. Wir sind zufällig die Ersten.«

»Für mich kann es gar nicht schnell genug gehen«, sagte Daisy. »Haben Sie von dem Maskenball gehört, den die Rutherfords gestern Abend gegeben haben?«

»Nein, erzählen Sie!« Miss Honeycutt war fast von ihrem Stuhl aufgesprungen. In Sachen Tagträumen hatte Daisy eine Seelenverwandte gefunden.

»Es steht in der Nachmittagszeitung. Sie hatten über tausend Gäste, aber es wurde so eine Art Schatz gestohlen.«

Mrs Haines schniefte. »Schatz? Was für ein Schatz?«

Daisy sah sich um und sprach dann mit gesenkter Stimme weiter, begierig darauf, ihr Wissen weiterzugeben. »Heute Morgen entdeckten sie, dass in Mr Rutherfords Bibliothek ein Messer fehlt. Das Tausende von Dollars wert ist. Es kam aus Tibet.«

Sara sah vor ihrem geistigen Auge plötzlich den gold- und silberbeschlagenen Griff. Sie hatte ganz dicht daneben gestanden. Was, wenn Theo dachte, sie hätte es gestohlen?

Sie räumte ihren Teller weg und schickte einen Boten mit einem versiegelten Brief zu Theo, in dem sie ihn bat, sie um acht Uhr abends auf dem Dach zu treffen.

Als sie dort oben wartend auf und ab ging, wurde ihr klar, wie albern sie sich verhalten hatte. Sie hatte verzweifelt auf eine Möglichkeit gehofft, mit ihm zu sprechen, und das Messer als Vorwand benutzt. Sie wollte gerade wieder nach unten laufen, als er auftauchte.

Er sah sich um und hastete dann auf sie zu, um sie in seine Arme zu ziehen. Das war es, was sie sich gewünscht hatte, mehr als alles andere. Noch ein letztes Mal von ihm in den Armen gehalten zu werden.

»Meine Liebe, es tut mir so leid, dass wir keine Zeit hatten, miteinander zu sprechen. Ich wollte gerade zu dir, als ich deine Nachricht erhielt.« Er zog sie in eine Ecke, wo ein Kamin aufragte, und lehnte sie mit dem Rücken an die Backsteine. Er streichelte ihr Gesicht bis hinunter zum Kinn, das er zwischen Zeigefinger und Daumen hielt. »Ja, das ist es, was ich will.«

Und dann küsste er sie lange und liebevoll und mit kleinen Zungenschlägen, die ihr Innerstes in Aufruhr brachten.

Nach einer Weile lehnte sie ihre Stirn an seine Schulter. Die kalte Luft peitschte ihr Gesicht, doch sie wollte nicht wieder nach unten.

»Hast du schon gehört, dass letzte Nacht etwas bei den Rutherfords entwendet wurde?«

Theo warf den Kopf in den Nacken und lachte. »Warst du das? Muss ich dich des Diebstahls verdächtigen und durchsuchen?«

»Es lag genau da, wo wir standen.«

»Wahrscheinlich einer vom Personal. Warum stielt jemand ein Messer?«

»Was hättest du denn mitgehen lassen?«

»Eines dieser fantastischen Bücher aus dem Mittelalter. Dann hätte ich wenigstens etwas Interessantes anschauen können, bis die Polizei gekommen wäre.«

Noch nie hatte sie so unbefangen, so offen mit einem Menschen gesprochen, und es schmerzte sie furchtbar, das alles aufgeben zu müssen. Aber sie konnten so nicht weitermachen, wo doch seine Familie so nah war. Er war verheiratet. Er hatte drei wundervolle Kinder. Und deren Glück würde sie nicht gefährden.

»Wir hätten sehr leicht zusammen erwischt werden können, Theo.« Ihre Stimme klang fester, als sie für möglich gehalten hätte. »Wir müssen jeder mit dem eigenen Leben weitermachen. Du hast jetzt Mrs Camden und deine Kinder hier. Wir dürfen das nicht mehr tun.«

Er seufzte und rieb sich gedankenvoll die Hände. Der Wind frischte auf und ließ die Revers seiner Jacke aufwehen. »Es tut mir leid, Sara. Für mich bedeutest du die Welt. Du warst eine solche Hilfe für mich, in jeder Hinsicht. Du sollst wissen, dass ich mich in dich verliebt habe.«

»Genug!« Sie dachte daran, wie ihre Mutter ihr Herz hatte verhärten müssen. Nun war sie an der Reihe. Obwohl dies hier viel schlimmer war. Sie liebten sich und würden eng zusammenarbeiten müssen. »Wir werden nie wieder darüber sprechen. Leb wohl, Theo.«

Sie raffte ihre Röcke, die eine eigene Meinung zu haben schienen und im Wind um Theos Beine schlugen, und ging.

Kapitel 14

New York City, Dezember 1884

Wenn Sara bloß mehr Entschlusskraft besessen hätte. In dem Monat nach ihrer Begegnung auf dem Dach hatte sie es zwar nicht zugelassen, dass Theo sie küsste oder sonst etwas Unschickliches tat, doch seine Blicke und die Art, wie er leicht ihren Arm berührte, wenn sie sich zufällig begegneten, reichten schon aus, um sie nachts nicht schlafen zu lassen. Er wollte ihr keine Schuldgefühle verursachen, davon war sie überzeugt, er wollte ihr einfach nur zeigen, dass er ebenfalls an sie dachte. Dass diese eine gemeinsame Nacht etwas war, das ihnen beiden wichtig war.

Natürlich, das ließ sich nicht leugnen, es kam durchaus vor, dass sie ihn bei einem zufälligen Blick aus dem Fenster im Hof mit einem der Mieter plaudern sah und plötzlich beschloss, nun sei genau der richtige Zeitpunkt, um nachzuschauen, ob der neue Hausdiener auch korrekt gekleidet sei. Mehrmals in der Woche kam Theo in ihrem Büro vorbei, setzte sich für etwa fünf Minuten vor ihren Schreibtisch und erkundigte sich nach den Hausbewohnern. Sie antwortete dann leise und gelassen, sie wusste ja, dass Daisy und Mrs Haines jedes Wort hören konnten.

Jetzt stand Sara am Fenster ihres Büros und sah zu, wie die Familie Camden zu einer Adventsparty aufbrach, die Kinder einheitlich in Samt gekleidet und Mrs Camden in ein blassblaues Seidenkleid mit ecrufarbenem Spitzenbesatz. Verglichen mit ihr wirkte Sara sowohl alt als auch altmodisch, wie eine schäbige alte Jungfer eben. Das rosa Ballkleid und die Pfauenmaske hatte sie gleich am Tag nach dem Ball in einen Schrankkoffer geworfen, um sie nicht mehr sehen zu müssen. Sie würde sie nie wieder tragen.

Nachdem die Kutsche der Camdens durch das Tor entschwunden war, zog Sara ihren Mantel aus gewalkter Wolle an, denn sie wollte in die Stadt, um dort Schmuck für die riesige Tanne zu kaufen, die Fitzroy in einer Ecke des Speisesaals aufgestellt hatte. Sie brauchten Kränze und derlei Zeug, obwohl sie wahrhaftig nicht zu ihrer düsteren Stimmung passten.

»Ist es Ihnen recht, wenn ich mitkomme?« Daisys Stimme weckte Sara aus ihrer traurigen Träumerei. »Heute ist mein freier Nachmittag, und ich habe meiner Mutter versprochen, sie zu besuchen. Es geht ihr nicht gut.«

Das Letzte, was sie jetzt gebrauchen konnte, war Daisys unablässiges Plaudern, aber sie sah keine Möglichkeit, sich mit einer Entschuldigung aus der Affäre zu ziehen.

»Natürlich, wenn wir sofort aufbrechen können.«

Gemeinsam spazierten sie zu dem Hochbahnhof an der Ninth Avenue. Saras Beine fühlten sich schwer an, als wären sie aus Holz und nicht aus Fleisch und Blut, und ihr Körper schmerzte bei jedem Schritt.

Schneeflocken taumelten so müde aus den Wolken, als wollte selbst das Wetter heute in Ruhe gelassen werden, und bedeckten die Steinbrocken auf den leeren Grundstücken mit einem weißen Schleier.

Als sie oben auf dem Bahnsteig ankamen, fuhr der Zug gerade ein. »Wo wollen Sie denn hin?«, fragte Daisy, als sie sich zwei Sitze vorn im Waggon sicherten.

»Ich wollte bei Stewart's am Broadway einkaufen.«

»Da hab ich Glück. Wir können an derselben Haltestelle aussteigen, weil die ganz in der Nähe der Wohnung meiner Familie ist.«

Sara zuckte zusammen, als die Bahn losruckelte. Sie hatte sich immer noch nicht richtig an diese Hochbahn gewöhnt. Natürlich eine höchst fortschrittliche Sache, aber sie fühlte sich einfach nicht wohl dabei, hoch über der Stadt in einem schmalen Wagen zu sitzen, der von einer lächerlich kleinen Lokomotive gezogen wurde. Ein kräftiger Windstoß genügte ihrer Meinung nach, um das Ganze aus den Schienen zu werfen.

Daisy hingegen genoss den Ausblick und zeigte auf die einzelnen Menschen und Gebäude, an denen sie vorbeifuhren.

»Besuchen Sie Ihre Familie jede Woche, wenn Sie Ihren freien Tag haben?«, fragte Sara, als sie gerade an der Forty-Second Street hielten.

Daisy strahlte auf, ganz begierig darauf, von sich zu erzählen. »O ja. Wir sind zehn Kinder, und Mutter kocht immer einen Eintopf. Das würde ich um nichts auf der Welt verpassen wollen. Und wir haben immer ein schönes Weihnachtsfest. Sie sollten auch kommen.«

Diese Einladung war natürlich höchst unpassend, aber doch irgendwie nett. »Sie sind ein sehr freundliches Mädchen, aber ich werde an diesem Tag viel zu tun haben, damit im Haus alles gut läuft. Ich glaube, es werden sieben größere Feste gegeben.«

»Haben Sie heute Mr und Mrs Camden und ihre Kinder gesehen? Mrs Camden ist irgendwie ziemlich sauertöpfisch, muss ich sagen. Dafür ist Mr Camden eher nett.«

Sara hasste sich dafür, dass ihr diese Beschreibung von Mrs Camden gefiel. »Daisy, Sie dürfen nicht so über die Mieter sprechen. Sie sind viel zu distanzlos.« Sie wollte nicht an die Camdens denken. Auch nicht an das traurige Weihnachten, das vor ihr lag. Ein Tag an ihrem Schreibtisch und danach das Abendessen mit dem Personal. Kaum ein Unterschied zu den Weihnachtstagen im Langham, doch dieses Jahr war es schlimmer.

Sie öffnete ihren Mantel. Es war stickig im Waggon, und je näher sie dem Stadtzentrum kamen, desto mehr Menschen drängten sich im Gang. »Sind Sie in Irland zur Welt gekommen, Daisy?«

»Nein, ich bin hier geboren. Ich bin Amerikanerin. Aber die Sommersprossen verraten mich immer. Am liebsten würde ich sie mir einfach vom Gesicht schrubben.«

Der Zug kam schüttelnd zum Stehen, und Sara dachte einen Moment lang, ihr würde schlecht.

»Geht es Ihnen nicht gut?« Daisy sah sie fragend an.

»Von diesem Schwanken wird mir irgendwie übel.«

»Aber Sie haben doch erzählt, auf der Überfahrt von England ist es Ihnen kein einziges Mal schlecht geworden.«

Daisy schien sich an die entlegensten Dinge zu erinnern. »Ja, das stimmt. Aber da konnte ich jederzeit nach draußen und frische Luft schnappen. Ich war nicht eingesperrt wie ein Hering in der Dose.«

Warum hatte sie das nur gesagt? Bei dem Vergleich musste sie beinahe würgen. Was seltsam war, schließlich war sie oft mit der Hochbahn gefahren, und es hatte ihr noch nie so zugesetzt.

»Sie sehen ziemlich schlecht aus, Mrs Smythe.«

»Keine Sorge, mir geht's gut.«

In Gedanken rechnete sie noch einmal nach.

Sie war spät dran. Aber das konnte doch nicht möglich sein. Vielleicht hatte sie sich die Daten falsch gemerkt. Wenn sie jetzt nur einen Kalender zur Hand gehabt hätte.

Sie erreichten ihre Haltestelle. Daisy hüpfte die Treppe hinunter, und Sara atmete immer wieder tief durch, während sie ihr folgte. Nein, das konnte einfach nicht sein.

Ein rothaariger Junge schrie Daisys Namen, noch bevor sie die Straße erreicht hatten. In seiner Stimme lag keine Wiedersehensfreude, sondern helle Angst.

»Daisy, komm schnell!« Er rannte zu seiner Schwester. »Mama ist krank.«

Daisy umklammerte Saras Arm. Ihr Gesicht war mit einem Mal so grau wie der Himmel.

»Daisy, soll ich mitkommen?« Sara konnte das

Mädchen jetzt nicht allein lassen; nein, das wäre nicht in Ordnung gewesen.

»O ja, bitte, Mrs Smythe, würden Sie das tun?«

Sie liefen Richtung Osten, durch ungepflegte Straßen, in die die Bewohner des Dakota sich nie gewagt hätten. Daisy zeigte auf ein Backstein-Mietshaus auf der anderen Straßenseite, das sich von den Nachbarhäusern nur durch die Farbe des Simses unter dem Dach unterschied. Eine schwarze Feuertreppe zog sich im Zickzack über seine Fassade.

Im Innern führte eine ausgetretene Holztreppe zu einem Absatz im vierten Stock, von dem zwei Türen abgingen. Daisy öffnete die straßenseitige Tür, und Sara folgte ihr. Sie standen in einer Küche mit einem schmutzigen Spülstein voller Geschirr und einem alten Ofen. Eine Teekanne mit Butterblumenmuster war das einzig Schöne in diesem – anders konnte man es nicht nennen – Loch. Ein Tisch für zwei neben dem Ofen wirkte erbärmlich klein angesichts der Kinderschar, die sich im Wohnzimmer dahinter versammelt hatte. Abgenutzte raue Dielenbretter liefen auf zwei Fenster zu, an denen Vorhänge hingen, die mit passenden Butterblumen bestickt waren. Sara empfand sofort eine Seelenverwandtschaft zu Daisys Mutter, die versucht hatte, das Beste daraus zu machen.

Daisy sprach kurz mit einem etwa vierzehnjährigen Jungen mit schwarzem Haar und blauen Augen, dessen Lippen grimmig zusammengepresst waren, und verschwand dann in einem dunklen Raum, der vom Wohnzimmer abging. Sara blickte sich um und betrachtete die im Zimmer verteilte restliche Kinderschar. Sie schienen zwischen zwei und acht Jahren alt zu sein und wirkten bei allem Schmutz ringsum sauber und gut genährt.

Sara hätte diesen Kindern nichts Tröstliches sagen können, also schwieg sie und setzte sich in einen wackeligen Korbsessel in einer Ecke. Alle blieben stumm, die kleineren Kinder schnieften hin und wieder. Daisy kam in Begleitung eines Arztes mit ungepflegtem Bart und wässrigen Augen aus dem Schlafzimmer. Er nahm die Kinder gar nicht zur Kenntnis, sondern stapfte zur Tür und verschwand.

»Wie geht es ihr?«, fragte einer der kleineren Jungen.

Daisy antwortete nicht. Sara folgte ihr in den abgedunkelten Raum.

»Der Doktor sagt, es war ihre Lunge.« Daisy zeigte auf die Gestalt auf dem Bett, über die eine Steppdecke gebreitet worden war. »Sie ist von uns gegangen.«

Sara schnappte nach Luft. Das hatte sie nicht erwartet, und sie wusste auch nicht, was sie sagen sollte. »Es tut mir so leid. Ist Ihr Vater bald da?«

Daisy schüttelte den Kopf. »Er hat uns vor einigen Jahren verlassen. Keiner weiß, wo er jetzt ist. Mutter hielt uns mit ihrem Nähen über Wasser, und mein Lohn hat natürlich auch dazu beigetragen.« Sara erkannte den Schock hinter Daisys nüchternen Worten. All diese Geschwister, um die sie sich jetzt kümmern musste.

»Werden Sie es schaffen, die Wohnung zu behalten, damit die Kinder hier bleiben können?«

Daisy sah sich um, als hätte sie den Raum noch nie

gesehen. »Ich weiß nicht, wie wir das bezahlen sollen. Meine Mutter wünschte sich für mich ein besseres Leben, und darum habe ich mich bemüht. Aber das hier kann ich mir nicht leisten.«

Die Trauer und der Schmerz in ihrer Stimme rührten Sara. »Meine Mutter hat dasselbe getan. Sie schickte mich fort, damit ich etwas Besseres erreichen konnte. Ihre Reise beginnt gerade erst. Ihre Mutter muss sehr stolz auf Sie gewesen sein.«

Der schwarzhaarige Junge kam herein. »Sie ist also tot, ja?«

Daisy antwortete nicht. Die Antwort war klar.

»Wir schaffen es nicht, nicht ohne ihren Lohn«, sagte der Junge.

Derart profane Dinge am Totenbett der Mutter zu besprechen, mochte unangebracht wirken, doch Sara wusste, dass es um das nackte Überleben der Familie ging.

Daisy strich über die Steppdecke, als wollte sie ein Kind zudecken. »Wir schaffen es. Wir haben es immer geschafft.«

»Ich suche mir eine zusätzliche Arbeit.«

Daisy schüttelte den Kopf. »Du bist ein einfacher Stallbursche, Seamus. Was möchtest du denn anderes machen? Kammerdiener bei einem Gentleman werden? Du könntest nichts finden, was genauso viel einbringen würde wie Mutters Nähen.«

»Dann kannst doch du zu Hause bleiben und nähen. Wäre das nicht eine Idee?« Er streckte das Kinn vor.

»Es wäre sinnvoller, wenn du stattdessen zu Hause bleiben würdest.«

»Ich mache keine Frauenarbeit. Sei nicht verrückt.« Seine Worte hatten einen scharfen Ton, seine Trauer schien gerade in Zorn umzuschlagen. »Ich bleibe nicht zu Hause. Das kommt nicht in Frage. Ich bin der Mann hier.«

Sara fand es schrecklich, wie sie aufeinander losgingen. »Es muss einen Weg geben, das zu regeln.«

Seamus zeigte mit dem Finger auf sie. »Wer ist das überhaupt?«

»Sie ist für mich verantwortlich, meine Vorgesetzte. Lass sie in Ruhe«, sagte Daisy.

Laut fluchend ging er davon. Über Daisys Wangen liefen Tränen, ihr Blick hing unverwandt an der Leiche ihrer Mutter auf dem Bett. »Seamus war ihr Liebling. Er wird sich schon noch beruhigen.«

So viel Kummer. »Ich werde mit Mr Douglas sprechen, vielleicht können wir Ihren Dienstplan so einrichten, dass Sie nicht nur einmal, sondern zweimal in die Stadt fahren können. Vielleicht können wir Ihnen auch mehr Verantwortung übertragen und Ihren Lohn erhöhen.«

Daisy sah zu ihr auf. Ihre Lippen begannen zu zittern. »Das würden Sie für mich tun?«

»Natürlich.«

Sara verließ Daisy und ihre Geschwister, damit sie unbehelligt trauern konnten, und sagte Daisy noch, sie solle sich so viel Zeit nehmen, wie sie brauche, um alles zu regeln. Als sie wieder zurück auf der Straße war, mitten in Lärm und Schmutz, erschienen ihr die Worte, die sie an das Mädchen gerichtet hatte, albern und banal. Sie konnte ja für nichts garantieren.

Plötzlich wurde ihr klar, dass das Personal des Dakota in den vergangenen Monaten eine Art Familie geworden war, in der Sara die kluge ältere Schwester und Daisy das ungestüme junge Ding war, teils, weil das Dakota so weit draußen lag, teils aber auch, weil es keine alten Hasen gab, die irgendwelchen alten, angeblich besseren Zeiten hinterhertrauerten. Sie waren alle zur selben Zeit auf den Zug aufgesprungen. Und während sie im Langham Abstand vom Privatleben des Personals gehalten hatte, war ihr Daisys Wohlergehen jetzt wirklich wichtig.

Sara würde versuchen, ihr zu helfen. Das war das Mindeste, was sie tun konnte.

* * *

Sara sah von den Zahlen der Gehaltsliste auf, auf die sie in den letzten fünf Minuten gestarrt hatte. Pünktlich wie die Uhr erschien Mr Douglas jeden Dienstag, um die Bücher zu prüfen, er setzte sich dann auf ihren Platz hinter dem Schreibtisch und ließ sie warten, während er die Zahlen durchging und im Zimmer nur sein leise pfeifender Atem zu hören war. Sie musste alles fertig haben, doch heute Vormittag schien es endlos Unterbrechungen zu geben. Die Hausdiener hatten überall Nadeln hinterlassen, als sie die abgeschmückten Weihnachtsbäume aus den Wohnungen der Mieter entfernt hatten, Mr Bates aus dem sechsten Stock hatte sich persönlich über das politische Geschwätz des Friseurs beschwert und Mrs Westcott hatte darauf bestanden, dass der Küchenchef zum Tee eine Sahnetorte servierte, obwohl sie nicht auf dem Tages-Menü stand.

Saras Magen war immer noch aufgewühlt, und die Diskussion über die Sahnetorte hatte nicht zur Besserung beigetragen, obwohl sie einen Extraschluck aus der Flasche mit Dr. Walker's Vinegar Bitters genommen hatte. Das hübsche blaue Glas konnte nicht über die Bitterkeit des Tranks hinwegtäuschen, doch Mrs Haines, die es ihr empfohlen hatte, nachdem sie sich eine Woche zuvor besorgt nach Saras Gesundheit erkundigt hatte, schwor, dieses Elixier würde ihre Verdauungsbeschwerden beheben. Sara nahm täglich einen Schluck aus dieser Flasche, sie hätte alles getrunken, was ihre Übelkeit in Schach gehalten hätte.

Seit dem schrecklichen Augenblick in der Hochbahn hatte Sara den Gedanken, sie könne schwanger sein, wegzuschieben versucht. Das Wetter war fürchterlich umgeschlagen, jeder vom Personal fing sich den einen oder anderen Bazillus ein. Und das musste der Grund für ihre Krankheit, ihre neuerdings auftretende Schwäche sein.

»Hier sind die Tagesquittungen, die Sie abzeichnen müssen, Mrs Smythe.« Daisy ließ sie auf ihren Schreibtisch fallen und wartete schweigend, während sie sie einzeln unterschrieb.

Mr Douglas hatte Saras Bitte um eine Lohnerhöhung für Daisy abgelehnt und ihr nur monatlich einen freien Tag mehr zugestanden, worüber Sara sehr unglücklich war. Es war schrecklich für sie, bei Daisy falsche Hoffnungen geweckt zu haben, daher hatte sie ihr Schmollen in den drei Wochen seit dem Tod ihrer

Mutter ertragen. Immerhin war es noch nicht zum Schlimmsten gekommen, und die Familie konnte noch in der Mietwohnung auf der East Side zusammenleben.

Als Sara Daisy die Quittungen zurückgab, bemerkte sie, dass Daisy einen mit einem Tuch abgedeckten Eimer trug.

»Daisy, was ist das?«

Doch noch bevor Daisy antworten konnte, stieg der Geruch von nicht mehr frischem Fisch in Saras Nase. Ohne jede Vorwarnung drohte Sara der Toast, den sie zum Frühstück gegessen hatte, wieder hochzukommen, und sie bedeutete Daisy mit deutlichen Gesten, schnell die Tür zu schließen. Daisy gehorchte in Windeseile, und Sara, halb erleichtert, halb zu Tode erschrocken, übergab sich in den Papierkorb neben ihrem Schreibtisch. Sie ließ sich, den Rücken an die Schränke gelehnt, zu Boden gleiten.

»Gott, o Gott«, war alles, was sie über die Lippen brachte. Sie war ruiniert, völlig ruiniert.

Daisy war schon neben ihr und reichte ihr ein Taschentuch. »Was ist los?«

»Es ist der Eimer mit dem Fisch. Bringen Sie ihn raus.«

Daisy stellte ihn hinaus, schloss leise die Tür und kniete sich neben Sara. »Fitzroy bat mich, ihn hinunter zum Koch zu bringen. Es tut mir leid.«

»Es ist doch nicht Ihre Schuld.«

»Sind Sie krank?«

»Nein. Das heißt, ich weiß nicht.«

Daisy zögerte kurz, bevor sie antwortete. »Keine

Sorge. Es geht Ihnen bald wieder besser. Ich sehe das nicht zum ersten Mal.«

Sara sah erschrocken auf. Daisy wusste es.

»Ich werde nichts sagen. Meine Mutter hatte bei jedem Kind dieselben Symptome.« Sie nickte ernst. »Ihr Geheimnis ist bei mir sicher. Sie waren so gut zu mir, als meine Mutter starb. Ich möchte Ihnen helfen.«

Daisys Augen waren weit offen und sahen sie aufmunternd an. Obwohl sie noch ein junges Mädchen war, hatte sie schon so viele Kinder zur Welt kommen sehen und sogar den Tod ihrer Mutter verkraften müssen. In Saras Leben hatte es außer Theo nie eine enge Bindung gegeben, und einen Augenblick lang beneidete sie das Mädchen um solche Erfahrungen. Wäre es falsch, offen zu ihr zu sein? »Daisy, Sie sind noch ein Kind, Sie müssen sich nicht mit dem Wissen um meine schreckliche Tat belasten.«

»Es ist von Mr Camden, nicht wahr?«

Sara hielt das Taschentuch vor die Lippen und versuchte, ihre Augen ausdruckslos zu halten.

»Ich habe bemerkt, wie er Sie ansieht. Er liebt Sie.« Sie hatten so viel Zeit miteinander verbracht, natürlich wusste das Mädchen Bescheid. Wie dumm von Sara, dass sie geglaubt hatte, sie könne es verbergen.

»Er ist verheiratet.«

»Aber jetzt tragen Sie sein Baby unter dem Herzen.« Daisy seufzte.

Das Mädchen sah nur die Romantik des Ganzen. »Er darf es nie erfahren.« Sara umklammerte Daisys Handgelenk. »Sie dürfen es ihm nicht sagen.«

»Natürlich sage ich ihm nichts.« Ihre Worte klangen ehrlich, doch sie weckten in Sara eine Flut unausgesprochener Ängste.

»Ich weiß nicht, was ich tun soll. Ich darf kein Kind bekommen. Dann verliere ich alles.«

»Ich weiß jemanden, der Ihnen helfen kann. In der Stadt gibt es eine Frau, die weiß, was zu tun ist.«

Natürlich hatte Sara schon von solchen Dingen gehört. Sie wusste auch, dass sie sehr gefährlich waren und nicht immer funktionierten. Aber ihre Arbeit stand auf dem Spiel, man würde sie feuern, wenn sie nicht rechtzeitig etwas unternahm.

»Wie könnte das gehen?«

Daisy tätschelte ihr die Hand. »Ich frage nach ihr und sage Ihnen dann Bescheid.«

»Ich bin mir nicht sicher, dass es das Richtige ist.«

»Natürlich ist es das. Haben Sie denn eine andere Wahl?«

Die Tür zu ihrem Büro flog auf, und Mrs Haines starrte ärgerlich auf sie hinunter. »Was machen Sie denn auf dem Fußboden?«

»Ich habe einen Stift fallen lassen, und Daisy hilft mir beim Suchen«, antwortete Sara. Sie standen auf, und Sara hatte einen Augenblick lang Angst, in Ohnmacht zu fallen. Sie setzte sich auf ihren Stuhl. »Kann ich Ihnen helfen?«

»Ich habe noch mehr Bewerbungen für Wohnungen. Es kommen immer mehr, obwohl wir nichts frei haben.« Sie legte die Umschläge auf den Schreibtisch. »Sie sehen angegriffen aus. Kann ich etwas für Sie tun?«

»Nein, vielen Dank, Mrs Haines.«

Sobald Mrs Haines draußen war, legte Daisy den Finger an die Lippen. »Kein Wort, versprochen.«

»Glauben Sie, Mrs Haines hat gehört, worüber wir gesprochen haben?«

»Nein, dafür hätte sie das Ohr an die Tür legen müssen, und ich glaube nicht, dass sie so tief gesunken ist.«

Diese Frau schnüffelte immer herum und tauchte zu Zeitpunkten und an Orten auf, wo Sara am wenigsten mit ihr rechnete. Sie hatte etwas Verstohlenes an sich, und wenn sie umherging, konnte man nicht einmal ihre Röcke rascheln hören.

Daisy hielt Wort, doch an dem Tag, als Sara in die Stadt fahren und das Problem beheben sollte, wurde in einem Zeitungsartikel ausführlich von einem scharfen Durchgreifen bei allen Engelmachern und -macherinnen der Stadt berichtet. Ärzte und ihre Patientinnen wurden verhaftet und hart bestraft, um andere von solchen Taten abzuschrecken.

Sie sagte Daisy, sie könnten es jetzt nicht riskieren, sie müssten warten, bis die Razzien vorüber wären.

Vorerst würde sie mit den Folgen leben müssen.

Kapitel 15

New York City, September 1985

Bailey öffnete ein Auge. Sie lag in ihrem Bett in ihrem Zimmer im Dakota. Das war die gute Nachricht. Die schlechte war, dass ihr Mund trocken war wie das Death Valley und ihr Kopf sich so anfühlte, als wäre er voller Felsbrocken.

Ihre letzte Erinnerung an den Abend war der Moment, als Tristan durch die Tür des Raumes schaute, in dem Melinda, Tony und noch ein paar andere ihrer Clique sich versteckten, und den Kopf schüttelte. Er sagte nichts, er sah Bailey nur an wie ein Vater, der sehr, sehr enttäuscht ist.

Sie hatte nach der Kur nicht einmal eine Woche lang durchgehalten, bevor sie wieder in den Sumpf des Nachtlebens von Manhattan eingetaucht war. Am liebsten hätte sie vor allem Melinda dafür verantwortlich gemacht, aber sie wusste noch aus der Entziehungskur, dass der Fehler allein bei ihr lag. Sie hatte sich schick gemacht und war mit Leuten ausgegangen, von denen sie wusste, dass sie trinken und Drogen nehmen würden, und sie hatte sich eingebildet, sie sei stark genug, um Nein zu sagen. Wie unglaublich dumm von ihr.

Sie öffnete auch das andere Auge und sah den Staubkörnchen zu, die über ihr schwebten. Die Wohnung war eine schmutzige Baustelle, nirgendwo konnte man sich bequem hinsetzen und sich erholen, und sie musste auch noch das ganze Wochenende hier verbringen. Sie hatte auf dem Anrufbeantworter eine Nachricht gefunden, wonach die Arbeiter am Montag wiederkommen würden, wenigstens ein Trost. Tony hatte es so geregelt, dass er die Kosten für einen Monat übernahm.

Sie war einfach nur verzweifelt. Sie hatte die besten Absichten gehabt, aber jetzt saß sie wieder im selben Dreck. Und kein reicher versnobter Freund würde sie herausholen. Einfach niemand. Die Stille in der Wohnung lastete auf ihr wie ein böser Geist, der ihr jeden Fehler einzeln vorhielt.

Bailey suchte sich einen Weg durch die Baustelle zur Dienstbotendusche, die eher einer in die Ecke gestellten halben Badewanne glich. Nass und zerknautscht trottete sie zu einem nahe gelegenen Diner und frühstückte Rührei, Toast und Kaffee. Bei der zweiten Tasse waren die Gesteinsbrocken in ihrem Kopf schon beträchtlich kleiner, und sie konnte wieder klarer denken. Und sich schämen.

Und nun? Sie hatte verschlafen und das frühe AA-Meeting verpasst, doch in der zerknitterten Broschüre in ihrer Handtasche war noch ein anderes Meeting um 12 Uhr mittags angekündigt. Bis dahin musste sie sich von ihrem Selbsthass ablenken.

Statt im Aufzug wieder nach oben in die Wohnung zu fahren, drückte sie auf die Taste für das Untergeschoss und fuhr zu den Lagerräumen des Dakota. Hier unten war es kühl und ruhig, und sie bezweifelte, dass Renzo am Wochenende arbeitete. Wahrscheinlich war er mit einer Freundin unterwegs oder traf sich irgendwo draußen mit gleichgesinnten Kerlen, die ebenfalls lieber einen Schuppen bauten als ein Gespräch anknüpften. Er war absolut nicht ihr Typ. Sie mochte eher dürre Künstler, die dazu neigten, bei der ersten Begegnung Liebeserklärungen zu machen. Zerquälte junge Männer, die nicht recht erwachsen werden wollten und Bailey von vornherein versicherten, wie schön und anbetungswürdig sie sei. Doch nach einigen Monaten verschwanden sie alle. Sie war eine Parasitin gewesen, hatte Liebe und Wertschätzung aus ihnen gesaugt. Kein Wunder, dass sie jetzt allein war.

Bailey knipste das Licht an und sah sich in dem Lagerraum um, sie suchte nach schweren Gegenständen, die sie herumhieven konnte, um einen Teil ihrer verdammten Energie loszuwerden. Die drei Schrankkoffer in der Ecke wären ein guter Anfang. Der oberste war gar nicht so schwer, und sie ließ ihn auf den Boden plumpsen. Neugierig öffnete sie den Riegel.

Ganz obenauf lag ein altmodisches Kleid aus marineblauem Tuch. Die Spitze am Kragen war vergilbt, doch ein strenger Geruch nach Mottenkugeln verriet, dass die schlimmsten Feinde ferngehalten worden waren. Bailey nahm es heraus und hielt es sich an den Körper. Der Saum reichte ihr bis zu den Knöcheln, doch die Taille dieses Kleids war lächerlich schmal. Sie legte es zur Seite und grub weiter. Ein

Paar schwarzer Lederstiefeletten, die jetzt hochmodern wären. Vier Korsetts und einige Schlüpfer hatten ihr ursprüngliches Weiß an ein Teebraun verloren, waren jedoch ansonsten noch intakt. Sie suchte weiter, in der Hoffnung, etwas zu finden, woraus sie auf die Wohnung hätte schließen können, zu der der Schrankkoffer gehörte.

Sie schloss ihn wieder, und als der Staub vom Deckel aufflog, entdeckte sie die goldenen Initialen M.C.C. Aber sonst keine Anhänger oder Beschriftungen.

Der zweite Schrankkoffer war mit den Initialen T.J.C. beschriftet.

Das war doch immerhin etwas. Bestimmt Theodore Camden. Und Theodore Camdens Frau hatte mit Vornamen Minnie geheißen. Wie groß war die Wahrscheinlichkeit, dass irgendwelche anderen Bewohner genau diese Initialen gehabt hatten?

Sollten diese Gegenstände, die ja zumeist noch gut erhalten waren, einen Geldwert haben, so konnte Melinda sie vielleicht verkaufen und Bailey eine kleine Provision zahlen. Die Schrankkoffer hatten hier ganz offensichtlich jahrzehntelang unberührt gestanden. Und Renzo würde wahrscheinlich froh über die Gelegenheit sein, sie loszuwerden.

Der T.J.C.-Schrankkoffer war leider verschlossen. Sie würde nach dem Schlüssel oder einer anderen Möglichkeit, ihn zu öffnen, suchen müssen. Der unterste Schrankkoffer bestand nicht aus dem gleichen genarbten schwarzen Leder. Dieser Schrankkoffer war braun und abgenutzt. Die in Schwarz, nicht in Gold, eingeschnittenen Initialen lauteten S.J.S.

Der Riegel war abgeschlossen, aber sie konnte ihn mit einer Drehung des Handgelenks aufbrechen. Der Koffer enthielt Kleider aus derselben Zeit, aber sie waren schäbiger. Alle Braun- und Grautöne und manche Stoffe so kratzig, dass Baileys Haut beim bloßen Anblick juckte. Ganz tief unten fand sie ein seidenes Abendkleid in schwärzlich gewordenem Rosa und in dessen Falten eine Maske aus Pfauenfedern, ausgerechnet.

Sie zog einen Matrosenanzug für ein Baby heraus. Er war wie ganz früher eher wie ein Kleidchen geschnitten, und der kleine Schlips hatte fast noch das ursprüngliche Marineblau. Dann kamen einige Seidenhalstücher in verschiedenen Blautönen. Wenn sie nicht so moderig gerochen hätten, wäre Bailey fast versucht gewesen, sie mitgehen zu lassen.

In einer Ecke steckte ein zartes Glasfläschchen in der Farbe des Meeres, darauf ein Etikett mit der Aufschrift DR WALKER'S VINEGAR BITTERS. Sie stellte es zur Seite. Es war alles andere als wertvoll, aber es würde sich sehr nett auf ihrer Fensterbank machen.

Und ganz unten lag ein Reisepass, ausgestellt auf eine gewisse Sara Jane Smythe aus Fishbourne, England. Das Datum ihrer Ankunft in New York war in das Büchlein eingestempelt: September 1884. Als Bailey durch die Seiten blätterte – und keine weiteren Einträge fand –, fiel ein Foto heraus.

Eine Frau mit dichtem dunklem Haar und einem traurigen Lächeln stand neben zwei Mädchen und einem Jungen und hielt ein Baby in ihren Armen, das genau den Matrosenanzug trug, den sie eben im

Schrankkoffer gefunden hatte. Das Baby hatte während des Fotografierens den Kopf bewegt, eins der Mädchen ebenso, ihre Gesichter waren gespenstisch verschwommen. Hinter ihnen konnte sie etwas erkennen, das wie ein Segelschiff aussah.

Ein typisches Foto aus dem späten 19. Jahrhundert. Kein Bemühen um Lachen oder sonstige Albernheiten. Aber das gefiel Bailey besser als diese falschen, zähnefletschenden Lächeln, die aus den aktuellen Polaroid-Kameras herauskamen. Auf den alten Fotos glaubte sie eine wahrheitsgetreuere Abbildung der Menschen zu erkennen, und nicht ihre Masken.

Die Tür des Lagerraums knallte zu, es hallte von den Zementwänden wider wie ein Gewehrschuss. Bailey sprang auf, das Foto immer noch in der Hand. Dann stand sie wie erstarrt da und fragte sich, was das gewesen war.

»Hallo?«

Keine Antwort. Während die Tapezierer sein Badezimmer ausmaßen, hatte ihr Kenneth beim Tee eine Übersicht über die Gespenster des Dakota gegeben. Eins davon war ein gruseliges kleines Mädchen, das mit einem roten Ball spielte und als schlechtes Omen, als ein Vorbote des Todes betrachtet wurde. Ein Elektriker, der in den 1930ern im Keller gearbeitet hatte, hatte ein Gespenst im Gehrock, mit Stehkragen und Brille gesehen. Es lief das Gerücht, es sei Edward Clark gewesen, der Mann, der das Dakota gebaut, es aber nicht mehr im fertigen Zustand gesehen hatte.

Bailey glaubte weder an Geister noch an Kenneth'

Geschichten von Spukgestalten. Die Tür konnte nicht einfach so zugefallen sein. Irgendjemand war vorbeigekommen und hatte sie zugeworfen, weil er nicht wusste, dass sie hier drin war.

Sie steckte das Foto in ihre hintere Jeanstasche und ging zur Tür, um sie wieder zu öffnen, doch als sie nach der Klinke griff, hörte sie Schritte näher kommen. Wer immer sie geschlossen hatte, kehrte nun zurück.

Die Klinke bewegte sich. Unsicher trat sie zurück.

»Was zum Teufel …«

Renzo stand im Türrahmen. Er starrte sie einen Augenblick an, bevor er in Lachen ausbrach. »Sie sehen so kampfbereit aus.«

Unwillkürlich hatte sie die Fäuste hochgenommen. Kenneth' Gespenstergeschichten hatten sie wohl doch zu sehr beeindruckt. Sie ließ die Hände sinken, stand aber steif aufgerichtet da. »Sie haben mich erschreckt. Die Tür ist zugeknallt.«

»Oh. Das ist wirklich gruselig. Tut mir leid, ich wollte Sie nicht erschrecken.«

Bailey steckte die Hände in die Jeanstaschen. »Es war nur sehr laut.«

»Was treiben Sie denn hier im Keller?«

»Ich mache Platz, damit die Arbeiter was hinräumen können. Und ich schaue mir an, was Sie hier unten haben.«

Es schien ihn nicht zu verärgern, dass sie hier herumschnüffelte. »Was Interessantes gefunden?«

Sie zeigte auf die Schrankkoffer. »Ich glaube, die beiden schwarzen gehörten Theodore Camden und seiner Frau. Der mit den Initialen S. J. S. gehörte einer Frau namens Sara Jane Smythe, die 1884 nach Amerika kam. In dem Koffer sind sogar noch offizielle Papiere, ein Einwanderungspass.«

Renzo trug eine abgewetzte Levi's, die ihm auf den Hüften hing, und ein braunes T-Shirt. Er fuhr sich mit der Hand durchs Haar. »Stimmt. Sara Smythe. Das war im Eröffnungsjahr des Dakota.«

»Haben Sie schon von ihr gehört?«

»Natürlich habe ich von ihr gehört. Sie lebte hier etwa ein Jahr lang.«

»Und dann?«

»Das wissen Sie nicht?«

Bailey schüttelte den Kopf.

»Kommen Sie mit.«

Renzo führte sie durch den Gang zu seinem Büro, wo er in einem hohen Bücherregal herumsuchte und schließlich ein altes Fotoalbum fand, eins mit schwarzen Seiten und Klebeecken, in die man die Fotos steckte. Es war von einer dünnen Staubschicht bedeckt, er holte ein Tuch aus der Gesäßtasche und staubte es ab, bevor er es öffnete.

»Das ist ein Album mit Zeitungsausschnitten über das Dakota seit seiner Erbauung, das von Hausmeister zu Hausmeister weitergereicht wird.«

Er begann, darin zu blättern, doch Bailey unterbrach ihn. »Darf ich? Ich würde es mir so gern ganz anschauen.«

»Aber bitte.« Er ging zur Seite und ließ es sie in Ruhe Seite für Seite betrachten.

Auf der ersten Seite war ein vergilbter Artikel aus

der *Daily Graphic*. Bailey las vor: »›*Eine Beschreibung eines der herrlichsten Apartmenthäuser der Welt*‹. Besser geht's doch kaum, oder?«

»Ich glaube nicht.«

Sie setzte sich auf einen Stuhl und blätterte weiter. Das Dakota hatte bei seiner Eröffnung einiges Aufsehen erregt. Ein seltsamer Gedanke, dass diese Räume damals voller Leute gewesen waren, die Unterröcke und Zylinder getragen hatten, dass im Hof das Getrappel von Pferdehufen zu hören gewesen war. Irgendjemand hatte dieses Korsett und die Schuhe aus dem Schrankkoffer wirklich angehabt. Sie waren nicht einfach bloß Museumsstücke.

Weiter hinten in dem Album waren Zeitschriftenausschnitte gesammelt. Einer beschrieb Rudolf Nurejews Schlafzimmer, das ein wildes Durcheinander von Texturen, Farben und Mustern und sogar ein elisabethanisches Himmelbett beherbergt hatte.

»Der hatte es nicht so mit der edlen Schlichtheit.« Renzo stand inzwischen hinter ihr und hatte seine Hand auf die Rückenlehne ihres Stuhls gelegt.

Hastig blätterte sie die übrigen Seiten durch, die im Wesentlichen Schnappschüsse aus den Sechzigern enthielten, von Wohnungen mit der damals angesagten minimalistischen Einrichtung.

»Nicht Ihr Geschmack?«, fragte Renzo.

»Nein. Vielleicht in einem East-Side-Hochhaus, aber nicht hier.« Sie klappte das Album zu.

»Aber das über Theodore Camden haben Sie noch nicht gesehen.«

Er nahm ihr das Album aus dem Schoß und legte

es wieder auf den Schreibtisch. Ein dünnes gefaltetes Papier hatte hinter einem der Fotos gesteckt und war jetzt herausgefallen, er faltete es vorsichtig auseinander.

Die Zeitungsüberschrift vom 4. März 1886 lautete: MÖRDERIN FÜR SCHULDIG BEFUNDEN.

> Mrs Sara J. Smythe, die frühere *Managerette* des Dakota Apartmenthauses, wurde für schuldig befunden, am 13. November den Architekten Mr Theodore Camden erstochen zu haben. Mrs Smythe hatte schon in der Vergangenheit unter Wahnvorstellungen gelitten, doch Mr Camden hatte sich ihrer erbarmt, und dieser Akt der Nächstenliebe wurde ihm nun mit Gewalt und Blutvergießen vergolten. Mr Camden hinterlässt eine Frau und drei Kinder. Richter Wilton befand: »Dies zeigt ganz klar, dass es sinnlos ist, Verrückte resozialisieren zu wollen.«

»*Sie* war also die Mörderin von Melindas Urgroßvater.«

»Sagt jedenfalls die Legende. Und es erklärt, warum ihre Besitztümer zusammengepackt und in den Keller gebracht wurden.«

Sie zog das Foto aus ihrer Gesäßtasche. »Das hier war auch in dem Schrankkoffer.«

Renzo betrachtete es sehr genau. Dann drehte er es um, auf der Rückseite stand in einer schrägen, etwas verschlungenen Schrift: *Mrs Smythe und die Kinder der Camdens 1885.*

Bailey schnappte nach Luft. »Die Mörderin posiert mit den Kindern. Das ist makaber. Gibt es noch mehr über das Verbrechen in diesem Album? Zum Beispiel darüber, warum sie ihn getötet hat?«

»Ich fürchte Nein.«

»Jetzt will ich unbedingt mehr wissen. Ich werde Melinda fragen müssen, ob ihre Mutter je darüber gesprochen hat.«

»Aber erst, nachdem Sie Kenneth' Wohnung wieder in ihren ursprünglichen Zustand versetzt haben.«

Sie starrte ihn an. »Natürlich mache ich das.«

Er legte den Kopf schief. »Das ist seltsam.«

»Was?«

»Machen Sie das noch mal.«

»Ich habe keine Ahnung, wovon Sie sprechen.«

»Sehen Sie mich an, wie Sie mich eben gerade angesehen haben.«

Sie tat es, als wäre er ein Idiot, dem man einen Gefallen tun müsse.

»Nicht bewegen.« Er hielt das Foto neben ihr Gesicht. »Sie heben die Augenbraue ganz genauso.«

»Sagen Sie mir gerade, dass ich aussehe wie eine Mörderin?«

»Nein. Im Ernst.« Er zog sie am Arm vor einen kleinen Spiegel, der an der Rückseite der Tür hing. »Und jetzt sehen Sie selbst.«

Bailey wiederholte den Gesichtsausdruck vor dem Spiegel, während Renzo das Foto danebenhielt.

Natürlich machten das sehr viele Leute. Ihr Vater zog genauso die Braue hoch, wenn er eher weniger beeindruckt oder skeptisch war.

Aber es war auch die Art, wie die Frau dastand, die Linie ihres Halses, der Ausdruck ihres Mundes. Baileys Eltern hatten ein Album mit einem Foto, das genau dazu passte, nur dass es im 20. Jahrhundert aufgenommen worden war, nicht im 19. Ihr Vater hielt mit demselben angedeuteten Lächeln die neugeborene Bailey auf dem Arm.

Bailey sah aus wie ihr Vater. Das sagten alle. Und sie beide sahen aus wie Sara Smythe. Die Mörderin.

Renzo blinzelte. »Es ist eine unheimliche Ähnlichkeit. Dabei kenne ich Sie gar nicht.«

Dieses Gemustertwerden nervte sie. Sie fühlte sich wie ausgezogen. Ihr war, als würde sich der feuchte Keller um sie schließen, und sie erschauerte in der Zugluft.

»Ehrlich gesagt kann ich nicht sagen, dass ich es auch sehe. Ich sollte allmählich wieder nach oben gehen.«

»Ich wollte Sie nicht verärgern.«

»Ich bin nicht verärgert.« Die Wörter klangen barscher, als sie gewollt hatte; ihre Kopfschmerzen drohten mit verdoppelter Wucht zurückzukehren. »Die letzte Nacht war heftig. Ich bin erschöpft. Wir sehen uns sicher noch.«

»Klar. Lassen Sie sich nicht stressen.«

Sie machte, dass sie davonkam.

* * *

Neben der Aufzugtür hatte jemand die tagesfrische *New York Post* liegen lassen, und Bailey hob sie auf und blätterte darin, während sie auf den Lift wartete. In ihrem Horoskop stand etwas von »wieder Verbindung zur Familie aufnehmen«, und sie nahm an, genau das tue sie ja schon, da sie für Melinda arbeitete und in deren Wohnung lebte. Das wäre also abgehakt.

Aber dann sah sie die Liste der Berühmtheiten, die an diesem Tag Geburtstag hatten. Sonny Rollins war fünfundfünfzig geworden.

Ihr Dad war immer stolz darauf gewesen, dass er am selben Tag Geburtstag hatte wie diese Jazz-Größe. Heute war Jacks Geburtstag, und sie hätte ihn beinahe vergessen.

Als sie oben war, rief sie zu Hause an. So viele Neunen, die Wählscheibe brauchte ewig, um sich wieder in die Ausgangsposition zurückzudrehen. Bailey hatte zuletzt vor der Entziehungskur mit ihm gesprochen und ihm nichts davon erzählt. Wozu hätte sie ihn beunruhigen sollen?

Er nahm beim zweiten Klingeln ab.

»Dad, ich bin's.«

»Hallo, du.«

»Ich wollte dir zum Geburtstag gratulieren. Herzlichen Glückwunsch! Hast du heute was Nettes vor?« Besser, sie gab ihm gar nicht die Zeit, nach ihr und ihren Aktivitäten zu fragen. Immer schön den Fokus auf ihn legen.

»Ich habe ja lange nichts von dir gehört. Wie steht es denn so in New York?«

Pech gehabt. »So weit okay. Alles ziemlich verrückt. Im Augenblick kümmere ich mich um die Innengestaltung von Melindas Wohnung im Dakota.«

»Tatsächlich?«

»Ja.«

Schweigen.

»Und was steht heute in deinem Terminkalender? Gehst du mit Scotty aus?« Scotty war sein ältester Freund und sein Angestellter, und er nervte ihren Vater die ganze Zeit, doch sie war sicher, dass dieser es im Grunde genoss.

»Nee. Scotty ist jetzt verheiratet und muss sich um seine eigenen Angelegenheiten kümmern.«

»Verstehe.«

Sie wartete und hoffte, er würde das Thema wechseln und vom letzten katastrophalen Rohrbruch im Haus berichten, den er, ohne den Klempner rufen zu müssen, ganz allein mit Kaugummi und Klebeband behoben habe. Oder wie er es endlich doch geschafft habe, die Mückengittertür daran zu hindern, mit einem Knall zuzufallen. In dem Sommer, bevor ihre Mutter starb, hatte sie zugegeben, dass sie immer wieder irgendetwas im Haus absichtlich kaputt machte, damit ihr Vater am Wochenende etwas zu tun hatte. Er war nie einer gewesen, der herumsitzen und lesen konnte. Oder plaudern.

Das Schweigen zog sich in die Länge. »Hey, Dad. Ich habe eine Idee. Soll ich nicht einfach in den Zug steigen, und dann gehen wir im Lobster Shanty essen?«

»Nein, das brauchst du nicht. Mir geht's hier sehr gut.«

Doch sie konnte den Gedanken nicht ertragen, dass er an seinem Geburtstag allein war. Ganz egal, wie wenig Gemeinsamkeiten sie inzwischen hatten. »Ich nehme den nächsten Zug. Holst du mich ab?«

»Na gut. Wenn du es so haben willst.« In seiner Stimme war keine Freude zu erkennen. Aber in ihrer wahrscheinlich auch nicht.

Sie warf ein paar Sachen in eine kleine Reisetasche und fuhr mit der U-Bahn zum Zug, der dann länger als eine Dreiviertelstunde in der Newark Station herumstand. Als sie endlich an der Point Pleasant Station ausstieg, begann die Sonne schon unterzugehen, und ihr Magen knurrte vor Hunger.

Ihr Vater Jack lehnte an der Haube seines alten VW Käfers. In ihren Highschool-Jahren hatte sie diesen Wagen gehasst, eine alte Mühle, die eine Panne nach der anderen hatte. Er umarmte sie ungeschickt. »Ich dachte schon, du wärst verschollen.«

Sie hatten sich zuletzt im Frühjahr gesehen, als sie randvoll gewesen war mit Neuigkeiten über ihre vielen Kunden, oder vielmehr Tristans Kunden. Sie war durch das Haus gegangen und hatte kleine Änderungen vorgeschlagen, mit denen er das Aussehen hätte verbessern können, obwohl sie wusste, dass er nichts davon tun würde. Aber sie hatte ihn unbedingt beeindrucken wollen.

Moorish-Fliesen und Laura-Ashley-Stoffe waren ihm absolut egal. Er hatte eine Autowerkstatt, verdammt noch mal, genau wie sein Vater. Wahrscheinlich hatte er ihre Angeberei durchschaut, als sie nur so mit den Namen von Marken und Mode- und Kunstgrößen um sich geworfen und über seine Unkenntnis gelacht hatte. Ihr Magen verkrampfte sich vor Scham, und plötzlich wünschte sie sich, sie hätte den Besuch nicht angeboten. Sie waren so schrecklich unterschiedlich.

»Ich dachte mir, weil du so spät kommst, könnten wir uns einfach nur ein Sandwich holen.«

Wollte er, dass sie auf dem Restaurantbesuch bestand, oder war er genau wie sie einfach nur zu hungrig, um auf einen Tisch zu warten?

»Klar. Klingt nach einem guten Plan.«

Sie fuhren über die Hauptstraße und sie versuchte, nicht zu lange auf die Stelle zu starren, an der einer ihrer Mitschüler aus dem zweiten Highschool-Jahr mit seinem Wagen gegen einen Baum geknallt war und dabei sich und seinen Beifahrer getötet hatte. Ihre erste Berührung mit den Unwägbarkeiten des Lebens. Jacks Hände umfassten das Lenkrad ein bisschen fester, bis sie daran vorbei waren, wahrscheinlich dachte er an einen anderen Autounfall und an die letzten Augenblicke ihrer Mutter. Einen Unfall, über den sie nicht sprechen würden, nicht einmal an ihrem Todestag. Sie sah auf die Uhr. Heute vor zwölf Jahren, um fünf Uhr nachmittags. Peggy war auf dem Rückweg von der Mall gewesen, wo sie noch schnell ein Geburtstagsgeschenk für Jack gekauft hatte, und nie mehr nach Hause zurückgekehrt.

Auf die Stunde genau vor zwölf Jahren hatte Bailey in ihrem Zimmer gesessen und geschmollt, weil ihre Eltern ihr nicht erlaubt hatten, das Geburtstagsessen zu schwänzen und mit ihren Freunden auszugehen.

Wie sehr sie sich noch immer wünschte, die Zeit zurückdrehen und alles anders enden lassen zu können. Denn dieses Ende war unerträglich.

Jack bog in ihre Straße ein, an deren Ecke Bob's Beetle Shop stand. Niemand in der Familie hieß Bob, aber ihr Großvater hatte anscheinend den Stabreim gemocht. Oder er hatte nicht gewollt, dass die Leute wussten, wer wirklich der Eigentümer war. Es musste ein Schock gewesen sein, in einer luxuriösen Wohnung aufzuwachsen und als Automechaniker in einem Küstenort von New Jersey zu enden.

»Wie läuft das Geschäft?«

»Wie immer.«

»Die Werkstatt sieht gut aus. Hast du sie gestrichen?«

»Nö. Ist immer noch so, wie du sie letztes Jahr gesehen hast.«

Na, das würde sicher ein anregender Abend werden.

Er fuhr vor ihrem Haus vor, zwei mit Zedernschindeln verkleidete Stockwerke und im Obergeschoss hellblaue Fensterläden, die ihre Mutter ausgesucht hatte. In der Nachbarschaft überall niedrige Sommerhäuser mit pflegeleichten Gärten voller weißer, runder Kiesel. Oft saßen alte Damen, die für den Sommer aus Newark gekommen waren, auf ihren von Fliegengittern geschützten Veranden und schimpften, weil die Kinder nach dem Abendessen noch so laut draußen spielten. Die Straßen hatten keine Bürgersteige; der Asphalt verlief sich knotig in den sandigen Randstreifen und den Wurzeln windzerzauster Kiefern.

Die Treppe knarrte, als sie nach oben in ihr Zimmer ging. Oben im Flur hingen Familienfotos und gerahmte Bilder, die sie in ihrer Schulzeit gemalt hatte. Sie blieb kurz stehen und betrachtete jedes einzelne

Foto mit einem neuen Blick, auf der Suche nach Spuren von Sara Smythe in all den Gesichtern. Ganz am Ende, gleich an der Treppe, hing eine Zeichnung, die sie im Vorbeigehen Tausende Male gesehen, aber nie wirklich betrachtet hatte. Keine Zeichnung von ihr. Eine Tuschezeichnung von einem hübschen Cottage, wie einem Märchen entsprungen, an dessen Hauswand eine Art Wein rankte. Die Zeichnung war klein, dennoch fühlte sie sich von den Details angezogen.

In die Ecke war ein *Theo. Camden* gekritzelt.

Sie nahm das Bild vom Haken und hielt es ans Licht, um es ganz genau anzusehen. Wahrscheinlich hatte ihr Großvater es als Erinnerung an seine frühere Familie mitgenommen. Die Blätter der Kletterpflanze waren wunderbar fein gezeichnet und schraffiert. Am Stamm bemerkte sie eine leichte Unregelmäßigkeit, sie hielt das Bild ein bisschen schräg gegen das Licht.

Für Sara.

Die beiden Wörter waren eindeutig in den Stamm gekritzelt, man konnte sie jedoch nur lesen, wenn man das Bild in diesem Winkel hielt.

Theodore Camden hatte dieses Bild für Sara Smythe gezeichnet.

Als Bailey sich am Küchentisch niederließ, wirbelten alle möglichen Fragen durch ihren Kopf. Jack unterhielt sie mit dem lokalen Klatsch und biss immer mal wieder in sein viel zu üppig belegtes Sandwich. Sie revanchierte sich mit Berichten über ihren Job im Dakota, und so wurstelten sie sich wieder einmal durch eine Mahlzeit, bei der ihnen beiden nur zu klar war, wie sehr ihre Mutter fehlte, die zwischen ihnen beiden immer die Verbindung hergestellt hatte.

»Hast du eine Backmischung? Dann backe ich dir einen Kuchen«, bot sie an.

»Nicht nötig. Ich habe eine Großpackung Snickers gekauft. Wenn du willst, kannst du eine Kerze reinstecken.«

»Wirklich?«

»Nein, ich habe keine Kerzen. War nur ein Scherz.«

Sie ging zum Schrank und nahm zwei Riegel aus der Packung. »Soll ich dir dann was vorsingen? Du weißt, dass ich das mache.«

Er lachte und wickelte seinen Snickers-Riegel aus. »Wenn du unbedingt die streunenden Kater anlocken willst, die sich hinter dem Haus der D'Agostinos herumtreiben.«

Wenn sie früher mit ihrer Mutter Ausflüge gemacht hatten, hatte Jack das Autoradio immer auf volle Lautstärke gestellt, um Baileys Stimme zu übertönen, und sie hatte absichtlich falsch gesungen, um ihn weiter anzustacheln, während ihre Mutter kreischte, er solle das Radio leiser drehen.

Dass er sie neckte, beschwichtigte ihre Ängste, sie ließ das Visier ein wenig herunter. »Du, Dad, es tut mir leid, dass ich mich nicht bei dir gemeldet habe.«

»Du machst jetzt dein eigenes Ding, und das ist auch richtig so.« Er zuckte die Schultern.

»Übrigens habe ich im Dakota ein bisschen in alten Schrankkoffern herumgewühlt, die Melindas Urgroßeltern gehört haben, Theodore und Minnie Camden. Die haben doch Großvater aufgezogen, oder?«

»Ich denke, so kann man es nennen. Theodore Camden starb, als dein Großvater noch ein Baby war, daher wurde er im Grunde von Minnie Camden aufgezogen.«

»Und wann starb sie?«

Jack dachte über die Frage nach, während er auf seinem Geburtstags-Schokoriegel kaute. »Als mein Vater etwa fünfzehn war. Sie hatte ihn aufgezogen wie ein eigenes Kind, aber nach ihrem Tod erfuhr er, dass er nichts erben würde. Das ganze Erbe ging an die anderen drei Kinder. War ein harter Schlag für ihn.«

Bevor sie den Schrankkoffer gefunden hatte, hatte Bailey sich nie sonderlich für den Stammbaum ihrer Familie interessiert. Lauter Geister, die in ihrem Leben und ihrer Zukunft keine Rolle spielten. Doch als sie die Gegenstände in den Schrankkoffern berührt hatte, hatte sich das grundlegend geändert. Vor allem durch das Foto. »Und dann ging er zur Marine.«

»Nein. Er ging zur US-Handelsmarine.«

»Wo ist da der Unterschied?«

»In Friedenszeiten arbeiten sie auf Frachtschiffen. Nur im Kriegsfall müssen sie Truppen und Kriegsgerät transportieren.«

»Aha. Und wie ist er in New Jersey gelandet?«

»Er lernte meine Mutter kennen, als sein Schiff im Hafen von New York lag, und weil sie hier aufgewachsen war, beschlossen sie, sich hier niederzulassen.«

»Und da hat er auch die Werkstatt aufgemacht.«

»Stimmt. Warum fragst du das alles?«

Sie wählte ihre Worte sehr sorgfältig. »Ich habe in einem der Koffer dieses seltsame Foto gefunden. Es ist wirklich alt, aber die Frau sieht so aus wie ich.«

»Wer ist sie?«

»Sie hieß Sara Smythe. Sie arbeitete eine Zeit lang im Dakota. Auf dem Foto hält sie Großvater auf dem Arm, und die anderen Kinder von Theodore Camden stehen um sie herum.«

»Und sie sieht so aus wie du?«

»Ja. Es ist dem Hausmeister des Dakota aufgefallen. Und er hat recht. Sie sieht übrigens auch dir sehr ähnlich.«

Er lehnte sich auf seinem Stuhl zurück und rieb sich amüsiert mit der Hand über den Bauch. Als er grinste, zog er seine rechte Augenbraue nach oben.

»Und was fast noch seltsamer ist, sie war diejenige, die Theodore Camden umgebracht hat. Und nun das, vor dem Abendessen ist mir diese Zeichnung eines Cottages aufgefallen, die oben an der Treppe hängt. Sie ist von Theo Camden signiert, und in die Zeichnung hinein hat er *Für Sara* geschrieben, so in der Art, wie Al Hirschfeld überall *NINA* reinschreibt.«

»Wer?«

»Dieser Künstler, der Broadway-Stars zeichnet und in jede Zeichnung …« Sie winkte ab. »Ist auch egal. Was, wenn Sara Smythe ihn in einer leidenschaftlichen Aufwallung umgebracht hat, weil sie eine wilde Liebesaffäre hatten?«

Er schüttelte den Kopf. »Du hast zu viele Liebesromane gelesen. Christopher war kein Mitglied, sondern ein Mündel der Familie.«

»Wie sollen wir das wissen? Wusste er etwas über seine Eltern?«

»Er hat nie etwas darüber gesagt.«

Sie hätte sich gewünscht, dass er noch lebte, dann hätte sie ihm all die Fragen stellen können, die sie umtrieben. »Wenn Theodore eine Affäre gehabt und Opa Christopher gezeugt hätte, der wiederum dich in die Welt gesetzt hat, der du wiederum mich in die Welt gesetzt hast, dann wäre ich mit Theodore Camden verwandt.«

Jack sah sie einen Moment lang an. »Das würde dir wohl gefallen, was?« Sein Ton war plötzlich kühl.

Sie war zu weit gegangen. »Vermutlich. Ich weiß nicht.«

Er starrte auf seine Hände und betrachtete die schmutzigen Fingernägel und die rissige Haut, als gehörten sie jemand anders. »Deine Mutter hat die wenigen Monate, die sie in New York gelebt hat, genossen, und ich war ehrlich gesagt nicht sicher, dass es sie glücklich machen würde, wieder heimzukehren und hier eine Familie zu gründen. Als sie von der Verbindung zu den Camdens erfuhr, bestand sie darauf, dass wir wieder Kontakt aufnahmen. Ich vermute, sie rechnete damit, dass wir wie lange vermisste Verwandte aufgenommen und immer zu Cocktails und Dinnerpartys eingeladen würden. Weit gefehlt.«

»Hat Großvater denn gar keinen Kontakt mit ihnen gehabt?«

»Nein. Er fühlte sich verstoßen und nach Mrs Camdens Tod ein zweites Mal verwaist. Kann ich ihm nicht verdenken. Die anderen, die wir als Vettern und Cousinen bezeichneten, hatten ein leichtes Leben. Während er immer knapp dran war.« Er zerknüllte das Snickers-Papier in seiner Hand, nahm auch ihre

Verpackung, zerknüllte sie ebenfalls, um dann aufzustehen und zum Mülleimer zu gehen. »Ich bin anders als sie, und darauf bin ich stolz. Man muss sich nicht immer für etwas Besonderes halten.«

Wie Bailey, hieß das. Sie drehte sich nach ihm um, konnte jedoch nicht sein Gesicht sehen.

Er sprach weiter. »Deine Mutter wollte Teil ihrer Familie sein, akzeptiert werden. Und zwar, weil sie sich für dich etwas Besseres wünschte. Ich nehme an, es hat geklappt.«

»Vermutlich.«

Mit einem Mal kamen ihr zwei Gedanken auf einmal: Dass sie länger als drei Stunden nicht ans Trinken gedacht hatte, bislang eine Rekordzeit. Und dass sie sich jetzt wirklich nach einem Bier sehnte.

Ihr Großvater Christopher war sein ganzes Leben lang verbittert gewesen, weil er wie ein den anderen Kindern Ebenbürtiger aufgezogen worden war, um dann feststellen zu müssen, dass er es nicht war. Jack hatte diese Bitterkeit geerbt. Und wenn sie ganz ehrlich war, musste sie zugeben, dass auch sie Bitterkeit empfand. Sie wünschte sich nur deshalb so sehnsüchtig, von einer Mörderin abzustammen, weil dann die Chance bestand, dass sie eine echte Camden war.

Dann nämlich hätten die aus ihrer Sicht beschämenden Umstände, dass sie in einem heruntergekommenen Viertel einer öden Küstenstadt aufgewachsen war, keine Bedeutung mehr.

»Hör zu, Dad. Ich hatte in letzter Zeit Probleme. Jetzt nicht mehr. Aber zu Beginn des Jahres. Deshalb habe ich mich nicht gemeldet.«

»Was für Probleme?«

»Mit Alkohol. Und so was.«

»Dein Großvater war ein schrecklicher Säufer. Hoffentlich meinst du nicht etwas in der Art.« Sein Blick war sehr wachsam.

Alkoholismus als Familientradition. In der Kur hatte man ihr gesagt, dass dies wahrscheinlich war. Es musste schlimm gewesen sein, denn Jack hatte nie zuvor darüber gesprochen. Und offensichtlich wollte er auch jetzt nicht darüber sprechen.

»Keine große Sache. Alles ist gut.«

»Ich nehme an, du hast viel um die Ohren.« Er sah auf die Uhr am Backofen. »Ich muss morgen früh raus. Wann soll ich dich zum Zug bringen?«

Seine Abfuhr traf sie hart, wie ein Schlag in die Magengrube. Sie lenkte das Gespräch zurück auf die Autowerkstatt und kümmerte sich um das schmutzige Geschirr. Ihr Vater war von ihrem mangelnden Rückgrat enttäuscht, und ihre erste Reaktion bestand darin, etwas zu tun, irgendetwas, das ihn beschwichtigte. Ihre eigenen Ecken und Kanten abzufedern, damit der Frieden erhalten blieb.

Jedenfalls interessierte er sich nicht für die Geschichte ihrer Sucht. Oder aber er wusste, was kam, und wollte es nicht hören, weil ihre Mom nicht an seiner Seite war, um den Schlag abzumildern. Jack war einfach nicht diese Sorte Vater, das war er nie gewesen. Er interessierte sich nicht für ihre Probleme. Warum auch, nachdem sie sich so viele Jahre kein bisschen für sein Leben interessiert hatte. Sie hatte sich in der großen Welt umgetan und gedacht, er würde immer so bleiben, wie er war, so unzugänglich und unbeweglich wie eine Figur in einer Schneekugel.

Sie trocknete sich die Hände an einem Geschirrtuch ab. »Mach dir wegen morgen früh keine Gedanken, Dad. Ich rufe mir ein Taxi. Ich gehe jetzt nach oben und packe ein paar Wintersachen zusammen, die ich dann in die Stadt mitnehme.«

»Na schön. Danke für das Geburtstagsessen.«

»Ein Sandwich und ein Snickers. Nächstes Jahr mache ich es besser, versprochen.« Sie ging leise die Treppe hinauf und suchte in ihren Sachen, während er das Haus abschloss. Sie hörte seine schweren Schritte, als er von Raum zu Raum ging, Fenster überprüfte und Riegel vorschob, obwohl das Schlimmste doch schon geschehen war.

Oben im Flur nahm sie die Zeichnung vom Haken, wickelte sie in einen Pulli und steckte sie in ihre Tasche. Jack würde sie sicher nicht vermissen, wenn er sie überhaupt je bemerkt hatte.

Bailey zog sich in ihr Zimmer zurück und schloss die Tür. Jack blieb einen Augenblick stehen, als er endlich heraufkam, doch ihr leises »Hallo« wurde nur vom klickenden Einschnappen seiner eigenen Schlafzimmertür beantwortet.

Kapitel 16

New York City, Januar 1885

Irgendetwas stimmte nicht mit ihr. In der Woche zuvor war Sara zur Wohnung der Westlakes im dritten Stock unterwegs gewesen und hatte sich in die gegenüberliegende Seite des Gebäudes verirrt, wo Mr O'Connor, einer der beiden Fahrstuhlführer, sie rettete und ihr den Weg wies. Dieser Schnitzer hatte sie erschreckt. Schließlich kannte sie die Gänge des Dakota besser als irgendjemand sonst, wenn man von Theo und Fitzroy absah.

Saras Magenprobleme hatten sich noch verschlimmert, sie konnte bei den Mahlzeiten immer nur ein paar Bissen herunterbringen und war entsprechend geschwächt. Diese Schwäche raubte ihr auch noch den letzten Appetit, und so bewegte sie sich immer weiter in dieser Abwärtsspirale des Unwohlseins. Wenn sie einen Arzt kommen ließ, würde sie die Wahrheit über ihre Schwangerschaft sagen müssen, und dann würde sie das Dakota und Theo und alles verlassen müssen, wofür sie so hart gearbeitet hatte. Zudem fiel es ihr in ihrem geschwächten Zustand schwer, klar zu denken.

Zu allem Überfluss hatte Mrs Camden auch noch zwei Tage zuvor gemeldet, dass in ihrer Schmuckschatulle eine Smaragdkette fehle. Mr Douglas hatte darauf bestanden, dass sie das Personal verhörte, doch sie musste nach der Hälfte der Zimmermädchen aufgeben, weil sie anscheinend nicht die richtigen Worte finden konnte. Diese alberne Frau hatte das Schmuckstück wahrscheinlich sowieso nur verlegt. Ganz sicher würde es von allein wieder auftauchen.

An diesem Morgen hatte sie kaum aus dem Bett aufstehen können, und als sie sich das Gesicht wusch, hatte sie sich sogar festhalten müssen. Sie war in ihr Büro gewankt und hatte es für den Rest des Tages nicht mehr verlassen, sie fragte sich, wo die Zeit geblieben war, und hatte große Angst, dass sie es nicht mehr zurück in ihr Zimmer schaffen würde. Um vier Uhr steckte Daisy den Kopf durch die Tür.

»Sie sind ziemlich grün im Gesicht.« Sie schloss die Tür hinter sich.

»So richtig gut geht es mir nicht«, gab Sara zu. »Ist Ihre Mutter während der Schwangerschaften auch einmal verwirrt gewesen?«

Daisy zuckte die Schultern. »Natürlich. Ich weiß noch, als Mickey unterwegs war, stellte sie uns immer wieder dieselbe Frage.«

»Und welche?«

»Was habe ich nur verbrochen, dass ich so undankbare Kinder habe?«

Sara musste trotz allem lachen. Sie konnte sich nicht vorstellen, dass ihre Mutter sie je so hätte necken können. »Sie hatten Glück, es klingt so, als sei sie eine ganz reizende Dame gewesen.«

»Ja.« Traurigkeit glitt über Daisys Gesicht.

Es klopfte an der Tür. »Herein.«

Daisy öffnete die Tür und gab den Blick auf Mr Douglas frei.

Sara stand auf. »Mr Douglas, was kann ich für Sie tun?«

»Ich bin natürlich gekommen, um die Bücher zu prüfen. Heute ist Dienstag.« Er hängte Hut und Mantel an die Garderobe neben der Tür und ging schwerfällig auf sie zu.

Das hatte sie völlig vergessen. »Aber natürlich.« Sie riss das Hauptbuch aus dem obersten Fach des Aktenschranks und öffnete es an der richtigen Stelle.

»Machen Sie sich keine Mühe, das kann ich selbst tun. Daisy, holen Sie mir eine Tasse Kaffee.«

Nachdem Daisy fort war, ließ sich Mr Douglas stöhnend auf Saras Schreibtischstuhl nieder. Sara setzte sich ihm gegenüber, faltete die Hände im Schoß und wartete auf etwaige Fragen. Nachdem er zehn Minuten lang Seiten umgeblättert und seinen Stift über das Papier hatte kratzen lassen, sah er sie über die Brillengläser hinweg an. »Das ist ja ein furchtbares Durcheinander, Mrs Smythe.«

Noch nie zuvor war sie von Mr Douglas getadelt worden. »Das tut mir leid, Mr Douglas. Nächste Woche ist es viel besser, das verspreche ich.«

Er lehnte sich auf dem Stuhl zurück. »Ich habe die Zahlen korrigiert. Wirklich, Mrs Smythe, ich bin überrascht.« Er ließ verärgert seinen Blick über die Schreibtischplatte wandern, offenbar suchte er etwas. »Haben Sie kein Löschpapier?«

»Doch, natürlich. Untere Schublade links.«

Sie hörte, wie die Schublade aufgezogen wurde, und dann eine Art Keuchen von Mr Douglas.

Er sah sie an. »Mrs Smythe.«

»Ja, Mr Douglas?«

»Haben Sie Mrs Camdens Smaragdkette gefunden?«

Sie schüttelte den Kopf. Teils als Antwort, teils auch in dem Versuch, den Nebel in ihrem Hirn zu vertreiben. Seine Worte klangen, als kämen sie durch eine Wasserschicht. Vielleicht hatte sie sich auch verhört.

Er hatte kein Löschpapier aus der Schublade geholt, stattdessen hing wie ein Wasserfall ein Band in leuchtenden Farben von seiner ausgestreckten Hand.

Der Halsschmuck. Eine atemberaubend schöne Arbeit: drei Perlenreihen, vorn zusammengehalten durch ein Mittelstück, das von vier goldgefassten großen Smaragden geziert wurde.

Daisy kam mit einer Tasse Kaffee herein und ließ sie fast fallen, als sie die Kette sah.

Saras Mund war trocken, ihre Glieder fühlten sich schwer an.

Mr Douglas stand auf. »Es scheint so, als hätten wir das vermisste Schmuckstück gefunden. Und zwar ausgerechnet im Schreibtisch von Mrs Smythe.«

Sara schüttelte den Kopf. Was war nur mit ihr los? Sie brachte kaum ein Wort heraus. Mr Douglas und Daisy starrten sie beide an wie ein Kalb mit zwei Köpfen und warteten darauf, dass sie etwas sagte. Sie stellte sich ihr anderes Ich vor, das sie so gut kannte, das sofort die Sache in die Hand nehmen und dem Geheimnis auf den Grund gehen – und vor allem nicht wie ein stummer Idiot hier herumstehen würde. Dennoch brachte sie kein Wort über die Lippen.

»Stimmt etwas nicht mit ihr?«, fragte Mr Douglas.

Sara bat Daisy mit einem stummen Blick, den Mund zu halten und nichts zu sagen.

Dann brach sie zusammen und gab sich der Schwärze hin wie ein müdes Kind dem Schlaf.

Kapitel 17

New York City, Januar 1885

Als Sara wieder zu sich kam, lag sie auf einem harten kleinen Sofa im Aufenthaltsraum des Personals. Der Raum war mit dem möbliert, was die neuen Mieter nicht mehr hatten haben wollen, darunter auch ein paar wackelige Teetische und eine Reihe nicht zusammenpassender zerkratzter Stühle. Manchmal trafen sich die Dienstmädchen hier abends zu einer Partie Whist, aber meistens blieb der Raum ungenutzt, weil einfach zu viel zu tun und das Personal abends zu erschöpft war für irgendwelche Geselligkeiten.

Mr Douglas saß ihr gegenüber in einem Sessel, den runden Körper zwischen die Lehnen gequetscht. Sie fragte sich, ob das Möbelstück wohl an ihm hängen bleiben würde, wenn er aufstand. Ein leises Kichern stahl sich über ihre Lippen.

»Ich sehe, es geht Ihnen besser«, sagte Mr Douglas.

»O ja.« Sie setzte sich auf und musste sofort gegen einen Schwindelanfall ankämpfen. Das Einzige, was sie sich im Augenblick wünschte, war, einfach liegen zu bleiben und mit niemandem zu sprechen.

»Erinnern Sie sich noch an das, was geschehen ist?«

Die Smaragdkette. Natürlich. Sie war in ihrem Schreibtisch gefunden worden.

»Es tut mir so leid, Mr Douglas. Ich weiß auch nicht, was los ist.« Die Augen begannen ihr zuzufallen. »Ich fühle mich schon seit einiger Zeit nicht gut, aber dieses Schmuckstück habe ich vorhin zum ersten Mal gesehen, da bin ich sicher. Wie bin ich hier heruntergekommen?«

Er rieb sich mit der Spitze seines knotigen Zeigefingers das Kinn. »Ein paar von den Hausdienern haben Sie runtergebracht. Gott sei Dank kamen gerade keine Mieter vorbei. Wir sind in einer schrecklichen Lage. Brauchen Sie einen Arzt?«

Und wenn der Arzt ihren Zustand erkannte? »Nein, danke, mir geht's gut. Das ist nicht nötig. Die Halskette. Ich bin sicher, dass es eine Erklärung gibt. Es muss eine geben. Bitte, ich muss mit Mr Camden sprechen.«

»Er hat im Moment keine Zeit.« Er atmete einen tiefen Seufzer aus, und bei seinem säuerlichen Geruch rümpfte sie unwillkürlich die Nase. »Sie werden verstehen, Mrs Smythe, dass wir so einen Vorfall im Dakota nicht dulden können. Wir müssen diese Sache vollständig aufklären, daher schlage ich vor, dass Sie mit der Polizei mitgehen und deren Fragen beantworten.«

»Polizei?«

Mr Douglas stand auf und öffnete die Tür. Zwei uniformierte Männer kamen herein und zogen sie an den Armen hoch.

Sie verdrehte sich den Hals, um Mr Douglas ansehen zu können. »Wohin bringen die mich?«

»Beantworten Sie einfach deren Fragen, dann sind Sie ganz schnell wieder hier. Machen Sie keinen Aufstand.« Er sah die Männer an. »Bringen Sie sie über die Rampe auf die Seventy-Third Street hinaus. Nicht durch die Haupteingänge.«

Der allgemeine Dunst, der ihre Gedanken in den vergangenen Wochen umgeben hatte, hob sich, und einige Sekunden lang konnte sie klar denken. Sie wurde wegen Diebstahls verhaftet und weggebracht. »Bitte, ich muss mit Mr Camden sprechen, bevor ich gehe.«

Mr Douglas tätschelte ihren Arm, als wäre sie ein Kind. »Jetzt gehen Sie erst einmal mit diesen Männern mit. Wahrscheinlich ist das alles nur ein Missverständnis. Die Hauptsache ist ja, dass wir das Schmuckstück zurückhaben, ich bezweifle, dass Mrs Camden an einem Skandal gelegen ist. Trotzdem müssen wir der ganzen Sache auf den Grund gehen. Meinen Sie nicht auch? Ich bin sicher, das wollen Sie genauso sehr wie ich.« Er schüttelte den Kopf und wandte sich wieder an die Polizisten. »Ich wusste ja, dass es riskant war, einer Frau so viel Verantwortung zu übertragen, manchmal ist das hübsche Glitzerzeug einfach zu verführerisch.«

Sie schüttelte den Kopf. Hatte sie den Schmuck genommen? Wenn sie nur ein paar Stunden schlafen dürfte, dann würde sie die Antwort finden, da war sie ganz sicher. Dann würde alles aufgeklärt werden, wie Mr Douglas ja auch gesagt hatte.

»Ich brauche meinen Mantel und den Hut.« Sara schaffte es doch noch, diesen Satz zu dem kleineren der beiden Polizisten zu sagen, der noch keinen Bartwuchs hatte und ziemlich jung wirkte.

Er sah seinen Kollegen an, und der nickte.

Daisy wartete oben an der Rampe. »Da, bitte sehr, Mrs Smythe.« Als sie ihr Hut und Mantel reichte, berührte sie Sara tröstend mit der Hand. »Kann ich etwas für Sie tun?«

»Keine Unterhaltungen, bitte«, sagte der ältere Polizist.

»Ich werde ihr doch wenigstens sagen dürfen, wohin ich gehe?«, bat Sara.

Der Mann nickte. »Zum Bezirksgericht an der Sixty-Fifth Street.«

»Sagen Sie das Mr Camden, fragen Sie nach ihm. Er wird helfen können.«

»Ja, natürlich wird er das. Ich sage es ihm sofort.«

Sara war bestimmt schon ein Dutzend Mal an diesem Bezirksgericht vorbeigekommen. Mit seinen dicken Mauern aus grauem Kalkstein und einem klotzigen Sims an der Dachkante glich es eher einer Festung. Die Polizisten führten sie zu Fuß dorthin, verweigerten jedoch jede Antwort auf ihre Fragen, was nun mit ihr geschehen würde. Für diese Männer war sie eine Diebin, noch dazu eine mit einem Dachschaden. Ein oder zwei Mal stolperte sie auf dem Weg, und sie hätte schwören können, dass der ältere dabei leise »Säuferin« murmelte.

Im Gerichtssaal bewegten sich Dutzende Menschen, einige schrien herum, andere saßen zusammengesunken auf Bänken. Sara wurde in einen hinteren Raum gebracht, wo sie sich auf einen Holzstuhl neben einer Tür setzen musste, auf der JUDGE'S CHAMBERS stand. Nachdem sie zehn Minuten gewartet hatte, ging die Tür auf, und sie wurde in einen düsteren Raum voller Bücher und Papiere gebracht. Der Richter sah sie über seine Brille hinweg freundlich an. Er scheuchte die Polizisten nach draußen.

»Und jetzt erzählen Sie mir, was passiert ist, Mrs Smythe.«

Sie wollte gerade beginnen, sich zu verteidigen und zu versuchen, die groteske Lage zu erklären, in der sie sich plötzlich befand, da traten schon, bevor sie noch ein Wort sagen konnte, Mr Douglas und ein Mann mit einem Arztköfferchen ein. Ihr Herz begann wild zu schlagen. Wie hatten sie so schnell einen Arzt hierherbringen können? Wenn sie sich untersuchen lassen musste, würde er dann wissen, dass sie schwanger war? Es war noch gar nicht zu sehen, ihr Bauch sah fast genauso aus wie früher.

»Richter Harrington, ich bin Mr Douglas, der Verwalter des Dakota.«

»Aha. Bitte seien Sie das nächste Mal so freundlich und klopfen Sie an.« Er beugte sich vor und sah Sara an. »Woher stammen Sie, meine Liebe?«

»Fishbourne in England, Sir. Ich kam im letzten Herbst nach Amerika.«

»Fishbourne! Ich habe das Dorf mehrmals besucht, als wir letztes Jahr unseren Sommerurlaub in Portsmouth verbrachten. Ein hübscher Ort. Sie arbeiten im Dakota House?«

»Ja, als *Managerette.*«

»Wie lange arbeiten Sie schon dort?«

»Ich habe am Tag meiner Ankunft angefangen.« Nein. Das war die falsche Antwort.

Der Richter runzelte die Brauen.

»Danke, Mrs Smythe.« Er nahm die Brille ab und senkte die Stimme. »Erzählen Sie mir, was geschehen ist, Mr Douglas. Sie haben sicher einen guten Grund dafür, um eine Aussage unter Ausschluss der Öffentlichkeit zu bitten.«

Mr Douglas räusperte sich. »Euer Ehren, Mrs Smythe hat sich in den letzten Wochen seltsam betragen. Sie wurde dabei gesehen, wie sie, offenbar verwirrt, durch die Gänge irrte. Es gab Klagen. Und heute fanden wir ein wertvolles Schmuckstück, das einer Mieterin gehört, in ihrer Schreibtischschublade.«

»Mrs Smythe, haben Sie den Schmuck gestohlen?«

Sie schüttelte den Kopf. »Nein, Sir.« Ihre Stimme brach, Tränen brannten in ihren Augen. »Mir ging es in letzter Zeit nicht gut. Ich war krank. Aber ich schwöre, dass ich den Schmuck nicht gestohlen habe. Das versichere ich Ihnen. Jemand anders muss ihn in meine Schreibtischschublade gelegt haben.«

»Warum fangen Sie nicht endlich mit der Untersuchung an, Dr. Wilde.« Der Richter machte eine Handbewegung in ihre Richtung. Die Zeugenaussagen sprachen gegen sie; die anfängliche Schonzeit war vorüber.

»Haben Sie Alkohol getrunken, Mrs Smythe?«, fragte der Arzt.

»Nein, das habe ich nicht.«

»Haben Sie Laudanum oder andere Drogen zu sich genommen?«

»Nein. Natürlich nicht.«

»Dennoch bezeugt Mr Douglas, dass Sie während der Befragung im Dakota ohnmächtig wurden und insgesamt desorientiert wirkten.«

»Das stimmt, aber ich glaube, es lag an meinem allgemein schlechten Befinden.«

Mr Douglas mischte sich ein. »Schauen Sie, Euer Ehren, es ist wichtig, dass nichts in die Zeitungen kommt. Das Haus ist gerade erst eröffnet worden, und die derzeitigen oder künftigen Mieter sollen nicht wissen, dass wir eine Diebin in unserer Mitte hatten. Die Familie Clark und ich bitten nachdrücklich darum, dass diese Sache rasch und ohne Aufsehen geregelt wird.«

»Was schlagen Sie also vor, Mr Douglas? Sie scheinen ja hier gleich meine Aufgaben übernehmen zu wollen.«

Sie sah ihre Chance. »Bitten Sie Mr Camden, für mich zu bürgen. Er wird sagen, dass ich die Kette nicht gestohlen habe, dass jemand anders es getan und sie in meinen Schreibtisch gelegt hat.«

»Und woher soll er das wissen?« Der Richter sah sie unter seinen buschigen Brauen hervor an.

»Er weiß, dass ich so etwas nie tun würde. Wir sind befreundet, müssen Sie wissen.«

Mr Douglas schüttelte den Kopf. »Sie ist ganz offensichtlich wirr im Kopf. Mr Camden ist Mieter im Dakota. Er lebt dort mit seiner Frau und seinen Kindern. Übrigens gehört das verschwundene Schmuckstück seiner Frau.«

Es gab keine Hoffnung für sie. Gar keine.

Mr Douglas warf Sara einen strengen Blick zu. »Nichts von dem, was diese Frau sagt, erklärt, wer den Schmuck genommen haben soll, wenn sie es nicht war. Aber wir wollen nicht, dass sie ins Gefängnis kommt.«

»Nicht?«

»Nein, Sir. Wie ich schon sagte, würde das nur unerwünschte Aufmerksamkeit erregen.«

»Wohin soll ich sie dann Ihrer Meinung nach schicken?«

»Irgendwohin, wo man ihr helfen und herausfinden kann, was der Grund für ihre Verwirrung ist.«

Vielleicht hatte sie Mr Douglas falsch beurteilt. Tatsächlich legte er ihr jetzt väterlich die Hand auf die Schulter. Sie musste ja tatsächlich herausfinden, was mit ihr nicht stimmte, ob das Baby daran schuld war, dass sie so konfus war, oder etwas anderes. Wenn sie einen Gefängnisaufenthalt vermeiden konnte, würde sie ihren Kopf wieder in Ordnung bringen, gesund werden und dann herausfinden, was wirklich passiert war. Unwillkürlich begann sie zu weinen.

»Sie befindet sich zweifelsohne in einem labilen Zustand«, merkte der Arzt an.

»Sie sind also auch der Meinung, dass sie dorthin geschickt werden soll?«

»Ja, Euer Ehren.«

Der Richter seufzte. »Na schön. Sie kann heute Nachmittag auf die Insel gebracht werden. Dort werden sie feststellen, ob sie resozialisiert werden kann.«

Resozialisiert?

Mr Douglas gab dem Arzt einen Wink, und der nahm

ein Papier aus seiner Tasche und legte es dem Richter auf den Schreibtisch. Der Richter warf nur einen sehr kurzen Blick darauf, bevor er es unterschrieb.

»Dann also zur Insel, Mrs Smythe. Gott helfe Ihnen.«

* * *

»Was für eine Insel?«

Der Polizist schob sie praktisch hinauf in den Wagen und beachtete ihre Frage gar nicht.

»Ich habe ein Recht darauf, es zu erfahren. Wohin werde ich gebracht?«

Nach dem Urteil des Richters war Sara rasch zu einer Seitentür und dann in diesen Wagen gebracht worden, in dessen einer Ecke eine mitgenommen aussehende Frau saß und trotz der schmutzigen grauen Decke, in die sie sich gehüllt hatte, vor Kälte zitterte. Der Polizist schloss die Tür, und Sara versuchte die Frau zu fragen, ob sie wisse, wohin sie gebracht wurden, doch die Frau sah sie nur aus leeren Augen an. Ein junges Mädchen, das ihr blaues Auge grell überschminkt hatte, lehnte mit dem Rücken an der Rückwand und schlief mit weit offenem Mund.

Der Wagen stoppte dreimal kurz, und jedes Mal stiegen neue Frauen ein. Zwei waren ernsthaft verwirrt und brabbelten vor sich hin. Einige hatten scheußlichen Husten, sodass Sara um ihre eigene Gesundheit zu fürchten begann, aber immerhin schienen sie alle auf dem Weg zu einer Art Krankenhaus zu sein.

Endlich hielt der Wagen endgültig an. Draußen floss kalt und eilig der East River, jetzt, beim Gezeitenwechsel, sprangen kabbelige Wellen in alle Richtungen. In einiger Entfernung konnte man durch den Graupelschauer ein halbes Dutzend riesiger Gebäude erkennen, die in großen Abständen auf einer schmalen Insel standen.

Wenn sie auf diese Insel gebracht wurde, wie kam sie wieder von ihr herunter? Panik staute sich in ihrer Kehle, aber sie konnte nirgendwohin rennen, es gab keine Fluchtmöglichkeit. Die Frauen – inzwischen etwa zwölf – wankten auf ein kleines Schiff zu, das wie ein wütender Kettenhund an seinen Leinen zerrte. Auf der anderen Seite des Anlegeplatzes wurde eine Gruppe Männer auf eine andere Fähre getrieben. Ein zerzauster Trunkenbold beschimpfte sie alle als Huren, doch der Stock eines Wachmanns brachte ihn zum Schweigen. Sara starrte aus dem schmutzigen Fenster, als das Schiff sich von der Stadt entfernte. Auf der Insel wurden sie von mehreren stämmigen Wärtern und zwei Krankenschwestern erwartet. Eine Namensliste wurde laut verlesen. Sara war nicht dabei.

»Verzeihung, aber was ist das hier? Wo sind wir?«, fragte sie die Frau mit der Liste.

»Das hier ist das Charity Hospital. Wenn ich Ihren Namen nicht aufgerufen habe, bleiben Sie, wo Sie sind.«

Sie setzte sich wieder hin, als das Boot zur nächsten Anlegestelle fuhr, einem einige Hundert Yards nördlich der ersten Anlegestelle gelegenen Pier. Ein großes Schild verkündete, dass hier das Arbeitshaus für Kleinkriminelle und dergleichen war. Wieder wurde ihr Name nicht aufgerufen.

Sara betrachtete ihre vier verbliebenen Leidensgenossinnen. Zwei davon waren die brabbelnden Frauen.

Endlich, als sie fast das nördliche Ende der Insel erreicht hatten, mussten auch Sara und die übrigen Frauen aussteigen. »Raus mit Ihnen. Na los.«

Mehrere Krankenschwestern scheuchten sie auf ein fünfstöckiges, achteckiges Gebäude aus weißem Stein zu, das von zwei Seitenflügeln flankiert wurde. Oben auf dem Achteck wölbte sich wie ein Insektenauge eine Kuppel mit vielen Fenstern. »Was ist das?« Sara hatte leise und mehr zu sich selbst gesprochen. Die Frau, die neben ihr ging, ergriff ihre Hand.

»Sie wissen nicht, wohin man Sie gesteckt hat?«

Sara sah sie an. Die Frau war jung und hatte freundliche braune Augen. Sie trug keinen Hut, die Schneeflocken verfingen sich in ihrem gewellten Haar. »Eine Privatklinik?«

»Nein. Wir sind auf dem Weg in die Irrenanstalt von Blackwell's Island.«

Eine Klapsmühle.

Man hielt sie für geisteskrank.

»Aber ich bin nicht verrückt.«

»Ich auch nicht«, sagte die Frau.

»Halten Sie den Mund, Sie beide da. Hier wird nicht gesprochen!« Eine Krankenschwester von der Größe eines Bären schlug die junge Frau hart auf die Schulter und brachte sie zum Straucheln.

Sie wurden in das achteckige Gebäude gebracht und mussten sich auf harte Bänke setzen, die an den Wänden entlangliefen. Sara sah sich um und versuchte sich verzweifelt zu orientieren, sich einen Reim auf das alles zu machen. Eine breite Treppe führte vom Erdgeschoss nach oben, und sie konnte sehen, dass von jedem Treppenabsatz viele Türen abgingen. Es war kalt hier, und die meisten Krankenschwestern trugen über ihren Trachten aus braun-weiß-gestreiften Kleidern und weißen Schürzen noch mehrere Schichten Kleidung, wodurch sie überlebensgroß und ziemlich bedrohlich wirkten. Die neuen Patientinnen wurden einzeln in einen Raum gebracht. Als Sara aufgerufen wurde, stolperte auch sie hinein und setzte sich vor den Schreibtisch eines Mannes, der sich als Dr. Fields vorstellte. Er stellte ihr dieselben Fragen wie der Richter, wie sie hieß, woher sie kam.

»Wissen Sie, warum Sie hier sind?« Er nahm seine Brille ab. Seine Augen waren blutunterlaufen, mit dicken Tränensäcken darunter.

Sie musste diesen Leuten klarmachen, dass ihre Diagnose nicht stimmte.

»Mir wurde gesagt, ich müsse ins Krankenhaus, und ich glaube, wenn Sie nachschauen, dann sehen Sie, dass ich krank war und mein Gedächtnis nicht sehr zuverlässig funktionierte, und deshalb bin ich ein wenig in Schwierigkeiten geraten. Aber ich gehöre nicht hierher. Ich muss mich ausruhen und wieder zu Kräften kommen, und sobald es mir wieder gut geht, kann ich erklären, was geschehen ist, da bin ich sicher.«

Sie redete viel zu lange. Sein gelangweilter Augenausdruck sagte ihr, dass er das nicht zum ersten Mal hörte und völlig unempfänglich für ihre Not war.

»Stellen Sie sich auf die Waage, und dann messen wir Ihre Körpergröße.« Die Krankenschwester rief ihm ihr Gewicht und ihre Größe zu und packte sie dann am Arm. »Das reicht. Sie können jetzt gehen.«

»Darf ich bitte noch eine Frage stellen?«

Der Arzt seufzte. »Ja, Mrs Smythe.«

»Wie lange muss ich hierbleiben?«

»Auf unbestimmte Zeit. Bis es Ihnen wieder gut geht.«

»Aber es geht mir gut. Haben Sie nicht auch den Eindruck? Ist da irgendetwas an meiner Erscheinung oder in meinem Verhalten, das auf Wahnsinn schließen lässt?«

»Es tut mir leid, aber Geisteskrankheiten sind bekanntlich sehr schwer zu heilen. Sie bleiben hier, bis wir der Ansicht sind, dass Sie nicht länger eine Gefahr für die Gesellschaft darstellen. Oder für sich selbst. Guten Tag.«

Sie kehrte auf ihre Bank zurück und wich den fragenden Blicken der Frauen aus, die noch darauf warteten, aufgerufen zu werden. Ihre Zähne klapperten vor Kälte, und draußen tobte ein Schneesturm, dessen Tosen das Murmeln der anderen Frauen übertönte.

Ihre Mutter war für verrückt gehalten worden. Einmal waren sie nach der Kirche nach Hause gegangen, als eine Gruppe Jungs sie eingeholt hatte. Einer war vor sie gesprungen, wahrscheinlich wegen einer mit den anderen vereinbarten Mutprobe, und hatte sie die Irre von Fishbourne genannt. Sara hatte innerlich gebetet, dass ihre Mutter ihn einfach ignorieren und weitergehen würde. Ihr Cottage war schon in Sicht, sie waren fast zu Hause. Doch stattdessen hatte ihre Mutter sich umgedreht und die Jungen angebrüllt, bis ihr Speichel auf die Lippen trat und ihr Gesicht ganz rot war. Die Jungs waren zu Tode erschrocken abgezogen, und da hatte sich ihre Mutter lächelnd zu ihr umgedreht. »Damit wäre das wohl erledigt«, hatte sie gesagt.

So hätte es vielleicht auch eine Wahnsinnige gesagt.

Es klingelte, und dann kam eine lange Reihe von Patientinnen die Treppe herunter. Sara und die anderen neu angekommenen Frauen sahen ihnen zu und achteten auf jedes Detail. Die Frauen gingen schweigend und mit leerem Blick zu einer Tür, die vermutlich in den Speisesaal führte. Dann stoben sie davon wie Kinder und waren nicht mehr zu sehen. Sara und den anderen wurde gesagt, sie sollten ihnen folgen.

Im Gegensatz zu der bis ins Detail reichenden Schönheit des achteckigen Saals war der Speisesaal völlig kahl, es gab keinerlei Stuck- oder sonstige Verzierung. Sara fand einen freien Platz an einem Tisch, dort erwarteten sie ein Blechteller und -löffel nebst einem Stück Brot und einem Becher dünnem Tee. Das Brot war altbacken, die Butter ranzig und der Tee kalt. Trotzdem zwang sie alles hinunter, denn sie wusste, sie würde es später bereuen, wenn sie diese Mahlzeit ausließ, wo sie doch bei Kräften bleiben musste. Die Krankenschwestern standen gelangweilt herum, und das Geplauder der Patientinnen klang fast normal, fast wie während einer Mahlzeit in einem Mädchenpensionat.

»Badezeit für die Neuen!«, verkündete eine Krankenschwester mit einem ungewöhnlich großen Kopf. Sara hörte, wie eine der anderen Schwestern sie mit Schwester Garelick anredete.

Sara stellte sich an und folgte den anderen Frauen ganz nach oben zum obersten Stockwerk und in einen großen Raum mit mehreren Waschbecken und drei Badewannen. Mit ihrer Hoffnung auf ein heißes Bad war es aus, als sie sah, wie das Mädchen ganz vorn, eine Kleine, deren Sommersprossen sie an Daisy erinnerten, von den Krankenschwestern brutal ausgezogen wurde. Sie weinte, als sie in eine Wanne gesteckt und mit kaltem Wasser übergossen wurde, um danach rabiat mit einem Schwamm bearbeitet zu werden. Bald danach war Sara an der Reihe, und sie holte tief Luft, als der Sturzbach eiskalten Wassers über sie ging, ihr in Ohren und Augen drang und den Rücken hinunterlief. In England hatte sie an heißen Sommerabenden oft ein Bad in nicht gewärmtem Wasser genommen, doch das hier war etwas anderes, und sie schrie erschrocken auf. Das darauf folgende harte Abreiben wäre nach der Kälte fast eine Wohltat gewesen, hätte sie nicht den Eindruck gehabt, dass die Schwestern ihr mindestens eine Hautschicht entfernen wollten.

Zitternd und mit wunder Haut stieg sie aus der Wanne und trocknete sich ab, worauf man ihr einen Unterrock aus grobem Stoff und ein Kattunkleid gab.

Beide waren fleckig, sie waren also schon von früheren Einwohnerinnen getragen worden. Hinten auf dem Kleid stand in schwarzen Buchstaben LUNATIC ASYLUM B.I., H.6.

Der Schlafsaal lag vom Baderaum aus gesehen am anderen Ende des Ganges. Sara trat an eines der großen Fenster und sah in den kalten Winterabend hinaus. Irgendwo da draußen war das Dakota – und Theo. Inzwischen musste Daisy mit ihm gesprochen haben, vielleicht war er schon auf der Suche nach ihr.

»Ab ins Bett. Hier gibt's keine Träumereien am Fenster.«

Schwester Garelicks kräftige Hand schloss sich um Saras Nacken. Sara wand sich, als sie so auf eins der Betten geschoben wurde, das dann unter ihrem Gewicht quietschte.

Ihre Augen füllten sich mit Tränen. »Sie haben kein Recht, uns so zu behandeln. Das ist unmenschlich.«

Die Frau beugte sich über sie. »Es interessiert niemanden hier, was Sie denken oder sagen. Ich werde von jetzt an ein Auge auf Sie haben. Besser, Sie halten den Mund. Verstanden?«

Sara nickte.

»Und jetzt wird geschlafen.«

Das Bett war mit Wachstuch und einem Laken bezogen, darüber lag nur eine grobe Wolldecke. Sara zitterte vor Kälte und Angst, und als das Licht ausgeschaltet wurde, drückte sie ihr Gesicht in das Laken und weinte. Wie hatte sie nur so tief sinken können?

Ihr Schluchzen verebbte, und eine Weile lang

konnte sie schlafen, bis die Tür aufgerissen und sie geweckt wurde. Eine Krankenschwester kam herein und ging durch den ganzen Saal, wobei sie immer wieder mit ihrem Schlagstock gegen das metallene Fußende eines Bettes schlug. Nicht, damit die Frauen aufstanden, lediglich, um sie vom Schlafen abzuhalten. Das geschah vier Mal in dieser Nacht, es konnte also niemand richtig schlafen. Das Schnarchen und Grunzen der anderen Frauen machte es nicht besser.

Nach der dritten Kontrolle hörte Sara leises Weinen in einem der benachbarten Betten. Sie wandte den Kopf und sah eine Frau mit langem grauem Haar und einem Gesicht voller Runzeln. Eine der Frauen aus dem Wagen.

»Aber, aber, nicht weinen, es wird doch alles gut«, flüsterte Sara.

Als die Frau ihre Stimme hörte, wurden ihre Klagen noch lauter, sodass mehrere andere riefen, sie solle endlich aufhören.

Sara verließ leise ihr Bett, die kratzige Decke um die Schultern gelegt, und kauerte sich neben der Frau nieder. Sie nahm deren kalte Hand in ihre und rieb sie. Das Weinen der Frau ging zu einem leisen Klagen über, und Sara sang ihr, wie einem Kind, leise etwas vor. Schon bald wurden die Atemzüge ihrer Bettnachbarin regelmäßiger.

Erst als sie sicher war, dass die Frau schlief, schlüpfte Sara zurück in ihr eigenes Bett.

Kapitel 18

New York City, September 1985

»Hier, ich denke, das sollten wir machen.«

Melinda schlug die Hochglanz-Seiten eines Architektur- und Design-Magazins auf. Sie war am Sonntagabend auf dem Rückweg aus den Hamptons hereingeschneit, breit lächelnd, und hatte sich am Tisch in der Küche niedergelassen, wo sich Bailey gerade eine Dose Chili con Carne warm machte.

»In dem Haus, in dem ich zu einer Pool Party eingeladen war, gab es zwischen Wohn- und Esszimmer einen Raumteiler aus Bambus. So wie der hier.«

Sie zeigte auf das Foto eines minimalistisch eingerichteten Raums mit einem niedrigen langgestreckten Pflanzgefäß in der Mitte, aus dem acht oder zehn Bambusrohre zur Decke aufragten. Einige kreuz und quer, andere exakt senkrecht. Es glich einer behelfsmäßigen Zelle für Kriegsgefangene irgendwo im vietnamesischen Dschungel.

»Sehr apart.« Mehr fiel Bailey dazu nicht ein.

»Ja, nicht wahr? Tony sagt, das Orientalische kommt mit Macht zurück. Ich dachte, wir könnten die Wand zwischen der Bibliothek und dem Salon rausreißen und dann so etwas wie das hier anbringen.«

»Aber mittendrin ist der Kamin.«

»Dann machen wir es eben links und rechts vom Kamin.«

»Lass uns das Ganze mal anschauen.« Bailey stand auf und sandte ein Stoßgebet zum Himmel. Sie konnte nur hoffen, dass sie mit ihrer Vermutung richtiglag.

Sie behielt recht.

»Mist. Hier, hör mal.« Sie klopfte zu beiden Seiten des Kamins an die Wand. »Siehst du, dass diese Wand etwa drei Fuß vorragt?«

»Yeah.« Melinda zog die Silbe in die Länge. In ihren Augen lag Argwohn.

»Das sind die Rauchabzüge der anderen Kamine. Hier kannst du die Wand nicht wegreißen. Das bedeutet, dass du nur etwa einen Fuß breit Bambus ganz rechts in der Ecke haben kannst und dann noch einen Fuß breit direkt an der Wand zum Wohnzimmer.«

»Und wenn wir die Tür weglassen und zwischen den Abzugskanälen und der Wand links davon nur Bambus einsetzen? Das wären sicher etwa fünf Fuß Bambus.«

»Glaubst du, das würde gut aussehen, nur auf einer Seite? Dann könnte die Symmetrie verloren gehen.«

Doch so leicht ließ sich Melinda die Sache nicht ausreden. »Nun ja, besprich das mit Steve. Stell fest, was es kosten würde, und dann sehen wir weiter.«

»Gewiss. Ich lasse dich dann morgen wissen, was er dazu sagt.«

Sie schlenderten in die Küche zurück. »Du warst am Freitagabend ganz schön fertig. Ist alles okay?«

Bailey ging zum Herd, rührte in den Bohnen und drehte dann das Gas herunter. Vermutlich glühte ihr Gesicht jetzt ebenso wie eben noch die Flamme. »Mir geht's gut. Aber so etwas darf mir nicht mehr passieren.«

»Ich nehme an, ich hätte dich nicht einladen sollen.«

»Nein, es ist nicht deine Schuld. Ich muss mich besser in der Hand haben.« Sie drehte sich um. »Habe ich wieder eine große Szene gemacht?«

Melinda schüttelte den blonden Lockenkopf. »Überhaupt nicht. Wir haben nur die ganze Zeit da unten abgehangen, und du hast dich absolut korrekt benommen. Aber du warst völlig zugedröhnt. Ich hab versucht, dir zu sagen, dass du aufhören sollst.«

Hatte sie das wirklich? Bailey konnte sich nicht daran erinnern. Melinda gehörte zu den Menschen, die Macht aus der Schwäche anderer bezogen, und Bailey war sehr schwach. Schon seit Jahren.

Aber solche Gedanken waren kleinlich und gar nicht nett. Die ganze letzte Woche hatte Melinda so viel für sie getan.

Der rechte Moment für einen Themenwechsel. »Sag mal, was weißt du über die Todesumstände deines Urgroßvaters?«

»Nicht viel. Genauso viel wie du. Er wurde in der Bibliothek erstochen. Mir ist es immer vorgekommen wie ein Cluedo-Spiel. Findest du nicht auch?«

»Ja, du hast recht. Und was ist mit meinem Großvater? Hat deine Mutter je etwas darüber gesagt, wer er war oder wie er zu einem Mündel der Familie wurde?«

»Nicht dass ich wüsste. Damals kam so etwas ganz oft vor. Es gab Waisenkinder, und die wurden von anderen Leuten aufgezogen. Das gehörte sich so. Sonst wäre er in irgendein Waisenhaus gesteckt worden – und was wäre dann aus dir geworden?«

Hätte ihr Großvater in einem Waisenhaus aufwachsen müssen, dann stünden die Chancen gut, dass aus ihr genau das geworden wäre, was sie jetzt war: eine heruntergekommene, drogensüchtige Loserin.

»Was weißt du über die Frau, die ihn umgebracht hat?«

»Du bist ja ein echter Geschichtsfan. Was soll das alles?«

Bailey erzählte ihr von ihrem Ausflug in den Keller und der Entdeckung der Schrankkoffer. Renzos Anteil an diesen Nachforschungen verschwieg sie lieber, sonst würde Melinda ihr sicher gar nichts sagen. Sie erwähnte auch die Zeichnung nicht. Noch nicht. Sie war in Baileys Zweig der Familie weitervererbt worden, und vorerst wollte sie sie für sich behalten.

»Ich habe auch einen Zeitungsartikel über den Mord gefunden, aus den 1880ern. Darin steht, dass die Frau, die es getan hat, im Dakota beschäftigt war. Und dass sie verrückt war oder so. Außerdem gibt es da noch ein Foto. Warte eine Sekunde.«

Sie holte es eilig vom Fensterbrett in ihrem Zimmer, wo sie es an das Fläschchen Dr. Walker's Vinegar Bitters gelehnt hatte, und reichte es Melinda.

»Was sind das für Leute?«

»Wenn du es umdrehst, steht da, dass die Frau Sara Smythe ist, die Frau, die Theodore Camden umgebracht hat, und sie posiert auf dem Bild mit Theodores Sohn und seinen zwei Töchtern. Der Junge ist dein Großvater Luther. Und ich bin ziemlich sicher, das Kind in ihren Armen ist das Mündel, mein Großvater.«

»Na, so was. Das war im Schrankkoffer?« Melinda sah zu ihr auf. Es war nicht ihr üblicher »Ich bin so hübsch und will sicher sein, dass du mich auch anschaust«-Blick. Dann musterte sie Saras Gesicht, ihre Augen prüften jeden Zug. Sie hatte die Ähnlichkeit bemerkt, genau wie Renzo.

Bailey zeigte auf das Foto. »Es klingt verrückt, aber findest du nicht, dass ich ihr ähnlich sehe?«

Melinda legte das Bild auf den Tisch. »Eigentlich nicht. Sie sieht sehr streng aus, gar nicht wie du.«

»Schwarz-Weiß-Fotografie und ein Korsett – damit sieht jede Frau streng aus.« Bailey holte tief Luft. »Es mag weit hergeholt sein, aber stell dir mal vor, Sara Smythe wäre Christophers Mutter! Ich würde so gern herausfinden, warum Theodore und seine Familie ein Kind von einer Frau annahmen, die ihn hinterher umgebracht hat.«

»Wer weiß.« Melinda kaute innen auf ihrer Backe. »Für mich klingt das wie eine durchgeknallte Zeichentrickgeschichte.«

»Vielleicht war Theodore Camden der Vater des Kleinen.« Da. Jetzt hatte sie es gesagt. »Vielleicht war es ein Verbrechen aus Leidenschaft, und nicht die Tat einer Verrückten.«

Melinda schüttelte den Kopf. »Ach was. Du bringst mich ganz durcheinander.«

Ihr Widerstand stachelte Baileys Eifer noch an.

»Sara Smythe sieht mir ähnlich. Ziemlich ähnlich sogar. Ich weiß, dass auch du es bemerkt hast. Aber das ist noch nicht alles. Siehst du, was das Baby anhat? Es war in Saras Schrankkoffer. Nicht in dem von Theodore oder seiner Frau. Es war in Saras.«

»Dann haben sie das Kind dieser Frau aufgezogen, weil sie nicht verheiratet war. Finde ich echt großzügig von ihnen. Aber es heißt nicht, dass Theodore Camden der Vater war.« Melinda legte ihre Hand auf Baileys. »Denkst du jetzt an deine Mutter und vermisst sie?«

Dieser Bruch im Gespräch verwirrte Bailey für einen Augenblick. Doch dann begriff sie. Wenn sie die Urenkelin von Theodore Camden war, dann war sie auch eine Bedrohung. Wenn sie gewissermaßen am Vermächtnis der Familie beteiligt war, dann vielleicht auch ganz konkret als Erbin des Familienvermögens.

Sie ließ sich nicht ablenken. »Ja, ich vermisse sie. Aber im Ernst, was wäre, wenn Christopher ein Kind der Liebe zwischen Sara Smythe und Theodore Camden gewesen wäre?«

Melinda gähnte, das Thema langweilte sie offensichtlich. »Wir sind hier nicht in *Gosford Park.* Die Dame war eine Psychopathin, ein Monster. Die willst du dir doch wohl nicht als Ahnin an die Wand hängen?«

»Als wäre ich nicht selbst schon verrückt genug?«

»Du hast eine harte Zeit hinter dir, aber ich denke, gerade jetzt ist es für dich wichtig, nach vorn zu schauen, nicht zurück. Das alles ist schon lange her. Rühr nicht daran. Meine Mom und mein Dad hatten einen Haufen Ärger wegen dieses Mordes und des Skandals. Darüber will doch niemand mehr reden.«

Außer Bailey. Am liebsten wäre sie so mutig gewesen, Melinda die Zeichnung zu zeigen.

Nein, noch nicht. Dieser Beweis war bislang bestenfalls dürftig.

Melinda schnippte mit den Fingern. »Wie auch immer, ich habe ja ganz vergessen, dir etwas wirklich Wichtiges zu erzählen.«

»Ja?«

»Koi-Becken.«

Bailey lächelte höflich und hoffte, Melinda würde vielleicht noch einen vollständigen Satz anschließen. »Ja, was soll damit sein?«

Melinda klatschte in die Hände wie ein kleines Mädchen. »Das stellen wir ins Wohnzimmer! Na, wird das nicht cool?«

»Und wie.« Bailey seufzte.

Von Sara Smythe würde wohl nicht mehr die Rede sein.

* * *

Die Sonntagabende in New York waren normalerweise ruhig, die Familien zogen sich zurück und sammelten Kräfte für die kommende Woche, und die Straßen waren ziemlich leer, abgesehen von einer Gruppe Jungs und Männer, die vor dem Getränkeladen an der Seventy-First Street herumhingen. Obwohl Bailey wusste, dass man besser die Straßenseite wechselte, als ihnen zu nahe zu kommen, war es ihr heute egal, und sie nahm im Gehen deren böse Anmache mit, während sie starr geradeaus sah und die Schultern hochzog. Als hätte sie es irgendwie verdient.

Bailey rannte geradezu die Treppe zum AA-Meeting in der Kirche an der Sixty-Ninth Street hinauf und vermied dabei jeden Augenkontakt mit den Leuten, die rauchend und plaudernd davor standen, dann setzte sie sich irgendwo hinten hin. Alle schienen sich zu kennen, und sie war froh, einfach nur Gesprächsfetzen aufzufangen, statt sich selbst an den Unterhaltungen zu beteiligen. Der Raum war warm und eng und roch nach Rauch und zu stark geröstetem Kaffee, aber das störte sie nicht. Sie atmete tief durch und sprach das Gelassenheitsgebet mit.

Als es so weit war, dass die Leute ihre Sorgen der letzten Woche teilen konnten, hob Bailey die Hand. Die Leiterin des Meetings, eine etwa sechzig Jahre alte Frau mit leuchtend rotem Haar, nickte ihr zu. Bailey suchte keinerlei Augenkontakt, während sie sprach, sie sah geradeaus an die Wand.

»Ich war kürzlich auf einer Entziehungskur, aber am Freitagabend bin ich ausgegangen und habe getrunken. Ich habe mich selbst in eine Situation gebracht, in der ich, wie ich wusste, wahrscheinlich trinken und koksen würde, mit Freunden, von denen ich wusste, dass sie trinken und koksen würden.« Sie schüttelte den Kopf. »Das war dumm, ich weiß. Aber ich denke, in einer Hinsicht war es auch gut. Es hat mir gezeigt, wie gefährdet meine Heilung noch ist. Das ist kein Scherz, keine vorübergehende Sache. Wenn ich trinke, kann ich nicht mehr aufhören.«

Ihre Kehle schmerzte von der Anstrengung, die Tränen zu unterdrücken. »Im Augenblick ist meine Lage nicht einfach, und ich weiß nicht, wie ich es schaffen soll. Aber es hilft mir, hierherzukommen und eure Geschichten zu hören, und dafür möchte ich euch danken.«

»Komm weiterhin zu uns.« Der Satz hallte durch den Saal, nachdem sie zu sprechen aufgehört hatte, und der Mann neben ihr hielt ihr ein Papiertaschentuch hin.

Sie holte tief Luft. Das Beste an diesen Meetings war, dass man seine ganzen Gedanken und Gefühle und den ganzen Dreck herauskotzen konnte, aber als Antwort keine guten Ratschläge bekam. Sondern einfach nur akzeptiert wurde. Und genau das brauchte sie im Augenblick.

Am Ende des Meetings versuchte Bailey, sich schnell davonzustehlen, doch sie wurde im Engpass der Tür aufgehalten. Die Rothaarige berührte sie am Arm und drückte ihr ein Merkblatt für Neulinge in die Hand. Bailey bedankte sich und faltete es einmal zusammen, die Aufmerksamkeit war ihr peinlich.

»Hey.«

Sie sah sich um, Renzo stand direkt hinter ihr.

»Oh, hi.«

Bei ihrer Ankunft hatte sie sich im Raum nach ihm umgesehen und war froh gewesen, dass er nicht gekommen war. Sie hatte ihr Erlebnis teilen wollen, hätte es sich aber nicht zugetraut, wenn er im Raum gewesen wäre. Hoffentlich war er später gekommen und hatte ihr Gejammer verpasst.

»Ich fand gut, wie du das gerade geteilt hast.«

Pech gehabt.

»Ich nehme an, ich muss noch viel lernen.«

»Das müssen wir doch alle.«

Na toll. Jetzt wusste der Kerl, was für ein Unglücksrabe sie war. Er war bestimmt einer von den Übereifrigen bei den AA, einer, der für alle möglichen Leute der Sponsor war und als allwissender Guru der Nüchternheit immer gern gute Ratschläge gab.

»Wann hast du eine Entziehungskur gemacht?«

Sie lachte. »Ich bin vor einer Woche rausgekommen. Tolle Leistung, oder?«

Sie hatte es harscher gesagt als gewollt, und sie hätte schwören können, dass er zusammengezuckt war. Sie klang so heiser wie eine Stadtstreicherin aus New Orleans in einem Stück von Tennessee Williams.

»Ich habe etwa einen Tag durchgehalten, bevor ich wieder damit anfing. Also reg dich nicht auf.«

Sie sah zu ihm hoch. Sein Gesichtsausdruck war freundlich, aber vorsichtig, und sein Blick wich ihrem aus. Jetzt wirkte er nicht mehr wie ein selbstgerechter Ratschlag-Geber auf sie. Er war genauso unsicher wie sie.

»Du warst auf einer Entziehungskur?«

»Nicht ganz. Ich war in Alaska. Ich dachte, draußen in der Wildnis würde ich trocken werden.«

»Und was kam dann?«

»Wie sich erwies, gibt es in Alaska überall Bars und Säufer. Außer Trinken kann man da ja auch nicht viel machen.«

»Du hast trotzdem einen ganzen Tag lang durchgehalten? Da bin ich aber beeindruckt.«

Sie hatte vergessen, wie erleichternd es in der Kur gewesen war, einfach mal über die Absurdität des Ganzen zu lachen. Renzo zuckte die Achseln und zeigte mit dem Daumen zur Tür. »Lust auf einen Hotdog auf dem Heimweg?«

»Okay.«

Als sie jetzt an dem Getränkeladen vorbeikamen, riefen die Jungs Renzo beim Namen.

»Hey, Renzo? Hast du neuerdings eine Freundin? Gut gemacht!«

»Scher dich um deinen eigenen Kram, Mortimer, geh nach Hause und kümmer dich um deine eigene Frau!«

Der Mann schüttelte lachend den Kopf. »Yeah, okay, Mr Renzo. Sie ist ein feines Mädchen.«

»›Mortimer?‹« Bailey hatte gewartet, bis sie außer Hörweite waren. »Heißt er wirklich so?«

»Wir haben früher zusammen im Central Park gespielt. Als wir älter waren, klauten wir dann hier in diesem Getränkeladen Bier und gingen dann nicht mehr zum Spielen, sondern zum Trinken in den Park.«

Im Gray's Papaya bestellte er zwei Hotdogs und gab einen an Bailey weiter. Während er zahlte, pumpte sie aus einem riesigen Plastikbehälter einen langen schmalen Streifen Senf darauf.

Köstlich. Die Wurst spritzte knackend auf, als sie hineinbiss, und der pikante Senf brachte sie zum Lächeln.

»Du siehst glücklich aus.«

»Das ist fantastisch. Ein Date mit mir kostet kein Vermögen.« Kaum dass sie sie ausgesprochen hatte, bereute sie ihre Worte. Dies hier war kein Date. »Wohnst du im Dakota?«

»Ja. Meine Familie lebt dort schon seit Jahren. Mein Großvater war Hausdiener, mein Vater wurde Hausmeister, und dann kam ich.«

»Wo ist deine Wohnung?«

»Ich wohne im Erdgeschoss im Westflügel. Zum Hof hin.«

»Dann kannst du die Nachbarn im Auge behalten.«

»So kann man es auch sehen. Ein bisschen mehr Sonnenlicht wäre nett, aber es ist keine schlechte Adresse.«

»Hat es Spaß gemacht, im Dakota aufzuwachsen?«

»Klar. Es sind zwar viele Reiche hier, aber sie sind doch anders als die Leute von der Park Avenue. Jede Menge Sänger, Schauspieler, Filmproduzenten. Diese Leute sind zwar auch reich, aber sie haben eine künstlerische Ader. Allerdings weiß ich nicht, wie lange das noch so sein wird. Die Stadt verändert sich schnell. Und es gibt Hausbewohner wie Melinda, denen alles egal ist.«

Sie hätte sich wirklich hinter ihre Cousine stellen müssen, aber sie konnte nicht anders. »Neuerdings wünscht sie sich ein Koi-Becken fürs Wohnzimmer.«

»Jetzt verstehe ich, warum du heute Abend ein Meeting gebraucht hast.«

Wieder bildete sich in ihrer Kehle ein Kloß. Hatte sie den Mut, ihm zu sagen, was ihr wirklich zu schaffen machte? Das sanfte Rauschen des Verkehrslärms und die Dunkelheit hüllten sie ein und gaben ihr ein Gefühl von Sicherheit. Genauso wie der Umstand, dass Renzo neben ihr ging. »Und gestern war der Todestag meiner Mutter.«

Renzo blieb stehen. Er versuchte es nicht mit irgendwelchen tröstenden Gesten oder Worten, er blieb einfach stehen. »Wie ist das passiert?«

Sie holte tief Luft, sie war kurz davor, in Tränen auszubrechen. »Vor zwölf Jahren. Ich war achtzehn. Sie war auf dem Weg zurück nach Hause, um den Geburtstag meines Vaters zu feiern. Autounfall.« Es war schwierig, über dieses Thema, das zu Hause tabu war, zu sprechen. Es laut auszusprechen machte es real. Und sie wollte nicht, dass es real war.

»Das tut mir so leid.«

»Ich denke, es ist besser, wenn ich Hotdogs esse, statt in die nächste Bar zu gehen und etwas zu trinken, das war nämlich heute Nachmittag mein erster Impuls.«

»Meine Mutter ist auch gestorben, aber da war ich noch klein. Ich habe sie eigentlich gar nicht richtig gekannt.«

Einige Sekunden lang starrte Bailey ihn nur unverwandt an. Worte wären unpassend gewesen und auch unnötig.

Renzo brach das Schweigen. »Wie bist du nach ihrem Tod zurechtgekommen?«

»Ich ging zur Parsons School, studierte, feierte, entfernte mich von meinem Dad, und er entfernte sich von mir. Und ich habe tatsächlich diese ganze Zeit gebraucht, um zu erkennen, dass man nicht immer weiter weglaufen kann. Klingt verrückt, aber der Anblick dieses Fotos hat mir geholfen.« Sie erzählte ihm von der Zeichnung mit der versteckten Inschrift, und Renzos Augen weiteten sich.

»Das ist eine interessante neue Perspektive auf die Geschichte.«

»Ich weiß. Irgendwie fühle ich mich ein bisschen besser, wenn ich mir vorstelle, dass ich Abkömmling eines Kindes der Liebe von Theodore Camden und Sara Smythe bin.«

»Weil du dich dann jemandem zugehörig fühlst.«

»Ja. Ganz genau. Dann wären Melinda und ich echte Cousinen, nicht nur vorgetäuschte.«

»Bist du sicher, dass du das willst?«

»Ja, und nicht nur weil ich dann vielleicht einen Teil des Camden-Vermögens bekäme. Ich möchte mich als zu einem Vermächtnis zugehörig fühlen, nicht als frei schwebende Einzelkämpferin. Andererseits, wer weiß, was damals geschehen ist. Vielleicht ist es besser, alles ruhen zu lassen.«

»Also, was mich angeht, ich würde mein ganzes Geld darauf setzen, dass deine Vermutung stimmt. Allein schon wegen der Sache mit der Augenbraue.«

Er berührte sie zart an der Schläfe. Sie errötete befangen und trat ein paar Schritte zurück, der Moment war vorbei. »Und wie kommt es, dass du nach der Zeit in Alaska hier gelandet bist?«

»Ich hatte nie vorgehabt, nach New York zurückzugehen. Aber dann starb mein Vater, und es schien irgendwie richtig hierherzukommen, bis ich wusste, was ich mit meinem Leben anfangen wollte.«

Sie war also nicht der einzige Mensch, der sich im Dakota versteckte und seine Wunden leckte. »Und, weißt du jetzt, was du mit deinem Leben machen willst?«

»Ich glaube schon. Ich mag das Haus. Und wenn auch nicht alle, so doch einige der Bewohner. Natürlich werde ich immer mal wie ein Idiot behandelt, der nichts kann außer Toilettenabflüsse freibekommen, aber es ist eine Ehre, hier zu leben.«

»Das finde ich schön.«

Sie sah ihn im Licht der Straßenlampe erröten. »Das erzähle ich nicht vielen Leuten. Ich möchte nicht, dass sie mich für einen rührseligen Wackelpudding halten.«

»›Wackelpudding‹? Wer diesen Ausdruck verwendet, ist wirklich einer.«

»Du weißt schon, was ich meine.«

»Allerdings.«

Das Gebäude ragte vor ihnen auf, und sie blieben beide stehen und betrachteten die riesige Fassade.

»Eine echte Schönheit.«

Bailey brauchte ihn nicht anzusehen, sie hörte an seiner Stimme, dass er lächelte.

Kapitel 19

New York City, Januar 1885

Das Frühstück am nächsten Morgen bestand aus einem Kanten altem Brot und einer lauwarmen bräunlichen Brühe, die von einer der anderen Frauen als Kakao bezeichnet wurde. Sara trank die Brühe in einem Zug und kaute auf dem Brot, bis es so weich war, dass sie es schlucken konnte.

Heute würde sie den Leuten hier erklären, dass sie nicht eine der sabbernden, wahnsinnigen Frauen war, dass schlichtweg ein Irrtum vorlag. Tatsächlich hatte sie sich heute Morgen beim Aufwachen besser gefühlt als in den Wochen zuvor. Die Kopfschmerzen und die Lethargie waren verschwunden. Sie hatte ihren klaren Kopf zu spät wiedererlangt, um sich vor der Reise im Boot des Elends, wie eine der Schwestern die Fähre heute Morgen genannt hatte, zu bewahren.

Nach dem Frühstück mussten sie sich wieder auf die Bänke in dem achteckigen Raum setzen. Reglos und ohne zu sprechen. Sara nutzte die Zeit, um das Verhalten der Krankenschwestern – an diesem Tag waren es fünf – und des Arztes zu studieren. Vier der Krankenschwestern waren abgestumpft und gemein, doch die jüngste war noch nicht verbittert. Sie ging ruhiger und geduldiger mit den Insassinnen um. Sara hörte, wie sie mit Schwester Alden angesprochen wurde. Dr. Fields bevorzugte Schwester Alden und schien manchmal einen Umweg zu machen, um mit ihr und nicht mit den anderen zu sprechen.

Viele der anderen Patientinnen waren Ausländerinnen und sprachen wenig oder gar kein Englisch. Sara war sicher, dass die meisten von ihnen ebenfalls geistig gesund waren und nur nie die Möglichkeit erhalten hatten, ihre Sache in ihrer Muttersprache zu vertreten. Von den anderen, denen, die Englisch sprachen, brabbelten einige wenige endlos vor sich hin und riskierten damit Schläge, und die anderen benahmen sich gemein, stahlen Brot von fremden Tellern oder fassten sich selbst unsittlich an. Sara vermied den Blickkontakt mit ihnen, zog sich ganz in sich selbst zurück, wenn sie an ihr vorbeikamen, und versuchte, sich unsichtbar zu machen.

Eine Klingel ertönte, und die Gruppe wurde nach draußen in den Januarmorgen gescheucht, wo sich schon Hunderte anderer Frauen fröstelnd an das Haus drängten oder beherzt voranschritten. Sara ging bis ans Ufer und blickte über die stahlblauen Wellen des East River nach Manhattan hinüber. In der kalten, klaren Luft fand sie sofort, wonach sie suchte.

Das Dakota.

Die drei Dreiecke der östlichen Dachumrisse ragten wie Leuchttürme in den bitterkalten Himmel. Sie fragte sich, ob Theo zum Dachgarten hinaufgestiegen war, um nach ihr Ausschau zu halten. Er war sicher verrückt vor Sorge. Sobald er herausgefunden hätte, wohin man sie gebracht hatte, würde er sie bestimmt herausholen. Es war nur eine Frage der Zeit.

»Es hat keinen Sinn, auf die Stadt zu starren. Das macht Sie nur traurig.«

Eine Frau mit dunklem Teint und schwarzem Haar stand in ihrer Nähe, sie hatte die Arme um den Oberkörper geschlungen, um sich zu wärmen. Sie schien etwa um die Vierzig zu sein, hatte Falten auf den Wangen, die wie die Schnurrhaare einer Katze wirkten, und einige graue Strähnen im Haar.

»Ich heiße Natalia.« Mit ihrem ausländischen Akzent klang der Name köstlich. Oder vielleicht hatte Sara auch einfach nur Hunger.

»Und ich Sara. Sara Smythe.«

»Sie sind gestern angekommen, nicht wahr?«

»Ja.« Sara sah sich nach dem Gebäude um.

»Keine Sorge, es ist niemand in Sicht. Sie hassen es, in die Kälte hinauszugehen, deshalb ist das einer unserer wenigen Momente der Freiheit.«

Sie begannen, nebeneinander über den Pfad zu gehen.

»Wie lange sind Sie schon hier?«, fragte Sara und fürchtete schon die Antwort.

»Fünf Jahre, glaube ich. *Non lo só*, hier kommt einem der Zeitbegriff abhanden.«

Das Blut wich aus Saras Kopf. Sie würde es keine Woche hier aushalten, geschweige denn fünf Jahre. »Warum wurden Sie hergeschickt?«

»Ich habe meiner Arbeitgeberin, einer reichen *signora* an der Twentieth Street, ein wenig Marmelade gestohlen. Ich arbeitete als Küchenmädchen bei ihr.

Meine Kinder waren krank; ich wollte die Marmelade verkaufen, um ihnen Medizin kaufen zu können. Sie durchsuchte mich und fand sie, und nachdem ich ihr gesagt hatte, was ich von ihrer Knauserigkeit hielt, ließ sie mich für verrückt erklären.«

»Aber wie konnte sie das tun? Sie wirken auf mich völlig normal.«

»Sie auch auf mich. Wie sind Sie denn hergekommen?«

»Ehrlich gesagt, weiß ich es nicht. Ich fühlte mich den ganzen letzten Monat nicht so gut.« Reflexartig legte sie eine Hand auf den Bauch. »Ich arbeite in einem großen Apartmenthaus, und als ein Schmuckstück vermisst wurde, dachten alle, ich hätte es genommen. Aber ich kann mich wirklich nicht daran erinnern. Wie kann das sein?«

»Auf mich wirken Sie *sano di mente*. Wie ein guter und sehr kluger Mensch.«

Natalias freundliches Urteil gab Sara frischen Mut. »Ja, so empfinde ich es auch. Ich werde es dem Doktor heute erklären.«

Natalia blieb stehen. »Tun Sie das lieber nicht. Die mögen den Gedanken nicht, sie hätten sich vielleicht geirrt.«

»Aber ich halte es keine Minute länger hier aus.«

»Vorsicht.« Natalie wölbte die Hände vor den Mund und blies hinein, gespenstisch drang der Dampf zwischen ihren Fingern hervor. »Wenn Sie hier einen Aufstand machen, dann steckt man Sie in den Retreat oder die Lodge. Und glauben Sie mir, das wollen Sie nicht.«

»Was passiert denn dort?«

»Das sind die Stationen, wo die schlimmsten, die gewalttätigsten Patienten hinkommen. Wer dort endet, ist wirklich in Gefahr.«

»Ich werde nicht gewalttätig sein. Darum geht es ja. Ich werde höflich sein und logisch argumentieren. Ich werde ihnen beweisen, dass ich geistig gesund bin.«

Natalia antwortete nicht. Wieder klingelte es. »Wir müssen wieder rein.«

Als sie wieder hineingingen, kam Sara ein Gedanke. »Was wurde aus Ihren Kindern?«

»Das weiß ich nicht.«

»Wissen Ihre Kinder, dass Sie hier sind?«

»Wahrscheinlich nicht. Nicht einmal ich wusste, wohin ich gebracht wurde.«

»Ich wusste es auch nicht.« Wenn sie es gewusst hätte, hätte sie dann etwas tun können, um die unerklärliche Entwicklung der Dinge in eine andere Richtung zu lenken? Wenn sie um sich getreten und geschrien hätte, wäre sie im Gefängnis gelandet. Arme Natalia, die ihre Kinder ihrem Schicksal überlassen musste. Sie suchte verzweifelt nach etwas Freundlichem, was sie sagen konnte. »Sie sprechen sehr gut Englisch.«

»Ich habe genau zugehört und habe es schnell gelernt, als ich aus Italien kam.«

Sie standen in einer Schlange hinter den anderen Insassinnen, die sich durch den Trichter der Tür in das Achteck zurückdrängten. Wie Hennen, die ins Hühnerhaus zurückkehren. »Es ist nicht in Ordnung, was die gemacht haben. Mit Ihnen und mit mir. Es ist ungerecht.«

Natalia lachte. »Meinen Sie, wir sollten uns zusammentun und dagegen kämpfen? O nein.«

»Aber wir müssen etwas tun.«

»Das haben andere schon versucht.«

»Wie?«

Natalia machte eine Bewegung mit den Armen. »Zurückzuschwimmen, um dem hier zu entkommen. Alle ertrunken.«

Sara sah zurück auf die kalte Wasserfläche. Selbst im Sommer wühlten mächtige Strömungen das Brackwasser auf, als würden sich knapp unter der Oberfläche riesige Seeschlangen bekämpfen.

Sie näherten sich der Tür, und Sara wäre lieber noch ein bisschen draußen geblieben. Es war so tröstlich, mit einem Menschen zu sprechen, mit einem Menschen, der verstand. Vor ihnen sang ein Mädchen mit verfilztem Haar und einem lieblichen Gesicht bruchstückhaft ein Lied.

»Eine Geisteskranke. Wir haben hier viele«, sagte Natalia. Das Lied des Mädchens endete in einem Summen. »Aber wenigstens weiß sie nicht, wo sie ist. Manchmal bin ich neidisch.«

Das Mittagessen bestand aus verdorbenem Rindfleisch, das sie mit den Händen essen mussten, weil es weder Messer noch Gabeln gab, einer einzigen Salzkartoffel, einem Napf Suppe und einem weiteren Stück Brot. Sara war inzwischen so hungrig und durchgefroren von dem Spaziergang in der Kälte, dass sie so viel aß und trank, wie sie nur konnte, und versuchte, den grünlichen Schimmer der Brotkruste nicht zu beachten. Aus ihrem starken Appetit bezog sie die Hoffnung, dass ihr Allgemeinzustand sich gebessert hatte, schließlich hatte sie in den vergangenen Wochen nicht viel essen können, was, wie sie vermutete, zu ihren Konzentrationsstörungen beigetragen hatte.

Die Arbeitsanweisungen, die nach dem Essen verteilt wurden, boten die Chance, sich zu bewegen und den Blutkreislauf wieder in Gang zu bringen. Sara hatte mit einem halben Dutzend anderer Frauen die Aufgabe, die Treppen des Achtecks zu schrubben. Die Krankenschwestern gaben Eimer und Bürsten aus, und die Frauen verteilten sich und übernahmen jede eine Treppe und einen Treppenabsatz. Obwohl ihre Hände vom Wasser kalt wurden, freuten sich ihre Schulter- und Kniegelenke über die Bewegung. Sie blickte zu dem Oberlicht weit über ihr auf. Die hohen ionischen Säulen an den Balkonen würden Theo gefallen haben.

»Weiterschrubben.«

Eine Schwester starrte sie vom Balkon über ihr böse an. Sara machte sich wieder an die Arbeit, und obwohl ihre Treppe nach einer halben Stunde fertig war, machte sie, weil sie bemerkt hatte, dass die anderen Frauen immer wieder die Stufen nachputzten, die sie bereits gereinigt hatten, einfach weiter. Es wäre nicht klug gewesen, die Aufmerksamkeit auf sich zu ziehen und zu verkünden, man sei fertig. Als sie an den unteren Stufen war, kam ein Grüppchen Schwestern vorbei.

»Superintendent Dent kommt in einer Stunde. Dr. Fields sagt, wir sollen die Lautesten wegsperren, bis er wieder weg ist.«

»Aber dann verpassen sie das Abendessen.«

»Macht nichts. Morgen gibt es ja wieder was zu essen.« Jemand lachte. Es war Schwester Garelick, und sie hatte gemerkt, dass Sara sie ansah.

»Was gibt's denn da zu starren?« Sie kam zu ihr und setzte ihren schmutzigen Stiefel auf die Stufe, an der Sara gerade arbeitete. »Sauber machen, aber schnell!«

Eine andere Krankenschwester lachte laut, und dann gingen sie weg. Superintendent Dent. Sara würde den passenden Augenblick abwarten und ihn dann ansprechen, um ihm ihre Geschichte zu erzählen. Obwohl sie nicht mehr in schwarze Seide gekleidet war und ihr Haar ihr wie einem Schulmädchen als Zopf über den Rücken hing, hatte sie immer noch den Akzent und die Haltung einer gut erzogenen Engländerin. Sie würde ihn aufhalten, eine Braue heben und um eine private Unterredung bitten. Das hatte früher immer funktioniert, und sie wusste, sie würde es am besten jetzt gleich, unmittelbar nach ihrer Ankunft, versuchen.

Mit frischer Energie schrubbte sie den Fußabdruck weg, folgte, als es wieder klingelte, den anderen Frauen, schüttete draußen das schmutzige Wasser weg und stellte Mopp und Eimer auf den Treppenabsatz. Sie gingen dann in einen der Seitenflügel, in einen langen Saal, der auf einer Seite hohe vergitterte Fenster hatte. Strenge gelbe Bänke säumten sämtliche Wände. Die meisten Frauen beeilten sich, um einen

Platz gegenüber den Fenstern zu ergattern, warum, wurde Sara erst später klar.

Sie mussten hier stundenlang sitzen. Das Warten auf die Untersuchung durch den Arzt am Vortag war schon quälend gewesen, aber doch nur ein Klacks, verglichen mit dieser nachmittäglichen Tortur. Sara nahm unter einem der Fenster Platz, von dem aus ein kalter Luftzug über ihren Nacken und Rücken strich. Die Frauen ihr gegenüber sahen aus den Fenstern, sie blickten so andächtig zu dem Licht auf wie Kirchgänger zum Kreuz, während sie selbst nur die erschöpften Gesichter vor sich betrachten konnte.

Wenn eine Frau auf ihrem Sitz herumrutschte, dann wurde sie von den Schwestern – die alle in der Mitte des Saals um einen runden Tisch herum saßen – angebrüllt, sie solle sich ruhig verhalten. Niemand sprach, doch einige Insassinnen dösten aufrecht sitzend ein.

Nach einer Stunde fragte sich Sara wirklich, ob sie nicht verrückt war. Sie wäre am liebsten aus dem Raum gestampft, und zwar aus vollem Hals schreiend. Ihre Augen spielten ihr Streiche; die Farbe des Lichts im Raum wechselte von Gold zu Grün zu Blau. Wenn sie die Augen schloss, schimmerten die Farben immer noch hinter ihren Lidern. Wenn sie nicht aufpasste, würde sie hier auf jeden Fall den Verstand verlieren, und dann spielte es keine Rolle mehr, ob sie schon zu Beginn wahnsinnig gewesen war.

Die Tür öffnete sich, und ein Mann in schwarzem Anzug und mit weißem Schnurrbart trat ein. Alle Schwestern erhoben sich.

»Willkommen, Superintendent Dent«, sagte Schwester Garelick.

»Vielen Dank, meine Damen.« Er steckte eine Hand in die Tasche und befingerte mit der anderen seine Taschenuhr, als hätte er Angst, sie könne ihm jeden Moment entrissen werden.

»Wie geht es Ihnen?« Der Superintendent ging rings um den gesamten Raum, blieb jedoch kaum stehen, um eine Antwort zu hören. Zumal er ja auch keine bekam. Nur wenige Frauen wagten, überhaupt zu antworten, und sie sagten »Gut« oder »Danke, Sir«.

Als er ihre Reihe in Angriff nahm, machte Sara sich bereit. Sie musste etwas sagen. Jetzt.

Sie öffnete den Mund, doch Schwester Garelick schnitt ihr das geplante Wort ab. »Superintendent Dent, es tut mir wirklich leid, Ihren Besuch hier abkürzen zu müssen, aber Dr. Fields möchte gern fünf Minuten Ihrer Zeit in Anspruch nehmen, wenn es Ihnen recht ist.«

»Aber natürlich. Ich folge Ihnen.«

Schwester Garelick warf Sara einen gemeinen Blick zu, als sie sich umwandte. Diese Frau wusste genau, was sie geplant hatte. Als hätte sie Saras Gedanken gelesen. Diese Runde mochte sie gewonnen haben, aber Sara würde sie überlisten. Sie musste es schaffen.

* * *

Und wieder mussten sie sitzen. Sara, deren Magen noch mit den Resten des Abendessens kämpfte, setzte sich zwischen Natalia und die Frau mit den langen grauen Haaren, die in der Nacht geweint hatte. Sara versuchte, Blickkontakt mit ihr aufzunehmen, eine Verbindung aufzubauen, auch wenn es nur ein Blinzeln gewesen wäre, doch die Frau, die deutlich älter war als sie, starrte nur auf ihre Füße.

»So kalt.«

Sie hatte es nur gemurmelt, doch in der Stille des Raums klang es wie ein Schrei. Sara machte ein leises beschwichtigendes Geräusch. Die Schwestern standen vor der Tür und plapperten über ein neues Kleidergeschäft, das bald irgendwo in Manhattan eröffnet werden sollte. Manhattan erschien Sara jetzt so fern, dass es auch in Russland hätte liegen können. Welch ein Luxus, über Modegeschäfte sprechen zu dürfen, ein Luxus, der ihr, bevor man sie in diesen Kerker voller Schmutz und Elend geworfen hatte, völlig normal erschienen war. Wie sehr sie sich jetzt wünschte, sie hätte sich nicht so sehr auf die alltäglichen kleinen Probleme konzentriert und stattdessen eine solche Freiheit nach ihrem wahren Wert geschätzt.

»Kalt. Meine Füße sind so kalt.«

Sara beugte sich zu ihr. »Ich weiß. Bald müssen wir hier nicht mehr sitzen und dürfen zu Bett gehen. Aber jetzt bitte nicht mehr sprechen.«

Die Frau blickte vertrauensvoll zu ihr auf.

»Alles gut. Wie heißen Sie?«, flüsterte Sara.

»Marianne.«

Die Frau musste wunderhübsch gewesen sein, die Knochenstruktur unter der papierdünnen Haut war fein geschnitten.

»Was für ein schöner Name, Marianne.« Sara nahm die Hand der Frau in ihre eigenen und rieb sie.

»Nein. Nein. Kalt.« Zwischen den Wörtern klapperten ihre Zähne.

»Nicht sprechen«, sagte Natalia von Saras anderer Seite her. »Wir bekommen sonst alle Schwierigkeiten.«

Sara behielt Mariannes Hand in ihrer. »Sie kann doch nicht anders.«

Ohne Vorwarnung sprang Marianne von der Bank auf.

Sie wirbelte und hüpfte herum, die Hände eng über dem Körper verschränkt. Ihr Mund öffnete sich weit und sie stieß einen gutturalen Schrei aus. Wieder und wieder schrie sie ihre Qual heraus, die von den Wänden des Saals widerhallte.

Die Krankenschwestern stürmten herein, Schwester Garelick an der Spitze. »Was ist hier los?«

Marianne lief, immer noch hüpfend und kreischend, ans andere Ende des Saals.

»Ihr ist kalt«, sagte Sara hilfsbereit.

»Psst, kein Wort«, zischte Natalia.

Aber für diese Warnung war es schon viel zu spät. Schwester Garelick wandte sich Sara zu. »Still jetzt.«

Sara, die nicht an Befehle gewöhnt war, richtete sich auf. »Ihr ist einfach nur kalt. Kann man ihr nicht etwas Wärmendes geben, zum Beispiel eine Decke? Bitte, Sie sehen doch, wie dünn sie ist. Die Kälte geht ihr durch alle Glieder.«

Marianne lief gerade vor zwei anderen Schwestern weg, die sie um den Tisch herum verfolgten. Schwester Garelick streckte den Arm aus, der die Stärke eines kräftigen Astes hatte, und packte sie an der Kehle.

»Na, bald fertig, Liebchen?«

Marianne nickte, doch als Schwester Garelick den Griff lockerte, stieß sie einen Schrei von einer Lautstärke aus, die Sara nicht für möglich gehalten hätte. Der Schrei kam aus ihrem tiefsten Innern und enthielt alles, den Hunger, die Kälte und die Hoffnungslosigkeit dieses Ortes. Viele der Insassinnen schraken bei diesem Schrei zusammen, doch Sara stand auf. »Sie müssen ihr helfen.«

Schwester Garelick lachte nur und drückte Sara mit ihrer freien Hand zurück auf die Bank. Dann wandte sie sich Marianne zu und musterte sic, wie ein böses Kind einen verletzten Schmetterling ansehen würde. »Ich habe gehört, die hier war früher, als sie jung war, Tänzerin.«

Marianne ließ die Arme hängen.

»Das erinnert Sie an was, oder? Ich denke, Sie sollten für uns tanzen, wenn Sie schon nicht imstande sind, stillzusitzen wie die anderen Patientinnen.«

Marianne schüttelte den Kopf.

»Tanzen Sie. Oder Sie bekommen drei Tage lang nichts zu essen.«

Sara zuckte zusammen, sie wollte aufspringen, der Frau helfen, die Schwestern abzulenken versuchen, doch Natalia packte sie am Arm. »Nein, bleib sitzen.«

»Tanzen. Jetzt.«

Marianne hüpfte herum wie ein Rotkehlchen, wachsam und argwöhnisch.

»Das ist kein Tanzen. Kein Tanzen, kein Essen.«

Erst noch tastend begann Marianne ihre Füße in zierlichen Schritten aufzusetzen, dann flogen ihre Hände empor, und sie begann leise eine Melodie zu summen.

»Ja, so ist es richtig, weitermachen.« Schwester Garelick starrte sie an und leckte sich die Lippen.

Mariannes Bewegungen wurden kraftvoller, sie breitete die Arme aus, hob sie über den Kopf und streckte ihre Beine zu langen, klaren Linien. Einen Augenblick lang vergaß Sara, wo sie war. Der nackte Raum hätte ebenso gut eine Londoner Bühne sein können, und Marianne eine junge Ballerina in einem Tutu. Ihr Haar wirbelte herum, als sie sich auf einem Bein drehte, das andere immer wieder abwechselnd darum legte und wieder ausstreckte und durch diesen Schwung in Bewegung blieb. Sie hörte auf und verbeugte sich tief, ihr gealterter Körper war immer noch schlank, und die Schritte hatten sich in ihr Gedächtnis gegraben.

Einen kleinen Moment lang rührte sich niemand, so gebannt waren alle. Schwester Garelick bedeutete den anderen Schwestern, sie sollten sich setzen, und nahm selbst an dem runden Tisch Platz. Zweifellos hatte dieser Tanz sie von ihren profanen Aufgaben hinwegversetzt an einen Ort, wo es noch Schönheit und Freundlichkeit gab.

Doch als Sara zufällig einen Blick auf Schwester Garelicks Profil warf, sank ihr Mut. Eine Ader klopfte auf der Stirn, ihre Augen hatten einen wilden, giftigen Glanz. Mariannes unerwartete Anmut hatte sie nur noch mehr erbittert.

»Sie tanzen weiter, bis ich sage, dass Sie aufhören sollen.«

Marianne gehorchte, gab sich jedoch jetzt weniger ihren Schritten hin, und ihr Blick blieb auf Schwester Garelicks Gesicht geheftet. Nach zehn Minuten war sie nur noch ein Schatten ihres früheren Ichs, all ihre Energie war von der plötzlichen Anstrengung aufgezehrt. Nach zwanzig Minuten sackte sie auf die Knie.

Es klingelte, doch Schwester Garelick hob die Hände, und alle blieben sitzen. »Weitertanzen. Hüpf doch rum wie eben. Du bist erbärmlich. Ein Schwächling. Eine heruntergekommene alte Frau.«

Die anderen Schwestern fielen in den Spott ein und lachten Marianne aus. Tränen liefen ihr über das Gesicht, ihre Mundwinkel hingen vor Erschöpfung schlaff herunter.

»Steh auf, du altes Weib. Steh auf.«

Sara betete still, dass sie es schaffte. Bald würden sie hier weg dürfen, und dann würde sie sie nach oben ins Bett bringen und sie schön zudecken. Ihr ein wenig Zärtlichkeit geben.

Marianne stützte sich auf Hände und Knie und versuchte, einen Fuß unter den Körper zu bringen, um aufstehen zu können, als Schwester Garelick auf sie zuging und ihr mit ihrem Stiefel einen so heftigen Tritt versetzte, dass sie auf dem Steinboden zusammenbrach.

»Das reicht!«

Sara stürmte zu Marianne, ihr war egal, was passieren würde. Wenn doch nur alle anderen Frauen dasselbe tun würden, dann würden sie die Schwestern überwältigen, ein Boot kapern und sich in Sicherheit bringen können.

»Sie sind die Verrückten! Wie konnten Sie mit einer armen alten Frau derart umgehen?« Sie hielt Marianne in den Armen und blickte hoch.

Anders als sie erwartet hatte, war Schwester Garelicks Gesicht nicht voller Hass. Ihre Augen glänzten, ihre Wangen waren hochrot. Sie war glücklich. Für ihren kranken Geist war es eine Lust, jemanden quälen zu können. Körperliche Lust. Der Gedanke drehte Sara den Magen um.

Ihr Baby. Die Welt drehte sich eine Sekunde lang langsamer, als sie sah, wie Schwester Garelicks schwarzer Stiefel nach hinten ausholte, doch sie hatte nicht genug Zeit, sich zu schützen. Der Tritt traf sie so heftig, dass ihr Körper ein Stück über den Boden rutschte. Ihre Lunge stieß alle Luft aus, stöhnend ließ sie Marianne los und schlug die Arme um ihren eigenen Bauch. Der nächste Tritt traf den Hüftknochen und erschütterte das ganze Becken.

Das Letzte, was Sara hörte, als sich Schwester Garelicks Stiefel ihrer Schläfe näherte, war ein tief aus der Kehle kommendes gackerndes Lachen.

Kapitel 20

New York City, Januar 1885

Sara starrte durchs Fenster in eine weitere trostlose Morgendämmerung. Jetzt war sie schon seit fünf Tagen eingesperrt, und wenn sie nicht auf dem Bett lag, damit ihre Rippen heilen konnten, stand sie stundenlang am Fenster. Tagsüber konnte sie die Rufe der Schwestern hören, die die Insassinnen nach dem Spaziergang wieder zusammentrieben, doch ansonsten drangen keine menschlichen Laute an ihr Ohr. Ihre dürftige Essensration wurde durch eine Öffnung unten in ihrer Tür geschoben. An den ersten beiden Tagen war ihr die Stille willkommen gewesen, doch inzwischen sehnte sie sich verzweifelt nach der Berührung, dem Lächeln eines anderen Menschen, nach etwas, das ihr Dasein auf dieser Welt bestätigte. Am dritten Tag hatte sie sich nach einem Gegenstand umgesehen, mit dem sie ihr Leben hätte beenden können, aber das Bett hatte keine Metallfedern, nichts Scharfes oder Spitzes. Sie hatte darüber nachgedacht, sich den Kopf an der Wand einzurennen.

Die Tür zu ihrer Zelle öffnete sich, und sie zuckte zusammen, ihre Ohren waren nicht mehr an quietschende Türangeln gewöhnt.

»Mrs Smythe, Sie dürfen raus.«

»Ich darf raus?« Ihre Kehle wollte zerspringen vor Freude. War Theo endlich gekommen?

Die ihr unbekannte Schwester lächelte. Ein fehlender Vorderzahn verlieh ihrem Grinsen etwas Bedrohliches. »Nein, so nicht. Sie können zurück in die Hauptstation. Zurück nach Haus sechs.«

Natürlich. Wie dumm von ihr, dass sie geglaubt hatte, sie würde entlassen.

Aber es war ein Trost, dass sie wieder mit den anderen Frauen zusammen war. Natalia zog sie mit sich, setzte sie neben sich und bestand darauf, dass Sara auch ihr Stück Brot aß. »Wir müssen dich wieder herausfüttern. Du siehst aus wie ein Gespenst.«

Sara knabberte gewissenhaft an der harten Kruste. »Was ist mit Marianne geschehen?«

Natalia schüttelte den Kopf. »Sie haben sie weggebracht. Ich hatte gehofft, ihr wäret vielleicht zusammen gewesen.«

»Sie wird es nicht mehr lange machen.«

»Genug jetzt von ihr. Du musst wieder dicker werden. Und darfst dich nicht mehr in die Bresche werfen, um anderen zu helfen. Hier wird so etwas nur bestraft.«

»Ich weiß. Es ist mir inzwischen klar geworden.« Als sie das sagte, schmolz ein Teil ihrer Menschlichkeit weg.

Natalia tätschelte ihr die Schulter. »Mach dir keine Vorwürfe. Dieser Ort hier ist verdorben und böse. Bleib am Leben. Das ist alles, was du tun musst.«

Essen, schlafen, atmen. Wenn es nur so einfach wäre.

»Die gute Nachricht ist, dass wir Schwester Garelick seither nicht mehr gesehen haben. Wir glauben, dass sie versetzt wurde.«

Nach der ersten Stunde Sitzen begann in Sara Panik aufzusteigen wie ein rasch steigendes Fieber. Am liebsten wäre sie herumgerannt wie Marianne, hätte getanzt, sich bewegt.

Sie musste sich etwas überlegen, womit sie das hier überstand, sonst würde sie nicht überleben. Sie hatte einmal etwas über asiatische Mönche gelesen, die stunden- und tagelang dasitzen konnten, ohne sich zu bewegen. Sie verlangsamten ihre Atmung, bis es fast so war, als wären sie nicht mehr am Leben, und erreichten irgendwie einen transzendenten Zustand. Ein seltsamer Gedanke, dass sie so etwas freiwillig machten, als Teil der Lebenskunst.

Vielleicht, wenn sie etwas hätte, worauf sie sich konzentrieren könnte. Sie dachte an ihre Kindheit, an die Stunden, in denen sie auf langen, gewundenen Pfaden durch Wiesen geschlendert oder barfuß über den Strand gelaufen war.

Sie konzentrierte sich auf den Gemüsegarten ihrer Mutter und erkundete ihn in Gedanken Zentimeter für Zentimeter. Die goldgelbe Umrandung aus Ringelblumen, die die Raupen fernhielten. Die staksigen Stiele des Rosenkohls, die ordentlichen Reihen der geduckten Kohlköpfe. An einer Stelle stieg ihr der schwere Duft der Fliederbüsche in die Nase, die den Zaun säumten. Jetzt verging die Zeit wie im Fluge, statt zäh dahinzukriechen.

Sehr bald schon fürchtete sie sich nicht mehr vor

dem stundenlangen Sitzen, sondern freute sich auf diese tägliche Sitzung, weil sie so der Trübseligkeit der Anstalt entkommen und das schwache Winterlicht, das durch die vergitterten Fenster sickerte, durch das Bild eines sonnenüberfluteten Stiefmütterchenbeetes ersetzen konnte.

Drei Wochen später hakte sich Natalia bei ihr unter, als sie am Ende einer solchen Sitzung aufstanden. »Ich habe dich angesehen, und du sahst so friedvoll aus. Als wärst du irgendwo anders.«

»Das war ich gewissermaßen auch.« Sara erzählte ihr von ihrer neuen Technik, und beim nächsten Mal beschrieb ihr Natalia ihre Gedankenausflüge – in den Gemüsegarten ihrer Mutter in der Toskana. »Wir wanderten aus, als ich fünf war, ich hätte also nicht gedacht, dass ich mich noch an viel erinnern könnte, doch es kam alles zurück. Sogar der Geschmack einer frischen Tomate.«

Wenn sie miteinander spazieren gingen, erzählten sie sich von ihren jeweiligen inneren Reisen während des verordneten Sitzens. Bis ins letzte Detail beschrieben sie sich ihre Lieblingskleider, -lieder und -bücher, und als das Wetter besser wurde, sah auch Sara besser aus.

Solange sie sich die ganze Zeit auf die Vergangenheit konzentrierte und nicht zu weit in die Zukunft sah, zitterte die Angst in ihrer Kehle nur, statt zu schreien.

Ende Juni waren Eis und Schnee nur noch eine entfernte Erinnerung, genau wie ihre Zeit im Dakota und die Hoffnung, dass Theo sie retten würde. Zu ihrer

Überraschung hatte das Baby Schwester Garelicks brutalen Angriff überlebt und war, besonders nachts, sehr aktiv. Einige Tage zuvor hatte sie die Kleider mit einer der Frauen auf ihrer Station getauscht, diese Frau hatte aufgrund der schrecklichen Ernährung stark abgenommen. Saras neues Kleid hing formlos um sie herum und bot noch reichlich freien Platz. Natalia hatte sie bedeutungsvoll angesehen, als sie zum Frühstück gegangen waren, aber nichts gesagt.

Beim wöchentlichen Bad hüllte sie sich in ein Handtuch, wenn sie in die Wanne mit dem von den anderen Frauen hinterlassenen schmutzigen Wasser stieg und sie wieder verließ. Niemand wechselte das Wasser zwischen den jeweiligen Waschzeremonien, es war also nur noch eine braune Brühe, wenn die Letzten an der Reihe waren. Doch Sara stellte sich absichtlich sehr weit hinten an, damit die vorherigen Badenden mit Abtrocknen und Ankleiden beschäftigt waren und sie sich unbeobachtet waschen konnte.

Eines hellen Morgens wartete sie gemeinsam mit Natalia und den anderen auf die tägliche Arbeitsvergabe.

»Mrs Smythe und Mrs Fabiano.« Die Schwester las ihre Namen von ihrem Klemmbrett ab. »Melden Sie sich in der Fußmatten-Fabrik.«

Natalia und Sara sahen sich verwundert an. Die Fabrik war eine Beförderung für die gefügigeren und braveren Patientinnen. Sara erstickte ein leises Aufkreischen, bis sie draußen waren und mit den anderen Frauen zu dem Gebäude gingen, das die drei Arbeitsstätten beherbergte: Bürstenbinderei, Mattenherstellung und Wäscherei. Die Schwester zeigte auf einen großen, sonnigen Raum hinten im Gebäude, wo sich Lumpen auf Holztischen stapelten. »Die anderen zeigen Ihnen dann, wie es geht.«

»Wenigstens werden wir nicht mehr mit Lauge arbeiten müssen«, murmelte Natalia.

Saras Hände waren aufgesprungen von der Seifenlauge, und sie dachte an den Topf mit Handcreme, der früher im Dakota auf ihrem Schreibtisch gestanden hatte. Sie hatte ihn noch genau vor Augen, das hübsche Etikett voller verblasster Rosen. Hoffentlich hatte Daisy den Topf nehmen können, und er war nicht verloren gegangen. Der Gedanke machte sie traurig. Was war aus ihren wenigen Habseligkeiten geworden? Waren sie zwischen den Hausmädchen aufgeteilt worden? Oder waren sie einfach alle weggeworfen oder verbrannt worden?

»Ist alles in Ordnung?«, fragte Natalia.

Wenn Saras Gedanken so fortrannten wie jetzt, dann begann das Dunkel in ihrem Kopf zu wachsen wie ein Tumor. Sie zeigte auf die Arbeitstische. »Stell dir mal vor, wir werden sogar auf Hockern sitzen dürfen.«

»Wie auf dem Thron einer Königin.«

Sie setzten sich an einen Tisch am Fenster, und eine der Frauen half ihnen und erklärte ihnen, wie sie die Lumpen in lange Streifen reißen und dann verzwirnen sollten, bevor sie sie immer rundum zu einem Oval zusammennähten. Sara genoss es, wieder mit Nadel und Faden zu arbeiten. Das einzige Anzeichen dafür, dass es sich hier um eine Anstalt und nicht um eine echte Werkstatt handelte, war das leise, unsinnige Gebrabbel, das hin und wieder aus einigen der Frauen hervorbrach.

»Ich beginne zu verstehen, was sie sagen«, bemerkte Natalia, nachdem sie etwa eine Stunde vor sich hin gearbeitet hatten.

»Also wie ich es sehe, sind wir alle bei Sinnen, und die Irren sind das übrige Personal und die Ärzte und der Superintendent.« Sara zeigte auf die Oberschwester, die an ihrem Schreibtisch schlief. »Völlig schwachsinnig.«

»Diese Sicht der Dinge gefällt mir.« Natalia warf ihr einen Blick zu, und Sara zog instinktiv den Bauch ein. »Sehr bald wirst du es nicht mehr verbergen können.«

Sara legte schützend die Hand auf ihren Bauch. »Wie meinst du das?«

»Du bist schwanger.«

Bei dieser schlichten Feststellung schossen Sara die Tränen in die Augen. »Ja.« In den letzten Nächten hatte sie sich in den bitteren Tiefen der Dunkelheit eine andere Welt ausgemalt, eine, in der sie sich nicht in die Vereinigten Staaten aufgemacht hätte. In der sie als Hausdame im Langham geblieben wäre und nie die zerstörerische Kraft ihrer Schande und ihren Niedergang erlebt hätte. Aber sie konnte die Wahrheit nicht länger verleugnen, nicht einmal vor sich selbst.

»Was willst du tun?« Natalia beugte sich zu ihr, und die Falte zwischen ihren Augenbrauen vertiefte sich.

»Ich weiß nicht genau, was ich tun kann. Ich

wundere mich ja schon darüber, dass es Schwester Garelicks Angriff überlebt hat. Aber es bewegt sich, es wächst.«

»Er oder sie, nicht es.«

»So kann ich nicht darüber denken.« Ihre Brust schwoll an, sie konnte kaum atmen. »Was soll ich nur tun? Was werden sie mit mir tun, sobald sie es herausgefunden haben?«

Natalia legte ihre Hand auf Saras und drückte sie tröstend. »Ich glaube, im Charity Hospital auf dieser Insel gibt es einen Ort für ledige Mütter. Vielleicht kannst du dort dein Baby bekommen?«

»Ich habe die Schwestern darüber reden hören. ›Für Frauen ohne Mann und Kinder ohne Vater‹, sagten sie. Man ist immer durch den Mann definiert, als wäre es nicht genug, einfach nur eine Frau oder Kind zu sein.«

»Wer ist der Vater?«

Sie fröstelte, sie konnte seinen Namen nicht sagen. »Er weiß es nicht, auch nicht, dass ich hier bin. Und außerdem ist er nicht frei.«

»Du wirst Hilfe brauchen, wenn es so weit ist.«

»Was machen sie mit den Babys, die im Krankenhaus zur Welt kommen? Weißt du das?«

Natalia schüttelte den Kopf. »Ich bin sicher, sie wollen nicht auch noch ein Baby am Hals haben, das sie füttern müssen. Vielleicht ist das für dich eine Möglichkeit, hier herauszukommen.«

»Oder sie nehmen es als Vorwand dafür, mich endgültig wegzusperren und das Kind fortzugeben. Als zusätzliche Bestrafung.«

Einige der Frauen am Nebentisch sahen zu ihnen

herüber. Sara war zwar sicher, dass sie Ausländerinnen waren und kein Englisch verstanden, doch sie senkte die Stimme. »Ich weiß nicht, was ich tun soll. Was kann ich nur tun?«

Natalia hob die Hand und tätschelte ihr die Wange, ihre Berührung war wie ein kühler Balsam. »Keine Sorge, wir lassen uns etwas einfallen. Weißt du, wann das Kind kommt?«

Trotz ihrer Entschlossenheit, nicht in die Zukunft zu denken, hatte sie es immer wieder auszurechnen versucht. »Mitte August, glaube ich.«

»Ich höre mich mal um, ob so etwas schon einmal vorgekommen ist. Schwester Alden ist nett, ich werde versuchen, mit ihr darüber zu sprechen.«

»Würdest du das für mich tun?« Sara musste an sich halten, um Natalia nicht weinend um den Hals zu fallen.

»Ja. Wir haben es schon bis hierher geschafft; wer weiß, vielleicht können wir deine Lage zu deinem Vorteil nutzen.«

* * *

Eine Woche später zog Natalia Sara während des Spaziergangs hinter eine Ecke der Anstalt, sodass sie von den Schwestern und den anderen Insassinnen nicht gesehen werden konnten.

»Was ist los? Ist etwas Schlimmes passiert?«

Natalias Augen blitzten. »O nein, ganz im Gegenteil. Gestern sah ich Schwester Alden in einem der Büros arbeiten, allein.«

»Sag mir, was du erfahren hast.«

»Sie sagte, dass jede schwangere Insassin – sie haben hier mehrere im Jahr – tatsächlich in das Charity Hospital auf der Insel gebracht wird, in die Abteilung für ledige Mütter.«

»Das Krankenhaus ist für die Leute in den Werkstätten, nicht wahr?«

»Ja. Es wird sicher hart. Aber ich denke, weniger hart als hier.«

»Aber woher wollen wir das wissen? Und wenn es nun schlimmer ist? Die Schwestern da sind Vagabunden und Trunkenbolde und dergleichen gewöhnt.«

Natalia hob das Kinn und lachte. »Wir sind Irre, vergiss das nicht! Meinst du, die stünden unter uns?«

»Was treiben die Damen denn hier?« Superintendent Dent trat auf sie zu, die Pfeife in der Hand. »Sie sollen sich hier eigentlich nicht von den anderen absondern.«

»Verzeihung, Herr Superintendent Dent.« Natalia vollführte eine Mischung aus Knicks und Verbeugung, was ihn ein wenig zu beschwichtigen schien.

Er wedelte mit der Hand. »Jetzt aber fort mit Ihnen. Atmen Sie die frische Luft ein, sie wird Ihren Geist lüften und helfen, ihn in Ordnung zu bringen.«

»Ja, Sir.«

Als sie in der Woche darauf zu Beginn ihrer Schicht in der Mattenfabrikation erschienen, rief sie die Oberschwester an der Türschwelle zu sich und zeigte auf einen der Körbe mit den fertigen Matten.

»Die müssen ins Gefängnis. Geben Sie sie an der Eingangspforte ab. Gehen Sie nicht hinein. Hier haben

Sie einen Zettel für den Fall, dass man Sie aufhält und fragt, wohin Sie wollen.«

»Ja, Ma'am.«

Sara konnte ihr Glück kaum fassen. Sie nahmen jede einen Griff des Korbs in die Hand und folgten der Straße nach Süden. Dieser Spaziergang vermittelte ihnen ein schon seit Langem vergessenes Gefühl von Freiheit.

Während sie die schmutzige Straße entlangliefen, blies ein frischer Wind von Westen her. Das Gefängnis glich einer Burg mit kleinen quadratischen Fenstern und Türmchen auf den Dächern. Ein einfacher Holzzaun mit einem eisernen Gittertor in der Mitte umgab den Haupteingang. Sie spähten beide durch das Tor.

Dichtgedrängt marschierten Männer in schwarzweiß gestreiften Sträflingsanzügen an ihnen vorbei, jeder von ihnen an den Rücken des Vordermanns gepresst, sie wurden von Wärtern mit Gewehren und Schlagstöcken beaufsichtigt. Einer der Männer bemerkte die Frauen und pfiff, sofort hob einer der Wachleute seinen Stock und schlug ihn kräftig auf die Schulter.

Sara und Natalia, die nicht noch mehr Aufmerksamkeit erregen wollten, stahlen sich davon. Natalia zeigte auf das Gebäude daneben. »Da ist das Krankenhaus.«

Tatsächlich standen vor dem Haupteingang Frauen in Schwesterntracht und genossen die warme Sommersonne.

»Komm mit.« Natalia führte Sara an die Seite des

Gebäudes. »Schwester Alden hat gesagt, dass die Station für Mütter und ihre Babys im Erdgeschoss ist.«

Sie lugten durch ein Fenster. Die Fußböden waren sauber, die Wände weiß gestrichen, und von der Decke hing eine nackte Glühbirne. Auf den Betten waren schlichte Laken und Kissen, die Decken waren an den Ecken ordentlich um die Matratze gefaltet. Einige Frauen saßen auf Stühlen und hielten ihre Kinder im Arm, während sich eine Schwester um sie herum zu schaffen machte.

Sara stiegen Tränen in die Augen. »Es ist so schön ordentlich.«

»Ich wünschte, ich könnte so ein Kissen haben. Ich habe fast schon vergessen, wie es sich anfühlt, mit einem Kissen zu schlafen.«

»Das wird hier schon in Ordnung sein, glaubst du nicht?« Sara schaute Natalia an und hoffte, sie würde ihr bestätigen, dass das hier keine Einbildung war.

»Es wird sehr in Ordnung sein. Morgen gehst du zu Schwester Alden und erzählst ihr die Wahrheit. Frag sie, ob sie es regeln kann, dass du dein Baby im Charity Hospital bekommen kannst.«

»Aber wir wissen nicht, was nach der Geburt mit dem Kind passiert.«

»Frauen ohne Mann werden nach zwei Wochen auf die Straße gesetzt. Danach bist du auf dich allein gestellt und hast auch noch ein Kind. Niemand wird dich aufnehmen oder dir Arbeit geben, aber du kannst das Baby in dem Heim für Findelkinder an der Ecke Lexington Avenue und East Sixty-Eighth Street abgeben.«

»Das könnte ich nicht, mein eigenes Kind in ein Waisenhaus geben.«

»Du könntest es zumindest tun, bis du eine Arbeit und ein Dach über dem Kopf gefunden hast.«

Natalia hatte recht. Mit einem Baby würde Sara auf keinen Fall Arbeit finden. Aber darüber wollte sie jetzt gar nicht nachdenken. »Eins nach dem anderen. Zuallererst muss ich Schwester Alden auf meine Seite bekommen und hierhergeschickt werden, wenn es so weit ist.« Sie nahm Natalia in den Arm. »Danke, dass du dich so gut um mich kümmerst.«

»Was denn sonst?«

»Wenn ich hier rauskomme, hole ich auch dich raus, das verspreche ich dir.«

»Ich weiß, dass du es versuchen wirst.« Natalias Kinn zitterte, zum ersten Mal sah Sara, wie ihre Freundin die Fassung verlor. »Vielleicht kann ich auch schwanger werden und deinen Spuren folgen.«

»Von Superintendent Dent zum Beispiel?«

Natalia musste trotz allem lachen, und Sara legte ihr den Arm um die Schultern, als sie zurück ins Heim gingen. Als das Baby in ihr trat, streichelte Sara es beruhigend.

Tief in der Nacht träumte sie, Schwester Garelick würde sie in den Bauch boxen. Schweißgebadet und völlig zusammengekrümmt wachte sie auf, doch der Schmerz war kein Traum gewesen. Jeder Muskel ihres Körpers spannte sich, als eine Welle von Todesangst durch sie hindurchging. Sie versuchte, wieder einzuschlafen; vielleicht konnte sie in den Traum zurück und ihn zu einem Ende bringen. Doch als ihre

Schreie lauter wurden, wachten die anderen Frauen auf und riefen, sie solle leise sein. Das machte ihre Schmerzen jedoch nur noch schlimmer. Es fühlte sich so an, als wollte sich das Baby seinen Weg nach draußen gewaltsam bahnen. Sara stand der Schweiß auf der Stirn, als sie schwach nach Natalia rief, und dann glitt sie weg, tief nach unten in ein dunkles Loch, ins Nichts.

Kapitel 21

New York City, September 1985

Am Morgen nach diesem AA-Meeting wachte Bailey früh auf. Sie blieb im Bett liegen und starrte zur Decke. In der Vergangenheit hatte sie die ersten Stunden des Tages damit verbracht, sich vom vorherigen Abend zu erholen, und die verbleibenden Stunden damit, sich zu überlegen, wo die beste Party des kommenden Abends stattfinden würde. Sie hatte nie allein getrunken. Stattdessen waren Trinken und Drogenkonsum immer ein Weg für sie gewesen, mit anderen in Kontakt zu treten. Nach mehreren Lines Kokain fühlte sich ihr Leben an wie eine Episode in diesen Filmkomödien aus den Vierzigern mit Katherine Hepburn in der Titelrolle, in denen geistreiche Spitzen hin- und herflogen und die Welt in einen scharfen Blick genommen wurde.

Inzwischen war die Welt nicht mehr so schwungvoll, und sie musste sich überlegen, wie sie die Leere füllen wollte. Oder zumindest, wie sie es eine Weile aushalten und zusehen würde, was dabei herauskam. Im Keller herumstochern half, genauso wie ihr Wunsch, mehr über Theodore Camden und Sara Smythe herauszufinden.

Bailey duschte und hatte gerade fast ihr Müsli zu Ende gegessen, als die Handwerker am Dienstboteneingang auftauchten. Sie weihte Steve in Melindas neuesten Tick ein und bat das Team, die restlichen Stuckornamente aus der Bibliothek zu entfernen. Selbst der Vorarbeiter schüttelte traurig den Kopf, bevor er seinen Leuten auf Spanisch Kommandos zurief.

Das konnte sie nicht mit ansehen. Stattdessen ging sie hinaus in den hellen Spätsommertag und nahm die U-Bahn. Die öffentliche Bibliothek an der Forty-Second Street war eher einschüchternd: zwei wütende Löwen bewachten den riesigen Block aus behauenem Marmor. Dennoch wagte Bailey sich hinein und ging hinauf zu einer Bibliothekarin mit krausem Haar und runder Brille, sie hoffte, dass diese Frau ihre fehlende Allgemeinbildung mit Verständnis und nicht mit Herablassung aufnehmen würde. Baileys Vater hatte sich damals darüber aufgeregt, dass sie nicht an einem »echten« College hatte studieren wollen, und ihr mehr als klar gemacht, dass er ihren Berufswunsch alles andere als vernünftig fand.

»Ähm. Ich suche nach Informationen über einen Architekten aus dem letzten Jahrhundert, er hieß Theodore Camden.«

Die Bibliothekarin lachte nicht und schien sich auch nicht belästigt zu fühlen. »Kommen Sie bitte mit.« Sie stand auf und führte Bailey zu einem Schrank mit vielen kleinen Schubladen, von denen sie eine aufzog. Gemeinsam notierten sie die Nummern mehrerer Architekturbücher, und die Bibliothekarin zeigte ihr, wo sie sie finden würde. Sie bot sogar an, sie könne nach dem

Namen Sara J. Smythe suchen, während Bailey über Camden nachlas.

Länger als eine Stunde blätterte sie in den Büchern über die Architektur des späten 19. Jahrhunderts, in denen sie viele Zeichnungen, Entwürfe und Biographien fand. Theodore Camden wurde nicht sehr oft erwähnt, weil er so jung gestorben war, doch sie notierte sich alle wichtigen Punkte, als stünde sie vor einer Art Prüfung. Nach etwa zwei Stunden wirbelte ihr Kopf nur so vor Informationen. Sie ging und machte noch einmal am Schreibtisch der Bibliothekarin Halt.

Diese gab ihr einen Zettel. »Die Mikrofiche-Abteilung hat eine Reihe von Zeitungen, in denen Sara J. Smythe erwähnt wird, ich habe die Namen und Daten notiert.«

»Mikrofiche? Wie funktioniert das?«

»Sie geben den Leuten dort diese Informationen, und die holen Ihnen dann den Film und zeigen Ihnen, wie man die Lesegeräte bedient. Sie werden etwa eine Dreiviertelstunde brauchen, um alles zusammenzuholen, was Sie brauchen.«

Bailey sah auf ihre Uhr. »Dann komme ich lieber noch einmal wieder.«

Sie dankte der Bibliothekarin und machte sich auf den Weg ins Dakota, wo sie die Arbeiter bis zu deren Mittagspause beaufsichtigte. Dann holte sie sich ein Sandwich aus dem Deli und setzte sich auf eine Bank an der Eighth Avenue. Als ihre Mutter mit dem Rauchen aufgehört hatte, hatte sie angefangen zu stricken, und Bailey dachte, es würde auch ihr helfen, nüchtern zu bleiben, wenn sie ihre Hände beschäftigte. Zudem war ihr kreativer Trieb wieder angefacht worden, als sie Theodore Camdens Zeichnung von dem Cottage gefunden hatte. Seit der Parsons School hatte sie nicht mehr viel gezeichnet, doch jetzt, wo sie plötzlich Zeit hatte und noch dazu ein so tolles Motiv, konnte sie nicht widerstehen. Mit einem Bleistift zeichnete sie die Umrisse der oberen Giebel des Dakota, füllte dann die Ornamentik mit einem Tuschestift ein und versah das Ganze mit einer Lavur. Hochzufrieden mit dem Ergebnis wanderte sie zu einer anderen Bank weiter und fing eine neue Zeichnung an, jetzt konzentrierte sie sich auf ein Türmchen an der Südfassade. Die Arbeit beruhigte sie, zwang sie, sich zu konzentrieren. Die scharfen Linien verliehen dem Gebäude eine Art Leben, es schien gleichsam zu atmen.

»Machen Sie mal Pause von Ihrem Zerstörungswerk?«

Kenneth stand vor ihr; auf seinen Stock gestützt sah er breit lächelnd auf ihre Zeichnung hinunter.

Bailey klopfte einladend auf den Platz neben ihr. »Ich dachte, ich warte die Explosion lieber hier draußen ab. Bitte setzen Sie sich doch zu mir.«

»Danke, meine Liebe.« Er ließ sich nieder. »Das ist aber sehr hübsch, was Sie da machen.«

»Ich bin wirklich sehr eingerostet. Ich habe ewig nicht mehr gezeichnet. Aber ich liebe dieses Gebäude, und es ist eine Herausforderung, es auf Papier zu bannen.« Sie legte den Stift weg. »Renzo hat von seinem Vater ein Buch mit Zeitungsausschnitten, und in einem Artikel, der zurzeit der Eröffnung des Dakota geschrieben wurde, sagte der Journalist voraus, das Haus würde ein Wahrzeichen sein. Ich glaube, sie nannten es ›The Address‹ von New Yorks Westside oder so.«

»Ja, unser Dakota ist auch hundert Jahre danach noch auf den ersten Blick zu erkennen.«

»Ich habe ein wenig über einen Architekten recherchiert, der hier gelebt hat, Theodore Camden. Als er starb, stand er kurz davor, wirklich berühmt zu werden, weil er gegen diese verrückte und protzige Architektur des Gilded Age war.«

Kenneth nickte. »Wissen Sie, ich habe nie richtig darüber nachgedacht, dass es das *Vergoldete* und nicht etwa das Goldene Zeitalter genannt wurde. Eine Zeit, in der es nur um Geld und die Illusion von Erfolg ging und nicht etwa um echte Werte. Erinnert mich ein bisschen an das New York City von heute, wenn ich ehrlich bin.«

Er hatte nicht unrecht. Blitzende Rolex-Uhren an den Handgelenken der Banker, Konsum über alles, und jeder, den sie kannte, ging feiern, als gäbe es kein Morgen. »Aber wenn das Dakota mit all seinem verrückten Zierrat ein Beispiel für das Vergoldete Zeitalter ist, warum liegt uns dann so viel daran, es zu retten?«

Kenneth' Augen leuchteten. »Kluges Mädchen. In Ihrer Logik sind die aufs Geratewohl verteilten Gauben und Kreuzblumen des Dakota das hundert Jahre alte Gegenstück zu Melindas lila Säulenwaschtischen und verspiegelten Wänden.«

»Genau. Aber für mich vergegenwärtigt das Dakota einen bestimmten Zeitpunkt, der immer noch ausstrahlt. Ich kann mir nicht vorstellen, dass lila Waschtische so lange ausstrahlen. Was meinen Sie, werden die Leute in dreißig oder vierzig Jahren belächeln, was wir heute machen?«

»Eher in fünf bis zehn Jahren, denke ich.«

Sie brach in Lachen aus. »Wahrscheinlich haben Sie recht.«

Eine Busladung Touristen stieg an der Ecke der Seventy-Second Street aus. Der Führer zeigte auf den Haupteingang des Dakota, den Hintergrund von Lennons Tod, während sie ein Foto nach dem anderen schossen. Kenneth gab ein leises, unwilliges Knurren von sich.

Bailey wollte nicht an die jüngeren traurigen Ereignisse erinnert werden, sie wollte sich noch an die Vergangenheit halten. »Theodore Camden hatte eine Vision, wie die Stadt der Zukunft aussehen sollte, und sie war keineswegs so aufgehübscht, wie man es damals mochte, sondern stromlinienförmig und schlicht.« Sie sah ihn an. »Haben Sie je etwas darüber gehört, dass er vielleicht eine Affäre mit der Frau hatte, die ihn dann umgebracht hat?«

Er wandte sich ihr in gespieltem Entsetzen zu. »Für wie alt halten Sie mich?«

»Nein, ich meine doch nicht persönlich und direkt. Aber vielleicht gab es Gerüchte, die weitergegeben wurden? Es muss doch ein wichtiges Ereignis im Dakota gewesen sein.«

»Warum fragen Sie mich das?«

Sie erzählte ihm von der Zeichnung des Cottages

und von dem Foto, das sie gefunden hatte, und auch von der möglichen Verbindung.

»Ich könnte mich bei den älteren Bewohnern hier umhören und sehen, ob ich etwas für Sie herausfinde«, bot er an. »Ich kenne zwar einen Großteil der Geschichte dieses Hauses, aber vieles ist im Laufe der Zeit sicher auch verloren gegangen.«

»Ehrlich gesagt bin ich mir nicht sicher, ob ich mit Sara Smythe oder Theodore Camden verwandt sein möchte.«

»Architekten gelten oft als verrückt. Sara Smythe scheint auf jeden Fall verrückt gewesen zu sein. Aber soweit ich es beurteilen kann, haben Sie Ihre fünf Sinne beisammen.«

Wenn der wüsste. Ein Glas Wein, und ihre fünf Sinne fingen an herumzuspringen wie Flipperkugeln. »Wie nett, dass Sie das sagen, aber ich bin mir da nicht so sicher. Ich weiß gar nicht, was schlimmer ist: den Familienstammbaum mit allen Schwächen und Fehlern zu kennen oder in seliger Unkenntnis zu bleiben. In meiner Jugend war die Familie immer so etwas Geheimnisvolles. Mein Großvater war ganz offensichtlich unglücklich darüber, dass er mit fünfzehn aus dem Camden-Clan verstoßen wurde, und mein Vater hat den Groll übernommen. Und, ehrlich gesagt, ich glaube, das habe ich auch.« Sie dachte an ihr schreckliches Verhalten im vergangenen Jahr, daran, dass sie eigentlich zu niemandem wirklich Kontakt gehabt hatte. Da war sie so weit wie nur möglich von der seligen Unkenntnis entfernt gewesen. »Wir sind drei Generationen Einzelgänger.«

Kenneth sah sie traurig an, als könne er ihre Gedanken lesen. »Tief in Ihrem Innern wollen Sie Teil von etwas sein. Das verstehe ich. Deshalb hänge ich ja wie eine Klette an meiner Wohnung. Sie ist etwas, das mir gehört und das all meine Erinnerungen enthält.«

»Wer weiß, vielleicht hat Theodore Camden deshalb dieses Cottage für Sara Smythe gezeichnet? Damit auch sie ein Heim voller Erinnerungen hatte?«

»Wir beide sind echte Romantiker, oder?«

»Sieht so aus.«

»Schluss mit den Träumereien.« Er stieß seinen Stock auf den Boden. »Befassen wir uns mit etwas Geschäftlichem. Ich will diese Zeichnung vom Dakota, die Sie gerade gemacht haben. Und ich werde sie Ihnen bezahlen.«

»Unsinn. Sie bekommen sie so. Das ist das Mindeste, was ich für das Unheil tun kann, das Melinda anrichtet.«

»O nein. Das hat mit Melinda nichts zu tun. Sie sind eine Künstlerin, und ich nehme die Zeichnung nur gegen Bezahlung.«

Kenneth bestand darauf, dass sie mit in seine Wohnung kam, damit er »das Geschäft zu einem Abschluss bringen« konnte. Er verschwand in seinem Schlafzimmer, und sie ging zum Kamin, auf dessen Sims ein silbergerahmtes Foto von Kenneth und einem etwa zwölfjährigen Jungen stand. Kenneth tauchte wieder auf, er war dabei, Zehn-Dollar-Scheine zu zählen.

Sie zeigte auf das Foto. »Das ist doch Manvel.«

Kenneth lächelte strahlend. »Ein feiner Kerl. Er kam oft zu mir, um sich vor den Weltkriegen zu verstecken, die in Sophias Wohnung tobten. Melinda und Sophia waren stur wie Böcke, und Manvel ist das nicht, er ist viel zu nett. Völlig anders als seine Zwillingsschwester, er interessierte sich für Malerei und Musik. Oscar war Kunsthändler, und Manvel lernte von ihm und beschloss schließlich, sich auf Kunstgeschichte und Kunstkritik zu spezialisieren. Wir waren so stolz auf ihn.«

Auf dem Foto saßen sie auf einem Sofa und lachten über irgendetwas. Sie hatte Manvel schon seit Jahren nicht mehr gesehen, aber seine dichte Mähne und seine mageren Gliedmaßen waren sofort zu erkennen, wie ein Löwenkopf auf Fohlenbeinen.

»Melinda sagte, er beschäftigt sich mit ›Art brut‹. Worum geht es da eigentlich?«

»Kunst von Laien-Künstlern, von der Malerei bis zur Bildhauerei. Eine interessante Sache, vor allem im Deep South.«

»Ich bin sicher, er wollte sich vor allem so weit wie nur möglich von New York entfernen. Melinda hat ihn immer gequält.«

Er seufzte. »Dieses Haus hat irgendetwas an sich, was die Familien auseinanderzureißen scheint. Vielleicht übertreibe ich auch. Aber selbst der Bauherr, Edward Clark, überließ das Dakota in seinem Testament nicht seinem Sohn, sondern seinem vierzehnjährigen Enkel.«

»Warum?«

»Weil sein Sohn lieber mit, sagen wir, künstlerisch angehauchten Typen herumhing. Tänzern und so. Und denken Sie mal an die Camdens. Sophia hat die Wohnung Melinda und Manvel zu gleichen Teilen hinterlassen, aber ich bezweifle, dass Manvel etwas von Melindas Abrissmaßnahmen weiß. Wobei es ihm wohl auch ziemlich egal wäre, glaube ich. Die Insignien der feinen Lebensart haben ihn nie interessiert.«

»So eine Art Freigeist, oder?«

»Ganz genau.«

»Und was war mit Ihnen und Oscar? Sie scheinen doch eine glückliche Familie gewesen zu sein.«

Er seufzte. »Das waren wir. Doch selbst Oscar, mein geliebter Oscar, war am Ende grausam zu mir.«

»Inwiefern?« Sie hatte sich die beiden in leidenschaftlicher Liebe verbunden vorgestellt, wie sie glücklich in dieser luxuriösen Wohnung hoch oben im Dakota zusammenlebten, wo immer mal Nurejew und Lauren Bacall vorbeischauten.

»Als Oscar langsam den Verstand verlor, wurde er zornig und misstrauisch. Er behauptete, ich würde ihn bestehlen. Sagte, er würde mich aus seinem Testament streichen, doch am nächsten Tag war alles vergessen, und er war liebevoll und freundlich. Nach seinem Tod dachte ich, ich sei hier sicher untergebracht, doch Sophia brachte es wirklich fertig, meinen Anspruch auf diese Wohnung anzufechten. Ich bin sicher, sie stellte sich schon vor, wie sie die beiden Wohnungen mit einer Wendeltreppe verbinden würde.« Kenneth sah zur Decke, als könne jeden Augenblick ein Bohrer durchbrechen, doch dann zuckte er leicht die Schultern. »Das Haus ist randvoll mit Sonderlingen und Betrug, mit reichen Leuten, die ihre Lieben mit ihrem Vermögen geradezu erpressen. Das gibt es natürlich überall, aber im Dakota tausendmal schlimmer.«

»Warum?«

»Stellen Sie sich das Haus damals vor, diese riesige Festung, die den Central Park überragte. Kein vernünftiger Mensch wäre so weit nach draußen gezogen. Es war ein Risiko. Die allerersten Bewohner mussten sich sehr viel beweisen, denke ich. Sie hatten Geld, aber keinen Stand. Wo wir gerade davon sprechen.« Er hielt ihr zehn frische Zehn-Dollar-Scheine hin.

»Das ist doch viel zu viel.«

»Ich muss diese Zeichnung unbedingt haben, und Sie verdienen jeden Penny.«

Seine Freundlichkeit tat ihr in ihrem Innern weh, aber zugleich auch gut. Er hatte so viel durchgemacht. Sie rannte zu dem kleinen Laden und kaufte ein Dutzend Donuts für die Arbeiter, um sie an diesem unverhofften Geldsegen teilhaben zu lassen. Als sie oben in Melindas Wohnung ankam, war der größte Teil der Mahagonivertäfelung von den Wänden entfernt. Bailey griff nach dem Lagerraumschlüssel, den Renzo ihr gegeben hatte, und führte sie erst zum Lastenaufzug und dann in den Keller. Die Jungs hoben sich die Holzteile auf die Schultern und trugen sie vorsichtig um die Ecken herum.

Renzos Bürotür stand weit offen, das Licht brannte.

Sie steckte den Kopf durch die Tür und legte einen der Donuts, in eine Papierserviette gewickelt, auf seinen Schreibtisch. Wirklich erbärmlich, wie Renzos

Freundlichkeit am vergangenen Abend sie in so etwas wie einen nach Aufmerksamkeit hungernden Welpen verwandelt hatte. Bewusstwerdung war der Schlüssel, so hatte sie es in der Kur gehört. In der Vergangenheit war sie blind dafür gewesen, dass sie sich an jeden geklammert hatte, der ihr Beachtung geschenkt hatte. Ja, es stimmte, sie klammerte. Aber es war ihr bewusst. Vielleicht schon ein Fortschritt. Wie auch immer, sie war mehr als froh, einer der Hauptregeln der AA zu gehorchen: erst wieder eine Beziehung eingehen, wenn man ein ganzes Jahr trocken geblieben war. Im grellen Licht der Nüchternheit war das Leben auch so schon verwirrend genug.

»Zum Dank dafür, dass du mich gestern Abend durchgefüttert hast.«

Renzo sah auf und lächelte. »Fantastisch. Gerade dachte ich, ich bräuchte was zu essen.«

Da stand sie, verlegen wie ein Teenager bei einer Tanzveranstaltung. »Ist es in Ordnung, wenn die Jungs ein paar Schätze einlagern?«

»Nur zu. Und wenn du Hilfe brauchst, sag Bescheid.«

Sie sah zu, wie die Holzplatten gestapelt und dann mit Packdecken geschützt wurden. Viel mehr konnten sie leider nicht tun. Sollte es eine Überschwemmung oder einen Brand geben, wäre alles verloren. Aber wenigstens war es nicht in einen Sperrmülllaster geworfen und auf eine Deponie gebracht worden.

Nachdem die Arbeiter wieder nach oben gegangen waren, kehrte sie zu den Koffern zurück. Der unterste hatte ein schwieriges Schloss und widerstand selbst der Büroklammer, die sie in weiser Voraussicht eingesteckt hatte. Renzo ging draußen vorbei, als sie verzweifelt nach dem Punkt suchte, der das Schloss aufschnappen lassen würde.

»Kann ich dir helfen?«

»Weißt du, wie man das hier öffnen kann?«

Er musterte das Schloss, dann holte er den Werkzeugkoffer aus seinem Büro und kniete sich mit einem kleinen Schraubenzieher in der Hand vor den Koffer. »Mal sehen, ob es funktioniert. Ist das noch ein Koffer von Sara Smythe?«

»Nein, ich glaube, der gehörte Theodore Camden.« Bailey sah zu, wie er an dem Schloss herumfummelte. »Ich habe in der Bibliothek ein bisschen nach ihm und seinem Leben geforscht. Er war seiner Zeit voraus.«

»Dann ist es wirklich schade, dass er so jung starb.« Renzo sprühte ein wenig WD-40-Spray ins Schloss.

»Ja. Genau wie Lennon.« Sie schwieg, sie wusste nicht, was sie noch sagen sollte, und konnte auch seinen Gesichtsausdruck nicht interpretieren. »Melinda hat gesagt, dein Vater war hier, als er erschossen wurde.«

»Das war er. Er litt sehr darunter, dass er es nicht verhindert hat. Nachdem John und Yoko eingezogen waren, gab es so viele Fans, die sich Zugang zu ihm und seiner Wohnung verschaffen wollten. Sie hinterließen Briefe, versuchten, oben anzurufen oder sich reinzuschleichen. Er warf sich vor, er hätte zu wenig Sicherheitsleute engagiert und überhaupt zu wenig getan.«

»Was meinst du, warum Yoko hier geblieben ist?«

»Um gewissermaßen die Erinnerung an ihn wachzuhalten, nehme ich an. Lauren Bacall lebt immer noch hier, obwohl Bogie in den späten Fünfzigern gestorben ist. Hier kommt man nicht so leicht weg. Ich bin vermutlich ein besonders gutes Beispiel dafür.«

»Es tut mir leid, dass dein Dad sich dafür verantwortlich fühlte. Ich meine, denk doch mal an all die Stars, die in Manhattan leben. Man kann sie einfach nicht rund um die Uhr beschützen, vor allem, wo die Leute doch so verrückt sind. Ich meine, wirklich verrückt.«

»Stimmt. Wie auch immer, mein alter Herr und ich hatten schon vorher nicht mehr viel miteinander zu tun gehabt. Wir hatten wenig Kontakt, und dann starb er.«

»Das tut mir leid.«

Sie wusste nur zu gut, wie der plötzliche Tod eines geliebten Menschen einem zusetzen konnte, wenn so viel ungesagt geblieben war. Vielleicht war es für Renzo eine Art Buße gewesen, den Hausmeisterjob zu übernehmen und sich auf einen aussichtslosen Kampf gegen verrottende Rohre und Installationen einzulassen. Seine Art, das Haus seines Vaters oder eher die Erinnerung an ihn aufrechtzuerhalten.

Mit einem Klicken sprang das Schloss auf.

Im Koffer stapelten sich Dutzende Lederrollen. Sie nahm eine heraus und öffnete vorsichtig den Deckel. Widerstandslos glitt eine Rolle cremefarbener Leinwand heraus.

Renzo breitete sie aus. »Architekturzeichnungen.«

Die Zeichnungen waren wunderschön, eine wahre Augenweide, die Aufrisse höchst präzise und voller Details. Unten auf jeder Seite stand *Theo. Camden, Architect*. Genau dieselbe Signatur, wie sie sie auf der Zeichnung von dem Cottage gesehen hatte.

»Wie schön«, sagte Bailey. »Vielleicht rahme ich sie und hänge sie oben in den Flur. Was für ein Fund.«

Gemeinsam sahen sie alle Zeichnungen durch. Die Lederrollen hatten die Leinwand und die Tinte geschützt, alles sah aus, als wäre es erst eine Woche zuvor gezeichnet worden, alle Linien waren scharf und völlig unverblasst.

Bailey entrollte eine weitere Zeichnung. »Die hier ist nicht so gut erhalten. Sieht so aus, als hätte sie jemand bekleckert.«

Die Zeichnungen waren mit etwas befleckt, was nach Rorschach-Tests aussah. Darunter war die Zeichnung eines zwanzigstöckigen Gebäudes, das sich strikt an die neoklassizistischen Proportionen hielt, mit einem soliden Sockel und auf jedem Stockwerk kannelierten Säulen zwischen den Fenstern. Doch die im späten 19. Jahrhundert so beliebten Ornamente fehlten, die Fassade wirkte nüchterner, klarer. Sie wies auf ein neues, moderneres Jahrhundert voraus.

Renzo zeigte auf die Inschrift rechts unten. »American Insurance Company, Albany, New York. Sie ist auf November 1885 datiert.«

»Was ist das für ein Zeug da drauf?« Sie strich vorsichtig mit dem Finger über mehrere dunkle, verkrustete Flecken. »Die kann man wohl nicht mehr rahmen.

Schade. Sie gefällt mir, weil sie so anders ist als die anderen.«

Sie nahm die Rolle in die Hand und hörte etwas klappern. Als sie die Rolle auf den Kopf drehte, fielen ein Metallgegenstand und eine Art Stöckchen heraus.

»Was in aller Welt …«

Bailey hob den Metallgegenstand auf und hielt ihn ans Licht. Er war etwa dreizehn Zentimeter lang und zum Teil mit derselben dunklen Substanz bedeckt wie die Zeichnungen. Doch die saubere Hälfte schimmerte im Licht. In einer zarten Kreuzschraffur war das Gesicht eines Drachens oder vielleicht auch eines Krokodils in Gold und Silber gezeichnet.

Sie hielt den Fund Renzo hin.

Dessen Augen weiteten sich. »Warte hier. Um Himmels willen. Leg das sehr, sehr vorsichtig hin und fass es nicht mehr an, ich bin gleich zurück.«

Sie legte den Gegenstand auf den Koffer und beugte sich darüber, um ihn genauer anzuschauen. Sie war versucht, diese hässliche Kruste wegzukratzen, um zu sehen, was darunter war, doch Renzo war im nächsten Augenblick wieder da, eine Zeitung in der Hand.

»Das habe ich vor einigen Tagen gesehen. Schau dir das an.«

Ein altes Schwarz-Weiß-Foto zeigte ein Messer mit künstlerisch geschmiedetem Griff, das halb in seiner Scheide steckte.

Und diese Scheide lag jetzt vor ihnen.

»Was ist das?« Sie begann, den Artikel zu lesen, doch Renzo erklärte es ihr.

»Bauarbeiter fanden das Messer vor einer Woche im

Central Park, als sie Boden für die ›Strawberry Fields‹ aushoben. Es ist sehr alt und stammt aus Tibet; in den 1880ern ist es aus der Sammlung einer reichen Familie namens Rutherford verschwunden.«

»Und wurde jetzt erst wieder entdeckt?«

»Ja. Sie versuchen herauszufinden, wie es dahin gekommen ist. Im Augenblick ist es im Metropolitan Museum und wird untersucht, denn es gibt keine Nachfahren der Rutherfords, die Anspruch darauf erheben könnten. Und hier steht, die Scheide wurde nicht gefunden.«

Sie starrte die Messerscheide an. »Sie war im Koffer von Theodore Camden, der im November 1885 erstochen wurde. Im selben Monat, aus dem die Zeichnungen stammen.«

»Und das hier?« Renzo griff nach dem Hölzchen, das ebenfalls aus der Rolle gefallen war. »Ist das irgendein Zeichengerät?«

Es erinnerte sie an einen im Laufe der Jahre abgenutzten und glatt gewordenen Turm aus einem Schachspiel. »Das ist kein Stift.« Sara sah Renzo entsetzt an. »Du hältst Theodore Camdens fehlenden Finger in der Hand.«

»Was?«, krächzte Renzo.

»Seinen Fingerknochen! Der Finger wurde beim Mord abgeschnitten und nie gefunden. Man dachte, irgendjemand hätte ihn vielleicht als gruseliges Souvenir behalten.«

Zu Renzos Ehre sei gesagt, dass er den Fingerknochen nicht auf den Fußboden fallen ließ. Vielmehr wartete er, bis Bailey zwei Papiertücher aus seinem

Büro geholt hatte, und legte dann den Knochen auf das eine und die Messerscheide auf das andere, um sie danach so sorgfältig einzuwickeln wie zwei Neugeborene.

»Die Messerscheide ist sicher einen Haufen Geld wert«, sagte Bailey. »Die im Met flippen aus, wenn wir ihnen zeigen, was wir gefunden haben.«

»In der Zeitung steht, das Messer ist etwa eine halbe Million Dollar wert. Es stammt aus dem sechzehnten Jahrhundert.«

»Wenn man bedenkt, dass Messer und Scheide die ganze Zeit keine 300 Yard voneinander entfernt waren.«

»Ich frage mich, wie sie getrennt wurden.«

Ein Luftzug ging über ihren Nacken, und sie fröstelte. »Und ich frage mich, wie sein Finger hierhergekommen ist.«

Gemeinsam sahen sie noch einmal alle Koffer durch, dieses Mal sorgsamer. Bailey suchte in den Taschen der Kleider und in den letzten Winkeln der Koffer nach Hinweisen. In Minnie Camdens Koffer fand sie schließlich ein kleines rotes Seidentäschchen mit einem durchbrochenen goldfarbenen Metallbügel.

Darin war ein Stück Papier, so zart und brüchig wie die Kruste auf einer Crème brûlée.

Mein lieber Christopher,
mir wurde versprochen, dass du diesen Brief an deinem einundzwanzigsten Geburtstag erhältst. Ich weiß, es kann ein Schock für dich sein, aber ich bin stolz darauf, dass du mein Sohn bist, auch

wenn du dich vielleicht dafür schämst, mich als deine Mutter betrachten zu müssen. Ja, die bin ich, und alles, was ich getan habe, habe ich für dich getan. Damit du ein besseres Leben hast. Als du ein kleiner Junge warst, hielt ich dich voller Liebe in den Armen, und vielleicht sind dir noch Erinnerungen aus dieser Zeit geblieben. Keinem Kind sollte die Wahrheit vorenthalten bleiben. Dein Vater ist Theodore Camden. Ich hoffe, dass du nun, da du einundzwanzig Jahre alt bist, die Umstände verstehen kannst, um deretwillen du die Wahrheit nicht erfahren hast. Und dass du mir verzeihen kannst.

Der Name darunter war unleserlich, doch Bailey war sicher, dass er mit einem *S* begann.

Sie zeigte Renzo den Brief, zitternd vor Erregung. »Die Hinweise verdichten sich.«

»Christopher war nicht irgendein angenommenes Kind.« Er sah sich den Brief genau an. »Du hattest recht. Er war Theodore Camdens Sohn.«

»Und der von Sara.« Ihre Wangen brannten vor Freude bei dieser Bestätigung. Sie war eine Camden, genau wie ihr Vater und ihr Großvater. Hier war der Beweis. »Ich wusste es. Sieht das nicht aus wie ein *S*?«

Er blinzelte. »Ich bin mir nicht sicher. Aber vielleicht. Wo hast du den gefunden?«

»In einem Täschchen von Minnie Camden. Jedenfalls war dieses Täschchen in Minnie Camdens Koffer.«

»Dann war er vielleicht Minnies Kind.«

»Aber warum hätte sie es dann geheim halten sollen? Das ergibt keinen Sinn. Und auf jeden Fall steht da unten auf dem Brief nicht *Minnie.*« Je länger sie über die Bedeutung dieses Briefes nachdachte, desto schneller schlug ihr Herz. Die Aufregung rieselte durch ihren ganzen Körper.

Sie gab Renzo die Messerscheide und den Fingerknochen. »Nimm das und bring es an einen sicheren Ort. Morgen gehe ich als Erstes in die Bibliothek, um mehr über Sara Smythe und den Mord herauszufinden.«

»Sollten wir nicht das Metropolitan Museum kontaktieren und denen sagen, was du entdeckt hast?«

»Das machen wir, aber jetzt noch nicht. Du weißt doch, was das bedeutet, oder?«

Renzo sah sie sehr abwartend an.

»Es bedeutet, dass ich eine Nachfahrin von Theodore Camden bin. Da bin ich sicher.«

»Überleg dir gut, was du dir wünschst.«

Sie gab ihm einen flüchtigen Kuss auf die Wange. Eine elektrisierende Berührung. So hatte sie es nicht gemeint, nur als eine Geste der Freundschaft und der Begeisterung, doch auch er hatte es gemerkt und zog sich zurück.

»Entschuldigung, das wollte ich nicht.« Sie wurde rot.

»Alles gut. Trotzdem, lass es ruhig angehen. Keine übereilten Schlüsse.«

Meinte er ihre Freundschaft oder das, was sie herausgefunden hatte?

Wie auch immer, Vorsicht war nie ihre starke Seite gewesen.

Kapitel 22

New York City, Juli 1885

Sara schlug die Augen auf. Es war dunkel, und der Schmerz hatte zwar nachgelassen, doch sie wusste, dass er bald zurückkehren würde. In dieser Pause versuchte sie herauszufinden, wo sie war. Dies war nicht das Charity Hospital, dessen war sie sicher. Das Bett war hart, die Decke rau, und sie sah auch keine andere Frau in Wehen liegen. Die einzige andere Frau im Raum, eine zahnlose Alte mit leerem Blick, stand auf, kehrte ihr den Rücken zu und ging über einem Abfallkübel in die Hocke, dabei sang sie laut und falsch ein Klagelied über den Teufel. Sie war immer noch im Irrenhaus.

Der Abend wurde zum Tag und dann wieder zum Abend, und Sara kämpfte um Luft und Leben und presste. Die Schwestern ignorierten sie meistenteils. Als sich eine mit grimmigem Gesichtsausdruck über sie beugte, griff Sara nach ihrem Handgelenk.

»Ich muss ins Charity Hospital gebracht werden. Auf die Station für ledige Mütter.«

»Was wissen Sie schon davon?« Die Schwester befreite sich aus Saras Griff. »Die nehmen da sowieso keine Verrückten. Sie würden nur die anderen stören.«

»Das würde ich nicht. Ich weiß, dass ich dorthin gehöre. Fragen Sie Schwester Alden.«

»Das sagen Sie schon die ganze Zeit, seit Sie hier sind. Das reicht, Schätzchen. Sie sind hier als Mrs Smythe eingetragen worden. Die andere Station ist für ledige Mütter.«

Wenn ihre Lage nicht so verzweifelt gewesen wäre, hätte Sara gelacht. »Es ist noch zu früh für das Baby, nicht wahr?«

»Davon verstehe ich nichts. Da müssen Sie den Doktor fragen.«

Aber da wurde sie wieder von einer Welle des Schmerzes überrollt und vergaß alles bis auf die Muskeln und Nerven ihres Körpers, die sich in einer Weise spannten, die körperlich unmöglich schien.

Endlich kam der Arzt, flankiert von zwei Schwestern. Ein junger Mann mit hellen blauen Augen, deren Blick durch den Raum flog und alles aufnahm. Er kam von außen und roch geradezu nach Angst.

Eine Schwester zeigte auf Sara. »Gestern Abend hat sie damit angefangen. Wir wussten nicht, dass sie schwanger war.«

»Wie konnte Ihnen das denn entgehen?« Der Arzt setzte sich auf die Bettkante, nahm sein Stethoskop und hörte Saras Bauch ab. Auf eine Welle der Verlegenheit folgte ein Gefühl von Hoffnung. Vielleicht konnte er ihr helfen.

»Sie hat uns nichts gesagt. Wir können doch nicht alle Frauen im Blick behalten, es sind immerhin eintausendsechshundert.«

»Kann sie sprechen?« Er sah zu den Schwestern auf.

Zum Glück machten die Wehen gerade eine Pause. »Ja, ich kann sprechen, Herr Doktor.«

Er sah verblüfft auf sie hinunter. »Sind Sie Engländerin?«

Er hatte einen ganz speziellen vertrauten Akzent. »Und Sie sind Waliser.«

»Ja, das stimmt. Sagen Sie, warum haben Sie niemandem von Ihrem Zustand erzählt?«

Die nächste Wehe kündigte sich an, und sie wimmerte vor Schmerzen.

»Bitte holen Sie ihr etwas Wasser.« Gehorsam entfernten sich die Schwestern.

»Ich wusste nicht, was sie mit mir machen würden.«

»Das hier ist ein ziemlich schrecklicher Ort, oder?«

»Ja. Ich hatte gehofft, man würde mich in das Charity Hospital auf der Insel bringen, auf die Station für ledige Mütter.«

»Haben Sie denn keinen Mann?«

»Nein.« Ihre Wangen wurden heiß vor Scham. Wie tief sie doch gesunken war.

»Warum wurden Sie in diese Anstalt hier gebracht?«

»Ich weiß es nicht genau. Sie sagten, ich würde mich seltsam benehmen, ich hätte etwas gestohlen. Aber ich kann mich nicht daran erinnern. Ich war damals schon schwanger, vielleicht hat das mein Bewusstsein getrübt.«

Sie hätte den Diebstahl nie erwähnen dürfen. Sein Rücken straffte sich. »Es tut mir leid, das zu hören. Aber ich fürchte, es ist zu spät für einen Transport ins Krankenhaus. Sie werden das Kind hier bekommen müssen.«

»Es kommt zu früh. Ich glaubte, es würde erst im August kommen.«

Der Schmerz steigerte sich so sehr, dass sie nicht mehr denken und sprechen konnte. »Bitte gehen Sie noch nicht«, flüsterte sie. Tränen der Verzweiflung rannen ihr über die Wangen. »Was wird danach mit dem Kind geschehen?«

»Das weiß ich nicht. Dies ist meine erste Woche, und ich weiß noch nicht, wie das alles hier funktioniert. Aber machen Sie sich um solche Sachen jetzt keine Gedanken. Sie müssen sich Ihre Kräfte bewahren, damit Sie Ihr Kind gebären können.« Er stand auf.

»Woher in Wales stammen Sie?« Sie wollte nicht, dass er schon ging.

»Swansea.«

»Ist es schön dort? Es klingt schön.«

»Es liegt am Meer.«

»Fehlt es Ihnen?« Sie biss die Zähne zusammen, damit sie nicht klapperten.

»Genug geplaudert. Ich sehe mal nach dem Wasser, das Sie bekommen sollen.«

»Bitte gehen Sie nicht fort. Bitte. Bitte helfen Sie mir.«

Er nickte. »Ich werde tun, was ich kann.«

Als er davongegangen war, brach sie in Schluchzen aus. Sie war so gut allein zurechtgekommen, hatte sich um ihr eigenes Leben gekümmert und ein riesiges Gebäude und dessen Personal organisiert, und nun war sie hilflos, gefangen an einem schrecklichen, ausweglosen Ort, umgeben von nichts außer pulsierendem Schmerz und Angst. Das freundliche Verhalten des Arztes hatte sie nur an all das erinnert, was sie verloren hatte.

»Schluss mit dem Geheule.« Die Schwestern waren wieder da. Eine hob Saras Kopf an und schüttete ihr aus einem schmutzigen Blechbecher Wasser in den Mund, unbekümmert darum, dass es seitlich herauslief und über Saras Wangen und Hals tropfte.

Das Wasser schmeckte metallisch, als wäre ihm irgendetwas Medizinisches beigemischt worden. Sie versuchte, sie zu fragen, was sie ihr gegeben hatten, doch ihre Zunge fühlte sich ganz schwer und dick an. Dann folgte ein Meer von Empfindungen, doch sie konnte nicht herausfinden, woher die Geräusche kamen und wo sie aufhörte und die übrige Welt anfing. Sie träumte von dem Baby und von ihrer Mutter, die beiden lagen zusammengekuschelt in einem Bett. In ihrem Traumbild ging sie näher heran, um das Baby auf den Arm zu nehmen, doch sie schreckte entsetzt zurück, als sie merkte, dass die beiden ganz aus Eis waren. Sie fühlten sich kalt an und gar nicht menschlich.

Als sie die Augen aufschlug, flutete grelles Sommerlicht durch das Fenster. Der Raum war leer, die feuchte Luft roch nach Schimmel und verfaultem Gemüse. Sie hatte am ganzen Körper Schmerzen, als wäre sie von einem Pferd niedergetrampelt worden, und ihre Brüste waren schwer und schmerzhaft gespannt. Sie sah sich auf beiden Seiten des Bettes nach einem Bettchen oder einem anderen Lebenszeichen ihres Kindes um.

»Na, da sind Sie ja.« Der Arzt trat ein. Er hatte dunkle Schatten unter den Augen. »Wie fühlen Sie sich?«

Sie versuchte, sich aufzusetzen, doch ihre Muskeln verweigerten den Dienst.

»Bewegen Sie sich nicht. Sie brauchen Ruhe.«

»Und das Baby?«

Er antwortete nicht auf ihre Frage. »Die Schwestern sagten, dass Sie schon in ein oder zwei Tagen zu den anderen Patienten zurück müssen. Ich habe versucht, sie dazu zu bringen, Ihnen noch eine Woche Erholung zu gönnen, doch leider ist Superintendent Dent damit nicht einverstanden.«

Das war ihr alles gleich. »Aber wo ist mein Kind?«

»Es tut mir leid, Mrs Smythe. Das Baby ist gestorben.«

Sara blinzelte unter ihren Tränen. Sie hatte sich selbst nicht eingestanden, wie sehr sie sich auf die Begegnung mit diesem Geschöpf gefreut hatte, obwohl sie es in eine Welt des Elends und der Schmerzen geboren hatte. »Was? Aber ich habe es doch in mir gespürt. War es zu früh?«

Er runzelte die Stirn. »Es war missgebildet. Schrecklich missgebildet. Ehrlich gesagt ist es besser, dass es tot ist, denn sonst wäre es an einem Ort wie diesem aufgewachsen, und das hätten Sie doch nicht gewollt, oder?«

Sie antwortete nicht. »Darf ich es sehen?«

»Es wird auf der Insel begraben. Sie hatten einen

kleinen Jungen. Sie begraben die toten Kinder hier. Es war besser, dass Sie ihn nicht gesehen haben. Irgendetwas ist furchtbar schiefgegangen.«

Schwester Garelicks Tritte hatten dem Baby geschadet, genau wie sie es befürchtet hatte.

Er tätschelte ihre Hand. »Wie auch immer, Sie müssen versuchen, schnell wieder zu Kräften zu kommen. Lassen Sie sich davon nicht niederdrücken. Es ist besser so, glauben Sie mir.«

Sie wandte sich ab und bedeckte ihre Augen mit der Hand. Das Baby war gestorben, und vor sich hatte sie nur noch mehr Schmerz, noch mehr Herumsitzen, noch mehr Grausamkeit. Das Kind, das sie in sich getragen hatte, Theos Kind, lag nun irgendwo auf der Insel unter der Erde, in einem der namenlosen Gräber, die sie und Natalia hinter dem Charity Hospital gesehen hatten. Keine Kreuze, nur Erdhaufen, die zusammensackten, wenn die Körper und die Knochen und das Fleisch in sich zusammenfielen.

Sie würgte, und der Arzt sprang auf. »Ich sorge dafür, dass die Schwester Ihnen einen Eimer bringt.«

Sara hörte, wie sich seine Schritte entfernten und ihr Geräusch in den Geräuschen ihrer Trauer unterging.

* * *

Sara hatte es zwei Tage ausgehalten, nachdem sie wieder in ihrer Abteilung war, sie hatte mit niemandem gesprochen, nicht einmal mit Natalia, sie hatte nichts gegessen und, schlimmer noch, sich geweigert, Fußmatten anzufertigen, und dann war sie wieder fortgezerrt und in eine Zelle im obersten Stock gebracht worden, in dieselbe, in die sie nach Schwester Garelicks Tritten gesperrt worden war.

Die arme Natalia hatte versucht, sie zu trösten, und sie gedrängt, wieder von dem dunklen Ort zurückzukehren, an den der Tod des Babys sie geführt hatte, doch Sara hatte nichts davon hören wollen. Der Schmerz und die Verwirrung dieser Geburt hatten sie entzweigerissen, jetzt gab es keinen Trost mehr. Nicht auf Blackwell's Island.

Den größten Teil des Tages verbrachte sie zusammengerollt auf der Bettstelle und hob nur hin und wieder den Kopf, um zuzusehen, wie die Mäuse kreuz und quer über den Boden liefen und alles von dem Tablett wegfraßen, das man ihr unter der Tür durchgeschoben hatte. Wie schön musste es sein, instinktiv zu leben und nichts von der Welt da draußen und ihren Freuden und Skandalen zu wissen. Wenn sie sich hätte umbringen können, hätte sie es getan. Eine der Schwestern hatte ihr gedroht, man werde sie in die Lodge schicken, wenn sie nicht endlich anfinge, den Befehlen zu gehorchen. »Da wird man Sie wie eine Lumpenpuppe durch die Gegend werfen, und Sie werden darum flehen, wieder zu ihren Kameradinnen zurückkehren zu dürfen«, hatte sie höhnisch gesagt. Sara hatte nur das Gesicht zur Wand gedreht, und seither war das Essen ausgeblieben.

Sie hatte das Zeitgefühl verloren. Vielleicht war seit dem Tod ihres Babys eine Woche vergangen, vielleicht auch fünf Tage. Oder fünf Monate. Das war alles nicht mehr wichtig.

Die Verriegelung der Tür schnappte auf.

»Sie bleiben hier, bis wir wissen, wohin mit Ihnen. Um diese Leiche da in der Ecke brauchen Sie sich nicht zu kümmern, die wird Ihnen nichts tun.«

»Danke, Schwester Cotter. Ich habe mir Ihren Namen doch richtig gemerkt?«

Es folgte eine lange Pause, so lang, dass Sara die Augen öffnete.

»Ja, so heiße ich.«

»Sehr schön. Danke, Schwester Cotter.«

Die Schwester gluckste belustigt und knallte die Tür zu.

»Eine wirklich reizende Dame.«

Sara drehte sich um und musterte ihre neue Zellengefährtin. Die Frau hatte das Baden ziemlich unversehrt überstanden. Ihr Haar war über der Stirn noch feucht und lockte sich, ihr Hals und ihre Wangen waren rot.

Die Frau streckte die Hand aus. »Guten Tag erst einmal, ich heiße Nellie Brown.«

Sara schloss die Augen. Armes Mädchen. Die würden sie auch noch brechen.

»Geht es Ihnen gut?«

Sara hoffte, die Neue würde ihr Schweigen richtig interpretieren und sich auf ihre Seite der Zelle zurückziehen. Aber sie hatte kein Glück. Stattdessen kam die junge Frau näher zu ihr und betrachtete sie wie ein Kunstwerk im Museum. Was in gewisser Weise passend war. Sara bestand nur noch aus hartem Marmor und Stein, vom Gewicht niedergepresst auf ihren Sockel, die Bettstelle.

»Sie sehen so aus, als ginge es Ihnen nicht gut. Kann ich irgendetwas für Sie tun?«

Sara konnte nicht anders. Sie lachte.

»War das lustig?«

Sara dachte daran, mit welcher Energie sie selbst an diesen Ort gekommen war, wie sie versucht hatte, alles zu bewältigen und herauszufinden, wo sie stand und wie sie entkommen konnte. »Sie sollten sich nicht bemühen.« Ihre Stimme war schwach.

»Worum sollte ich mich nicht bemühen?«

»So ziemlich um alles.« Sara seufzte. Diese junge Frau war nicht so leicht abzuschütteln. »Es hat keinen Sinn.«

Die andere ging ans Fenster und schaute hinaus. »Ich kann von hier aus die Stadt sehen.«

»Sie scheint so nah zu sein, nicht wahr?«

Nellie ging zu ihrem Bett und setzte sich, dabei zog sie das Kattunkleid unter ihre Beine. »Bekommt man hier nichts anderes anzuziehen?«

Sara schüttelte den Kopf.

»Nicht einmal im Winter?«

»Wir bekommen Mäntel für die Pflichtspaziergänge draußen.«

»Warum sind Sie hier?«

Die redete wirklich nicht um den heißen Brei herum.

»Ich bin auf meiner Arbeitsstelle in Schwierigkeiten geraten und dann hier gelandet. Wie genau, weiß ich nicht sicher.«

»Sind Sie verrückt?«

Sara schüttelte den Kopf. Wenn die Tortur des Gebärens überhaupt etwas Gutes an sich gehabt hatte, dann, dass sie ihr Vertrauen in ihre eigene Urteilsfähigkeit gestärkt hatte. Sie hatte ein Kind verloren. Und sie war gegen ihren Willen hier. »Nein. Nein, gar nicht.« Sie setzte sich auf und verschränkte die Arme. »Sind Sie es?«

»Nein.«

Es gab keine Erklärungsversuche, keine Vorwürfe gegen andere, keine Entschuldigungen.

»Warum sind Sie dann hier?«

»Das ist eine sehr gute Frage.« Doch Nellie beantwortete sie nicht. »Wie lange sind Sie schon hier?«

»Ich bin im Januar dieses Jahres hier angekommen.«

»Was glauben Sie, wie viele verrückte Frauen sind in dieser Anstalt?«

»Patientinnen.«

»Wie bitte? Ach, ja. Patientinnen. Wie viele gibt es hier?«

»Etwa eintausendsechshundert.«

Während die Nachmittagssonne an der Wand hochwanderte, öffnete sich Sara zu ihrer eigenen Überraschung, wie sie sich noch nie jemandem, nicht einmal Natalia gegenüber, geöffnet hatte. Zum Teil, weil sie dieser jungen Frau eine bessere Chance bieten wollte, sich in den gefährlichen Kanälen des Blackwell's Island Insane Asylum zurechtzufinden. Aber auch, weil sie gehört werden wollte. Ein einziges letztes Mal.

Sie erzählte ihr, wie Marianne geschlagen, misshandelt und gequält worden war. Nellie stellte ihr

Fragen, schien von den Antworten jedoch nicht sonderlich schockiert. Manchmal wiederholte sie, was Sara gesagt hatte. Vielleicht war sie nicht besonders helle.

Dann kam das Essen. Die Frau hob beide Tabletts hoch, brachte eins davon zu Sara und stellte es ihr auf die Knie.

»Ich möchte nicht essen.«

»Aber ich möchte essen, und ich esse nicht gern allein, Sie müssen mir also den Gefallen tun.«

Sara biss ein Stück Brot ab und war entsetzt, als ihr Magen knurrend nach mehr verlangte.

»Wo haben Sie gearbeitet, bevor Sie hierhergebracht wurden?«, fragte Nellie.

»Im Dakota Apartmenthaus.«

Die junge Frau legte den Löffel ab. »Während der Bauzeit habe ich alles über dieses Gebäude gelesen. Was für eine Aufgabe hatten Sie?«

»Ich war die *Managerette.*«

»Sie waren verantwortlich?«

»Ja, unter der Ägide des Verwalters natürlich.«

Ein Teil von Sara freute sich, dass sie diese Frau beeindrucken konnte. Ein anderer wollte sie ernüchtern, ihr zeigen, dass die Aussichten für sie beide nicht gut waren. So war das, man lebte ganz einfach sein Leben und musste dann zusehen, wie alles, was man mühsam aufgebaut hatte, in sich zusammenbrach. Sie hatte sich Sorgen gemacht wegen ihrer Schwangerschaft und wegen Theos etwaiger Reaktion. Damals ein unüberwindliches Problem für sie. Und dann geschah etwas anderes, man fuhr mit einer Fähre in die

Hölle, und die vorherigen Sorgen wirkten dann vergleichsweise harmlos.

»Was ist passiert?«

»Mir wurde vorgeworfen, ich hätte einer der Mieterinnen eine Kette gestohlen.«

»Und, haben Sie es getan?«

»Nein. Ich weiß nicht, wer es war. Aber ich war es nicht.«

»Und deshalb wurden Sie einfach so ins Irrenhaus gesteckt?«

Was für einen Sinn hatte es noch, irgendwelche Spielchen zu spielen? »Ich hatte eine Affäre mit dem Mann der Frau, die es mir unterstellt hat. Vielleicht hatte sie von der Affäre erfahren.«

»Und sorgte dann dafür, dass Sie überführt wurden und als Schuldige dastanden, meinen Sie?«

Sara hatte diesen Gedanken seit ihrer Inhaftierung immer wieder hin- und hergewälzt und sich zu erinnern versucht, was an den Tagen vor der Entdeckung der Halskette in ihrem Schreibtisch genau geschehen war. Ob Mrs Camden von ihrer Beziehung zu Theo erfahren und beschlossen hatte, sie mit Hilfe einer falschen Anklage loszuwerden. »Vielleicht.«

»Warum sind Sie hier oben und nicht bei den anderen Frauen?«

»Ich habe aufgehört zu arbeiten, ich habe eigentlich mit so ziemlich allem aufgehört. Und das gefällt denen nicht.«

»Warum haben Sie damit aufgehört?«

Über Saras Gesicht begannen Tränen zu laufen. Niemand sonst hatte nach dem Grund ihres Verhaltens gefragt. »Ich habe ein Kind bekommen, und es ist gestorben, und danach hatte nichts mehr einen Sinn.«

Die Frau nahm ihre Hand. »Das Kind Ihres Geliebten?«

Sara nickte. »Er weiß nicht einmal, dass ich hier bin. Sie haben mich weggesperrt, und ich weiß nicht, was er denkt und was noch geschehen ist. Mit mir ist es aus.«

»Das mit Ihrem Kind tut mir so leid. Sie haben es ganz sicher nicht verdient, wegen einer Sache, die Sie nicht verbrochen haben, ins Irrenhaus gesperrt zu werden. Denn Sie haben es doch nicht getan, oder?«

»Nein, ich habe es nicht getan.«

Diese junge Frau verwandte viel zu viel Energie auf Sara. Man musste sie warnen.

»Von jetzt an müssen Sie vor allem für sich sorgen. Stellen Sie den anderen Insassinnen nicht solche Fragen, schon gar nicht im Beisein der Schwestern. Sonst bekommen Sie Schwierigkeiten. Das Wichtigste ist immer, keine Aufmerksamkeit zu erregen. Tun Sie, was man von Ihnen verlangt, essen Sie so viel, wie Sie können, und setzen Sie sich im Sitzraum auf die den Fenstern gegenüberliegende Seite, damit Sie etwas anschauen können.«

»Im Sitzraum?«

»Das sehen Sie schon noch. Versuchen Sie nicht, jemandem zu helfen, das endet nie gut. Aber da gibt es eine wunderbare Frau, Natalia. Versuchen Sie, sie zu finden.«

»Und was ist mit Ihnen?«

»Ich weiß nicht, ob man mich je wieder aus dieser Zelle herauslässt.«

»Bitte sagen Sie doch so etwas nicht.« Sie ging vor Sara in die Hocke und schluckte schwer. »Sie sind ganz offensichtlich geistig gesund, das sehe ich doch selbst. Sie müssen mir versprechen, meinetwegen weiterzumachen und zu tun, was man Ihnen sagt. Könnten Sie nicht wenigstens ein paar Wochen lang Ihrem eigenen Rat folgen?«

Ein paar Wochen, ein paar Tage. Was machte das schon aus.

Sara antwortete nicht. Die Sonne war untergegangen, und es wurde kalt in der Zelle. Zeit zum Schlafen. Wortlos krochen sie unter ihre dünnen Decken.

* * *

»Nach wem hältst du Ausschau?« Natalia ließ ihren Löffel auf den Teller klirren und lächelte Sara schief an. »Nach dem Märchenprinzen?«

Sara warf ihrer Freundin einen Blick zu. In den vergangenen zwei Wochen, seit sie wieder in das Haus 6 entlassen worden war, sah sie sich vergeblich nach Nellie um, und sie fragte sich, wie es ihrer Zellengefährtin inzwischen erging. Nellie war schon am Tag nach ihrer Ankunft wieder aus der Zelle geholt worden, Sara erst zehn oder zwölf Tage später, sie wusste nicht mehr genau, wie viele Tage. Zeit war keine zuverlässige Größe mehr.

»Nach Nellie, dieser jungen Frau, von der ich dir erzählt habe.«

»Stimmt. Sie war eine Zeit lang hier, aber dann ist sie wohl in ein anderes Gebäude verlegt worden.«

»Aber dann hätten wir sie doch irgendwann draußen sehen müssen. Als ob sie sich einfach so in Luft aufgelöst hätte.«

Natalia seufzte. »Wäre das nicht herrlich?«

»Hoffentlich wurde sie nicht in die Lodge gebracht. Sie war alles andere als gewalttätig, dafür hätte es keinen Grund gegeben.«

»Wir erleben es doch andauernd, Frauen, die sich ruhig verhalten und plötzlich wild werden. Man kann nie wissen. Ich freue mich so, dass du wieder hier bei mir bist. Freust du dich auch?«

In ihren Worten lag Sorge. Seit der Geburt des Kindes behandelte Natalia Sara anders. Als wäre sie zart und zerbrechlich. Vielleicht war sie das auch, ganz tief innen. Doch die körperliche und emotionale Belastungsprobe und die langen Tage und Nächte in der Zelle hatten ihr Äußeres zu einem Panzer gehärtet. Sie tat, was man ihr sagte, sie stellte keine Fragen und machte keinen Ärger. Sie kannte ihren Platz. Das Irrenhaus hatte ihn ihr eingebläut. Der Tod ihres Babys war etwas, das sie wegdrücken musste, weit weg, und woran sie nie mehr denken durfte.

»Ich bin sehr froh, wieder bei dir zu sein, Natalia. Natürlich!«

»Es tut mir leid, dass unser Plan nicht geklappt hat.«

»So ist es besser. Stell dir doch die Alternative vor. Wenn es überlebt hätte.« Sie sagte nie *er*, wenn sie von ihrem Kind sprach.

»Ja, vielleicht.« Natalia betrachtete ihren Teller. »Schon wieder Fisch mit Kartoffeln, ein Festmahl.«

»Stell keine Fragen, genieß es einfach! Wer weiß, wann sie uns wieder verdorbenes Rindfleisch vorsetzen!«

»Und was ist mit dem neuen Bettzeug? Was meinst du, warum sie das gemacht haben?«

Tatsächlich waren jeder Insassin ein Kissen und eine warme Decke fürs Bett ausgehändigt worden, ein unerhörter Luxus.

»Mrs Smythe.«

Sara blickte auf und sah Schwester Alden mit raschen Schritten auf sich zukommen. »Sie müssen sofort mit mir kommen.«

Sara sah Natalia an, die plötzlich ganz grau im Gesicht war. »Es ist alles in Ordnung. Mir passiert schon nichts.« Aber was wollten sie von ihr? Sie hatte nichts getan, was die Aufmerksamkeit auf sie gelenkt haben konnte. Jedenfalls fiel ihr nichts ein.

Schwester Aldens Augen leuchteten. »Kommen Sie einfach mit.«

Superintendent Dent stand mit Dr. Fields mitten im achteckigen Raum. Eine Frau in einem gut geschnittenen braunen Wollkleid trat auf sie zu.

Nellie.

»Meine liebe Sara. Ich freue mich so, Sie wiederzusehen.«

Sara warf einen Blick auf Superintendent Dent. War das eine Finte?

»Sie sind entlassen, Mrs Smythe.« Er wirkte nicht erfreut und mied ihren Blick. »Die Papiere wurden bereits unterzeichnet. Fort mit Ihnen, die Fähre legt bald ab.«

»Ich kann gehen?«

»Ja. Sie sind frei.«

Kapitel 23

New York City, Juli 1885

»Ich muss zu Natalia.« Sara wollte zurück in den Speisesaal, doch Nellie fing sie ein.

»Nein, dafür haben wir keine Zeit. Wir überlegen uns etwas. Aber nicht jetzt.«

»Warum werde ich entlassen?«

Superintendent Dent räusperte sich. »Miss Bly ist Reporterin und hat Ihren Namen reingewaschen.«

»Aber Sie waren doch noch vor wenigen Wochen hier als Insassin?«

»Ja, das war ich, aber als Undercover-Journalistin. Zum Glück hat die Presse die Macht, das Unrecht und die katastrophalen Zustände in einer Einrichtung wie dieser öffentlich zu machen.« Bei diesen Worten sah sie Superintendent Dent streng an.

Sara war sich nicht sicher, was das bedeuten sollte und was überhaupt geschehen war. Bevor sie noch eine Frage stellen konnte, wurde sie in einen Raum gebracht, in dem sie einige Papiere unterschreiben sollte. Dann nahm Nellie sie beim Arm und führte sie nach draußen, wo die anderen Insassinnen herumliefen.

»Sara!«

Natalia rannte zu ihr, das Gesicht voller Sorge. »Wohin gehst du?«

Sara umarmte ihre Freundin. Den Menschen, der sie in den vielen Monaten hier am Leben erhalten hatte. »Ich gehe fort. Ich bin freigelassen worden. Ich weiß auch nicht genau, was passiert ist.« Sie begann zu weinen. »Ich kann dich nicht verlassen.«

»Wir kommen zurück, das verspreche ich«, sagte Nellie. Sie legte Natalia die Hand auf den Arm. »Mehr kann ich im Augenblick nicht tun, aber es wird mehr Besuche geben, und wenn Sara Ihren vollen Namen und Ihre ganze Geschichte kennt, dann werden wir sehen, ob wir auch Sie freibekommen.«

»Ihr Name ist Natalia Fabiano, und ich kann sie nicht im Stich lassen.«

Natalia nahm Saras Gesicht in ihre Hände. »Natürlich kannst du das. Und jetzt geh.« Sie umarmten sich.

Die Fähre ließ bereits das Horn tuten, und Sara und Nellie gingen unter den Bravorufen der Insassinnen zum Kai. Die Krankenschwestern versuchten ihre Schützlinge zur Ruhe zu bringen, doch vergeblich. Und Natalias Stimme übertönte sie alle:

»Sara Smythe! Vergiss uns nicht!«

Erst als das Schiff ablegte und der Seemann vorn das dicke Tau an Land warf, begriff Sara voll und ganz, dass ihr Leben plötzlich eine neue Wendung genommen hatte. Nellie drückte ihr eine Zeitung in die Hand. Sara überflog den Artikel auf dem Titelblatt, in dem die schrecklichen Zustände des Blackwell's Island Insane Asylum detailliert beschrieben wurden – die kalten

Bäder, die Schläge, die sadistischen Angestellten und die vielen Stunden quälenden Sitzens –, ein schreckliches Wort nach dem anderen, damit die ganze Stadt es las. Und darunter stand MISS NELLIE BLY.

»Sie sind eine Heldin.« Sara griff nach Nellies Hand. »Sie haben so getan, als wären Sie verrückt? Was haben Sie sich nur dabei gedacht?«

»Ehrlich gesagt dachte ich, das wäre eine gute Story. Aber nachdem ich einmal hier war, wurde mir klar, wie schrecklich es ist und dass niemand in der Stadt wirklich über diese Zustände Bescheid wusste. Ich war sicher, wenn sie es wüssten, wäre es ihnen nicht egal, und ich hatte recht. Dies ist erst ein erster Schritt. Es wurde ein Ausschuss gebildet und außerdem eine Million Dollar zur Verfügung gestellt, um diesen Ort in Ordnung zu bringen.«

Eine Million Dollar. Eine unvorstellbare Summe.

»Aber warum wurde nur ich begnadigt? Was ist mit den anderen? Viele Frauen im Blackwell's sind nur deshalb dort, weil sie nicht gut genug Englisch sprechen, um sich zu verteidigen.«

»Glauben Sie mir, ich habe begriffen, wie ungerecht mit den Frauen im Blackwell's verfahren worden ist. Ich erkläre Ihnen später, beim Abendessen, warum Sie frei sind und die anderen nicht. Aber erst müssen wir Sie unterbringen und säubern. Nehmen Sie es mir nicht übel, aber das haben Sie ziemlich nötig.«

Zu einer anderen Zeit wäre Sara schon beim Gedanken an einen solchen Zustand erschrocken gewesen. Aber jetzt war es ihr nicht einmal peinlich. Sie war frei.

Sie nahmen eine Kutsche, die am anderen Flussufer

auf sie wartete, und fuhren dann vor der Marmorfassade des Fifth Avenue Hotels an der Twenty-Third Street vor.

»Mit den besten Empfehlungen der *World*, jetzt werden Sie erst einmal ordentlich verwöhnt, und das haben Sie sich auch verdient«, verkündete Nellie. »Und ich werde gleich mitverwöhnt, worauf ich mich enorm freue.«

Draußen hatte sich eine Menschenmenge versammelt, sie sahen aus wie dichtgedrängte Zeitungsleute. Nellie nahm ihre Hand. »Beachten Sie sie gar nicht, folgen Sie mir und gehen Sie einfach durch die Menge hindurch.«

»Warum sind sie hier? Wissen sie, wer ich bin?«

»Jeder weiß, wer Sie sind, meine Liebe.«

Ein Hotelpage hatte sie im Nu in den Aufzug und dann zu einer Suite im obersten Stock geführt. Der Raum war verschwenderisch ausgestattet, mit einem rotseidenen Bettüberwurf und passend bezogenem Sessel, Amaranth-Einlegearbeiten und türkischen Teppichen.

»Das soll für mich sein?« Saras Herz schlug sehr schnell. Dieser plötzliche Umbruch in ihrem Leben überwältigte sie. Am liebsten wäre sie gleich zu Theo gegangen, aber es würde ihr bestimmt nicht gelingen, das Hotel zu verlassen, ohne die Reporter draußen auf sich aufmerksam zu machen.

»Ja, alles für Sie. Ich rufe das Zimmermädchen, damit es Ihnen ein Bad einlässt, und im Schrank sind mehrere Kleider und Unterwäschegarnituren, Sie dürfen sich etwas aussuchen. Lassen Sie sich Zeit, und dann essen wir beide zu Abend und ich erkläre Ihnen alles.«

Die warme, angenehme Schwerelosigkeit im Bad raubte ihr fast die Sinne. Ihre Hände waren rau und aufgesprungen, und ihre Glieder schienen zu jemand anders zu gehören. Obwohl sie ihr Spiegelbild eigentlich nicht sehen wollte, war der große Spiegel doch zu verführerisch. Weil sie so abgenommen hatte, wirkten ihre Augen größer und ihr Kopf wie ein massives Gewicht auf einem mageren Hals. Sie sah aus wie einem Albtraum entsprungen.

Ein Mädchen half ihr in die Seidenunterwäsche und in ein hellbraunes Kleid. Nach der rauen Wolle und dem Kattun der Blackwell's-Kleidung fühlten sich die Stoffe auf ihrer Haut an wie Schmetterlingsflügel. Sie setzte sich vor den Spiegel und ließ sich von der Frau das Haar zu einem Knoten aufstecken.

Als Sara unter den sanften Berührungen in ein emotionales Chaos zu geraten drohte, erinnerte sie sich an das Zwangssitzen in der Anstalt und konzentrierte sich auf ihre Atmung. Einatmen, ausatmen.

Nellie klopfte an die Tür und lächelte, als sie sie sah. »Na, jetzt sehen Sie doch wunderhübsch aus.«

»Könnten wir nicht hier zu Abend essen?«, fragte Sara. »Ich bin mir nicht sicher, ob ich in die Öffentlichkeit hinausgehen kann. Ich fühle mich gar nicht wie ich selbst.«

Nellie schüttelte den Kopf. »Sie machen das schon. Ich habe einen Tisch in der Ecke reserviert, nur für uns zwei. Dies hier ist ein vornehmes Hotel, niemand wird Sie belästigen.«

Unten ging ihr Nellie über den Parkettboden bis zu ihrem Tisch voraus, und Sara setzte sich mit dem Rücken zum Raum, um möglichst wenig Aufmerksamkeit zu erregen. Nellie bestellte das Essen für sie beide und begann dann in allen Einzelheiten zu erzählen.

»Nachdem ich draußen war, stocherte ich ein wenig in Ihrer Geschichte herum. Wussten Sie, dass nur wenige Monate, nachdem Sie fortgebracht worden waren, eine andere Angestellte des Dakota ins Gefängnis gesteckt wurde, weil sie die Mieter bestohlen hatte?«

»Wer war das?«

»Eine gewisse Miss Daisy Cavanaugh.«

Sara zog scharf die Luft ein. »Nein, nicht Daisy. Das kann nicht sein.«

»Anscheinend hatte sie schon seit einiger Zeit Dinge mitgehen lassen. Man fand einen ganzen Vorrat an Uhren, Haarspangen und Ringen in ihrem Zimmer. Wie eine diebische Elster, die keinem glänzenden Gegenstand widerstehen kann.«

»Aber die Kette, die ich angeblich gestohlen hatte, wurde in meiner Schreibtischschublade gefunden.« Daisy war seit der Ankunft in Amerika Saras einzige Freundin und Vertraute gewesen, und seit Daisys Mutter gestorben war, hatten sie sich noch nähergestanden. »Vielleicht ist sie genauso zu Unrecht beschuldigt worden wie ich? Ich kannte Daisy; sie war ein gutes Mädchen; sie hätte so etwas nicht getan.«

»Sie hat es zugegeben und sitzt jetzt im Gefängnis.«

Daisy war wütend darüber gewesen, dass Mr Douglas ihren Lohn nach dem Tod ihrer Mutter nicht erhöht hatte. Aber hätte sie es wirklich fertiggebracht, die Mieter zu bestehlen? Und schlimmer noch, Sara zum Sündenbock zu machen? Unvorstellbar. Doch es gab noch etwas, das Sara zu schaffen machte. Das Essen kam. Sie wartete, bis die Kellner außer Hörweite waren. »Wenn Daisy die Verbrechen zugegeben hat, warum ist dann niemand gekommen und hat mich aus der Anstalt geholt?«

»Der Verwalter, Mr Douglas, erzählte allen, Sie wären zurück nach England gegangen. Das Letzte, was er wollte, war, dass Sie freikamen und einen Skandal machten.« Sie steckte sich ein Stück Roastbeef in den Mund und stöhnte: »Köstlich! Wie auch immer, er ist nicht mehr Verwalter im Dakota. Nicht mehr, seit mein Artikel erschienen ist.«

»Was genau ist bekannt geworden?« Saras Magen schmerzte. Unvorstellbar, jetzt einen Bissen herunterzubekommen.

»Es reichte nicht, nur von meinen eigenen Erfahrungen zu berichten. Ich wollte außerdem, dass Sie freikamen und ein Unrecht wiedergutgemacht wurde, und dafür musste ich über das schreiben, was Ihnen zugestoßen war.«

»Was haben Sie über mich geschrieben?« In Saras Kopf wirbelte es. Die Affäre, das Kind. Nellie war eine unerschrockene Journalistin, und sie wusste schon so viel. Sara war rücksichtslos ehrlich gewesen, als sie sich in jener dunklen Zelle unterhalten hatten.

»Ich zeige Ihnen den Artikel, wenn wir wieder oben

sind.« Sie fing Saras Blick auf. »Keine Sorge, ich habe geschrieben, dass Sie eine anständige und ehrliche Frau sind, derer man sich entledigt hat, und dass sich nach der Entdeckung der wahren Diebin niemand die Mühe gemacht hat, Sie aus einer grausamen und schrecklichen Anstalt herauszuholen.«

»Ich verstehe.«

»Und es kommt noch besser, als Zeichen der Reue bietet Ihnen der neue Verwalter des Dakota Ihren früheren Job an. Die müssen jetzt für die Öffentlichkeit wieder auf der richtigen Seite sein, Sie verstehen. Sie werden also, sobald Sie dazu bereit sind, wieder als *Lady Managerette* eingesetzt.«

Nellie strahlte vor Freude.

Sara begann heftig zu zittern. »Das könnte ich nicht. Ich könnte nicht zurückgehen.«

Nellie beugte sich über den Tisch und legte ihre Hand auf Saras. »Sie müssen jetzt noch gar nichts entscheiden. Ich nehme an, die Rückkehr ins normale Leben wird schwierig sein, nachdem Sie sieben Monate lang denken mussten, alles sei verloren. Ich war nur zehn Tage dort, und ich bin immer noch nicht sicher, wo oben und unten ist. Schlafen Sie, ruhen Sie sich aus, lassen Sie uns ein paar Tage hier unterschlüpfen, damit Sie in aller Ruhe entscheiden können, was Sie als Nächstes tun wollen.«

»Ich gehöre nicht hierher. Nicht zu den Leuten hier. Das ist alles zu viel für mich.«

»Glauben Sie mir, Sie werden sich schnell daran gewöhnen. Und morgen möchte Sie jemand sprechen, wenn Sie sich dazu in der Lage fühlen.«

»Wer?«

»Ein Mann, der sich an dem Tag, als Ihre Geschichte in der Zeitung stand, bei mir meldete. Er sagte, Sie würden ihn sehen wollen. Ein Mr Theodore Camden.«

* * *

An diesem Abend schlief Sara sehr schnell ein. Sie ließ sich in die Daunen fallen und gab sich der Wärme in diesem Zimmer hin, Dinge, von denen sie im Blackwell's nur hätte träumen können. Im Morgengrauen schreckte sie aus dem Schlaf, weil sie von einer weinenden Natalia träumte. Wie hatte sie sie nur zurücklassen können? Und noch so viele andere!

Eine Stunde später kam Nellie, gefolgt von Kellnern mit Tabletts voller Frühstücksspeisen, die sie beide nicht würden aufessen können. Tortillas, Eiertoasts und Kekse. Sara gingen die Augen über, als sie dieses Schlaraffenland auf dem Tisch betrachtete.

»Nicht weinen, bitte nicht weinen.« Nellie lehnte sich zurück. »Bitte seien Sie stark. Wir nutzen Ihren Ruhm jetzt erst einmal aus, und das Ganze wird dann schneller hinter Ihnen liegen, als Sie glauben.«

»Ich kann mir nicht vorstellen, dass ich Blackwell's je vergessen werde. Und was ich dort gesehen habe.« Zum ersten Mal dämmerte ihr, welches Risiko Nellie auf sich genommen hatte, als sie sich freiwillig dorthin begeben hatte. »Warum haben Sie das gemacht? Wussten Sie, worauf Sie sich einließen?«

Nellie ließ von einem Löffel Marmelade auf ein

Toastdreieck gleiten. »Eigentlich nicht. Ich hatte Gerüchte gehört. Mir genügt es nicht, über Teegesellschaften und die neueste Pariser Mode zu schreiben. Meine Herausgeber wissen das, und ich wusste, dass sie mich schützen würden.«

»Trotzdem. Was, wenn Sie, wie ich, verschollen wären?«

»Für meine Zeitung war ich außerhalb der Anstalt wertvoller, weil ich darüber berichten konnte. Sie hätten es nicht gewagt, mich dort im Stich zu lassen.«

»Ich beneide Sie, Sie haben die Kontrolle über Ihr Leben.« Sara schüttelte den Kopf. »Ich dachte, auch ich würde ein selbstbestimmtes Leben führen, aber Sie wissen ja, was passiert ist.«

»Aber es war nicht Ihr Fehler. Denken Sie daran und bleiben Sie stark. Sie müssen noch viele Entscheidungen treffen.« Nellie schenkte ihr Kaffee ein und bestand darauf, dass sie ein gekochtes Ei aß. Sara tat, wie ihr geheißen, und genoss die Glätte des Eiweißes im Gegensatz zur cremigen Konsistenz des Eigelbs auf ihrer Zunge. Wie Kaviar.

Sie wusste, was sie als Erstes wollte. »Ich möchte mit Mr Camden sprechen.«

»In Ordnung. Sie sollen in sein Büro kommen.«

»Bei Hardenbergh?«

»Er hat mir die Adresse gegeben. Ich bringe Sie hin.«

Nellie führte sie, damit sie der Journalistenmeute entgehen konnten, geübt durch die Hintertür des Hotels zu einer wartenden Kutsche. Sie hielten in der Madison Avenue vor einer der Vierzigernummern.

»Er sagte, es sei im ersten Stock. Ich warte hier im Wagen.«

Sara war froh über die Dunkelheit im Treppenhaus und darüber, dass sie keiner Menschenseele begegnete, bevor sie eine Tür erreichte, auf der THEO. CAMDEN, ARCHITECT stand.

Er hatte sich also selbstständig gemacht.

Sie drehte den Türknauf und trat in einen großen Raum, in dem ein leerer Schreibtisch und ein Ledersessel standen. An der gegenüberliegenden Wand führte eine Tür in ein kleineres Büro. Theo stürzte ihr schon entgegen, sie hatte kaum Zeit zu erkennen, wer er war.

»Sara, du bist frei!«

Wenn sie vorher Bedenken hinsichtlich der nach einer so langen Trennung angemessenen Begrüßung gehabt hatte, so blieb ihr jetzt keine Zeit für längere Überlegungen, denn er zog sie in seine Arme und drückte sie an sich.

Ihr ganzer Körper schüttelte sich in krampfhaften Schluchzern. Er streichelte ihr übers Haar und murmelte beruhigende Worte, doch es half alles nichts. Sie hatte so lange von diesem Augenblick geträumt. Und jetzt strömte aller Schmerz und alle Angst aus ihr heraus. Aber mehr noch weinte sie, weil er sie doch nicht vergessen hatte.

Er griff in seine Tasche und hielt ihr sein Taschentuch hin.

»Komm in mein Büro.« Er führte sie zu einem Sofa gegenüber einem großen Schreibtisch voller Zeichnungen und hielt dabei die ganze Zeit ihre Hände.

»Mein Gott, was du durchmachen musstest. Wenn ich es bloß gewusst hätte. Als ich mit Mr Douglas sprach, sagte er, er hätte dir die Möglichkeit geboten, wieder nach Hause zurückzukehren, und du hättest das nächste Schiff nach England genommen. Ich hoffte, du würdest mir einen Brief schicken, doch als keiner kam, dachte ich, du hättest genug von New York. Genug von mir.«

»Mr Douglas hat gelogen. Er ließ mich wegsperren, sodass es keinen Skandal im Dakota geben konnte.«

»Du hast so viel erlitten. Ich habe die Zeitung gelesen, mein Gott, wie schrecklich.«

Sie wandte den Blick ab. Niemand von außerhalb konnte es wirklich verstehen. »Ich habe dort Freundinnen, die Hilfe brauchen. Genau wie ich wurden sie ohne jeden Grund eingesperrt.«

»Der Bürgermeister und der Ausschuss kümmern sich darum; es hat einen riesigen Aufschrei gegeben. Diese Journalistin hat ganz allein das Steuer herumgerissen.«

»Nellie. Sie hat mich gerettet.«

Theo schüttelte den Kopf. »Ich hätte es sein sollen. Ich hätte derjenige sein sollen, der dich rettet.«

»Nein. Du konntest es ja nicht wissen.«

»Geht es dir gut? Ich meine, jetzt. Haben sie dich verletzt?«

Sie dachte an das Baby. Es erst in ihrem Bauch wachsen zu fühlen und dann nichts mehr übrig zu haben, nichts mehr in den Armen, war der schlimmste Schmerz, den sie je erlitten hatte. Sie fing an zu zittern.

»Ist dir kalt?«

»Nein. Es geht mir gut. Jetzt geht es mir besser.«

Sie würde ihm nie etwas von dem Kind erzählen.

Theos Gesicht verdüsterte sich. »Mrs Camden tut es entsetzlich leid, dass du zu Unrecht angeklagt wurdest. Sie wollte sich persönlich bei dir entschuldigen, aber leider ist sie krank. Der Arzt sagt, es sei Gallenfieber und sie solle aufs Land, um zu genesen und sich auszuruhen. Raus aus der Stadt. Die Kinder sind bei ihr.«

»Ich verstehe.« Sara konnte den Gedanken nicht loswerden, dass sie irgendwie hinter der Sache gesteckt hatte.

»Sobald ich den Artikel gelesen hatte, wusste ich, dass ich dich finden musste.«

»Der Gedanke, dass du mich gern genug mochtest, um während meiner Abwesenheit an mich zu denken und dir Fragen zu stellen, tröstet mich.«

»Natürlich dachte ich an dich. Ich ging immer wieder hinauf aufs Dach des Dakota und starrte in den Park, weil ich hoffte, ich würde jemanden mit deinem Gang, deinen Farben sehen, weil ich hoffte, du würdest eines Tages zurückkehren.«

»Wenn man bedenkt, dass ich die ganze Zeit auf Blackwell's Island war und auf die fernen Umrisse des Dakota starrte. Man kann es nämlich von dort aus sehen. War dir das klar?«

»Wir sahen uns an, aber wir wussten es nicht.«

Wie sehr sie ihn vermisst hatte. Sie wandte den Blick wieder ab, ihm nach all dieser Zeit nah zu sein, berauschte sie, aber zugleich machte es sie auch verlegen. »Ja, leider.« Sie zwang sich zu einem Lachen.

»Aber jetzt bin ich ja draußen. Ich muss mir überlegen, was ich tun will. Ich mag es nicht, so im Mittelpunkt des Interesses zu stehen.«

»Aber es wird dir nutzen, weißt du. Der neue Verwalter des Dakota möchte dich gern wiederhaben, um der ganzen Stadt zu zeigen, dass du freigesprochen wurdest.«

»Wer hat denn meine Aufgaben übernommen?«

»Mrs Haines.«

»Dann ist alles gut so, wie es ist. Ich bin sicher, sie macht ihre Sache gut.«

»Sie hat nicht viele Freunde, wenn es das ist, was du meinst.«

Sie dachte an Daisys fröhliches »Hallo!« jeden Morgen, an ihre Art, selbst den mühsamsten Aufgaben eine erfreuliche Seite abzugewinnen. Sie waren ein gutes Team gewesen. »Was ist mit Daisy?«

Theo runzelte die Stirn. »Sie wurde für immer weggeschlossen. Und zwar, so seltsam es klingt, ins Frauengefängnis auf Blackwell's Island.«

»Woher wissen wir, dass Mr Douglas nicht auch Daisy die Schuld in die Schuhe geschoben hat? Sie war bestimmt kein Mensch, der stiehlt. Ich kannte sie gut.«

»Bist du sicher?« Sein Gesichtsausdruck war leicht verschlossen. Es gab da etwas, was er ihr nicht sagte.

»Wie meinst du das?«

»Mrs Haines erzählte uns, sie hätte Daisy einige Monate, nachdem ihr nachts diesem Eindringling begegnet seid, mit genau diesem Mann im Central Park spazieren gehen sehen.«

Sara dachte nach. In der Nacht, in der Daisy angegriffen worden war, *war* ihr einiges seltsam erschienen. Schon dass der Mann so gar nicht weglaufen wollte, als er entdeckt worden war. Die Art, wie Daisy Saras Blick ausgewichen war. Sie hatte ihn gekannt, ihn in ihr Zimmer eingeladen und dann, als er ertappt worden war, behauptet, er hätte sie überfallen. Und Sara und Mrs Haines waren zu ihrer Verteidigung geeilt, als wäre sie eine Jungfrau in Not gewesen. Sara fragte sich, was sie noch alles falsch verstanden, was Daisy ihr noch weisgemacht hatte.

»Warum hat Mrs Haines mit niemandem darüber gesprochen?«

»Kurz danach starb Daisys Mutter, deshalb beschloss sie, sie erst nach Weihnachten zur Rede zu stellen. Und dann …« Er schwieg kurz. »Nun ja.«

Ja. Dann hatten sich die Ereignisse überstürzt. »Daisy musste eine große Familie durchbringen, vielleicht hat sie deshalb gestohlen. Sollte man das nicht als mildernden Umstand bedenken?«

Theo rieb sich die Stirn. »Nach allem, was du durchgemacht hast, machst du dir noch Sorgen um Daisy?«

Er hatte recht. Wenn es stimmte, und davon schienen alle überzeugt zu sein, dann hatte Daisy Saras Vertrauen und Verwundbarkeit ausgenutzt.

Sie stand auf und sah sich in dem Büro um. »Du hast es weit gebracht.«

»Ich dachte, es wäre an der Zeit für mich, auf eigenen Beinen zu stehen. Und was noch wichtiger ist, Hardenbergh hatte endlich seinen Durchbruch.«

»Wann hast du dein eigenes Büro aufgemacht?«

»Vor einigen Monaten. Allerdings rennen mir die Kunden nicht gerade die Tür ein.« Er schüttelte den Kopf. »Trotzdem, ich bin nicht bereit, immer weiter dasselbe zu machen. Ich möchte Gebäude für das kommende Jahrhundert entwerfen, nicht für dieses. Hier, schau dir meine Ideen an.«

Er nahm ein Skizzenbuch vom Schreibtisch und reichte es ihr. Sie blätterte darin, doch dass er so nah neben ihr stand, machte sie unsicher.

»Das hier ist sehr schön.«

»Eine Bibliothek.« Sein Finger glitt über die Dachlinie. »Jede Verzierung ist Struktur. Wie diese Säulen.« Er blätterte um. »Das hier ist ein Bürogebäude für die Innenstadt. Aus Beton. Die weiche Oberfläche zieht das Auge nach oben, in den Himmel.«

»Es ist atemberaubend.«

»Die Stadt würde sich verändern. Es ist eine völlig andere Sicht der Dinge.« Er sah auf sie hinunter. »Ich wusste, dass du es verstehen würdest. Ich stelle mir einen Block neben dem anderen aus solchen Gebäuden vor, und jedes hat seinen eigenen Charakter, aber anders als die großen Villen an der Fifth Avenue sollen sie sich nicht gegenseitig übertrumpfen.«

Er setzte sich neben sie, betrachtete aber nicht mehr sein Skizzenbuch. »Wenn du nicht wieder im Dakota arbeiten willst, möchtest du vielleicht für mich arbeiten? Als meine Büroleiterin? Oder *Managerette*? Wie immer du es nennen willst. Klar, im Augenblick ist nicht viel zu tun, aber zusammen können wir etwas daraus machen. Weißt du, ich brauche dich an meiner Seite.«

Es wurde ihr schwer ums Herz. »Das könnte ich nicht. Es würde zu viel Aufmerksamkeit erregen.«

»Das ist mir egal. Eigentlich könnte ich im Augenblick ein bisschen Aufmerksamkeit gut gebrauchen.«

»Das wäre nicht in Ordnung. Was ist mit Mrs Camden?«

»Es war schrecklich für sie, als die Wahrheit herauskam. Aber für sie gibt es ganz andere Prioritäten. Für sie sind es die Kinder. Für mich ist es meine Arbeit. Weißt du, wir waren nie sehr glücklich miteinander. Man könnte sagen, dass wir zu einem Einvernehmen gelangt sind.«

»Aber sie weiß doch nichts von mir, von uns?«

»Nein. Natürlich nicht.«

Sara erwog ihre Möglichkeiten. Sie konnte Mrs Haines' Aufgaben im Dakota übernehmen, aber das wäre ein Rückschritt. Mit Theo an seinen Projekten zu arbeiten, wäre eine erfüllende Aufgabe. Und gefährlich.

»Wir dürfen nie wieder tun, was wir in jener einen Nacht getan haben.« Sie errötete angesichts ihrer eigenen Kühnheit, von ihrem Nacken stieg Hitze auf.

Er sah weg. »Natürlich nicht. Das verstehe ich. Aber wir würden doch gut zusammenarbeiten, meinst du nicht?«

Sie antwortete nicht.

»Und wie findest du das? Ich besorge dir eine Wohnung im Dakota. Im fünften Stock ist eine frei, weil die Bewohner beide im letzten Monat verstorben sind.«

»Die Rembrandts?« Sara konnte sich an sie erinnern. Ein viel älteres Paar, das sich sehr liebte und das Abenteuer gewagt hatte und aus der Stadt hinausgezogen war. Es tat ihr leid, dass die beiden gestorben waren.

»Ja. Sobald sich die Presse daran gewöhnt hat, dass du frei bist, Freunde hast, im Dakota wohnst und für mich arbeitest, werden wir beide mit unserem Leben weitermachen können. Eine aus einer Tragödie erwachsene Chance.«

»Ich kann mir nicht vorstellen, wieder im Dakota zu wohnen. Es würde sich seltsam anfühlen.«

»Aber du musst es tun. Sie werden dich ein Jahr lang mietfrei dort leben lassen. Darauf werde ich bestehen.«

»Wirklich?«

»Natürlich. Das ist jetzt einfach angebracht. Bitte, sag Ja, Sara.«

Sie war nach Amerika gekommen, um es besser zu machen, ein besseres Leben zu haben, und man hatte sie betrogen und missbraucht. Doch sie hatte nicht aufgegeben, sondern einen Weg gefunden, wie sie unter den schrecklichsten Umständen überleben konnte. Und ab jetzt würde sie an der Seite des Mannes arbeiten, den sie liebte, sie würde in einem schönen Gebäude wohnen, wie es der Tochter eines Earls gebührte, und nicht länger andere Menschen bedienen.

Eine aus einer Tragödie erwachsene Chance.

Seine Worte hallten in ihr wider.

Kapitel 24

New York City, September 1985

Die Ermordung von Theodore Camden hatte 1885 natürlich einigen Staub aufgewirbelt. Die sensationellsten Artikel, die Bailey finden konnte, stammten aus der *New York World*. In einem stand, Sara Smythe sei zu einem früheren Zeitpunkt des Jahres im Blackwell's Island Insane Asylum eingesperrt gewesen und erst aufgrund des Eingreifens der Journalistin Nellie Bly entlassen worden. Danach sei sie von Theodore Camden als Sekretärin eingestellt worden, habe sich jedoch dann wütend auf ihn gestürzt und ihn in der Bibliothek seiner Wohnung im Dakota erstochen.

Bailey verbrachte Stunden in der öffentlichen Bibliothek und las sich durch Nellie Blys Berichte über ihre Zeit in dieser Anstalt, die genau auf der anderen Seite des East River auf der Insel lag, die nun Roosevelt Island hieß. Bei den detaillierten Beschreibungen drehte sich ihr der Magen um. Auch angesichts der Tatsache, dass viele Alkoholikerinnen in das Arbeitshaus der Insel verbannt worden waren. Ein Glück, dass sie hundert Jahre später zur Welt gekommen war.

Sara Smythe, die durchaus ihre Urgroßmutter sein konnte, hatte ein furchtbares Martyrium durchgemacht. Und nach alledem hatte Christopher nie ihren Brief erhalten, in dem sie ihm bestätigte, dass sie wirklich seine Mutter war. Minnie hatte ihn ihm vorenthalten. Diese große Ungerechtigkeit hinterließ einen bitteren Geschmack in Baileys Mund.

Doch sie hatte Renzos Einwand nicht vergessen. Vielleicht stammte der Brief von Minnie. Schließlich hatte sie ihn in ihrem Täschchen gefunden. Bailey schwirrte der Kopf von diesem ganzen Durcheinander. Aber wer auch immer Christophers Mutter war, sein Vater war Theodore Camden. Der Brief war ein Beweis, ein Beweis, den Melinda nicht würde leugnen können.

Melinda hatte sich immer nur sehr vage über die Höhe des Treuhandvermögens geäußert. Aber es war sicher genug, um es auf beide Zweige der Familie aufzuteilen und trotzdem noch gut davon leben zu können. Bailey würde die Kaution für eine Mietwohnung zahlen und vielleicht sogar Tristan die Kosten von Silver Hill erstatten können. Der Luxus eines finanziellen Polsters würde ihren Absturz aufhalten.

Kaum hatte sie die Wohnung im Dakota betreten, da hörte sie ihre Cousine schon schimpfen: »Wo zum Teufel warst du?«

Melinda lehnte rauchend an einem der Fenster in der Bibliothek.

»Du solltest hier drin wirklich nicht rauchen.« Bailey war länger als beabsichtigt in der öffentlichen Bibliothek gewesen, und der Portier hatte ihr schon gesagt, dass Melinda oben auf sie wartete. »Bei all den Arbeiten, die hier stattfinden, bedeutet das eine echte Brandgefahr.«

Melinda zog noch einmal an ihrer Zigarette, und ihre Lippen bildeten dabei eine Schnute. »Schon gut. Warum sind die Bambusstäbe noch nicht aufgestellt?«

»Weil ich sie erst noch bestellen muss. Du kannst nicht einfach in einen Bambusladen gehen und sie kaufen. Solche Dinge brauchen Zeit.« Sie sah Melinda genauer an. »Was ist los mit dir?«

»Ich habe Hunger und ich habe auf dich gewartet, während ich eigentlich mit Tony essen gehen wollte.«

»Okay.« Bailey sprach mit Melinda, als wäre diese eine Zweijährige kurz vor einem Nervenzusammenbruch. »Was kann ich also für dich tun?«

»Ich bin mir nicht mehr sicher, was das Koi-Becken angeht.«

Gott sei Dank war sie doch noch zur Vernunft gekommen. »Das ist in Ordnung. Ich glaube, wir können ein echt cooles Aquarium integrieren, wenn du Fische brauchst.«

Der Lärm eines Bohrers drohte die Wände zum Einstürzen zu bringen. Melinda schrie darüber hinweg: »Aber ich will nicht etwas, was in das Zimmer eines bockigen Teenagers passen würde, ich will etwas echt Erwachsenes.«

»Natürlich!«, schrie Bailey zurück. »Lass mich darüber nachdenken.« Das hier war einfach nur lächerlich. »Hey, ich habe etwas wirklich Erstaunliches herausgefunden. Ich würde es dir gern erzählen. Könnten wir uns draußen unterhalten?«

»Ich bin schon spät dran. Aber du kannst mit mir zum Mittagessen kommen.«

Sie trafen sich in einem Bistro an der Columbus

Avenue mit Tony. Er saß schon am Tisch und hatte seinen Martini halb ausgetrunken. Nachdem sie bestellt hatten, kam Bailey zur Sache.

»Ich habe unten im Keller des Dakota etwas gefunden. Etwas Wertvolles.«

Tony löste den Blick von der jungen französischen Kellnerin, die mit schwingenden Hüften der Küche zustrebte, und wandte sich zu ihr um. »Was könnte das denn sein? Eine Diamanten-Tiara von Melindas Mum?«

»Schön wär's«, sagte Melinda zu Tony. »Nein, sie hat irgend so ein blödes Foto gefunden. Bailey hat in den Familienangelegenheiten herumgestochert und versucht jetzt, Ärger zu machen.«

Bailey war auf Melindas Widerstand gefasst gewesen und beharrte auf dem Thema. »Unten im Keller sind drei Schrankkoffer. Einer gehörte Theodore Camden, einer seiner Frau Minnie, und einer der Frau, die ihn brutal niedergestochen hat, Sara Smythe.«

Tony hob das Kinn. Sie hatte nicht so dramatisch sein wollen, aber sie hatte sich doch sehr über seine überhebliche Bemerkung eben geärgert. Melinda verdrehte jetzt die Augen.

Bailey ignorierte sie. »In einem der Schrankkoffer habe ich einen Brief gefunden, höchstwahrscheinlich von Sara Smythe, der an das Mündel von Theodore und Minne gerichtet war. Darin steht, dass das Mündel, nämlich mein Großvater, ihr Sohn war. Ihr Sohn von Theodore.«

Sie machte eine Pause, damit Tony ihr über die verschiedenen Äste des Stammbaums folgen konnte.

Er blinzelte. »Noch mal von vorn. Wer ist jetzt wer? Wie viele Generationen gehst du zurück?«

»Vier, kaum zu glauben. Theodore Camden hatte einen Sohn, Luther Camden, und der wiederum hatte einen Sohn, Melindas und Manvels Vater. Theodore Camden ist also Melindas und Manvels Urgroßvater. Und mein Gedanke ist, dass Theodore Camden und diese Frau, Sara Smythe, Christopher Camden bekamen, meinen Großvater.«

»Und das bedeutet …« Tonys Stimme wurde leiser.

»Dass auch ich eine Urenkelin von Theodore sein könnte.«

»Herrgott noch mal, hör auf damit. Alte Briefe beweisen gar nichts. Genug jetzt.« Melinda zündete sich noch eine Zigarette an. »Tony, ich dachte mir, es wäre nett, nach Saranac Lake raufzufahren und sich das Herbstlaub anzuschauen. Ein Wochenende nur für uns zwei.«

»Einen kleinen Augenblick, ich möchte erst mehr hören.« Tony hatte die Hand gehoben. »Hast du den Brief?«

Bailey holte einen Umschlag aus ihrer Handtasche und öffnete ihn. Sie zog den Brief heraus und legte ihn auf den Tisch, wobei sie ihn sorgfältig glättete.

Tony betrachtete ihn und sah dann Bailey an. »Die Unterschrift ist nicht zu entziffern. Ganz verwaschen. Wo wurde der Brief gefunden?«

»In einer Börse in Minnies Schrankkoffer. Aber es ist ganz offensichtlich der Name *Sara*. Schau, hier ist das *S*.«

»Ach.« Er wirkte nicht sehr überzeugt. »Selbst

wenn sie ihn geschrieben hat, wie kannst du ihr dann glauben? Sie hatte ganz offensichtlich einen Dachschaden.«

Ein Punkt für ihn.

Melinda warf ihren Zigarettenstummel in den Aschenbecher, der gefährlich nah am Brief stand. »Du hast gesagt, du hättest was Wertvolles gefunden. Das ist nur ein Stück Papier. Keine Ahnung, was das soll.«

Bailey faltete den Brief wieder zusammen und steckte ihn in den Umschlag. »Es gibt noch etwas. Habt ihr den Artikel in der Zeitung gelesen, wo es darum ging, dass die Arbeiten am Strawberry Fields gestoppt werden mussten, weil ein antikes Messer gefunden worden war?«

Tony nickte, und Melinda, die wahrscheinlich noch nie in ihrem Leben eine Zeitung gelesen hatte, starrte sie aus leeren Augen an.

»Also, wir haben die Scheide zu diesem Messer gefunden. In Theodores Schrankkoffer. Und außerdem etwas, das wir für Theodore Camdens Finger halten. Oder was von ihm übrig ist.«

Melinda ließ ihren Finger am Hals hinuntergleiten und tat so, als würde sie würgen. »Iih.«

Tony blinzelte schon wieder. »Was war das noch mal mit der Scheide?«

»In der Zeitung war ein Foto von dem Messer, und wir sind sicher, dass wir die dazugehörige Scheide haben.«

»Wer – wir?«, fragte Melinda misstrauisch.

»Renzo Duffy und ich.«

»Der Hausmeister? Himmel noch mal, Bailey, ich

habe dir doch gesagt, du sollst ihm aus dem Weg gehen!«

»Wie soll das denn funktionieren? Ich leite eine Baustelle in seinem Gebäude.«

»Es ist nicht sein Gebäude. Die Wohnungseigner, also zum Beispiel ich, sind Eigentümer des Gebäudes. Der Hausmeister ist mein Angestellter.«

»Genau genommen sind die einzelnen Mitglieder einer Wohnungsgenossenschaft Eigner von Anteilen des Gebäudes, aber nicht des Gebäudes an sich«, erklärte Tony fachmännisch.

Bailey beherrschte ihre Ungeduld. »Renzo war dabei, als ich den Schrankkoffer öffnete, und er war mir eine echte Hilfe.«

»Ich will nicht, dass er etwas mit meinen Angelegenheiten zu tun hat, Bailey. Das habe ich dir bereits gesagt.«

Zum Glück mischte sich Tony wieder ins Gespräch. »Jetzt haben wir genug über den Hausmeister geredet. Dicses Messer ist wirklich wertvoll. Und das bedeutet, dass auch die Scheide wirklich wertvoll ist.«

Melinda beugte sich vor. »Wie wertvoll?«

Bailey, erleichtert darüber, dass Melinda sich vom Thema Renzo hatte ablenken lassen, erklärte: »In der Zeitung steht, dass das Messer eine halbe Million Dollar wert ist. Im Augenblick wird es im Metropolitan Museum gereinigt und untersucht.«

»Dann wollen sie doch sicher auch die dazu passende Scheide haben?« Melindas Stimme war schrill geworden. »Wenn sie bei meinen Sachen gefunden wurde, dann gehört sie doch auch mir, oder?«

Bailey hätte damit rechnen müssen, in welche Richtung das Gespräch gehen würde. Melinda wollte von ihrer etwaigen Blutsverwandtschaft nichts wissen. »Ich dachte, der Gedanke, dass wir vielleicht echte Verwandte wären, würde dich interessieren. Findest du das nicht erstaunlich? Dass wir vielleicht Cousinen zweiten Grades oder so sind?«

Melinda legte ihre Hand auf Baileys. »Deine Mutter wünschte sich verzweifelt, Teil der Camden-Familie zu sein, und ich kann verstehen, dass du nach ihrem Tod das Gefühl hast, ihren Wünschen entsprechend handeln zu müssen. Wir wissen nicht, ob wir echte Cousinen sind, und wir werden es vermutlich nie wissen. Aber ich werde dich immer als meine Schwester betrachten, ganz gleich, wie die Umstände sind.«

Eine schöne Abfuhr.

»Wo ist die Messerscheide jetzt?« Tony leerte sein Glas mit einem letzten großen Schluck.

»Im Dakota, bei Renzo.«

»Was? Du hast sie beim Hausmeister gelassen?« Melindas Fingernägel bohrten sich in Baileys Hand.

»Autsch. Ja, alles gut. Er ist vertrauenswürdig. Er hat in seinem Büro einen Safe. Und darin liegt sie jetzt.«

Tony warf seine Serviette auf den Tisch. »Dann los, holen wir sie, bevor er sie auf dem Schwarzmarkt verscherbelt.«

* * *

Renzo lächelte Bailey breit an, als sie in sein Büro kam, doch das Lächeln verblasste schnell, als er hinter ihr Melinda und Tony entdeckte.

»Wo ist diese komische Messerscheide?« Melinda schlug einen Ton an, als wäre er ihr Diener und sie die Schlossherrin.

Bailey warf Renzo ein unsicheres, um Verzeihung bittendes Lächeln zu. »Ich habe ihnen von dem Messer erzählt, und jetzt wollen sie sehen, was wir gefunden haben.«

»Okay.« Während er die Zahlen einstellte, versperrte er mit dem Rücken die Sicht auf den Safe. Er öffnete die Tür, und Tony drängte sich begierig vor.

Er und Melinda verhielten sich wie Geier. Tony leckte sich buchstäblich die Lippen, als Renzo die beiden in Papiertücher eingeschlagenen Gegenstände auf den Schreibtisch legte. Er packte den größeren aus.

Die Scheide, ein angeschlagenes Überbleibsel aus einer lange vergangenen Epoche, glänzte im Licht.

»So toll sieht sie eigentlich nicht aus«, sagte Melinda. Sie zeigte darauf: »Was ist das? Dreck?«

Bailey schüttelte den Kopf. »Ich denke, es könnte Blut sein. Theodore Camdens Blut. Im selben Koffer liegen Baupläne mit Flecken, die aussehen wie Blut.«

Melinda zog ruckartig die Hand zurück, als könnte der Fleck sie anspringen. »Iih.«

Renzo nahm die Zeitung, die er vorher schon Bailey gezeigt hatte, vom Schreibtisch und zeigte auf das Foto. »Sie passt genau dazu.«

»Ja, absolut.« Melinda stemmte die Hände in die Hüften. »Und was machen wir jetzt damit?«

Tony legte ihr den Arm um die Schultern. »Was immer du möchtest; sie gehört dir. Wer sie findet, darf sie behalten, oder?«

Sie grinste zu ihm auf. »Wenn sie in meinem Lagerbereich gefunden wurde, gehört sie mir.«

»Meint ihr nicht, sie sollte zusammen mit dem Messer im Metropolitan Museum aufbewahrt werden?« Bailey warf Renzo einen hilfesuchenden Blick zu, doch er schwieg. »Letztendlich, meine ich.«

»Wenn sie sie haben wollen, sollen sie was dafür zahlen«, antwortete Tony.

Natürlich hatte auch Bailey Dollarzeichen in den Augen gehabt, als ihr klar geworden war, wie viel der Gegenstand wert war, doch Tonys und Melindas gierige Grobheit brachte sie ins Grübeln. Irgendjemand hatte die Waffe in mühsamer und kunstfertiger Handarbeit hergestellt, bevor sie um die halbe Welt gereist und nach New York City gelangt war. »Bedenkt doch die Geschichte dieses Stückes Metall. Stellt euch vor, wo es überall war und in wessen Besitz.«

»Wen interessiert das schon?« Melinda hob die Messerscheide mit Daumen und Zeigefinger hoch und vermied dabei den Kontakt mit dem eingetrockneten Blut. »Das Ding ist völlig verrostet und verbeult und schmutzig.«

Bailey litt unter so viel Unachtsamkeit und hielt den Atem an, bis Melinda sie wieder auf das Papiertuch zurückgelegt hatte. Natürlich interessierten sich Tony und Melinda nur für diesen Gegenstand und nicht für die Frage, ob Bailey vielleicht eine Verwandte war.

»Es gibt da allerdings ein Problem.« Endlich sagte Renzo etwas, und seine Stimme war ruhig und tief. »Was diese Scheide angeht.«

»Aha, und das wäre?« Tony gab sich verwirrt, als wäre Renzo ein stammelnder Idiot.

»Sie wurde nicht in Ihrer Lagereinheit gefunden.«

Melinda stemmte eine Hand in die Hüfte. »Sie war im Koffer meines Urgroßvaters, das hat Bailey gesagt.«

»Aber der Koffer stand im Lagerraum des Gebäudes, nicht in Ihrem.«

Bailey konnte nicht fassen, dass er sie derart herausforderte. Die Koffer hatten ganz offensichtlich zum Haushalt der Camdens gehört. Andererseits hatten sie sie in dem Raum gefunden, in dem die Leute Sachen unterbrachten, die sie selbst nicht mehr haben wollten und für wertlos hielten. »Er hat recht. Die Messerscheide war nicht in deiner Lagereinheit.«

»Also wem gehört sie dann, wenn sie nicht mir gehört?«, fragte Melinda.

»Der Gebäudegenossenschaft, denke ich.«

Melinda sah aus, als würde sie ihm gleich ins Gesicht spucken. »Zeigen Sie mir, wo Sie sie gefunden haben.«

Renzo ging ihnen in den Raum mit den Koffern voraus. Sie öffneten jeden einzelnen, und Melinda durchwühlte sie und warf dabei Ballkleider, Schuhe und Lederrollen auf den Boden.

Bailey rettete das Seidentäschchen davor, von Melinda herausgerissen zu werden. »Sei vorsichtig, das sind alles Antiquitäten.«

»Erzähl du mir nicht, was wertvoll ist und was

nicht. Du zeigst mir den Kram, und jetzt erzählt er mir, dass er mir nicht gehört? Ich fass es nicht! Das gehört alles mir!«

»Nein. Tut es nicht. Bedaure, aber wir müssen das Ganze über die Hausverwaltung regeln.« Renzo hielt schulterzuckend die Handflächen hoch. »So läuft es nun einmal.«

Und völlig unerwartet drehte er sich um und verließ den Raum. Tony rannte ihm hinterher, aber zu spät. Als Bailey in seinem Büro ankam, stand Renzo vor dem verschlossenen Tresor, und es war weit und breit keine Messerscheide zu sehen.

»Das können Sie doch nicht tun«, stotterte Melinda, noch völlig überwältigt von diesem plötzlichen Manöver. »Sie haben das Ding als Geisel genommen.«

»Die Messerscheide bleibt dort, bis wir von der Hausverwaltung hören.«

Anfangs konnte sich Bailey keinen Reim auf Renzos Verhalten machen. Er hasste Melinda, es musste ihm also einige Befriedigung verschafft haben, ihr etwas wegzunehmen. Aber es war, sogar für Bailey, klar, dass die Messerscheide aus einem Koffer der Camdens stammte. Wozu dann dieser ganze Aufstand?

Vielleicht war er wie Bailey dagegen, dass Messer und Scheide getrennt wurden. Und behielt das Fundstück, damit Melinda es nicht verkaufen konnte. Das musste Bailey ihm lassen, es bewies wirklich Mut, eine Anteilseignerin wie Melinda herauszufordern.

Tony betrachtete Renzo mit neuem Interesse. »Sie sagen, wir müssen erst beweisen, dass das Messer den Camdens gehört?«

Renzo zuckte wieder die Schultern. »Das müssen Sie die Wohnungsgenossenschaft fragen. Der Vorsitzende ist Mr Rogers. Ich denke, das müssen Sie mit ihm klären.«

»Und woher wissen wir, dass Sie nicht in der Zwischenzeit damit türmen?«, fragte Melinda.

»Moment mal.« Tony legte einen Finger auf das Grübchen in seinem Kinn. »Was, wenn wir einen unwiderlegbaren Beweis dafür hätten, dass dies hier Theodore Camden gehört hat?«

»Und wie soll das gehen?« Melinda wandte sich an Bailey: »Hast du irgendwas gefunden, das als Beweis dienen könnte, ein Foto, auf dem er es in der Hand hält, oder so?«

»Nein. Es gibt nichts dergleichen.«

»Und was könnten wir in meiner Lagereinheit finden?«

»Die ist leer.«

»Wieder typisch mein Glück.« Melinda starrte Renzo böse an. »Dann gehen wir zur Hausverwaltung. Ich werde dafür kämpfen; niemand wird mir das Ding wegnehmen.«

»Aber du brauchst gar nicht zu kämpfen«, sagte Tony. »Wie ich gerade zu sagen versuchte, können wir beweisen, dass es dir gehört.«

»Und wie?«

»Mein Vetter kann den Fingerknochen und das Blut auf DNA-Spuren untersuchen und es mit deiner vergleichen, Melinda.« Tony lächelte, als hätte er gerade ein Mittel gegen die Hungersnot in Äthiopien gefunden.

»Und woher kriegst du meine DNA?«

»Aus deinem Blut.« Melinda erschauerte demonstrativ, doch Tony redete weiter: »Das nennt man den genetischen Fingerabdruck.«

»Wird man das denn als Beweis gelten lassen?«, fragte Bailey.

Tony nickte. »Darauf kannst du wetten. Dieser Test wurde schon bei einem Einwanderungsfall in England benutzt, um irgendein Kind wieder mit der Mutter zusammenzubringen.«

Das ging alles viel zu schnell. Blut, Knochen, DNA.

Doch Tony war ganz geschäftsmäßig. »Ich rufe meinen Vetter an und frage ihn, wie das alles funktioniert. Und du, Melinda, redest inzwischen mit der Hausverwaltung. Und mit dem Familienanwalt.«

»Fred?«

»Ja. Du möchtest doch sichergehen, dass alles so korrekt wie nur möglich zugeht.«

Das war Baileys Chance.

»Ich habe eine Bitte.«

Melinda sah Bailey an wie etwas Lästiges, Störendes. Was nicht fair war. Bailey war es gewesen, die alles gefunden, alles in Bewegung gesetzt hatte. Wäre sie nicht so neugierig gewesen, hätten die Koffer noch weitere hundert Jahre unberührt in der Ecke gestanden.

»Und welche, meine Liebe?« Die Kälte in Melindas Stimme tat weh.

»Ich möchte, dass sie auch mit meiner DNA verglichen wird. Dann wissen wir, ob ich auch eine Camden bin oder nicht.«

Melinda lachte. »Du machst wohl Witze. Nein.«

»Einfach nur ›Nein‹? Ohne Diskussion?«

Tony bewegte sich auf sie zu. »Dieser Test ist sehr neu und ziemlich kostspielig. Wenn du das Geld dafür hast, nur zu, aber wenn ich zahlen soll, dann auf keinen Fall mehr als unbedingt nötig. Das verstehst du doch sicher, oder?«

»Aber den Test macht doch dein Vetter. Bekommst du keinen Familien-Rabatt?«

»Mein Vetter hat den Test erfunden, doch durchführen wird ihn sein Labor. Irgendwer muss diese ganze Arbeit schließlich bezahlen.« Seine Stimme triefte vor Herablassung.

Wie sollte Bailey wissen, ob er die Wahrheit sagte? Aber es lag nahe, dass eine solche wissenschaftliche Arbeit teuer war.

Natürlich, die Möglichkeit einer Erbschaft sprach Baileys pragmatische Seite an. Aber sie war nicht der einzige Grund dafür, dass sie sich jetzt so aufdrängte. Der Hunger nach der Wahrheit über ihre Abstammung nagte in einer Weise an ihr, neben der ihre anderen Abhängigkeiten beinahe harmlos wirkten. Der Tod ihrer Mutter hatte sie auf einen gefährlichen Weg gebracht, und Bailey war sicher, dass ihre Zukunft weniger tückische Gefahren bereithielt, wenn sie herausfand, wer sie wirklich war.

»Aber wenn sich herausstellt, dass ich eine Camden bin, kann ich es euch zurückzahlen.« Das war praktisch Bettelei, und sie hasste es, dass Renzo sie in dieser Situation erlebte. Sie vermied es, ihn anzusehen.

»Nein, Darling«, gurrte Melinda. »Das kann ich nicht tun, bitte versteh das. Du hast keinen Beweis, keinen echten. Außer einem Brief von Gott weiß wem. Du klammerst dich an Strohhalme, und ich verstehe auch den Grund dafür: Du hast in letzter Zeit viel Pech gehabt. Aber ich weiß, dass du es schaffen wirst. Du schaffst es immer.«

Sie hatte keine Chance, nicht die geringste.

Als sie schließlich doch zu Renzo hinblickte, wirkte er zornig.

Noch nie im Leben hatte sie sich mehr nach einem Drink gesehnt.

Kapitel 25

New York City, August 1885

Der neue Verwalter des Dakota machte sein Versprechen wahr und gewährte ihr ein Jahr mietfreies Wohnen. Sara war in die Wohnung im fünften Stock gezogen, in der noch die mit gelbem Samt bezogenen Sofas und passenden Sessel der Rembrandts standen. Sie hatte einen herrlichen Blick nach Norden, und an den heißen Augustnachmittagen genoss Sara die schattige Kühle.

Eine Woche zuvor hatte Sara einen überschwänglichen Brief von Natalia erhalten, sie sei entlassen worden und lebe jetzt bei ihren Kindern in Boston, wo sie bei einer freundlichen Witwe eine Stelle als Haushälterin gefunden habe. Dafür empfand Sara große Dankbarkeit.

Gleich nach ihrer Ankunft im Dakota hatten Mrs Haines und Sara ein Gespräch im Büro geführt, doch erst, nachdem Mrs Haines um ihren Schreibtisch gerannt war und sie umarmt hatte. Es fiel sogar eine Träne auf ihre Wange – eine unerwartete Zurschaustellung von Gefühlen, nachdem sie vorher immer so kühl gewesen war. Sie erwähnten weder Daisy noch das Vorgefallene mit einem Wort, doch Mrs Haines gab sich wirklich alle Mühe, um sicherzustellen, dass Sara gut versorgt wurde. Jeden Morgen schickte sie ein Mädchen mit einem Tablett voller ofenwarmer Brötchen und Rührei hinauf, damit Sara im Bett frühstücken konnte. Als Sara wieder kräftiger wurde, wurden auch ihr Haar und ihre Taille wieder dicker, und ihr Teint begann zu strahlen wie früher. Sie wachte zwar noch immer nachts auf, atemlos und verängstigt, weil sie glaubte, sie sitze wieder auf der Insel gefangen. Doch dies schien die einzige anhaltende Nachwirkung ihrer Haft dort zu sein.

Sie genoss es, eine richtige Stelle zu haben, mit ihrem eigenen Schreibtisch und Schreibtischstuhl, die sie täglich erwarteten. Leider waren die einzigen Menschen, die im vergangenen Monat Theos Büro aufgesucht hatten, weil sie angeblich einen Architekten brauchten, nur gekommen, um einen Blick auf die Frau werfen zu können, die das Irrenhaus auf Blackwell's Island überlebt hatte. Keiner von ihnen kam ein zweites Mal.

»Vielleicht sollten wir unsere Vereinbarung überdenken.«

Sara hatte sich schon die ganze Woche danach gesehnt, diesen Satz laut auszusprechen, und als Theo vorschlug, sie sollten nicht mehr ins Büro fahren, sondern von seiner Wohnung im Dakota aus arbeiten, beschloss sie, nun sei der richtige Zeitpunkt. Nicht einmal er brachte es noch fertig, so zu tun, als arbeite er. Es gab absolut nichts zu tun. Theo musste hohe Rechnungen bezahlen, für die große Wohnung und für die medizinische Behandlung seiner Frau. Sie hatte einen

Brief an das Old Chatham Sanatorium gesehen, den er versehentlich auf dem Schreibtisch hatte liegen lassen und in dem er um die Stundung der nächsten Monatszahlung bat.

Theo sah lächelnd zu ihr auf. »Unsere Vereinbarung überdenken? Inwiefern?«

»Du brauchst doch keine Angestellte, wenn das Geschäft so …«

Ihre Stimme wurde leiser, es fiel ihr schwer, das Offensichtliche auszusprechen.

»So schlecht läuft? So desaströs?«

»Es tut mir leid, Theo.« Sie setzte sich auf die andere Seite seines Tisches, an dem er gerade an einer Rede für die West End Association gearbeitet hatte. »Aber es gibt doch für dich keinen Grund, mich zu bezahlen, wenn ich praktisch nichts tue. Ich kann mir eine andere Stelle suchen.«

Theo lehnte sich zurück. »Niemand kennt mich; ich bin nur einer von Hardenberghs Lakaien. Ich muss einen Weg finden, mir selbst einen Namen zu machen.«

»Wie kann ich dabei helfen?«

»Gar nicht, fürchte ich.«

Sie hasste es, sich so unnütz zu fühlen. Seit sie bei ihrem Wiedersehen in seinen Armen zusammengebrochen war, hatten sie sich nicht mehr berührt. Auch wenn sie ihm einen Brief oder einen Bogen Papier gab, legte sie ihn erst auf seinem Schreibtisch ab, sodass sich ihre Finger auf keinen Fall streifen konnten.

Theo stand auf und trat ans Fenster, um hinauszuschauen. »Stell dir vor, wie es hier in hundert Jahren aussehen wird, was man von diesem Fenster aus sehen wird.«

»Das kann ich mir nicht vorstellen. Vielleicht fliegende Fahrräder?«

»Das wäre doch wirklich ein interessanter Anblick! Aber ich dachte an die Gebäude, eins hinter dem anderen, Block für Block aufgereiht. Wenn wir nicht aufpassen, wird diese Stadt dem Wahnsinn anheimfallen. Einem Stil-Mischmasch von Florentiner Renaissance über Frühgotik bis hin zum hispanisch-maurischen Stil. Welch ein Durcheinander. Jetzt haben wir die Möglichkeit vorauszuplanen und über das ästhetische Schicksal dieser Stadt zu entscheiden. Doch niemand setzt sich dafür ein.«

»Warum dann nicht du?«

Er drehte sich zu ihr um und lehnte sich an die Fensterbank. »Wer würde schon auf mich hören? Was habe ich vorzuweisen?«

»Deine Rede.« Sie zeigte auf die halb volle Seite auf seinem Schreibtisch. »Warum hältst du sie nicht genau über dieses Thema? Die Stadt der Zukunft.«

»Leider werden sich die Zuhörer heute Abend wenig darum scheren. Die wollen alle nur wissen, wie man am meisten Geld macht, indem man sich auf der West Side Bauland unter den Nagel reißt.«

»Dann sorg dafür, dass sie sich darum scheren. Du sprichst mit solcher Leidenschaft darüber.« Sie zog den Beginn der Rede und das Tintenfass zu sich herüber. »Los, du sprichst, und ich schreibe.«

»Es ist sinnlos.«

Diesen Theo mochte sie nicht. Er schien zum

Scheitern entschlossen zu sein. Früher hätte sie ihm vielleicht zugestimmt, sie hätte angenommen, dass er es in den meisten Fällen besser wusste. Aber seit Blackwell's nahm sie die Autorität anderer nicht mehr einfach so hin. »Zuallererst: Was machen die heutigen Architekten falsch?«

Er ging im Raum auf und ab. Mit seinen langen Beinen brauchte er nur zehn Schritte in jede Richtung, es waren sichere, gleichmäßige Schritte. »Das Zentrum der Insel liegt derzeit an der südlichen Spitze. Die Gerichtshöfe, das Postamt, die Börse. Trotz der Hochbahnen gibt es schreckliche Verkehrsstockungen, alle müssen sich morgens Richtung Süden durchkämpfen und am Ende des Arbeitstages wieder nach Norden. Der Geschäfts- und Geldbezirk sollte Richtung Broadway von der vierzigsten bis zur fünfzigsten Straße hinaufverlegt werden.«

»Sehr vorausschauend. Was noch?«

Seine Schultern strafften sich, und er blickte gedankenverloren zur Decke hoch. »Es bringt keine Vorteile, wenn jede Parzelle Land einem anderen Eigentümer gehört. Stattdessen sollten wir weitermachen wie mit diesem Apartmenthaus und große, hohe Gebäude schaffen, in denen Dutzende von Firmen untergebracht werden können. Wir müssen unserem Denken eine völlig neue Dimension hinzufügen, und zwar nach oben. Stell dir eine Stadt voller Gebäude vor, die in den Himmel streben und schnelle Aufzüge haben, mit denen die Angestellten in ihre Büros kommen.«

Sara schrieb so schnell mit, wie er sprach. Diese

Seite von ihm liebte sie, den kühnen, stürmischen Mann mit den festen Überzeugungen. Wie sehr sie sich doch wünschte, wieder ein Teil von ihm zu sein. Bei diesem Gedanken wurde ihr leicht schwindelig. Mrs Camden würde nur zu bald wieder mit den Kindern zurück sein, vielleicht würden sie nie wieder eine solche Nähe erleben. Wenn es das hier war, was das Leben ihr bot, dann wollte sie es bis auf den letzten Tropfen auskosten, obwohl es Regeln des Anstands gab. Sie würde sie einhalten, aber sie würde die intellektuelle Partnerschaft mit Theo genießen, solange sie es noch konnte. Sie setzte noch eine eigene Zeile hinzu und las sie dann laut vor, um zu sehen, ob er einverstanden war. »Wir leben auf einer Insel, wir können weder nach Norden noch nach Süden noch nach Osten noch nach Westen gehen. Und deshalb gehen wir in die Höhe.«

Er schnippte mit den Fingern. »Perfekt formuliert.«

Sie dachte an Daisys Familie in der elenden Mietskaserne. »Wenn du schon in so großen Dimensionen denkst, wie wäre es dann, auch die Klassenfrage anzusprechen? Wie können wir den Armen helfen? Schließlich leben wir auf dieser engen Insel Seite an Seite mit ihnen.«

Er klatschte in die Hände. »Ja. Natürlich. Das ist der Punkt, an dem jeder von der Wirtschaft profitiert. Das Modell-Gebäude sollte einen ganzen Block einnehmen, und jeder Raum sollte Licht und Luft bekommen. Im Dakota haben wir das mit Hilfe der Querlüftung gelöst. Und da es hier um viele Bewohner innerhalb eines einzigen Gebäudes geht, kann es genauso billig, wenn nicht billiger sein als die furchtbaren Mietskasernen von heute, die dunkel und schmutzig sind und die Verbreitung von Krankheiten begünstigen.«

»Wir bringen also die Wirtschaftlichkeit mit einer soliden, dauerhaften großen Struktur in Einklang.«

»Ja!« Theo ballte eine Faust. »Schreib das hin. Das ist brillant!«

Sara tat es, strahlend vor Stolz.

Theo legte ihr die Hand auf die Schulter und drückte sie. »Vor dieser Rede hatte ich regelrecht Angst, und jetzt kann ich es kaum erwarten, sie zu halten. Kommst du mit? Ich will, dass du dabei bist und es siehst.«

»Das würde ich sehr gern.«

Sie trug ein olivgrünes Kleid, das Nellie ihr gegeben hatte, eine sogenannte Polonaise, und fühlte sich als echte Lady, als sie mit Theo aus der Kutsche stieg. Unter den Zuhörern waren eine ganze Reihe Frauen, entweder begleiteten sie ihre Ehemänner, oder sie waren als betroffene Bürgerinnen erschienen. Jeder hatte eine Meinung dazu, wie die West Side von Manhattan aussehen sollte, es würde sicherlich eine lebhafte Diskussion geben.

Theo setzte sich auf der Bühne neben vier weitere Architekten, die alle mindestens zwanzig Jahre älter waren als er und faltige Gesichter und graue Bärte hatten. Neben ihnen wirkte er wie ein Schuljunge. Es war erstaunlich, dass man ihn überhaupt mit auf dieses Podium eingeladen hatte.

Auf den Stundenschlag genau zur angekündigten Zeit begannen die Reden. Die meisten priesen den Status quo und verwiesen auf die großartige Architektur der Millionärsvillen an der Fifth Avenue, die den Wohlstand von New York City zur Schau stellten. Einer von ihnen behauptete, der Riverside Drive werde die nächste wichtige Avenue für die Stadt werden, weil er diese erstklassige Lage am Fluss habe und es dort große Grundstücke gebe. Viele Zuhörer nickten beifällig.

Dann stand Theo auf. Zunächst verglich er den aktuellen Zustand der New Yorker Architektur mit einer Maskerade, die Architekten hätten alle Epochen und alle Länder geplündert und Häuser in Karikaturen verwandelt. Die Zuhörer saßen ein wenig aufrechter und aufmerksamer da. »Wir sind wie Kinder in einem Spielzeugladen, die vielen Möglichkeiten verwirren uns, und wir können keine Wahl mehr treffen.«

Der Mann, der neben Sara saß, brummte bei diesem Satz laut auf und murmelte seinem anderen Sitznachbarn eine unfreundliche Bemerkung zu.

Doch als Theo über die Stadt der Zukunft zu sprechen begann, wandelte sich die Stimmung langsam. Seine Argumente waren vernünftig und prägnant, und als er die kommende Epoche beschrieb, in der Arm und Reich dieselben Möglichkeiten haben würden, in einer sauberen und gesunden Umgebung zu leben, rief jemand ganz vorn ein laut tönendes »Ja!«

Nach seiner Rede brach lauter Applaus los, mehrere Menschen standen beim Klatschen auf. Theos Blick schweifte durch den Raum, bis er den von Sara auffing, und eine erregende Mischung aus Stolz und Sehnsucht durchfuhr sie. Sie hatten es geschafft.

Sara musste eine halbe Stunde warten, bis sich die Menge um ihn so weit aufgelöst hatte, dass sie zu ihm vordringen konnte. In seiner Hand hielt er Dutzende von geschäftlichen Visitenkarten. »Ich denke, unser Arbeitstag morgen wird sich sehr von den bisherigen unterscheiden. Und das verdanken wir ganz und gar dir und deiner wunderbaren Idee.«

Es war ein warmer Abend, und sie spazierten gemeinsam zurück zum Dakota und plauderten dabei über die anderen Redner und die verschiedenen Reaktionen. »Theo, du warst fantastisch.«

»Ich liebe dich.«

Sara blieb stehen. »Nein, wir haben gesagt, dass sich das nicht gehört. Mrs Camden wird bald zurück sein.«

»Ich weiß. Daran lässt sich nichts ändern. Aber ich liebe dich nun einmal, und es muss auch immer mal wieder gesagt werden, sonst werde ich verrückt.«

»Ich liebe dich auch, Theo.«

»Du wirst mich nicht verlassen, oder? Ich kann dich nicht gehen lassen, jetzt, wo ich dich wiederhabe.«

»Natürlich nicht.«

Theo brauchte sie, und sie brauchte ihn. Wenn sie im vergangenen Jahr etwas gelernt hatte, dann, dass man die kleinen Momente bis zum Letzten auskosten musste. Und wenn es bedeutete, einen verheirateten Mann zu lieben, dann war es eben so. Theo und sie gehörten zusammen.

Kapitel 26

New York City, September 1885

Theo fluchte leise. »Ich habe die Aufrisse vergessen.«

Sara durchwühlte die Aufzeichnungen und Pläne in der Ledermappe. »Bist du sicher? Ich weiß, dass ich sie gestern Abend hier hineingesteckt habe.«

Sie waren auf dem Weg zu einer Besprechung mit ihrem bislang größten Kunden, der ein schönes Bürogebäude an der Sixth Avenue bauen wollte. Seit Theos Rede in der West End Association vor einem Monat waren sie mit Anfragen potenzieller Kunden überschwemmt worden, und Theo hatte sogar drei Zeichner einstellen müssen, um der Nachfrage gerecht werden zu können.

Er schüttelte den Kopf. »Ich habe sie heute Morgen beim Frühstück herausgenommen, um die Maße noch einmal zu überprüfen. Und dann habe ich sie da liegen lassen, da bin ich mir sicher.«

Sie hasste es, ihn so nervös zu erleben, aber auch jetzt liebte sie es, sein wirkliches Ich zu sehen und nicht die Maske, die er den anderen zeigte. Am Abend nach seiner Rede waren sie wieder gemeinsam im Bett gelandet, doch da seine Familie noch nicht zurück war, fühlte es sich irgendwie normal an, wie eine Ausweitung ihres Berufslebens. Sara war in jeder Beziehung seine Partnerin, und vorerst wollte sie lieber nicht daran denken, dass er außerhalb der Stadt eine Frau und Kinder hatte.

Sie beugte sich vor. »Lass mich hier aussteigen. Ich gehe zurück, und dann nehme ich einen Hamson und treffe dich an der Baustelle.«

Er lächelte sie nervös an. »Meinst du wirklich?«

»Natürlich. Es ist ein schöner Morgen, und wir sind ja gerade erst losgefahren. Ich werde dir dicht auf den Fersen sein.«

»Habe ich dir schon gesagt, wie ungeheuer großen Anteil du an meinem Erfolg hast?«

»Jeden Tag.«

Er befahl dem Kutscher anzuhalten. Sie stieg aus und ging in nördlicher Richtung über die Eighth Avenue, in Gedanken ganz bei den Aufrissen. Bei dem Bau aus gepressten Ziegelsteinen, der eine terrakottafarbene Fassade haben würde, sollte eine neue Art von Stahlskelett eingesetzt werden, das es möglich machte, auf einem relativ kleinen Grundstück in eine sehr große Höhe zu gehen.

Doch ohne die Aufrisse würde man dem Kunden kaum klarmachen können, wie großartig das Gebäude werden würde. Sie eilte ins Dakota und in Theos Wohnung hinauf, aus deren Türe gerade Mrs Haines trat.

Diese setzte ein Lächeln auf, das jedoch ihre Augen nicht erreichte. Der Enthusiasmus ihrer rührenden Wiederbegegnung nach Saras Freilassung war durch

Saras enge Verbindung mit Theo stark gedämpft worden. Obwohl Sara und Theo sich so vorsichtig wie nur möglich verhielten, tratschten die Dienstboten. Das taten sie immer.

Doch Saras Aufenthalt in einem Irrenhaus und die daraus entstandene Bekanntheit hatten ihr eine Freiheit verschafft, die sie sich nie hätte vorstellen können. Es bedeutete ihr nichts mehr, was andere Leute sagten oder dachten. Ihr Leid und ihr Schmerz hatten ihr eine Art Absolution vom Tratsch erteilt, aber vielleicht war es auch eher so, dass sie inzwischen dagegen abgehärtet war. Also konnte sie tun, was sie wollte, und im Augenblick wollte sie Theos Partnerin in mehr als einer Hinsicht sein.

Dennoch wollte Sara dieser Frau, die sicher so schon genug um die Ohren hatte, nicht noch zusätzliche Probleme bereiten. »Mrs Haines, kann ich irgendetwas tun, um Ihnen zu helfen?«

»Nein, ich habe nur gerade eine Lieferung für das Kinderzimmer überwacht. Es ist alles erledigt.«

»Ich verstehe.«

Aber das tat sie eben nicht. Das Kinderzimmer war verschlossen worden, nachdem Mrs Camden mit den Kindern abgereist war. Sara hatte einmal einen Blick hineingeworfen, als sie frühmorgens aufgestanden war, um über die Hintertreppe zu ihrer eigenen Wohnung zu gehen. Der Raum hatte verlassen gewirkt, als wären die auf den ordentlich gemachten Betten aufgereihten Puppen immer schon seine einzigen Bewohner gewesen. Damals hatte es ihr zumindest ein bisschen ans Herz gegriffen, dass diese Kinder unter der Krankheit ihrer Mutter zu leiden hatten, doch sie hatte den Gedanken beiseitegeschoben, so sehr war sie von Theos Charisma gefangen gewesen. Sie hatten sich über die rote Linie gewagt und den Erwartungen der Gesellschaft getrotzt.

Mrs Haines verschwand ohne ein weiteres Wort. Sara fand die Aufrisse auf Theos Zeichentisch in der Bibliothek und steckte sie in eine Tasche. Sie durfte keine Zeit verlieren, doch plötzlich hörte sie ein lautes Krachen und lief durch den Flur zu den Schlafzimmern. Einer der Hausdiener, ein neuer, seinen Namen hatte sie sich noch nicht gemerkt, stand mitten im Kinderzimmer und schälte ein Möbelstück aus einer Schutzhülle aus Sackleinen.

»Entschuldigung. Ich wollte Sie nicht stören.« Der junge Mann lächelte sie an.

»Sie haben mich nicht gestört, keine Sorge. Ist das die Lieferung, von der Mrs Haines sprach?« Er sollte nicht glauben, sie wisse nicht, was hier vor sich ging. Auch wenn sie es nicht wusste.

»Ja, Ma'am, ein Kinderbettchen.«

Plötzlich klopfte ihr das Herz im Hals. Ein Bett für ein Baby.

Hatte Mrs Camden noch ein Kind bekommen, und Theo hatte ihr nichts davon gesagt? Hatte er es ihr womöglich verheimlicht, weil er wusste, dass es einen Keil zwischen sie beide treiben würde?

Vielleicht hatte Theo deshalb veranlasst, dass Mrs Camden die Stadt verließ. Nicht, weil sie krank war. Sondern damit Sara ihren Zustand nicht gleich bemerkte. Damit er um sie werben und sie wieder an sich binden konnte, bevor er ihr die Nachricht überbrachte.

Sie trieb den Kutscher an und war sehr bald am Besprechungsort. Das Pferd schien ihre Nervosität zu spüren und stampfte mit den Hufen auf, während sie bezahlte. In der Ferne sah sie Theo mitten auf dem Grundstück stehen, auf dem früher eine Schmiede und ein Saloon gewesen waren. Die Eigentümer hatten schon Monate zuvor das Gelände verlassen, und die Gebäude waren dem Erdboden gleichgemacht worden. Als sie näher kam, begrüßte er sie, und alle Männer nickten ihr zu. Sie übergab ihm die Zeichnungen und trat zurück, denn sie wusste, dass ihre Rolle nun darin bestand, die gewissenhafte Assistentin zu sein. Im Beisein von Kunden war Theo ihr gegenüber nie überheblich, doch als sie ein einziges Mal einen Vorschlag zu machen gewagt hatte, war er ihr sofort mit einem »Nein, das wäre nicht das Richtige« über den Mund gefahren.

Danach hatte er sich entschuldigt und ihre Idee eingearbeitet, doch sie wusste, dass er recht hatte. Die Außenwelt würde nicht verstehen, wie sie zusammenarbeiteten, und es auch nicht billigen.

Die Besprechung schien ewig zu dauern, und selbst, als sie wieder im Büro waren, schien es keine Möglichkeit für ein privates Gespräch zu geben. Der letzte Zeichner verschwand um sieben Uhr abends und verabschiedete sich mit einem fröhlichen »Schönen Abend«, während er nach Hut und Mantel griff.

Bis dahin schien der Knoten in Saras Magen zu dreifacher Größe angeschwollen zu sein.

Sie kam sofort zur Sache. Was zu den Dingen gehörte, die Theo, wie er sagte, an ihr liebte.

»Als ich im Dakota war, um die Zeichnungen zu holen, sagte mir Mrs Haines, dass deine Frau und die Kinder zurückkommen.«

Theo lehnte sich auf seinem Stuhl zurück und rieb sich die Augen. »Ja. Es tut mir leid, ich wollte es dir sagen. Aber wir haben so viel zu tun.«

»Wann kommen sie?«

»Nächste Woche.«

Sie verschränkte die Arme. »Wann, dachtest du, würdest du es mir sagen? Nachdem ich auf dem Hof in Mrs Camden hineingerannt wäre?«

»Nein, nein. Natürlich nicht. Ich wollte es dir heute Abend beim Essen sagen. Aber weißt du, es wird ja keinen Unterschied machen, weder hinsichtlich unserer Arbeit noch hinsichtlich unseres Lebens.«

»Wie kannst du das sagen? Glaubst du wirklich, sie nimmt es hin, dass du durch die Stadt läufst und dich mit mir sehen lässt?«

Sie hasste es, wie eine Xanthippe zu reden.

Theo senkte den Kopf. »Ich möchte nicht, dass sie zurückkommt. Ich weiß, das klingt, als wäre ich ein Ungeheuer, aber so fühle ich. Ich liebe dich. Wir haben doch neulich noch darüber gesprochen, dass es uns egal ist, was die anderen denken. Aber jetzt ist es dir nicht egal?«

Nein. Ihr Schmerz ging tiefer. Sie holte tief Luft. »Hat Mrs Camden noch ein Kind von dir bekommen?«

»Was? Nein!«

Es schockierte sie, dass er so etwas zu leugnen imstande war. »Im Kinderzimmer wird gerade ein Bettchen aufgestellt.«

»Ja, das stimmt.« Er kam hinter dem Schreibtisch hervor, setzte sich auf dessen Rand und streckte ihr die Hände entgegen. »Das war es, worüber ich mit dir beim Abendessen sprechen wollte, dort hätten wir in Ruhe sitzen können, und ich hätte dir alles erklärt.«

Sie blieb eisern stehen. »Dann tu es bitte jetzt.«

»Während Minnie in Kur war, hat sie sich mit einer Frau angefreundet, die ebenfalls krank war und ein kleines Kind hatte. Die Frau ist inzwischen gestorben, und Minnie sagt, sie habe ihr versprochen, Mutterstelle an dem Kind zu vertreten. Ich war entsetzt. Ich will nicht noch ein Kind.«

»Es wird also euer Mündel sein?«

»Ja.«

»Ist es ein Junge oder ein Mädchen?« Stumm und mit angehaltenem Atem betete sie, dass es kein Junge war.

»Ein Junge, er heißt Christopher.«

Ein Frösteln lief an ihrer Wirbelsäule hoch. Da Sara nichts sagte, sprach Theo weiter. »Ich war nicht besonders glücklich darüber, aber so hat sie etwas, worauf sie ihre Aufmerksamkeit richten kann, etwas anderes als uns beide. Verstehst du? Es war meine Gegenleistung. Ich behalte dich, und sie darf das Kind behalten. Es ist eine Abmachung.«

»Du hast ihr von uns erzählt?«

»Nicht so klar und krass. Aber ihr sind Gerüchte zu Ohren gekommen. Und ehrlich gesagt glaube ich nicht, dass sie überrascht oder wütend ist. Wir sind nie wirklich gut miteinander zurechtgekommen. Es ging nur um die Familien, ihre und meine. Sie liebt die Kinder, sie sind ihre ganze Leidenschaft. Ich liebe dich. Du gehörst zu mir.«

»Ihr werdet zusammenleben, und wir machen einfach weiter, und sie kümmert sich um diesen Jungen?«

»Um Christopher. Ja. Du wirst schon sehen. Das klappt wunderbar.«

»Für dich vielleicht. Du genießt die Aufmerksamkeiten der ergebenen Ehefrau und hast die Mätresse gleich bei der Hand.«

Er stand empört auf. »Du bist nicht meine Mätresse. Dieses Wort beschreibt beileibe nicht, wer wir sind und was wir tun. Wir sind Geschäftspartner, Liebende, alles Mögliche. Du bist ein unverzichtbarer Teil meiner Lebensfreude. Ich hoffe, dass ich das auch für dich bin.«

»Aber der Junge.«

»Was macht es schon, wenn ein Kind mehr hier herumrennt? Ich werde Christopher aufnehmen, denn wenn ich es tue, bekomme ich dich.« Er trat an sie heran, legte ihr eine Hand in den Nacken und die andere auf das Herz. Wie eine Welle überkam sie ein Gefühl der Beklemmung.

War er herzlos oder nur pragmatisch? Oder beides? Was er ihr vorschlug, war empörend. Aber sie konnte sich nicht vorstellen, von ihm fortzugehen. »Wie sollen deine Frau und ich miteinander umgehen? Wird das nicht furchtbar peinlich?«

»Du wirst sehen, so schlimm wird es gar nicht. Wir

müssen nur anfangs, wenn sie wieder einziehen, vorsichtig sein.«

»Theo. Du bist verrückt.«

»Ja, das bin ich. Aber ich weiß, was ich will: dich an meiner Seite. Immer. Und ich werde alles tun, damit das möglich ist. Jetzt, wo ich Geld wie Heu verdiene, kann ich für dich und für meine Familie sorgen. Ich möchte dir gegenüber fair sein.«

Er berührte mit seinen Lippen ganz zart ihre Stirn. »Willst du es versuchen? Wenn es doch zu schrecklich wird, schreibe ich dir eine überschwängliche Empfehlung, und du kannst für einen anderen Architekten dieser Stadt arbeiten.«

»Niemand würde für das, was ich derzeit mache, eine Frau einstellen.«

»Ich werde alles tun, was ich kann, um dich glücklich zu machen, Sara, das verspreche ich dir. Vertraust du mir?«

»Es ist eine entsetzliche Vorstellung. Ich kann mich doch nicht in eine solche Lage bringen. Ich würde nicht mehr erhobenen Hauptes über die Straße gehen können.«

»Meine Ehe ist wie so viele in unserer sozialen Schicht eine reine Vernunftehe. Die Zeiten ändern sich gerade schnell. Die moralische Instanz, die vorschreibt, was du tust und mit wem, bricht zusammen. Das Zeitalter von Geld, Spaß und Nachsicht ist angebrochen.«

Er nahm ihr Gesicht in seine Hände.

»Bitte, sei nachsichtig mit mir.«

* * *

Sie erklärte sich nie ausdrücklich einverstanden mit dieser Vereinbarung, aber sie machten weiter wie zuvor, und sie versuchte, sich für die Ankunft seiner Familie zu wappnen. Doch zwei Wochen nach dieser gefürchteten Ankunft waren sie und Mrs Camden sich immer noch nicht begegnet, obwohl sie sie einmal aus einer Kutsche hatte steigen sehen und schnell um den Block gegangen war, statt gleichzeitig mit ihr das Dakota zu betreten. Sara dankte Mr Hardenbergh im Stillen für die Anlage des Dakota. Sobald sie das Hauptportal und den Hof durchquert hatte, bestand keine Gefahr mehr, Mrs Camden oder dem neuen Baby zu begegnen, und sie musste nur noch den Smalltalk mit dem Fahrstuhlführer hinter sich bringen, der für ihre Ecke des Gebäudes zuständig war. Zum Glück war sie den ganzen Tag und manchmal bis spät in den Abend mit ihrer Arbeit beschäftigt, sodass sich, ohne dass sie es bemerkte, ein neues Verhaltensmuster bildete. Theo sprach nie von seiner Familie, und sie fragte ihn nie danach. Sie hatten viel Wichtigeres zu besprechen.

Theo hatte einen weiteren Auftrag bekommen, diesmal von einer Versicherungsgesellschaft in Albany, die von einem reichen Finanzier betrieben wurde. Es ging um ein riesiges zwanzigstöckiges Gebäude, das eine hübsche Summe Geld einbringen würde. Die ständige Arbeit und die kreative Freiheit beflügelten ihn, und wenn sie spät aus seinem Büro zurückkamen, blieb er noch für einige Stunden bei ihr, um sie dann zu ihrem Bett zu führen und sie zu lieben. In dieser Hinsicht überraschte er sie immer wieder, in der einen Minute war er noch liebevoll und zärtlich und küsste zart den Rist ihres Fußes, nachdem er ihr die Strümpfe ausgezogen hatte, und im nächsten Augenblick fiel er rasend vor Begierde über sie her. Seit der Rückkehr seiner Familie war sie nicht mehr in seiner Wohnung gewesen. Was sie keineswegs störte. Sie mochte ihre eigene Wohnung, und sie verbrachte am Tag weit mehr Stunden mit Theo als seine Familie. Aber es tat ihr weh, wenn er aufstehen und gehen musste, um in sein eigenes Bett zurückzukehren, und sie allein und ohne seine Wärme zurückblieb.

Eines Freitagabends begleitete sie ihn zum Grand Central Depot, weil er das Wochenende in Albany verbringen wollte.

»Genieß die Zeit woanders«, sagte sie. »Wir sehen uns am Montag.«

Er zwinkerte ihr verschmitzt zu. »Nein, es kommt noch besser, ich komme am Sonntagabend vorbei. Mein Zug kommt zwar spät an, aber ich schaue bei dir vorbei, bevor ich …«

Bevor er nach Hause ging. Er brauchte den Satz nicht zu Ende zu sprechen.

Am Sonntagabend machte sich Sara ein einfaches Abendessen, Bohnen auf Toast, und setzte sich dann mit einem Buch aufs Sofa, in der Hoffnung, es würde sie davon abhalten, ständig auf sein Klopfen zu horchen. Sein Zug sollte um halb zehn ankommen. Um elf begann sie, auf und ab zu gehen. Wie albern von ihr, dass sie gedacht hatte, er würde bei ihr vorbeikommen. Ganz sicher würde er am nächsten Morgen da sein, mit seinen Entschuldigungen und den Zeichnungen, die sie begutachten sollte.

Mrs Camden, ihre Kinder und dieses Baby gingen ihr immer wieder durch den Kopf. Wie sah ihr Leben aus? Vermissten sie Theo, spürten sie sein mangelndes Interesse? Oder verwandelte er sich in einen ganz anderen Menschen, wenn er die Schwelle zu seiner Wohnung übertrat, in einen Mann, der seine lange Abwesenheit mit Lächeln, Umarmungen und Geschenken wiedergutzumachen versuchte?

Sie konnte es nicht länger ertragen. Es war inzwischen so spät, dass die Kinder bestimmt schon zu Bett gebracht worden waren. Sie wollte nur einmal an der Tür der Camdens vorbeigehen. Diese Tür, die er durchschritt, um ein ihr Unbekannter zu werden. Der Schmerz, ausgegrenzt zu sein, nicht jede Faser von ihm zu kennen, trieb sie aus der Ruhe und der Sicherheit ihrer Wohnung.

Auf Zehenspitzen ging sie die Treppe zum westlichen Flügel des Gebäudes hinunter. Als sie in den Flur einbog, an dem die Wohnung der Camdens lag, erstarrte sie. Etwa sechs Meter von ihr entfernt stand der Geist eines Kindes. Sara unterdrückte einen Schrei, und das tat auch der Geist, beide waren gleichermaßen erschrocken.

Sara erkannte trotz des trüben Lichts eins der Zwillingskinder, Lula. Sie war barfuß, hatte nur ihr Nachthemd an und schien eine Art leisen Schluckauf zu haben.

Nein, das war keine Truggestalt, vor ihr stand ein Mensch aus Fleisch und Blut. Als sie näher kam, sah sie, dass das Gesicht des Mädchens gerötet und voller Tränenspuren war.

»Lula? Was machst du denn hier draußen?« Sie kauerte sich hin und nahm Lulas Hand in ihre.

Das Mädchen schüttelte nur den Kopf, unfähig zu sprechen, und brach weinend in Saras Armen zusammen.

»Was ist denn los? Wo ist deine Mutter?«

»Drinnen. Sie ist krank. Sie hat gesagt, ich soll Hilfe holen, aber ich weiß nicht wo.«

»Warum habt ihr keinen Diener geschickt oder nach unten geklingelt?«

»Die Diener haben heute Abend alle frei. Und nachdem mich Mama erwischt hat, als ich mit der elektrischen Klingel spielte, hat sie gesagt, dass ich sie nie wieder benutzen darf.«

»Armes Mädchen. Keine Sorge, jetzt bin ich ja da.«

Sara hielt Lula bei der Hand, als sie durch die Wohnungstür gingen. Es brannten nur wenige Lampen, alles war dämmrig und schattig. Von den entlegeneren Räumen hörte sie das Weinen eines Babys.

»Zeig mir, wo deine Mutter ist.«

Als Sara die Tür zum Elternschlafzimmer öffnete, bot sich ihr ein gruseliges Bild. Mrs Camden lag auf dem Bett, ihr Gesicht war genauso weiß wie die Laken. Emily und Luther standen neben ihr und tätschelten ihre Arme. Sie bewegten sich kaum, als Sara näher trat.

»Mrs Camden?«

Diese öffnete die Augen und versuchte zu sprechen, doch sie bekam nicht genug Luft.

»Sprechen Sie nicht. Ich rufe einen Arzt.«

»Danke.« Ihre Lippen waren aufgesprungen, ihre Lider flatterten, dann fielen sie zu.

Sara ging in die Küche, und Lula folgte ihr wie ein treuer Schäferhund. Warum war niemand zu Hause? Wo war Theo? Sie klingelte nach dem für die Nacht eingeteilten Hausdiener und ging ihm draußen auf dem Flur entgegen, um ihm zu sagen, er solle sofort einen Arzt rufen. Als sie in die Wohnung zurückkehrte, schrie das Baby lauter.

Lula zuckte die Schultern. »Er wird nicht aufhören zu schreien. Er will zu Mama.«

Sara hatte einen Kloß im Hals. Sie wollte Theos neues Mündel nicht sehen oder irgendwelchen Kontakt zu ihm aufnehmen. Dieser Junge war jetzt Teil dieser Familie, während der Junge, den sie hätte haben sollen, jetzt tot war, begraben in einem anonymen Grab auf dieser teuflischen Insel. Dennoch ertrug sie die Verzweiflung nicht, die mit jedem Schrei zu wachsen schien.

Das Kind hatte alles Bettzeug weggestoßen und strampelte mit Armen und Beinen, diesen puttenhaften Gliedmaßen, als wollte es sich zur Oberfläche eines Teichs hocharbeiten. Sein rosiger Mund war zu einem großen O aufgerissen, die Augen fest zugekniffen. Sie beugte sich über ihn und nahm ihn hoch. Er war schwerer, als sie erwartet hatte. Sie setzte sich auf den Schaukelstuhl neben dem Bettchen, drückte ihn an sich und wiegte ihn sacht in den Armen.

»Er ist nur ganz selten still«, flüsterte Lula.

»Vielleicht hat er Hunger.«

Lula zuckte nur die Schultern.

»Wo ist euer Kindermädchen?«

»Die ist diese Woche nicht hier. Sie musste irgendwohin reisen.«

»Und eure Mutter ist allein mit euch?«

»Ja.«

»Ist sie schon lange krank?«

Das Mädchen seufzte. »Ich glaube, schon immer.«

Theo hätte wieder da sein sollen, um sich um seine Familie zu kümmern, die ihn ganz offensichtlich brauchte. Die jemanden brauchte, der Verantwortung übernahm.

Sara stand auf und ging, das Baby immer noch in den Armen, ins Schlafzimmer. Mrs Camden schlug die Augen auf und blickte zur Decke, als wollte sie sich erinnern, wo sie war. Dann drehte sie den Kopf in Saras Richtung und sah sie einige Augenblicke unverwandt an. Ihr Gesichtsausdruck war weder dankbar noch voller Hass. Aber sie wusste alles, dessen war sich Sara sicher.

Als der Arzt kam, im Kielwasser eine Krankenschwester und Mrs Haines, legte Sara das Baby widerstrebend wieder in sein Bettchen. Der Junge schlief tief und fest und rührte sich nicht, obwohl sie einige Augenblicke wartete, um zu sehen, ob der plötzlich fehlende Körperkontakt ihn aufwecken würde. Ein Teil von ihr hoffte darauf.

Unbemerkt verließ sie die Wohnung der Camdens und lief über die Treppe zurück in ihre eigene.

Kapitel 27

New York City, September 1985

In der darauffolgenden Woche erreichten die Arbeiten in Melindas Wohnung einen hektischen Höhepunkt, ein Schwarm von Anstreichern verwandelte die dunklen Wände und Säulen in Flächen voller imitiertem Stuck und Marmor. Melinda hatte darauf bestanden, dass ein »Riss« auf die Wohnzimmerwand gemalt wurde, um die verfallende Grandezza einer Pariser Wohnung nachzuahmen, die sie einmal in einem französischen Film gesehen hatte.

Inzwischen lenkte sich Bailey erfolgreich von dem Wunsch ab, jeden Tag mit einem Wodka zu beginnen, indem sie morgens ein AA-Meeting in Midtown besuchte und danach die Einrichtungsgeschäfte abklapperte. Sie hatte sogar einen Sponsor gefunden, Lydia, eine Theaterkritikerin im Ruhestand, die ein tiefes, kehliges Lachen und eine unglaubliche Intuition hatte. Zu dem Meeting in der Sixty-Ninth Street war sie nicht mehr gegangen, und die wenigen Male, die sie Renzo zufällig begegnet war, hatte sie versucht, höflich, aber nicht zu entgegenkommend zu sein. Melinda hatte ihr eingeschärft, sie müsse sich von ihm fernhalten, bis sich die Anwälte geeinigt hätten.

Sie steckten tief in den Verhandlungen mit dem Vorstand der Wohnungsgenossenschaft und dem Metropolitan Museum, um festzustellen, wer ein Anrecht auf die Messerscheide hatte, wobei alles von den Ergebnissen der DNA-Analyse abhing.

Melinda hatte von ihr zwar Distanz zu Renzo gefordert, aber nichts über den Rechtsbeistand der Camdens gesagt.

Bailey hatte ihn in den Gelben Seiten gefunden und schon für zwei Tage später einen Termin vereinbaren können. Wie erwartet waren die Büroräume so prachtvoll, wie es sich für eine Firma gehörte, die Vermögen über Generationen hinweg verwaltete: Mahagonivertäfelungen, im Warteraum ein Sofa aus den Fünfzigern und am Empfang eine Dame, die aussah, als würde sie zwischen den Telefonaten an Zitronen lutschen.

»Miss Camden?«

Ein älterer Herr in einem gut geschnittenen Anzug winkte sie in sein Büro. Er hatte ein langes Gesicht mit einem langen Kinn und erinnerte sie an Dick Van Dyke, für den sie als junges Mädchen furchtbar geschwärmt hatte. »Ich bin Fred Osborn, ich freue mich, Sie kennenzulernen.«

»Oh, danke, dass Sie mich empfangen.« Sie setzte sich in einen der Stühle vor seinem Schreibtisch und sah sich um. Auf der Fensterbank hinter ihm standen Dutzende von Trophäen, wie sie Kinder bekommen, die in einer Soccer-Mannschaft spielen. Er sah, wie sie sie betrachtete.

»Die gehören meinen Enkelkindern. Ihre eigenen

Zimmer waren schon völlig überfüllt von dem Zeug, deshalb musste ich es hier ausstellen.«

Sie mochte ihn bereits. »Mr Osborn, ich möchte Ihnen nicht zu viel Zeit rauben, daher in aller Kürze: Ich möchte auch getestet werden, um herauszufinden, ob ich eine echte Camden bin. Nicht nur dem Namen, sondern auch dem Blut nach.«

Er sah sie an, sein Gesicht blieb völlig unbewegt. »Erst einmal: Bitte nennen Sie mich Fred. Und nun sagen Sie mir, warum Sie denken, Sie könnten eine echte Camden sein. Ich weiß von dem Mündel, Ihrem Großvater. Aber Sie glauben, Sie seien mit Theodore und Minnie Camden blutsverwandt?«

»Nicht ganz. Mit Theodore Camden, ja. Ich glaube, dass er eine Affäre mit der Frau hatte, die ihn dann tötete, mit Sara Smythe, und dass Christopher Camden ihr gemeinsamer Sohn war.« Sie erzählte ihm, was sie gefunden hatte, und holte die Zeichnung von dem Cottage, den Brief und das Foto aus ihrer Handtasche. »Schließlich habe ich die Messerscheide und den Fingerknochen entdeckt. Ich finde, es ist nur fair, wenn auch mein Erbgut getestet wird.«

»Wie denken Melinda und Manvel darüber?«

»Was Manvel denkt, weiß ich nicht, aber ich weiß, dass Melinda nicht sonderlich erfreut ist.«

»Das kann ich mir vorstellen.« Sein Blick war vorsichtig neutral, doch nach der Erwähnung von Melindas Namen war ein Hauch Verärgerung in seiner Stimme zu spüren. »Ich muss Sie warnen, der Ursprung des Messers ist noch unklar. Man könnte meinen, die Regierung von Tibet hätte ein Interesse daran, doch die haben jetzt so viele Schwierigkeiten mit China, das die tibetische Kultur zu zerstören versucht. Die Familie der Rutherfords, denen das Messer in den 1880ern, als es gestohlen wurde, gehörte, ist ausgestorben, es gibt keine Nachkommen. Im Augenblick sieht es fast so aus, als würde es tatsächlich als Eigentum der Dakota-Genossenschaft oder von Melinda und Manvel enden.«

»Ich begreife nicht, warum die Dakota-Genossenschaft einen Anspruch erhebt. Die Messerscheide wurde doch in Theodore Camdens Koffer gefunden, zusammen mit seinem Fingerknochen.«

»Im Wesentlichen, um einen Präzedenzfall zu schaffen. Ganz davon zu schweigen, dass die Genossenschaft ziemlich rote Zahlen schreibt.« Er zuckte die Schultern. »Und ich vermute, Melinda Camden steht auf der Beliebtheitsliste der Anteilseigner nicht ganz oben.«

»Ich weiß, dass Melinda die Messerscheide haben will, aber was mich betrifft, ich finde, sie gehört zusammen mit dem Messer ins Metropolitan Museum. Mich interessiert vor allem die DNA-Analyse. Wann werden die Proben weggeschickt?« Sie schwieg kurz. »Oder sind sie schon weg?«

»Sie werden am Montag abgeschickt. Gemeinsam mit dem Knochen, den Sie entdeckt haben, und den Blutspuren von den Zeichnungen und der Messerscheide. Wie sich erwiesen hat, ist der Knochen das wesentliche Element der Analyse. Ohne ihn hätte Melinda wenig Aussichten, überhaupt ein Untersuchungsergebnis zu bekommen.« Er rieb sich das Kinn. »In der letzten Woche habe ich mehr über die Wissenschaft gelernt, die hinter dieser Analyse steht, als ich gedacht hätte. Es ist faszinierend.«

»Ich möchte einfach wissen, ob ich eine echte Camden bin oder nicht. Ich hoffe, Sie können das verstehen.«

»O ja, Miss Camden. Das Beweismaterial, wir wollen es einmal so nennen, das Sie zusammengetragen haben, ist sehr interessant. Das Vermögen wurde, wie damals üblich, den ›blutsverwandten Nachkommen‹ des Erblassers Theodore Camden vermacht. Und heute, nach all diesen wissenschaftlichen Durchbrüchen, können wir das recht wörtlich nehmen. Meine Pflicht als Treuhänder ist es, allen lebenden Erben von Theodore Camden an deren dreißigstem Geburtstag gleiche Teile des Vermögens auszuhändigen. Ich könnte sogar damit argumentieren, dass es meine Pflicht als ehrenhafter Treuhänder wäre, ein für alle Mal festzustellen, ob Sie ein Recht auf einen Anteil haben oder nicht. Aber ich fürchte, selbst wenn ich es wollte, hätte es keinen Sinn.«

Ihr sank der Mut. »Warum nicht?«

»Die Tests müssen in der männlichen Linie durchgeführt werden. Wir können zum Beispiel Melindas Zwillingsbruder Manvel über deren Vater und Luther Camden mit Theodore Camden in Verbindung bringen. In diesem Fall sollten wir mithilfe all der Zeitungsartikel über den Mord und einiger weiterer Aspekte beweisen können, dass die Messerscheide zum Eigentum der Familie gehört. Aber Sie als Frau können nicht getestet werden, es tut mir leid, es sei denn, Sie hätten einen Bruder.«

So knapp am Ziel vorbei. »Nein, leider nicht. Aber was ist mit meinem Vater? Was wäre, wenn er sein Blut für einen Test zur Verfügung stellen würde? Sein Vater war Christopher Camden, das wäre dann also eine direkte Abstammung, wenn Christopher wirklich Theodore Camdens Sohn wäre.«

»Das könnte funktionieren. Lebt er noch?«

Sie nickte.

»Dann würden wir ihn testen, und wenn das Ergebnis stimmt, zu den Anspruchsberechtigten hinzufügen. Und Sie würden dann erben, was er hinterlässt, und so immer weiter bis zu Ihren letzten Nachkommen. Wäre Ihr Vater denn bereit, sich testen zu lassen?«

»Ich werde ihn fragen.« Vielleicht wäre er einverstanden, wenn sie es ihm richtig erklärte, und würde bei ihrem verrückten Plan mitmachen. Er musste einfach einsehen, dass es um ihre Zukunft ging, um den Namen ihrer Familie und um ihre gemeinsamen Rechte.

»Zum Glück für die Erben hat der Architekt Henry Hardenbergh die Firma nach Theodore Camdens Tod übernommen, sodass jedes Jahr ein beträchtlicher Teil seiner Profite in das Vermögen der Camdens floss. Die Firma meiner Familie hat dieses Vermögen von Anfang an verwaltet und eine gute Anlagestrategie verfolgt, die sich im Verlauf der letzten hundert Jahre ausgezahlt hat.«

»Und damals, am Anfang, haben sie es so geregelt, dass mein Großvater, Christopher, nichts erben konnte?«

»Ich fürchte ja, denn er war kein Blutsverwandter

und sie haben keine besonderen Verfügungen für ihn getroffen.«

»Meinen Sie, Theodore Camden hätte ihm etwas hinterlassen, wenn er länger gelebt hätte?«

»Das werden wir wohl nie wissen. Ein so tragischer Tod, und ganz am Anfang seiner Karriere.«

Sie stand auf, um zu gehen, sie wollte möglichst bald Jack anrufen. Doch Fred hob die Hand, um sie aufzuhalten.

»Eins noch. Wenn Sie Ihren Vater dazu bringen können, sich testen zu lassen, werde ich kein Geld der Camdens für die Kosten einsetzen dürfen, das verstehen Sie sicher.«

»Klar. Natürlich. Wie viel würde es denn kosten?«

Er rechnete es auf einem Block auf dem Schreibtisch aus, mit einem altmodischen Füllfederhalter. »So um die tausend Dollar.«

Tausend Dollar. So viel hatte sie auch nicht annähernd zur Verfügung. Selbst wenn sie Jack dazu überreden konntc, sich testen zu lassen, hatte sie nicht die geringste Chance, so schnell so viel Geld aufzutreiben.

Sie schloss die Tür hinter sich und trottete betrübt ins Dakota zurück.

* * *

Das Telefon im Haus in New Jersey klingelte und klingelte, daher versuchte Bailey es in der Werkstatt. Ihr Vater war gerade nicht da, aber sie bat Scotty, ihm zu sagen, er solle sie möglichst bald zurückrufen.

»Er ist zum Angeln rausgefahren, wahrscheinlich kommt er erst in ein paar Stunden zurück.«

Toll. Gerade jetzt, wo die Zeit so knapp war, musste ihr Vater auf einem Boot irgendwo draußen sein und fischen.

Um sich abzulenken, ging sie in Kenneth' Wohnung hinunter, wo er gerade etwas zelebrierte, was er als »High Tea« bezeichnete. Etwa ein Dutzend Männer und ein paar Frauen standen und saßen in Grüppchen herum, plauderten und knabberten dabei an Gurken-Sandwiches und Macarons. Kenneth küsste sie flüchtig auf die Wange, bevor er in die Küche enteilte, um die Tabletts neu zu bestücken.

Bailey hockte sich mit einer Tasse Tee und einem Scone auf eine der breiten Fensterbänke mit Blick auf den Central Park und ließ ihre Gedanken schweifen. Sie war so kurz davor, die Wahrheit herauszufinden. Doch obwohl das Gespräch mit ihrem Dad noch vor ihr lag, hatte sie wenig Grund zur Hoffnung. Selbst wenn er einverstanden war, konnte sie sich beim besten Willen keinen Tausend-Dollar-Test leisten.

Eine vertraute, tief grollende Stimme riss sie aus ihren Überlegungen. Renzo stand am Kamin und lauschte aufmerksam Mrs Stellenbach, die in einer Einzimmerwohnung im siebten Stock wohnte und ihm höchst detailliert und praktisch ohne Luft zu holen eine dringend nötige Reparatur schilderte.

Ihre Blicke kreuzten sich, und sie lächelte ihm rasch zu, bevor sie wegschaute und so tat, als sei sie ganz auf den jungen Mann konzentriert, der am Klavier »You Are My Lucky Star« zusammenklimperte.

Nach ein paar Minuten legte Renzo der Frau die Hand auf die Schulter und entschuldigte sich, um sich zu Bailey auf den Fenstersitz zu gesellen. Ihre erste echte Begegnung seit dem Debakel mit Tony und Melinda im Keller.

»Ich nehme an, du kannst nicht einmal zu einer Einladung zum Tee gehen, ohne dass man dich wegen eines verstopften Abflusses festredet.«

»In diesem Fall sind es Geräusche im Heizkörper. Berufsrisiko. Ich versuche, nicht allzu viel Kontakt zu den Bewohnern zu haben, aber Kenneth' Scones darf man sich einfach nicht entgehen lassen.« Er lehnte sich mit dem Rücken an die Wand und betrachtete sie.

Sie errötete. Um ihn davon abzulenken, stellte sie ihm die Frage, die sie schon seit Wochen beschäftigte: »Wie bist du zu deinem einzigartigen Namen gekommen?«

»Ist Lorenzo Duffy einzigartig?«

Sie lachte.

»Mein Vater war Ire und meine Mutter Italienerin. Eine tödliche Mischung, sie verdoppelt die Gefahr, zum wilden Trinker zu werden.«

»Du scheinst aber gut zurechtzukommen.«

»Ich gebe nicht auf. Und wie steht es mit dir?«

»Jeden Tag ein Meeting.«

»Ich habe dich gar nicht gesehen.«

Er hatte nach ihr Ausschau gehalten. Ihr Herz setzte für einige Schläge aus. »Melinda sagte mir, ich müsse, nun ja, ich müsse mich fernhalten, bis die Sache so oder so entschieden sei.«

»Dich von mir fernhalten?«

Sie nickte. »Ich finde es sehr gut, was du getan hast, die Messerscheide in den Tresor zu schließen. Melinda und Tony waren kurz davor, das Ding auf dem Schwarzmarkt zu verhökern. Dass es sich um einen antiken Gegenstand handelt, noch dazu um einen wichtigen, ist ihnen egal.«

»Und dir ist es nicht egal?«

»Natürlich nicht.« Sie blickte durch das Fenster auf ein Meer glänzender Blätter. »Klar, ich habe natürlich auch an den Wert gedacht. Wie auch nicht? Aber für mich waren die wichtigsten Dinge in diesem Koffer der Brief und das Foto. Und auf etwas seltsame Art auch der Finger.«

»Wie lauten denn die neuesten Nachrichten über den Keller-Kampf?«

»Die Wohnungsgenossenschaft ist damit einverstanden, dass DNA-Proben getestet werden, um festzustellen, wem die Scheide gehört. Wenn die DNA vom Finger und vom Blut mit der von Manvel Camden übereinstimmt, dann gehört sie ihm und Melinda.«

»Warum sind die so sicher, dass der Inhalt der Lederrolle Theodore Camden gehörte?«

»Die Pläne sind auf den Monat seines Todes datiert, und es gibt Zeitungsberichte darüber, dass sein Finger nie gefunden wurde, so gruselige Details eben.«

»Das klingt alles ein bisschen nach Hokuspokus.«

Er hatte ihr aus der Seele gesprochen. »Ich weiß, es ist eine verrückte Mischung aus alten Beweisstücken und allerneuesten wissenschaftlichen Erkenntnissen. Ende des Monats werden wir die Ergebnisse haben.

Aber ich glaube nicht, dass ich auch nur die Chance habe, meine DNA testen zu lassen, obwohl ich alles versucht habe.«

»Warum nicht?«

Sie wollte nicht in die Details gehen. Das Geld, die Tatsache, dass sie kein Mann war. »Eine lange Geschichte. Wahrscheinlich wird es nicht klappen.« Sie schwieg kurz. »Hör zu, es tut mir leid, dass ich Abstand gehalten habe. Ich wusste nicht, auf welcher Seite du stehst.«

»Jedenfalls nicht auf der von Melinda und Tony, so viel kann ich dir sagen. Ich habe gehört, dass es in der Wohnung schrecklich aussieht.«

Ihr Gesicht wurde düster. »Es wird mit jedem Tag schrecklicher. Es nervt, dass ich tun muss, was sie sagt.«

»Aber das musst du doch eigentlich nicht.« In seinen dunklen schiefergrauen Augen gärte etwas.

»Bis ich im nächsten Monat bezahlt werde, sitze ich in der Klemme. Von da an habe ich genug, um durchzukommen.«

»Auf mich wirkt es so, als würdest du Entschuldigungen dafür suchen, dass du in einer schädlichen Beziehung bleibst, weil du nicht den Mut aufbringst, aus ihr auszubrechen.«

Sie hatte ihn nicht um seine Meinung gebeten, und die Unterstellung machte sie wütend. Genauso wie seine Frechheit, ihre Entscheidungen und Motive zu analysieren. Sie hatte schon über ihren Schatten springen müssen, um Fred Osborn aufzusuchen, und nun würde sie Jack um etwas bitten müssen, was er ihr ganz sicher verweigern würde. »Du hast ja keine Ahnung, was ich in den letzten Tagen alles versucht habe. Es hat mir wirklich jeden Funken Mut abverlangt, der überhaupt in mir steckt.«

»Das freut mich. Ich konnte es nämlich nicht ertragen, wie Melinda und Tony dich da unten in meinem Büro behandelt haben – als stündest du unter ihnen.«

Er hätte genauso gut einen Eimer mit kaltem Wasser über ihr ausschütten können. Sie fühlte sich angegriffen und vorgeführt. Er hatte gesehen, wie sie vor den beiden zu Kreuze gekrochen war, und kritisierte sie auch noch. »Was genau hätte ich denn tun sollen? Ihnen sagen, dass ich kündige, wenn sie mich nicht in die Tests einschließen? Melinda hätte mir ins Gesicht gelacht. Die Macht liegt auf ihrer Seite. Man muss der Realität ins Auge sehen.«

»Du siehst in dir selbst nicht das, was ich in dir sehe. Du hast mehr Macht, als du denkst.«

Da täuschte er sich. »Ich halte doch nur durch. Was, wenn alles über mir zusammenbricht? Du kannst dich ruhig über Melinda lustig machen, aber sie hat zu mir gehalten und mir eine Chance gegeben, als sonst niemand für mich da war. Das werde ich ihr nicht vergessen. Wenn ich mit aller Macht darauf dränge, dass ich getestet werde, und dabei herauskommt, dass ich keine echte Camden bin, dann verliere ich nicht nur eine meiner wenigen echten Freundinnen, ich werde auch von der New Yorker Design-Family ausgestoßen.«

»Du bist also bereit, klein beizugeben, damit Melinda zufrieden ist. Glaubst du, Melinda würde im umgekehrten Fall dasselbe tun?« Er berührte freundschaftlich ihre Schulter, und ihr sträubte sich innerlich das Fell. »Manchmal fürchte ich, du versteckst dich hinter dieser Suche mit höchst ungewissem Ausgang, um dich vor der Frage zu drücken, wer du wirklich bist. Wer schert sich letzten Endes darum, ob du eine echte Camden bist oder nicht? Du bist eine gesunde und intelligente junge Frau, die eine gute Zukunft vor sich hat. Was bedeutet, dass es unwichtig ist, ob Melinda dir Scherereien macht. Dann findest du eben einen neuen Auftraggeber oder machst etwas anderes. Dir wird schon etwas einfallen. Das Wichtigste ist, dass du die Tragödie in der Vergangenheit hinter dir lässt und neu anfängst.«

Sie fragte sich, welche Tragödie er wohl meinte, Theodore Camdens oder die ihrer Mutter. Der Schock durch den Tod ihrer Mutter traf Bailey in die Magengrube, als wäre er nicht zwölf Jahre, sondern zwölf Stunden her, und sie musste nach Luft ringen. Normalerweise traf es sie mitten in der Nacht, dann wachte sie mit wild klopfendem Herzen auf und hatte das Gefühl, die Welt unter ihren Füßen würde sich auflösen. Auf einer Party mit vielen Menschen war es ihr noch nie passiert.

Renzo, der ihr Schweigen für eine Ermutigung zum Weitersprechen hielt, fuhr fort: »Ich weiß, wie es ist, wenn man nur gerade trocken ist und eben so durchhält. Aber ich würde gern sehen, wie du für dich selbst eintrittst und respektiert wirst, statt dich von einem Arschloch wie Tony und einer Prinzessin wie Melinda herumstoßen zu lassen.«

»Das verstehe ich nicht ganz. Willst du mir sagen, ich soll einfordern, dass ich getestet werde, oder soll ich darauf verzichten?«

»Das habe nicht ich zu entscheiden. Aber was immer du tust, tu es nicht blind und aus den falschen Gründen. Erwarte nicht, dass sich dadurch all deine Probleme lösen. Mehr wollte ich gar nicht sagen.«

Bevor sie antworten konnte, kam Kenneth zu ihnen herüber, im Schlepptau zwei Freunde.

»Liebes, wie viele Zeichnungen dieser Art haben Sie noch?« Er zeigte auf ihre Zeichnung, die nun in einem hübschen Rahmen über dem Kamin hing.

»Viel zu viele.« In den vergangenen Tagen hatte sie wie verrückt gezeichnet und versucht, das Gebäude aus jedem Blickwinkel einzufangen, als würde es verschwinden, wenn sie nicht mehr darin wohnte. Sie wusste, dass das albern war, aber dieses besessene Zeichnen milderte den Schmerz, mit dem Umbau weitermachen zu müssen.

»Rory, John und Edward wollen auch eine haben. Und dann habe ich mit den Nachbarn gesprochen und sechs hier im Haus verkauft. Ich verlange keine Vermittlungsgebühr. Noch nicht.«

Sie überschlug es im Kopf. Das würde reichen. Sie würde genug Geld für den Test haben. »Kenneth, Sie sind wunderbar. Sie wissen gar nicht, wie wunderbar.« Sie konnte ihm gerade noch um den Hals fallen, bevor er von einem anderen Gast weggezogen wurde.

Renzo stand auf und wollte ihr gratulieren, doch sie unterbrach ihn. »Ich weiß, was du mir sagen möchtest, und ich weiß es zu schätzen. Mir ist klar, dass ich selbst den richtigen Weg finden muss.«

Sein Ausdruck von Betroffenheit schockierte sie. Er sah sie sehr ernst an, sein Gesicht war voller Schatten und geradezu feierlich. »In den Meetings wird einem immer wieder eingeschärft, auf der eigenen Straßenseite zu bleiben. Aus irgendeinem Grund hat mich das Ganze aufgewühlt. Vermutlich, weil mir das alles – das Haus, die Bewohner, die Geschichte, die es birgt – etwas bedeutet. Ich weiß, dass es dir genauso geht.« Er hob beide Hände und ließ sie dann wie resigniert fallen. »Eigentlich bedeutest du mir etwas.«

Bailey stockte der Atem, sie war überwältigt und schaute verlegen weg.

Der letzte Ton des Pianisten zitterte noch in der Luft, bevor er verklang. Renzo trat einige Schritte zurück. »Tut mir leid, dass ich auf deine Spur geraten bin. Normalerweise bin ich ein viel besserer Fahrer.«

»Danke.« Wenn sie den Mut aufgebracht hätte, hätte sie ihm zu verstehen gegeben, wie viel ihr seine Sorge um sie bedeutete, aber er hatte sie unvorbereitet erwischt. Und sie musste dringend mit Jack sprechen; sie hatte einfach nicht die Zeit, das hier jetzt zu klären. »Ich weiß es zu schätzen. Wirklich. Aber ich muss jetzt los.«

* * *

»Das soll ein Witz sein, oder?«

Die Stimme von Baileys Vater klang müde, als sie ihn um acht Uhr abends endlich erreichte. Anscheinend waren seine Angelbemühungen fruchtlos oder vielmehr fischlos verlaufen. Sie wusste aus Erfahrung, dass ihn das ungeduldig und mürrisch machte.

Weshalb sie ihren Besuch bei Fred Osborn und die Sache mit der DNA-Analyse in einem hastigen, nervösen Wortschwall ohne jede Logik schilderte und damit alles verdarb. Jack war zunächst nur verwirrt gewesen, doch dann war er schon argwöhnisch, noch bevor sie damit schloss, wie dringend es nötig sei, dass er sich Blut abnehmen ließ, um zu beweisen, dass sie tatsächlich echte Camdens waren.

»Nein, Dad, ich mache keine Witze. Ich hoffe, du ziehst es in Betracht, das für mich zu tun. Für uns.«

Die Wendung *in Betracht ziehen* hatte sie von Tristan gelernt, er benutzte sie immer, wenn ein Kunde über seine eigentlichen Kostenvorstellungen hinausgetrieben werden sollte. Die Forderung war so hübsch verpackt, dass fast jeder Kunde darauf hereinfiel und glaubte, eine wohlerwogene Entscheidung getroffen zu haben, obwohl sie tatsächlich längst von anderen getroffen worden war.

»Wie viel, sagtest du, soll diese Analyse kosten?«

»Dazu habe ich nichts gesagt, weil ich sie bezahlen werde.«

»Trotzdem, wie viel?«, beharrte er.

Sie sagte es ihm.

»Du willst einen Riesen verpulvern, weil du hoffst, damit einen größeren Fisch an die Angel zu bekommen? Warum zum Teufel solltest du das wollen?«

Sie nahm sich nicht die Zeit zu einem Witz über den Fisch-Vergleich. »Ich habe das Geld und bin bereit, es dafür auszugeben. Ich weiß, dass ich recht habe. Ich bin mir absolut sicher. Und es gibt Dokumente und Recherchen, die meine Überzeugung stützen.«

Wenn der Test negativ ausfiel, würde sie natürlich nicht nur einen Riesen verloren haben, sie würde auch nicht mehr die geringste Aussicht auf die Bezahlung ihrer Arbeit in Melindas Wohnung haben, die nämlich würde fuchsteufelswild sein, weil Bailey sie hintergangen hätte. Dann wäre sie wieder auf »LOS«.

Durch den Hörer kam schweres Atmen. »Mein Vater wollte mit dieser Familie nichts zu tun haben, er hatte gute Gründe. Ich bereue, dass ich deine Mutter wieder Kontakt zu ihnen aufnehmen ließ. Ich verstehe einfach nicht, warum ihr beide nicht mit dem zufrieden sein könnt, was ihr habt.«

Er sprach, als wäre ihre Mutter noch am Leben. Das brach Bailey das Herz und ärgerte sie zugleich.

»Wir haben nicht dieselbe Sicht.« Sie versuchte ruhig zu sprechen, damit sie ihn überzeugen konnte und ihn nicht noch mehr in die Defensive brachte, als er schon war. »Meine Sicht und die von Mom war, dass es da draußen eine große Welt gibt. Du und Granddad, ihr habt euch davor versteckt, Mom und ich nicht.«

»Es geht hier nicht ums Verstecken. Du versuchst mir doch schon seit deiner Highschool-Zeit auszuweichen. Als würdest du dich meinetwegen schämen, als fändest du es beschämend, wer ich bin.«

Sie konnte ihm nicht widersprechen, denn er hatte recht. »Ich will mehr aus meinem Leben machen. Was ist daran so verkehrt?«

»Dann nur weiter so, mach mehr daraus.«

»Genau das tue ich ja. Aber ich brauche dich. Die Blutprobe muss aus der männlichen Linie stammen, von Theodore Camden über Großvater zu dir.«

«Weißt du, was ich nicht verstehe? Erst verschwindest du monatelang, und dann rufst du plötzlich an und verlangst von mir, ich soll unsere Zugehörigkeit zu einer Familie beweisen, die mein Vater verabscheute.«

Die Worte blieben ihr fast in der Kehle stecken. »Ich war in einer Entziehungskur, Dad. Ich hätte es dir früher erzählen sollen, aber ich wusste nicht wie. Es tut mir leid.«

»Wann bist du rausgekommen?«

»Letzten Monat.«

Schweigen. Sie stellte sich vor, wie er den Kopf schüttelte, die Schultern gebeugt von der Last der Enttäuschung.

»Du kämpfst mit denselben Dämonen wie mein Vater. Ich habe gesehen, welchen Preis er dafür zahlen musste.«

Er lenkte vom Thema ab, doch das wollte sie nicht zulassen. »Vielleicht gibt es ja einige längst vergessene Familienmitglieder, die es verdienen, wieder ans Licht geholt zu werden, Menschen, von denen dein Vater vielleicht nie gewusst hat. Ich habe über das Irrenhaus gelesen, in das Sara Smythe geschickt wurde. Furchtbar, die Leiden, die sie höchstwahrscheinlich erdulden musste. Diese Frau könnte sehr gut deine Großmutter gewesen sein.«

»Was du hier tust, ist nicht gut, dieses Wühlen in

der Vergangenheit.« Seine Verärgerung brannte sich durch die Leitung bis zu ihr. »Was immer damals passiert sein mag, in Irrenanstalten oder vornehmen Apartmenthäusern, hat nichts mit uns und nichts mit dir zu tun. Ich weiß, wer ich bin. Ich betreibe eine Autowerkstatt, und wenn ich genug Zeit dafür habe, fahre ich aufs Meer hinaus und angele. Das ist nicht viel, aber das ist real. Du hingegen jagst Gespenstern hinterher. Hör auf, dein Leben mit all dem Schmutz zu belasten.«

Wie konnte er es wagen und ihr sagen, was sie zu tun hatte? Erst Renzo, und jetzt das. Schön, sie mochte in der Vergangenheit manches falsch gemacht haben, aber sie versuchte es wiedergutzumachen. Und davon abgesehen bestand eine echte Wahrscheinlichkeit, dass sie mit einer Frau blutsverwandt war, die ebenfalls mit ihren Dämonen gekämpft und verloren hatte. Ein Schicksal, das sie nicht teilen wollte, und diese Frau war der Schlüssel, wenn sie es verhindern wollte. Ganz anders als die Männer in ihrem Leben, die sie im Stich gelassen hatten, als sie sie am nötigsten gebraucht hatte. Jack hatte sich nach dem Tod seiner Frau in ein Schneckenhaus zurückgezogen und seine Tochter in der Stadt Amok laufen lassen, ohne Zuflucht, ohne Rat.

Ihre Stimme brach, wie immer, wenn sie wütend war. »Ich habe zugegeben, dass ich Alkoholikerin bin. Ich gehe zu Meetings, ich versuche, trocken zu bleiben. Vielleicht hast du nicht dieselben Alkoholprobleme wie ich, aber in der Entziehungskur habe ich alles über trockene Trinker gelernt. Sie sind extrem zurückhaltend, negativ, ablehnend. Wie du. Also glaub nicht, du wärst auch nur einen Deut besser als ich oder Granddad. Oder dass du der Vergangenheit entkommen wärst.«

Einige Sekunden lang hörte sie nur das Blut in ihren Ohren pulsieren. Dann ein leises Klicken, als Jack auflegte, danach rauschte es nur noch leer in der Leitung.

Kapitel 28

New York City, Oktober 1885

»Wo warst du?«

Sara verschwendete keine Zeit, als Theo am nächsten Morgen zur Arbeit erschien. Sie folgte ihm in sein Büro und schloss die Tür hinter sich. Die Luft rings um ihn roch nach Schweiß und Alkohol, trotzdem sah er gut aus. Geradezu frisch.

»Dir auch einen wunderschönen guten Morgen.«

»Deine Frau war letzte Nacht krank, und niemand war da, der sich um sie kümmerte. Deine Tochter stand draußen im Flur, und der kleine Junge weinte in seinem Bettchen.«

Mit einem tiefen Seufzer hängte Theo Überrock und Hut an den Garderobenständer. Er ließ sich nicht gleich zu einer Antwort herbei, sondern blätterte erst einmal durch den Stapel Post, den sie auf eine Ecke seines Schreibtischs gelegt hatte. »Ist der Scheck von Mr Smith-Roberts gekommen?«

Die Frechheit dieser Frage, die ihre Frage unbeantwortet ließ, warf sie fast um.

»Versuchst du gerade, das Thema zu wechseln?«

Er rieb sich die Augen, und für einen kurzen Moment lag ein Ausdruck äußerster Erschöpfung auf seinem Gesicht. »Nein, ich versuche nicht, das Thema zu wechseln. Minnie muss wieder zurück ins Sanatorium, der Arzt besteht darauf, und der Scheck wird einen Teil der Kosten dafür decken.«

»Ich verstehe.« Sie setzte sich auf den Stuhl ihm gegenüber, immer noch nicht trostbereit. »Ja, er ist gekommen, und ich werde ihn heute einlösen.«

Er lächelte und schaute sie an, als sähe er sie zum ersten Mal. »Du bist eine Göttin, Sara. Es tut mir so leid, dass du meinetwegen Dinge durchmachen musst wie in der letzten Nacht. Ich habe so sehr versucht, dich von meiner Familie getrennt zu halten, wie ich es dir ja auch versprochen hatte.«

»Wo warst du?«

»Auf der Rückfahrt im Zug habe ich ein Ehepaar kennengelernt, potenzielle Kunden. Sie luden mich auf einen Drink ins Murray Hill Hotel ein, weil sie auf einem Grundstück am Broadway, das ihnen gehört, etwas bauen wollen. Ich hielt es für gut, die Einladung anzunehmen. Des Geschäfts wegen. Unseretwegen.«

Sie hatte sich um nichts und wieder nichts in etwas hineingesteigert. So etwas konnte das Dakota mit einem machen: dass man sich fühlte, als wäre man der einzige Mensch in seinen Mauern, dass man sich verzweifelt nach menschlichem Kontakt sehnte, vor allem nachts. Das Gefühl der Einsamkeit löste sich beim Erwachen am nächsten Morgen auf, wie schon so oft.

Er nutzte den Moment ihrer Unsicherheit. »Ich weiß, ich wirke undankbar, aber ich bin sehr, sehr froh, dass du da warst. Minnie hatte das Mädchen nach Hause geschickt, und dann bekam sie Fieber. Es war alles ein schreckliches Durcheinander.« Seine Augen wurden feucht, sein Gesicht rötete sich. »Ich hätte zu Hause sein sollen, ja. Aber ich hatte ja keine Ahnung.«

Sie stellte sich so, dass sie die Sicht der Zeichner durch die Glasscheibe versperrte, und senkte die Stimme. »Du konntest es nicht wissen. Es tut mir leid, dass ich so hart mit dir war. Aber es war eine erschreckende Situation.«

Er zückte sein Taschentuch und betupfte sich die Augen. »Und wieder hast du alles gerettet. Minnie hat mir aufgetragen, dir auch in ihrem Namen zu danken.«

»Wird sie wieder gesund?«

»Der Arzt scheint daran zu glauben. Er sagt, es sei nicht ungewöhnlich, dass Patienten einen Rückfall bekommen. Und heute Morgen vor dem Aufbruch wirkte sie schon munterer.«

»Was ist mit den Kindern?«

»Die Gouvernante ist schon wieder auf der Rückreise. Inzwischen kümmern sich die Dienstmädchen um sie. Das ist eben der Vorteil, wenn man in einem Apartmenthaus lebt, wo die Dienstmädchen des Hauses im Notfall einspringen können.«

Sie dachte an die Kinder, die in dieser höhlenartigen Wohnung ohne ihre Mutter ausharren mussten. »Wann soll die Gouvernante wieder da sein?«

»Übermorgen. Sara, darf ich dich nach allem, was du schon für mich getan hast, noch um einen weiteren Gefallen bitten?«

»Ja, ich denke doch.« Sie hielt den Atem an, sie wusste ja nicht, was kam.

»Lula hat heute Morgen nach dir gefragt. Ginge es dir sehr gegen den Strich, in der Wohnung vorbeizuschauen und Hallo zu sagen? Ich muss zu diesem verdammten Dinner mit der Builder's Society. Wäre das für dich in Ordnung?«

Der süße Duft des Babys, die Art, wie sich seine kleinen Finger um ihre gelegt hatten, überkam all ihre Sinne. Sie hätte Nein sagen sollen, aber sie sah keine Möglichkeit, ihm die Gründe dafür zu erklären, ohne dass es herzlos gewirkt hätte. »Natürlich.«

»Ohne dich würde ich das alles gar nicht schaffen.«

»Danke, Theo. Es tut mir leid, dass ich eben so wütend war.«

Später an diesem Nachmittag blieb er vor ihrem Schreibtisch stehen und legte einen Zettel mit der Schrift nach unten darauf. Sie drehte ihn um und las darauf eine Adresse an der Thirty-Ninth Street.

Sie sah zu ihm auf. »Und?«

»Warum gehst du heute nicht früher und machst einen Abstecher dorthin? Frag nach einem gewissen Mr Carmichael.«

»Und dann?«

»Du wirst schon sehen. Ich will das Geheimnis noch nicht verraten.«

Sie steckte die Adresse in ihre Tasche und ging durch die Straßen. Jetzt war ihr viel leichter ums Herz. Dass Mrs Camden wieder abgereist war, hatte damit nichts zu tun, sagte sie sich. Dass sie Theo wieder ganz für sich hatte, hatte damit nichts zu tun.

Sie konnte ein Lächeln nicht unterdrücken, als sie vor dem Haus stand. SINGER SEWING MACHINES SOLD HERE. Die Schaufenster quollen über von Bändern und Stoffen, Nadeln und Nähgarn, und mitten in dieser Herrlichkeit stand eine schöne schwarze Singer-Nähmaschine, der des Schneiders im Dakota zum Verwechseln ähnlich.

Mr Carmichael lächelte, als sie sagte, Mr Camden habe sie geschickt. »Ja, natürlich. Sie steht schon bereit. Ich werde einen der Botenjungen rufen, damit er Ihnen hilft, sie zu Ihrem Wagen zu bringen.«

Sie erklärte, sie sei zu Fuß gekommen.

»Auch gut, dann rufen wir einen Hansom. Allein können Sie sie jedenfalls nicht nach Hause bringen.«

Der riesige Kasten war in braunes Papier gepackt und mit Bindfaden verschnürt. Nichts wies auf seinen Inhalt hin. Sie konnte es kaum erwarten, damit nach Hause zu kommen, sie fühlte sich wieder wie als Kind am Weihnachtstag. Auch wenn die Geschenke ihrer Mutter letzten Endes enttäuschend gewesen waren – ein Nadelkissen oder eine langweilige Schürze –, das Auspacken hatte sie immer genossen.

Zwei Hausdiener brachten sie nach oben, öffneten den Kasten und hievten eine nagelneue Singer heraus. Der rabenschwarze Korpus der Maschine war mit Apfelblüten und Kornblumen verziert, die schmiedeeisernen Beine durch ein kompliziertes, netzartiges Gitter verbunden. Mit ihren Walnusseinlegearbeiten auf der Vorderseite der Eichenholzabdeckung wirkte sie eher wie ein wertvolles Möbelstück als wie ein Werkzeug.

Ihr Nähkörbchen war längst in einen Schrank verbannt worden und wurde nur zu Notreparaturen daraus befreit. Doch nun holte sie es, spulte auf der Maschine schwarzes Garn auf und schob dann ein Stückchen Stoff unter die Nadel. Mit den Füßen setzte sie das Pedal in Bewegung und sah zu, wie das Garn sich in vollkommen gleichmäßigen Stichen durch den Stoff vorarbeitete. Mit dieser Maschine konnte sie alles nähen. Einen Läufer für den zerkratzten Esstisch oder einen neuen Morgenmantel.

Die Standuhr der Rembrandts schlug sieben. Sara erinnerte sich an ihr Versprechen, nach den Kindern zu sehen, packte ihr Körbchen widerstrebend wieder ein und klappte den Deckel über die Maschine.

Unten in der Wohnung der Camdens herrschte Chaos. Emily und die Zwillinge brüllten sich in ihrem Zimmer an, während das Baby in den Armen des Dienstmädchens dicke Tränen der Verzweiflung weinte. Sara hatte dieses Mädchen eingestellt, bevor sie nach Blackwell's gebracht worden war, eine junge Irin namens Siobhan, die von all dem Lärm und Tumult überfordert zu sein schien.

»Geben Sie ihn mir.« Sara nahm den Jungen hoch, legte ihn sich über die Schulter und tätschelte seinen Rücken.

»Es tut mir leid, Ma'am. Ich weiß nicht einmal genau, worüber sich die Kinder derart streiten, aber ich kann sie einfach nicht davon abbringen.«

Das Mädchen wirkte abgekämpft und traurig.

»Haben Sie schon zu Abend gegessen, Siobhan?«

»Nein, Miss, dazu bin ich noch nicht gekommen.«

»Na, dann aber runter in den Speisesaal fürs Personal. Essen Sie erst einmal, ich kümmere mich solange um die Kinder.«

»Danke, Miss. Ich bleibe nicht lange.« Siobhan nickte ruckartig und verließ blitzartig das Zimmer.

Kaum hatte sich die Tür hinter ihr geschlossen, da gab Christopher einen lauten Rülpser von sich und seufzte dann erleichtert auf.

»Ja, mein Junge, du warst so unglücklich. Aber jetzt ist ja alles gut.« Sie küsste ihn auf den Kopf, der mit feinen schwarzen Löckchen bedeckt war. So ein schöner Junge in so einer traurigen Lage. Ein Waisenkind.

Im Kinderzimmer hatte Emily alle Puppen eingesammelt und auf ihrem Bett gestapelt. Mit verschränkten Armen und zorniger Miene saß sie davor. Die Zwillinge rannten auf Sara zu, als sie eintrat.

»Emily will die Puppen nicht teilen!« Mit den niedlichen Stupsnasen und den schön geschwungenen Lippen sahen die beiden selbst wie hübsche Puppen aus.

»Mit denen teile ich meine Puppen nicht, die machen sie immer nur kaputt.« Emily warf Sara zum Beweis eine Puppe mit Porzellankopf zu.

Tatsächlich lief seitlich ein Sprung über die Stirn der Puppe.

»Ich bin ja nicht extra draufgetreten«, weinte Luther.

»O doch, ich habe gesehen, wie du mit Absicht draufgestampft hast.«

Sara fixierte nacheinander jedes einzelne Kind mit einem strengen Blick. »Nun wollen wir aber aufhören zu streiten, oder? Und du, Emily, musst ein paar von den Puppen abgeben. Vielleicht können wir sie so aufteilen, dass jedes Kind gleich viele hat? Und dann ist jeder für seine Puppen verantwortlich, und wenn etwas passiert, sind die anderen nicht betroffen.«

Emily blickte sie zweifelnd an. »Wo ist Siobhan?«

»Sie ist nach unten gegangen, um etwas zu essen. Euer Vater hat mich gebeten, nach euch zu schauen. Ich weiß ja, es ist nicht schön für euch, dass eure Mutter nicht hier ist, aber Miss Honeycutt wird in den nächsten Tagen zurück sein, und dann läuft das Leben wieder seinen gewohnten Gang.«

»Was ist, wenn Mutter stirbt?« Emily stellte die Frage ruhig und sachlich.

»Ja, was ist, wenn Mutter stirbt?«, wiederholten die Zwillinge.

»Ich bin ganz sicher, dass der Arzt sich sehr gut um sie kümmert.« Sara wollte lieber gar nichts dazu sagen. Sie wusste nichts über die Lage und weckte vielleicht falsche Hoffnungen bei den Kindern. Andererseits hatte sie die Aufgabe, sie zu trösten, und dies war das Beste, was sie unter solchen Umständen tun konnte. »Wollen wir denn jetzt die Puppen aufteilen, und soll ich dann klingeln und etwas Süßes heraufbringen lassen?« Heute war Donnerstag, und da machte der Küchenchef unten immer Ananaspudding.

»O ja, bitte!« Luther wirbelte aufgeregt durch den Raum. »Ich nehme die Puppe mit dem kaputten Kopf. Mir macht das nichts.«

Sara lächelte. Sie legte Christopher in sein Bettchen, wo er zufrieden liegen blieb und durch die Stäbe hindurch beobachtete, wie die anderen Puppen aller

Art und Größe sortierten und verteilten. Die letzte, eine Stoffpuppe, hatte eindeutig schon bessere Tage gesehen, und alle Kinder waren sich einig, dass sie in Christophers Bettchen kommen und seine erste Puppe sein sollte.

Als Sara die Puppe neben ihn legte, schenkte er ihr ein verwirrtes, schlaftrunkenes Lächeln.

Sie ließ den Pudding heraufkommen, und dann veranstalteten sie im Schlafzimmer eine nette Teegesellschaft zu viert, bei der viel gekichert und liebevoll geneckt wurde. Als Siobhans schwere Schritte im Flur zu hören waren, verabschiedete Sara sich widerstrebend und versprach, bald wiederzukommen.

Christopher schlief inzwischen tief und fest.

* * *

Auch nach Miss Honeycutts Rückkehr schaute Sara täglich bei den Kindern vorbei, entweder vor oder nach der Arbeit. Als Miss Honeycutt einmal eine Pause brauchte, ging Sara mit ihnen hinauf auf den Dachgarten, ließ sie herumtollen und schaute ihnen mit Christopher auf dem Arm zu.

Mrs Camden war noch keine ganze Woche weg, und doch hatte ihre Abwesenheit, die vorübergehende Atempause von der Tatsache, dass sie zu ihrem Leben gehörte, Theo und sie noch kühner gemacht. An den meisten Abenden schlief er in ihrem Bett ein, und sie freute sich darüber, obwohl sie nicht gut schlafen konnte, wenn er neben ihr lag. Dann lag sie wach und fragte sich, wie lange es wohl noch so gehen würde.

Es schien ihm keine Sorgen zu machen, dass sie ein immer engeres Verhältnis zu seinen Kindern entwickelte.

In den vergangenen beiden Nächten hatte Sara nicht wach im Bett gelegen und auf Theos Schnarchen gehorcht, sondern den Morgenrock übergestreift und sich an ihre Nähmaschine gesetzt. Ihr Herz sang beim Schwirren der Maschine. Bis spät in die Nacht verarbeitete sie an ihrer wunderschönen Nähmaschine Stoffe, die sie in Stewart's Department Store gekauft hatte. Zuallererst Schärpen für die Mädchen und ein Halstuch für Luther, alles in verschiedenen Blautönen, von einem bläulichen Türkis bis hin zu einem tiefen Azur. Für Christopher hatte sie bereits einen Matrosenanzug mit Kragen und Halstuch genäht.

In ihrem tiefsten Innern wusste sie, dass sie etwas auszugleichen versuchte, weil sie ihr Baby verloren hatte. Sie versuchte Theo zu beweisen, dass sie eine gute Mutter hätte sein können, viel besser als seine Frau. Und heute Morgen, als es gerade erst hell zu werden begann, hatte sie sich gewünscht, diese Frau würde sterben. Sie war fast mit dem Finger unter die Nadel geraten und knapp einer ziemlichen Verletzung entgangen – als hätte die Maschine ihr egoistisches Gefühl geahnt und sie dafür bestrafen wollen.

Als Sara am Freitagabend hinunterging, um die Kinder zu Bett zu bringen, verkündete Theo, am nächsten Tag habe er eine Überraschung für sie alle. Die Kinder bedrängten ihn mit Fragen, und er hielt sie einige Minuten lang hin, indem er behauptete, er dürfe nichts von dem Geheimnis verraten, sonst würden sie die ganze Nacht nicht schlafen.

Was die Neugier der Kinder natürlich erst recht anstachelte.

»Bitte, sag's!« Emily stand auf ihrem Bett und begann wild zu hüpfen.

»Tun Sie es ruhig. Wenn Sie es nicht sagen, können die Kinder auch nicht schlafen.«

»Na schön. Morgen besichtigen wir alle das Schiff mit der Freiheitsstatue.«

Sara hatte darüber in der Zeitung gelesen, die riesige Skulptur, die in Einzelteilen auf einem französischen Schiff nach Amerika gebracht worden war, war endlich im Hafen von New York angelangt. Für den Samstag waren große Feierlichkeiten geplant, darunter sogar eine Yacht-Parade.

Die Kinder brachen in Jubel aus, krochen dann jedoch ins Bett und versprachen, am nächsten Morgen um Punkt sieben Uhr aufbruchsbereit zu sein.

Am nächsten Morgen fuhren sie mit der Kutsche in die Stadt. Sara saß mit Christopher auf dem Schoß neben Theo, und Emily und die Zwillinge waren auf der anderen Bank aufgereiht und schwatzten aufgeregt miteinander. Christopher trug seinen hübschen Matrosenanzug, die Mädchen hatten unbedingt ihre Schärpen um die Taille legen wollen, und Luther prunkte mit seinem Halstuch. Sie sahen aus wie die perfekte Familie. Die sie nicht waren.

Sara konnte ihr Unbehagen nicht abschütteln. »Theo, sind Sie sicher, dass ich hier mit Ihnen auftreten sollte?«

»Wer denn sonst? Miss Honeycutt ist einfach zu langweilig.«

»Ich meine nur, die Leute werden reden.«

»Das lassen Sie meine Sorge sein. Amüsieren Sie sich einfach. Sie haben sich ein wenig Spaß wirklich verdient, nachdem Sie so hart für mich gearbeitet haben, Miss Smythe.«

Nachdem sie von Blackwell's zurückgekehrt war, hatte sie sich wieder mit *Miss* anreden lassen, und sie fühlte sich ganz lächerlich jung und mädchenhaft, wenn sie es aus seinem Munde hörte.

Theo stieg als Erster aus der Kutsche und half dann Sara mit dem Baby heraus. Danach half er Emily, und Lula hüpfte gleich hinterher.

Daraufhin hielt Theo leicht ärgerlich Luther die Hand hin. Als dieser sie zurückstieß, um wie seine Schwester aus der Kutsche zu hüpfen, packte Theo ihn hart am Arm. »Verhalte dich wie ein Gentleman.«

»Ja, Papa.«

Luther rieb sich den Arm und stellte sich leise schimpfend neben seine Zwillingsschwester.

Vielleicht war es Theo gar nicht so egal, welchen Eindruck sie alle machten, obwohl er es gerade erst behauptet hatte. Aber es gefiel ihr nicht, wie er seine Nervosität an den Kindern ausließ.

Theo führte sie zu einem Anleger, an dem ein riesiges Segelschiff festgemacht hatte. Bevor sie an Bord gingen, fragte ein Fotograf, ob er ein Bild machen dürfe. Theo lehnte ab, doch die Kinder bestanden darauf, und Sara stand neben ihnen, das Baby auf dem Arm. Der Fotograf notierte sich ihre Adresse und versprach, es ihnen zuzusenden, nachdem Theo ihm fünfundzwanzig Cent gegeben hatte.

Das Schiff füllte sich nach und nach mit Passagieren, und Sara und die Kinder fanden am Heck einen Platz, wo sie sitzen konnten, während Theo umherging und mit den anwesenden Honoratioren und Geschäftsleuten plauderte. Als die Yacht ablegte und in den Hafen hinausfuhr, kreischten Emily, Lula und Luther vor Freude, während Christopher, von den Wellen gewiegt, sanft in Saras Armen schlummerte.

Wie sehr sich diese Fahrt durch den Hafen doch von der letzten unterschied. Als Sara etwas mehr als ein Jahr zuvor in Amerika angekommen war, war sie nur eine einfache Hausdame gewesen. Jetzt war sie die Assistentin eines Architekten und bewohnte eine Wohnung in einem der neuesten und elegantesten Gebäude von New York. Sie hatte es weit gebracht.

»Da ist sie!«

Der Kapitän rief es vom Ruder her und zeigte auf ein großes Schiff mit weißem Rumpf, das ihnen voraus in der Nähe der Narrows fuhr. Sara zeigte auf die französischen Flaggen, und ihr Schiff schloss sich einer Parade gleichartiger Windjammern an, die sich alle hinter der französischen Fregatte einreihten. Auf dem benachbarten Schiff spielte eine Kapelle die Marseillaise, doch die Musik ging bald in dem Tuten der Dampfer und dem ohrenbetäubenden Kanonendonner von Fort Wadsworth und Fort Hamilton unter.

Der Lärm war zu viel für Christopher, er quengelte.

Endlich kam Theo zurück. »Was für ein Tag. Haben die Kinder Spaß?«

»O ja, den haben sie. Aber für den Kleinen ist es ein bisschen viel.«

Ein Ehepaar, das im zweiten Stock des Dakota wohnte, kam an ihnen vorbei. Sara lächelte zu ihnen hoch, doch der Mann starrte geradeaus, und die Frau wandte sich demonstrativ ab.

Sie errötete. »Ich sehe gerade, dass wir zur Peinlichkeit werden. Es könnte deinen Geschäften schaden.«

»Weißt du, was ich möchte?« Theo legte seine Hand auf ihre. Sie versuchte sie wegzuziehen, wollte nicht, dass jemand diese Intimität sah, doch Theo hielt sie fest. »Ich wünschte, Minnie würde gar nicht mehr zurückkommen.«

Christopher begann zu weinen. Sie wiegte ihn liebevoll in den Armen. »Er erträgt den Lärm nicht. Du solltest so etwas nicht sagen.«

»Warum nicht? Wir denken es doch beide. Ich weiß, das macht mich zu einem schlechten Menschen. Aber dann könnte ich dich heiraten und du könntest zu mir in die Wohnung ziehen, in die du gehörst. Ich hasse das, was ich mit deinem Leben anstelle.«

»Ich liebe mein Leben. Ich liebe die Kinder. Ich liebe dich.«

»Mein Liebes. Wir finden eine Lösung, das verspreche ich dir. Wenn ich bedenke, dass ich dich fast verloren hätte. Was für ein Fehler das gewesen wäre. Bitte vertrau mir.«

So viel hatte er schon lange nicht mehr über seine Gefühle gesagt. Sie hatten beide unter einem so großen Druck gestanden.

Wie aufs Stichwort begann Christopher zu schreien.

Das Schiff legte gerade an, und Sara bot an, ihn zurück ins Dakota zu bringen, damit Theo und die anderen Kinder die Reden vor der City Hall anhören konnten. Sie hätte sich so sehr gewünscht, noch länger mit ihm sprechen zu können, aber dies war kein guter Moment, und sie wurden zu sehr beobachtet.

Als sie wieder im gedämpften Licht des Dakota waren, war die Luft schwer und schwül und von Miss Honeycutt weit und breit nichts zu sehen. Christopher hatte sich während der Fahrt in der Kutsche beruhigt, doch jetzt wurde er wieder unruhig. Sie zog ihn aus und hob den Matrosenanzug weit über seinen Kopf. Er seufzte tief und schlief sofort ein. Seine Haut war so glatt und sanft wie eine Eierschale, die blauen Adern darunter wirkten wie eine Karte mit kreuz und quer fließenden Flüssen. Er war wirklich niemandes Kind, also konnte er genauso gut ihres sein.

Die Wohnungstür wurde geöffnet und geschlossen. Vermutlich die Gouvernante, die von ihrem Schwatz über Theos und Saras »Arrangement« mit den anderen Dienstboten zurückkam. Das war Sara egal. Theo liebte sie. Und das war die Hauptsache.

Unmerklich änderte sich die Atmosphäre. Der Duft von Rosenwasser. Sara fuhr herum.

Mrs Camden war wieder da.

Kapitel 29

New York City, Oktober 1885

Die Frau, die Sara jetzt anstarrte, war ein ganz anderer Mensch als die Kranke, die eine Woche zuvor abtransportiert worden war. Mrs Camden sah geradezu königlich aus in ihrem hübschen Nachmittagskleid aus schwarz und cremeweiß gemusterter Seide. Die einzigen Zeichen ihrer Krankheit waren Fältchen unter den Augen und graue Schatten, die trotz der Puderschicht zu erkennen waren.

»Miss Smythe.«

»Mrs Camden.« Sara nahm die Hand vom Gitterbettchen und stand auf, mit hängenden Schultern und wie ertappt.

Mrs Camden kam zu dem Kinderbettchen, und Sara ging ihr aus dem Weg, damit sie zu ihrem Kind gelangen konnte. Doch Mrs Camden strich nicht die Decke glatt oder erlaubte sich sonst eine mütterliche Geste. Sie sah den Jungen nur unverwandt an, als hätte sie ihn nie zuvor gesehen. Der Matrosenanzug hing am Kopfende über dem Gitter.

»Was ist das?« Mrs Camden befingerte den Stoff.

»Ein Matrosenanzug, ich habe ihn genäht. Während Sie fort waren, hat mich Miss Honeycutt einmal gebeten auszuhelfen, als es ihr zu viel wurde, und ich dachte, der würde ihm stehen.«

»Sie haben ihm das da gemacht?«

»Und noch ein paar kleine Sachen für die anderen.« Das hatte sie gesagt, um klarzustellen, dass sie ihre Aufmerksamkeiten gleichmäßig auf die Kinder verteilt hatte, doch Mrs Camdens verkniffener Mund ließ darauf schließen, dass sie es als zudringlich betrachtete. »Ich wollte mich nicht aufdrängen.«

Mrs Camden musterte Sara vom Kopf bis zu den Füßen, und zwar Zentimeter für Zentimeter. Sie musste Bescheid wissen. Natürlich wusste sie es. Die Dienstboten redeten; die Nachbarn hatten Theo sicher morgens aus ihrer Wohnung kommen sehen. Sara war auch nicht besser als ihre Mutter, die den Avancen des Earl of Chichester nachgegeben hatte, mit verheerenden Folgen. Sie war nach Amerika gegangen, um diesen alten Gewohnheiten, diesen zerstörerischen Verhaltensweisen zu entkommen. Und war wieder mittendrin.

»Ich bin zu weit gegangen. Es tut mir leid.« Sara hoffte, dass Mrs Camden die verschiedenen Bedeutungsebenen dieser beiden Sätze erfasste. Sie hatte Unheil im Heim einer kranken Frau gestiftet. Und wie ihre Mutter würde sie alles verlieren. Sie würde den Matrosenanzug, die Schärpen und die Halstücher wegnehmen und in ihrem Koffer verstauen, wo sie niemand mehr sah. »Ich muss jetzt gehen.« Sara wandte sich der Tür zu.

»Nein, warten Sie.« Mrs Camdens Ton machte die Bitte zu einem Befehl. Doch plötzlich fiel ihr Kopf nach vorn. Mit zitternder Hand griff sie sich an die Stirn.

»Es geht Ihnen nicht gut. Bitte lassen Sie mich Ihnen helfen.« Sara legte ihr den Arm um die Schultern, und Mrs Camden lehnte sich an sie.

»Ich fühle mich schwach.«

Kein Wunder, wenn man heimkam und die Geliebte des Ehemanns im Kinderzimmer antraf.

»Bitte, ich mache Ihnen eine Tasse Tee.«

Sara führte sie in die Küche. Sie schwiegen eine Zeit lang, während Sara Wasser zum Kochen brachte, über den Tee schüttete und schließlich die Tassen füllte. Dass sie jetzt hier in der Küche und nicht in einem der offiziellen Räume waren, machte ihr die Vorstellung, hier gemeinsam Tee zu trinken, irgendwie schmackhaft, es hatte etwas beinahe Gemütliches.

Mrs Camden nippte an ihrer Tasse und stellte sie dann behutsam zurück auf die Untertasse. »Wo sind die anderen?«

»Sie sind mit Theo, ich meine, mit Mr Camden unterwegs, sie sind bei den Feierlichkeiten für die Freiheitsstatue.«

»Emily hat mir während meiner Abwesenheit jeden Tag geschrieben, ihre Briefe waren voll von dem, was Sie machten. Zusammen.«

»Ich wollte nur helfen. Mr Camden wirkte ein bisschen hilflos, und Miss Honeycutt …« Sie schwieg.

»Miss Honeycutt ist in letzter Zeit viel zu sehr auf die Aufmerksamkeiten von Davin, dem neuen Hausdiener, konzentriert.«

Davin war ein strammer junger Mann mit dunklen

Augen. Sara war überrascht von Mrs Camdens Scharfblick. »Ich fürchte, Sie haben recht.«

Mrs Camden lachte. »Er ist ein gut aussehender junger Mann.«

»Die Kinder haben Sie vermisst. Sie sind wirklich liebenswert. Auch Christopher.«

»Ja. Mein Mündel.« Eine seltsame Art, von dem Jungen zu sprechen. Vielleicht lag es auch nur an ihrem Ton, es klang, als hätte sie in eine Frucht gebissen und feststellen müssen, dass sie unreif war. »Ich habe mich bei Ihnen noch nie richtig dafür entschuldigt, dass ich Sie bezichtigt habe, meine Smaragdkette gestohlen zu haben. Das tut mir leid. Ich wusste nicht, wie ich das Thema anschneiden sollte. Aber ich hätte es tun sollen.«

Wie lange das alles schon zurückzuliegen schien.

Mrs Camden sprach weiter. »Ich bin immer noch rekonvaleszent, und ich möchte, dass Sie sich weiterhin so um die Kinder kümmern wie bisher.«

»Sind Sie sicher? Ich möchte mich wirklich nicht aufdrängen.« Vielleicht hatte sie sie nicht richtig verstanden. Oder vielleicht hatte Mrs Camden es auch nur gesagt, um großzügig zu wirken.

»Sie sollten sich auch weiterhin um Theo kümmern.«

Jetzt begann Saras Herz wild zu schlagen. Mrs Camden schaute sie an, nicht boshaft oder verurteilend. Ihr Gesicht wirkte neutral.

»Mr Camden ist ein schwieriger Mann. Im Augenblick habe ich nicht die Kraft, so mit ihm umzugehen, wie er es sich wünscht.«

Hatte sie wirklich gesagt, was Sara gehört zu haben glaubte? Das Gespräch war in gefährliche Gewässer geraten. »Ich werde immer gern und in jeder erforderlichen Weise als Mr Camdens Assistentin arbeiten.«

»Nein. Ich möchte, dass Sie sich darüber hinaus um ihn kümmern.« Mrs Camden schob ihre Hand auf dem Tisch vor, als wollte sie sie auf Saras legen, zuckte dann jedoch zurück. Stattdessen trommelte sie mit den Fingern auf das Holz. »Solche Arrangements gibt es überall.« Sie sah aus dem Fenster und fügte dann hinzu: »Wirklich, es ist ganz einfach.«

»Ich weiß nicht, was Sie meinen.«

Mrs Camden konzentrierte ihren Blick auf Sara. Die Zwillinge hatten die gleichen Augen wie sie, dasselbe Haselnussbraun mit goldenen Fleckchen rings um die Iris. »Natürlich wissen Sie das. Bitte seien Sie nicht schockiert. Es ist zu unser aller Bestem. Theo ist für Sie in ganz anderer Weise empfänglich als für mich.«

Vielleicht hatte Mrs Camden Fieber.

»Sie fühlen sich nicht gut; Sie müssen sich hinlegen und sich ausruhen.«

Mrs Camden richtete sich auf ihrem Stuhl auf. »Nein, der Schwächeanfall ist vorüber. Ich bin wieder gesund, sagt mein Arzt. Die Krankheit hatte nichts mit meiner vorherigen zu tun. Ich bin schwach, das stimmt. Aber das kommt von der Erkenntnis, dass es genau dies ist, was ich die ganze Zeit wollte.

Es ist besser, wenn Sie mit Theo zusammen sind. Er gehört Ihnen.«

* * *

Einen Monat nach diesem Gespräch zwischen Sara und Mrs Camden war die Vereinbarung schon zur Routine geworden. Theo blieb jede Nacht in Saras Wohnung und aß mit ihr dort auch zu Abend, wenn er nicht geschäftlich unterwegs war. Sara besuchte die Kinder samstags, dann nämlich machte Mrs Camden Besuche bei ihren Bekannten, und wenn sich die beiden Frauen im Hof begegneten, nickten sie sich im Vorbeigehen zu.

Theo arbeitete inzwischen wie verrückt in seinem Büro und jonglierte mit mehreren Aufträgen, er konnte es kaum bewältigen. Nach der Bootstour im Hafen waren sie nicht mehr ausgegangen, weder mit den Kindern noch zu zweit. Einmal, an einem Samstag, hatte sie vorgeschlagen, durch den Park zu radeln, aber er hatte es entweder nicht gehört oder nicht hören wollen.

Sie tröstete sich mit dem Gedanken, dass alles anders würde, wenn das Geschäft erst auf soliden Beinen stünde. Schon im Jahr darauf würde Theo kürzertreten und wieder Zeit für Vergnügungen haben. Unwillkürlich fragte sie sich, ob Mrs Camden wirklich wusste, was sie tat, als sie Sara ihre Rolle überließ.

Eines Abends, als Mrs Camden, wie Sara wusste, mit dem Zug aufs Land gefahren war, um über das Wochenende Freunde zu besuchen, ging Sara hinunter, um den Kindern eine Gutenachtgeschichte vorzulesen. Für sie war Sara eine besondere Freundin, keine Rivalin, und sie war Mrs Camden dankbar, dass sie nichts unternommen hatte, um diese Beziehung zu trüben.

Theo saß in einem Clubsessel im Arbeitszimmer, rauchte seine Pfeife und las Zeitung.

»Du bist doch das wahre Abbild des erfolgreichen, glücklichen Mannes!«

Er knurrte. »Dieses verdammte Albany-Projekt bringt mich noch um. Sie wollen noch weitere Änderungen an den Plänen. Und zur Krönung des Ganzen haben McKim, Mead & White sich um das Goelet Building beworben. Wenn die uns weiter Projekte vor der Nase wegschnappen, werden wir wohl keinen Erfolg haben.«

»Du hast doch selbst gesagt, dass es für uns nicht leicht werden würde. Die haben zehn Jahre Vorsprung vor uns.« Sie beugte sich über ihn und küsste ihn flüchtig.

Er ergriff ihre Hand. »Mir ist klar, dass ich das alles selbst angerichtet habe.«

»Kann ich irgendetwas tun, um dir zu helfen?«

Er küsste die Innenseite ihres Handgelenks und wollte sie dann auf seinen Schoß ziehen. Doch sie stolperte über ein Sesselbein und wäre fast zu Boden gefallen, wenn er sie nicht am Arm gepackt und festgehalten hätte.

»Aua. Bitte ein wenig sanfter, mein lieber Herr.« Sara rieb sich ziemlich empört den Arm, der sich bereits rötete.

»Tut mir leid, Liebes.« Er nahm ihren Arm und küsste die malträtierte Stelle. »Ich werde allmählich zum Tier. Erst habe ich mich über zu wenig Arbeit beklagt, und jetzt habe ich zu viel.«

»Sobald wir den neuen Zeichner und einen weiteren Architekten eingestellt haben, hast du nicht mehr so viel um die Ohren.«

»Du hast recht, wie gewöhnlich. Aber jetzt fort mit dir, sag den Kindern gute Nacht und komm zu mir zurück, damit wir einen Sherry trinken können.«

Die Kinder waren schon recht schläfrig. Christopher lächelte sie mit Spuckebläschen an, als sie sich über sein Bettchen beugte. Und Luther kuschelte sich an sie, als sie sich auf seine Bettkante setzte.

»Du hast da ein Aua.« Er zeigte auf die Innenseite von Saras Ellbogen, auf die Stelle, an der sie am nächsten Tag einen blauen Fleck haben würde.

»O ja, das hab ich.«

»Jetzt passen wir zusammen.«

Luther rollte den Ärmel seines Nachthemds hoch und zeigte ihr einen dunkelroten, kreisförmigen Fleck auf seinem Oberarm.

Luthers Arm war so dünn wie eine Gurke und ebenso zart. »War das Miss Honeycutt?«

»Nein.« Luther warf Emily einen Blick zu, als brauchte er ihre Erlaubnis, um weiterzusprechen.

»Ihm geht's gut«, sagte seine große Schwester. »Er hat in der Bibliothek mit Papas Sachen gespielt. Und das mag Papa nicht.«

»Dein Vater hat dich so angepackt?«

Plötzlich stand ihr wieder der Tag der Segelschiffparade vor Augen. Als sie aus der Kutsche gestiegen waren, war Luther zusammengezuckt, als Theo ihm herausgeholfen hatte. Es war nur ein kurzer Moment gewesen, eine Sekunde.

Emily verdrehte die Augen und seufzte genervt.

»Lula und Luther bringen sich immer in Schwierigkeiten.«

Obwohl Sara versucht war, das Thema beim Sherry mit Theo anzusprechen, tat sie es nicht. Doch als sie später oben in ihrem Wohnzimmer saß, grübelte sie über Emilys Satz nach. Die Nähmaschine stand in der Ecke. Sie hatte nicht mehr die nötige Zeit und Energie gehabt, nach den Sachen für die Kinder noch etwas zu nähen. Der Ausflug in den New Yorker Hafen schien Jahre zurückzuliegen.

An jenem Tag, dem Tag der Schiffsparade, hatte Theo etwas Seltsames gesagt. Und sie hatte es genau wie Luthers Zusammenzucken noch nicht näher betrachtet.

Ein Fehler.

Auf dem Schiff hatte Theo gesagt »Was für ein Fehler das gewesen wäre«, wenn er sie verloren hätte. Eine seltsame Wortwahl. Wessen Fehler?

Sie war irrtümlich auf die Insel geschickt worden. Und dann war Daisy bei einem ähnlichen Verbrechen ertappt worden. Daisy mit ihrer Hilfsbereitschaft und ihren romantischen Hoffnungen. Was, wenn auch Daisy zu Unrecht bezichtigt worden war und jetzt unschuldig im Gefängnis saß?

Sara seufzte. Sie war so müde und machte aus einer Maus einen Elefanten. Theo hatte die Geduld verloren wie so viele Männer und es an seinem Kind ausgelassen. Es war nur ein blauer Fleck, weiter nichts, und wahrscheinlich hatte er es schon im nächsten Moment bereut.

Doch in dieser Nacht träumte sie von Daisy, die

nach ihr rief. Die ihr die blauen Flecken auf ihrem weißen Arm zeigte.

Die um Hilfe schrie.

Kapitel 30

New York City, September 1985

Baileys Arbeit in Melindas Wohnung kam langsam zu einem Ende. Zum Glück waren die meisten Entscheidungen hinsichtlich der Innendekoration bereits getroffen, denn Melinda war nun vollauf mit der Planung ihrer rauschenden Geburtstagsparty beschäftigt, die in zwei Tagen im Michael-Todd-Room des Palladium steigen sollte. Einige Tage zuvor hatte Renzo mit dem hauseigenen Architekten vorbeigeschaut, um die Arbeiten zu inspizieren – ihre erste Begegnung seit dem High Tea bei Kenneth –, und anfangs waren sie eher förmlich miteinander umgegangen. Doch dann hatte Renzo mit jedem Raum, den er sah, lauter und verrückter gelacht. Und damit auch Bailey zum Lachen gebracht. Es war eine solche Erleichterung gewesen, sich über die Renovierung lustig zu machen, statt sich schuldig zu fühlen, weil man einer großen alten Lady ein höllisches Facelifting verpasst hatte.

Tags darauf hatten sie einen Kaffee zusammen getrunken, das Gespräch jedoch nicht zu intensiv werden lassen. Renzo hatte höflich mitfühlend die Weigerung ihres Vaters, sich testen zu lassen, kommentiert, ohne das Thema zu vertiefen, doch angesichts der Enttäuschung in seinen Augen wäre sie am liebsten in Tränen ausgebrochen. Er wusste die Wahrheit über sie. Kannte ihre Schwächen und Kämpfe. Grund genug für Bailey, Abstand zu wahren. Sie hatte in den vergangenen Tagen viel Zeit zum Nachdenken gehabt und war zu dem Schluss gekommen, dass ihr Vater und Renzo zu Recht ihre Motive infrage gestellt hatten. Diese abstruse Suche nach ihren Wurzeln war in Wirklichkeit nur ein Versuch gewesen, der Frage auszuweichen, wer sie wirklich war, und nach diesen fehlgeleiteten Mühen fühlte sie sich ausgelaugt und verloren.

Seit dem schiefgelaufenen Telefonat über die DNA-Analyse hatte sie nicht mehr mit Jack gesprochen, doch sie hatte vor, ihn am kommenden Wochenende zu besuchen, um sich zu entschuldigen und Frieden zu schließen. Das machte sie besser von Angesicht zu Angesicht.

»Wo steckst du schon wieder? Ich brauche deine Hilfe!«

Melindas Stimme zerschnitt Baileys Gedankennebel. In Ordnung. Die Schubladenknäufe für die Küchenschubladen mussten noch ausgesucht werden. Sie waren schon früh zu Simon's Hardware an der Third Avenue aufgebrochen, damit Melinda um elf in Freds Kanzlei sein konnte. Bailey zeigte auf ein paar Modelle, die ihrer Meinung nach passen konnten, erhob aber keine Einwände, als Melinda sich für neongrüne Plastikgriffe entschied.

»Ach, das habe ich vergessen, ich wollte dir noch

sagen, dass Fred dich bei dem Treffen heute dabei haben will.«

Schuldbewusste Panik durchfuhr Bailey. »Warum?«

»Keine Ahnung. Vielleicht braucht er dich als Zeugin, weil du dabei warst, als wir alles gefunden haben. Tony wird auch da sein.«

Als *Bailey* alles gefunden hatte. Aber sie machte sich nicht die Mühe, Melinda zu korrigieren.

Toll. Noch eine Demütigung, die sie schlucken musste. Andererseits war Melinda in den vergangenen Wochen mehr als nett zu ihr gewesen. Wahrscheinlich hatte sie Mitleid mit ihrer im Schlamassel steckenden bitterarmen Cousine, sie hatte Bailey sogar angeboten, dass sie noch ein paar Monate im Gästezimmer wohnen bleiben konnte. Doch Bailey wusste nur zu gut, was das bedeuten würde: morgens beim Aufwachen ein Spülbecken voller Weingläser und auf dem Acrylglas-Couchtisch eine feine Schicht weißlichen Pulvers. Nach dem Entzug war Baileys Leben künstlich gestützt worden durch das Dakota, das ihr Zuflucht bot und sie vor den außerhalb seiner dicken Mauern tobenden Stürmen schützte. Es wurde Zeit, dass sie mit ihrem Leben weitermachte und einen Neustart wagte.

Und zum ersten Mal seit Jahren hatte sie einen Plan, statt sich vom Wind irgendwohin treiben zu lassen. In den West Eighties hatte sie eine Wohnung im vierten Stock ohne Aufzug gefunden, die zum nächsten Ersten frei sein würde, und sie hatte den Vermieter dazu überreden können, sie an die erste Stelle der Anwärterliste zu setzen. Sobald der Auftrag bei Melinda abgeschlossen wäre, würde sie sich bei einer Zeitarbeitsfirma anmelden und als Telefonistin oder Sekretärin oder sonst was arbeiten, um für sich selbst aufzukommen und ihre Schulden bei Tristan zu bezahlen. Gleichzeitig würde sie nach Kunden für ihre neue Firma, Bailey Camden Design, suchen.

Das Wartezimmer in Freds Kanzlei hatte in voller Höhe eine Fensterfront, die Aussicht nach Norden bot. Bailey stand dicht an der Glasscheibe und nahm die weite Landschaft von New Jersey über die Bronx bis hin zu Long Island in sich auf, während Tony und Melinda über die bevorstehende Party schwatzten und in der gedämpften Atmosphäre der Kanzlei viel zu viel Lärm machten.

Der Lift kam an, und heraus trat ein Mann, der überhaupt nicht hierher passte. Er trug eine abgewetzte Jeansjacke, und die untere Hälfte seines Gesichts war von einem wild wuchernden rotblonden Bart bedeckt.

Doch seine Augen waren von demselben Himmelsblau wie Melindas.

»Manvel!«

Bailey ging rasch auf ihn zu und umarmte ihn fest. Er roch nach Leder und Pfefferminz. Sie war immer gern mit Melindas Zwillingsbruder zusammen gewesen, obwohl die liebe Schwester oft darauf bestanden hatte, Verstecken zu spielen, um dann mit Bailey aufs Dach hochzurennen und ihn allein zurückzulassen. Doch jetzt, da Bailey wusste, dass auch Manvel mit Kenneth befreundet war und sogar bei ihm unten in der Wohnung Zuflucht gesucht hatte, fühlte sie sich ihm näher als seiner Schwester. »Wie geht es dir?«

»Gut.« Er kratzte sich den Bart. »Allerdings kann ich es kaum erwarten, hier wieder rauszukommen und mich auf den Weg Richtung Süden zu machen.«

Melinda umarmte ihren Bruder flüchtig und machte ihn mit Tony bekannt. »Tut mir leid, Bruder Raubart, dass ich dich in die große, böse Stadt zurückgerufen habe, aber wir hatten hier einige Aufregungen, und ich dachte, du wärst gern an der Aktion beteiligt.«

Manvel schüttelte den Kopf. »Aktion ist nicht so mein Ding. Ich tue das alles nur für dich, Schwesterherz.«

Melinda schnurrte vor Vergnügen. »Na, dann vielen Dank.«

»Du brauchst dich nicht zu bedanken. Ich wusste, du wärst in Montgomery aufgetaucht und hättest mir höchstpersönlich Blut abgezapft, wenn ich deiner Bitte nicht gefolgt wäre.«

»Du kennst mich wirklich gut. Und jetzt sind wir hier, glücklich vereint. Und bekommen gleich die Untersuchungsergebnisse, die uns sagen werden, ob wir reich sind oder richtig reich.«

Die Empfangsdame sprach sie an, in ihrer Stimme lag gedämpfter Tadel: »Er kann Sie jetzt empfangen.«

Ungeschickt manövrierte sich das Grüppchen entsprechend der Rangfolge durch die Tür zu Freds Büro: zuerst Melinda, dann Tony, dann Manvel und zum Schluss Bailey.

»Onkel Jack?«

Baileys Vater saß auf dem Stuhl, auf dem noch

wenige Wochen zuvor Bailey gesessen hatte. Er trug den Anzug, den er auf der Beerdigung ihrer Mutter getragen hatte und dazu auch den Schlips, den Bailey ihm damals unter Tränen herausgesucht hatte. Sie hatte sich dabei sehr bemüht, im begehbaren Kleiderschrank ihrer Eltern nicht auf die Kleider ihrer Mutter zu schauen.

Melinda sah Fred an. »Was geht hier vor?«

Bailey nagte an ihrem Daumennagel, eine kindliche Angewohnheit, die sie eigentlich längst abgeschüttelt zu haben glaubte. Ihr Vater war hier, also musste er getan haben, worum sie ihn gebeten hatte. Aber warum? Das ergab keinen Sinn.

»Bitte setzen Sie sich alle«, sagte Fred.

Bailey ließ sich mit dem Gefühl, eine Hochstaplerin zu sein, auf ein Sofa hinten an der Wand sinken, während sich Melinda auf den Stuhl neben Baileys Vater setzte. Tony hockte sich mit verschränkten Armen auf die Seitenlehne des Sofas, und Manvel blieb in der Nähe der Tür stehen, als wollte er die nächste Gelegenheit zur Flucht ergreifen.

»Warum ist Onkel Jack hier?«, fragte Melinda.

Fred räusperte sich, bevor er antwortete. »Ich wollte, dass alle Parteien anwesend sind.«

»Alle Parteien?«

»Ich möchte alle daran erinnern, dass wir zwar inzwischen einige Antworten haben, dass die Angelegenheit aber alles andere als geklärt ist, da die Herkunft der Messerscheide, milde gesagt, dunkel ist. Es könnten sich noch andere melden und sie und auch das Messer selbst für sich beanspruchen.«

»Welche anderen?«, fragte Melinda.

»Die tibetische Regierung zum Beispiel oder Nachkommen von jemandem, der Eigentümer des Messers war, bevor es in den Besitz der Rutherfords gelangte.«

Tony machte eine abfällige Handbewegung. »Das ist doch alles Hunderte von Jahren her. Machen Sie sich darüber keine Gedanken. Was ist bei der Analyse herausgekommen?«

Fred schlug eine Akte auf seinem Schreibtisch auf und sah sie dann über seine Lesebrille hinweg an. »Das Labor in England hat den Fingerknochen und, soweit noch möglich, die Blutreste gründlich geprüft. Die genetische Abstammung wurde dann mithilfe des Y-DNA-Tests bestimmt, das heißt über die männliche Linie. Nur im Falle einer Übereinstimmung kann die Messerscheide als Teil des Camden'schen Familienvermögens betrachtet werden, sonst wird sie Eigentum der Dakota-Genossenschaft.«

»Na schön, aber was haben Sie herausgefunden?« Melinda sprach mit ihm wie mit einem Zwölfjährigen.

Fred blickte von seinen Unterlagen auf. »Die Genossenschaft hat keinen Anspruch auf die Messerscheide.«

Melinda jaulte vor Vergnügen. »Fantastisch. Ich wusste doch, dass Renzo Quatsch erzählt hat. Jetzt können wir dafür sorgen, dass er gefeuert wird.« Sie wandte sich zu Bailey um. »Ich weiß, du magst ihn, aber er hätte sich nie einmischen dürfen. Der kriegt jetzt Ärger.«

»Nicht so schnell.« Fred hob eine Hand und

schluckte, wobei ihm der Adamsapfel über den Krawattenknoten rutschte. »Sie ist auch nicht Ihr Eigentum, Melinda.«

»Was zum Teufel soll das heißen? Wem gehört sie denn?«

Fred sah Bailey direkt an. »Jack Camden.«

Melinda fuhr hoch und sah Bailey und Jack an, wie eine hungrige Python eine Maus ins Auge gefasst hätte. »Sie waren nicht Teil der DNA-Analyse.«

»Doch, Jack schon.« Fred drehte das Blatt auf seinem Schreibtisch herum, sodass sie es lesen konnte. »Und Jacks Probe passt sowohl zu den Blutspuren als auch zum Knochen.«

Bailey hatte das Gefühl, in Treibsand zu versinken, und das nicht nur, weil das Sofa sie buchstäblich zu verschlucken schien.

»Das war nicht abgesprochen!«, kreischte Melinda. Mit hervorquellenden Augen sah sie Jack an. »Wie, verdammt noch mal, ist dein Blut mit in die Analyse geraten?«

»Was hast du getan?« Tony starrte Bailey wütend an.

Bailey rutschte nach vorn und versuchte, aufrecht zu sitzen, aber das Polster des Sofas war zu weich. Sie ließ sich wieder hineinsinken und hatte Mühe zu sprechen. »Ich habe Fred erzählt, was ich gefunden habe. Er sagte, der Test müsste in der männlichen Linie durchgeführt werden, daher fragte ich meinen Vater. Aber der wollte nicht.«

Fred sprang in die Bresche. »In Wahrheit liegt es nicht nur an Bailey. Die Beweise, die sie vorlegte, machten mich neugierig, deshalb sah ich noch einmal die alten Akten durch. Da wir die Familie seit über hundert Jahren vertreten, sind die archivierten Dokumente noch erhalten. Darin fand ich einen Brief, den Minnie Camden im Jahr 1900 geschrieben und in dem sie ihre Absicht kundgetan hat, Christopher Camden ab dessen einundzwanzigstem Geburtstag eine jährliche Zuwendung auszusetzen. Doch sie starb, bevor das geregelt werden konnte.«

Christopher war als Teil der Familie betrachtet worden. Er war nicht absichtlich ausgegrenzt worden. Bailey stieß einen tiefen Seufzer aus, jetzt erst merkte sie, dass sie die ganze Zeit die Luft angehalten hatte.

Fred fuhr fort: »Das und die Beweisstücke, die Bailey mir gezeigt hatte, bewogen mich, ihren Vater um eine DNA-Probe für den Test zu bitten.«

Bailey starrte auf Jacks Hinterkopf. Er hatte es schließlich doch getan. Sie wünschte sich so sehr, dass er sich zu ihr umdrehte und sie ansah, damit sie eine Ahnung davon bekommen konnte, was er dachte. War er ihr immer noch böse, weil sie ihm die Wahrheit derart aufgedrängt hatte?

Melindas Nasenlöcher blähten sich. »Wir hatten es abgelehnt, dafür zu zahlen. Sie waren nicht autorisiert, diese Schnitzeljagd mit Geld aus dem Familienvermögen zu bezahlen.«

»Ich habe selbst dafür bezahlt.« Jacks tiefer Bariton rollte wie Donner durch den Raum. Bailey konnte sich an diesen Ton erinnern, so hatte seine Stimme geklungen, als die Nachbarn nach dem Tod ihrer Mutter gekommen waren, um ihm zu kondolieren und

Essen zu bringen. Er hatte sie mitsamt ihren Töpfen weggeschickt, während sich Bailey oben in ihrem Zimmer verkrochen hatte.

Dennoch konnte Freds Aussage nicht stimmen. Wenn Melinda und Bailey verwandt waren, dann mussten beide Seiten der Familie das passende Erbgut haben. Wenn Bailey nicht mit Theodore Camden verwandt war, dann musste Manvels DNA passen und Jacks nicht. Das waren die beiden einzigen Möglichkeiten, die Bailey in Betracht gezogen hatte.

»Du Miststück!« Melinda sah aus, als wollte sie Bailey mit Haut und Haaren fressen.

»Das reicht jetzt.« Fred klopfte mit dem Finger auf die Papiere auf seinem Schreibtisch. »Sie haben sich mit Ihrer Unterschrift verpflichtet, die Untersuchungsergebnisse anzuerkennen. Es ist alles mit rechten Dingen zugegangen.«

Melindas riesige Creolen schwangen bei jeder Kopfdrehung mit: erst zu Bailey, dann zu Fred. »Also bekommen jetzt Bailey und ihr Vater die Messerscheide?«

Bailey war die Messerscheide egal. Sie hatte Teil des Vermächtnisses sein, eine Verbindung zu ihrer Vergangenheit spüren wollen.

Trotzdem, der Gesichtsausdruck von Melinda und Tony war eine Augenweide. Das kam davon, wenn man die Wohnung der Vorfahren schändete.

Tony wurde blass. »Aber es geht hier nicht nur um die Messerscheide, oder?«

Wieder schwangen die Creolen, diesmal in Tonys Richtung. »Was soll das heißen?«

»Das heißt, dass Bailey und ihr Vater das Vermögen bekommen. Nicht du und Manvel.«

Melinda sprang auf und überragte sie alle auf ihren Zehnzentimeterabsätzen. »Das stimmt nicht. Ich bin die Urenkelin von Theodore Camden. Manvel und ich müssen unser Vermögen in zwei Tagen, wenn wir dreißig werden, ausgezahlt bekommen. So war es schon immer. Und das hier ändert nichts.«

Fred sagte sehr knapp und sehr klar: »Das hier ändert alles. Das Vermögen wurde ausdrücklich den *blutsverwandten* Nachkommen Theodore Camdens vermacht. Weder Sie noch Manvel sind mit ihm blutsverwandt. Und deshalb ist es nicht mehr Ihr rechtmäßiges Eigentum, Miss Camden.«

Bailey sah zu Manvel hinüber, der breit grinste. Diese Wendung schien ihn zu amüsieren. Oder vielleicht war es auch die Empörung seiner Schwester.

»Aber wer bin ich denn dann?« Melinda sah sich blicklos im Raum um. »Wenn Theodore Camden nicht mein Urgroßvater ist, wer zum Teufel ist es dann?«

Fred schlug einen dezidiert weniger aggressiven Ton an. »Manchmal kennen wir die Antworten nicht. Es ist alles lange her.«

Melinda krächzte mehrmals, bevor sie ihre Stimme wiederfand. »Das fechten wir an. Nicht wahr, Tony? Wir engagieren einen Anwalt und fechten das an. Es ist mir egal, was ich unterschrieben habe und was die DNA sagt, ich weiß, wer ich bin.«

Tonys Blick ging zwischen Fred und Melinda hin und her. Er war nie gut darin gewesen, seine Gefühle zu verbergen, und Bailey wusste, dass er im Geiste die Kosten für die von ihm bezahlte Wohnungsrenovierung und die übrigen Summen aufaddierte, die er Melinda im vergangenen Jahr vermutlich vorgestreckt hatte.

»Wir fechten es an«, wiederholte Melinda, jetzt schon etwas weniger temperamentvoll. »Letzten Endes war es deine blöde Idee, überhaupt mit dieser DNA-Testerei anzufangen, Tony. Das schuldest du mir zuallermindest.«

Fred räusperte sich wieder. »Es gibt aber auch gute Nachrichten.«

»Aha, und welche?«, fauchte Melinda.

»Die Wohnung im Dakota bleibt weiterhin in Ihrem und Manvels Besitz. Sie ist nicht Teil des Vermögens, Sie erben also beide einen beträchtlichen Wert.«

»Na toll. Eine miefige Wohnung in einem miesen Stadtviertel. Vielen Dank auch.«

Melinda griff nach ihrer Handtasche und stöckelte wütend zur Tür. Bevor sie hinausstürmte, beugte sie sich über Bailey, die immer noch Gefangene des Sofas war. »Das wird dir noch leidtun, dass du dich eingemischt hast. Nach allem, was ich für dich getan habe! Ich werde dafür sorgen, dass du blitzschnell herunterkommst, dann sitzt du bald auf der Straße und musst betteln.«

Tony folgte ihr und rief ihr nach, sie solle auf ihn warten.

Bailey atmete noch einmal tief durch, um sich von all dem Streiten und den bösen Worten zu befreien. Melinda war trotz all ihrer Fehler immer ihre Freundin gewesen und hatte als Einzige zu ihr gestanden, als sie aus der Entziehungskur gekommen war. Diese Enthüllungen waren schrecklich für sie gewesen. Sie musste einen Weg finden, um das in Ordnung zu bringen. Sie hievte sich aus den Tiefen des Sofas, bis sie auf der Kante saß, und blieb dort wie benommen sitzen. »Also sind mein Vater und ich die Erben?«

Fred lächelte. »Ja. Das Vermächtnis sieht vor, dass das Geld erst an Ihren Vater geht und dann, nach seinem Tod, an Sie.«

Manvel setzte sich neben sie und tätschelte ihr den Rücken. »Gratuliere, Bailey. Großartige Detektivarbeit.«

»Ich wollte nicht, dass ihr beide, du und Melinda, alles verliert. Euer Vermögen und eure Identität.«

»Machst du Witze? Ich bin froh, dass ich diese Aura, ein Camden zu sein, abschütteln kann. Hat mir sowieso nie viel bedeutet. Vielleicht mache ich es wie Bowie und gebe mir einen neuen Namen.«

Jack stand auf und streckte die Hand aus. »Wir sollten es wirklich ausgleichen, euch in den Trust einschließen oder so.«

»Wir könnten auch deine Außenseiter-Künstler unterstützen«, bot Bailey an.

Manvel stand vom Sofa auf und nahm Jacks Hand in seine beiden, um sie zu schütteln. »Bei dem, was sie tun, geht es nicht um Geld, und daraus habe ich eine Menge gelernt. Diese Künstler wollen Kunst schaffen, weil sie Ideen oder Bilder im Kopf haben, die einfach herausmüssen. Sie malen sie oder verwandeln sie in ein riesiges Mobile aus Schrottteilen, aber das Ganze kommt von hier drin.« Er tippte sich an den Kopf. »Die verschwenden keinen Gedanken daran, ihre Karriere voranzutreiben oder haufenweise Geld zu machen.«

Zärtlichkeit wallte in Bailey auf. »Kenneth ist so stolz auf dich, auf dich und das, was du geschafft hast.«

»Du hast Kenneth kennengelernt? Ich schaue noch bei ihm vorbei, bevor ich mich auf den Rückweg mache. Darf ich ihm die Neuigkeiten erzählen?«

»Klar. Wohnst du in der Wohnung, solange du hier in New York City bist?«

»Nee, da bin ich nicht mehr zu Hause. War ich eigentlich nie. Ich bin sowieso lieber ungebunden.«

»Das gefällt mir«, sagte Jack. »Hey, ich denke, ich bin auch ein Außenseiterkünstler, der den ganzen Tag mit Autos arbeitet. Das ist meine Sorte ›Art brut‹.«

Manvel bohrte ihm grinsend den Finger in die Brust. »Genauso ist es, Mann!«

Er bedankte sich bei Fred für dessen Zeit und Mühe, warf sich den Rucksack über eine Schulter und schlenderte hinaus. Nachdem er fort war, setzten sich Bailey und Jack auf die beiden Stühle vor Freds Schreibtisch.

Manvel hatte recht: Die Nachricht, dass sie wirklich eine Camden war, hatte etwas Bittersüßes, wenn man die schreckliche Familiengeschichte bedachte. Sie wandte sich an Fred und wich dabei dem Blick ihres Vaters aus. »Wie kommt es, dass Manvel und Melinda nicht zur Familie gehören? Ich dachte, wenn ich mit Theodore Camden verwandt wäre, würden wir uns alle das Treuhandvermögen teilen. Wer sind die beiden denn dann?« Nach diesen Enthüllungen bekam das Foto von Sara mit den Kindern eine ganz neue Bedeutung.

»Wie ich auch ihr schon sagen musste, ist das eines dieser Geheimnisse, die vielleicht nie gelüftet werden.«

Bailey empfand es als schmerzlich, dass sie vielleicht nie die ganze Wahrheit erfahren würden. Was genau hatte sich zwischen Theodore Camden und Sara Smythe zugetragen? Bailey stellte sich vor, dass diese Frau durch ihre Liebe zu einem verheirateten Mann völlig aus dem Gleichgewicht gebracht worden war und nach ihrer Rückkehr von Blackwell's nur auf den richtigen Zeitpunkt gewartet hatte, um den Mann zu töten, dem sie die Verantwortung für alles gab. Aber zweifelsohne war das noch nicht die ganze Geschichte.

»Ich finde, das Metropolitan Museum sollte die Scheide bekommen«, sagte sie. Jack nickte zustimmend, sagte aber nichts. Dass nun die Wahrheit über sie herausgekommen war, schien ihr das einzige verbliebene Familienmitglied entfremdet zu haben. Was hatte sie nur getan?

Fred machte sich eine Notiz. »In Ordnung. Ich werde das veranlassen.«

»Es tut mir leid, dass ich dir so zugesetzt habe, Dad.« Bailey waren die Tränen in die Augen gestiegen, und sie war froh, dass Melinda schon weg war und sie nicht mehr so verletzlich erleben konnte. »Ich weiß, dass ich dich da reingezwungen habe, dass du nicht Teil dieser Familie oder von dem, was von ihr übrig ist, sein willst. Aber ich schwöre dir, es ist mir egal, ob das Vermögen zweitausend oder zwanzigtausend Dollar wert ist. Deshalb habe ich es nicht getan. Ich musste einfach die Wahrheit wissen.«

Jack sprach langsam, tastend. »Nachdem sich Fred bei mir gemeldet hatte, habe ich lange draußen auf dem Kai gesessen und nachgedacht. Mir wurde klar, dass ich dich und deine Mom zurückgehalten habe, weil ich denselben Groll in mir hegte, der schon meinen Vater all die Jahre verrückt gemacht hatte. Ich sah zu, wie er auch dich befiel wie ein von Generation zu Generation weitergegebenes giftiges Erbteil. Es tut mir leid, dass ich mich abgekapselt und nichts getan habe, um dir zu helfen. Ich wusste nicht, was ich tun oder sagen sollte, um es in Ordnung zu bringen.« Er legte den Kopf schief und hob eine Augenbraue. »Und natürlich hat Scotty mir gesagt, ich sei verrückt, wenn ich mir einen potenziellen Geldsegen entgehen ließe.«

Sie nahm seine Hand. »Danke, dass du die Kosten für die Analyse übernommen hast. Jetzt müssen wir nur hoffen, dass das Vermögen groß genug ist, um sie dir zu erstatten.«

Fred lachte. »Oh, ich glaube nicht, dass das ein Problem sein wird. Wie ich mich doch freue, heute auch mal gute Nachrichten verkünden zu dürfen.« Zum ersten Mal seit Beginn der Besprechung entspannten sich seine Züge. »Sie haben nun drei Millionen Dollar in Händen.«

Bailey schnappte nach Luft. »Drei Millionen!«

Jack blinzelte mehrmals. »Ich bin mir nicht sicher, ob ich derart viel Geld verwalten kann.«

»Keine Sorge, wir sind ja da, um Ihnen zu helfen«, sagte Fred beruhigend. »Sie bekommen alle nötigen Ratschläge und Empfehlungen.«

Jack wandte sich an Bailey. »Erstens möchte ich, dass du es als *unser* Geld betrachtest. Deins und meins. Wir treffen die Entscheidungen gemeinsam, abgemacht?«

Sie versprach es. »Und zweitens?«

»Lass uns besser aufeinander aufpassen.« Die Worte kamen in einem heiseren Flüstern heraus. »Deine Mutter hätte es sich so gewünscht.«

Bailey vergrub weinend ihr Gesicht an seiner Brust.

Kapitel 31

New York City, November 1885

Blackwell's Island. Sie hatte sich geschworen, nie an diesen Ort zurückzukehren. Aber sie musste sich ihrer Vergangenheit stellen. Die Wahrheit herausfinden. All die bösen Träume und Grübeleien der letzten Wochen hatten an ihr genagt, es war an der Zeit, dieses Kapitel ihres Lebens ein für alle Mal abzuschließen. Wenn Daisy zu Unrecht angeklagt worden war, würde Sara die Dinge in Ordnung bringen. Sie würde dem Mädchen nur ins Gesicht zu schauen brauchen, um die Wahrheit zu erkennen.

Fast hätte sie die Anstalt nicht wiedererkannt, nur das achteckige Gebäude war ihr noch vertraut. Das Gelände rechts des Wegs war in einen Garten verwandelt worden, in dem jetzt Dutzende von Frauen in praktischen Kleidern und Schürzen an diesem unerwartet warmen Novembertag schwatzend Unkraut jäteten, den Blumengarten für den kommenden Winter aufräumten und große Kürbisse ernteten, die sie auf eine Schubkarre luden.

Sara ging an dem Gebäude vorbei zum südlichen Ende der Insel und umklammerte dabei den Brief, den Nellie ihr geschickt hatte. Ihre Freundin hatte prompt auf Saras Bitte reagiert, und dafür war sie ihr sehr dankbar. Sara hatte ihr mitgeteilt, dass sie heute herkommen würde, also wusste jemand, wo sie war. Insgeheim bedauerte sie, Nellies Angebot, sie hierher zu begleiten, nicht angenommen zu haben, denn sie hatte eine nicht ganz unbegründete Angst, dass sie wieder in diesem Irrenhaus verschwinden würde.

Doch Nellie war Journalistin. Und Sara wollte nicht zu viele Informationen preisgeben. Noch nicht.

In der Strafanstalt musste Sara in einem schmutzigen Raum mit abgestoßenen Wänden warten, auf Nellies Empfehlungsschreiben hin war ihrem Ersuchen um ein Gespräch sofort stattgegeben worden. Die Tür öffnete sich, und im Gefolge einer Wärterin mit steinernem Gesichtsausdruck schlurfte Daisy herein. »Sie haben zehn Minuten«, sagte die Wärterin und ging.

Daisy schaute Sara böse an. Ihr Haar, einst lockig und glänzend, war nur noch ein schmutziger, verfilzter Verhau. Ihr fehlten zwei Zähne, und dadurch wirkte sie noch jünger, als sie war, wie eine Siebenjährige, wenn auch eine an Händen und Füßen gefesselte Siebenjährige. Daisy ließ sich auf den Stuhl gegenüber von Sara fallen.

»Daisy.« Sara beugte sich vor, den Tränen nahe.

Daisy betrachtete sie einen Moment lang. Dann grinste sie und spuckte auf den Boden.

Sara fuhr angewidert zurück. Sie hatte erwartet, dass Daisy ihr ihr Herz ausschütten, ihre Unschuld beteuern und um Hilfe flehen würde. Alles, nur nicht diese harte Grimasse.

Sie wusste nicht, womit sie anfangen, was sie sagen sollte. Trotz der höhnisch verzogenen Lippen erkannte sie in Daisys Augen den verzweifelten Wunsch, in Kontakt zu treten. Genau das hatte Sara auch im Irrenhaus empfunden, den animalischen Drang, mit jemand anders zu kommunizieren, worüber auch immer. Im starr strukturierten Tag ein wenig Menschlichkeit zu finden.

Sie versuchte es wieder. »Daisy, was ist mit Ihren Zähnen passiert?«

»Sind ausgeschlagen worden. Das ist meine geringste Sorge. Glauben Sie mir.«

»Geht es Ihren Geschwistern gut?«

»Keine Ahnung.« Daisy schlug mit dem Absatz gegen das Stuhlbein.

»Ich glaube, Sie wissen, warum ich hier bin. Ich möchte herausfinden, was genau letztes Jahr passiert ist.«

»Warum sollte ich Ihnen das sagen?«

»Weil wir einmal Freundinnen waren. Ich möchte es verstehen. Ich muss es verstehen.«

Daisys Ton wurde weicher. »Sind Sie sicher?«

Sara sagte nichts und ließ die Stille zwischen ihnen wachsen. Für eine Weile, die ewig zu dauern schien, war nur der Wind zu hören.

Schließlich seufzte Daisy, und ihr Körper fiel in sich zusammen. »Mr Douglas hätte genehmigen sollen, was Sie ihm vorgeschlagen haben, nachdem meine Mutter gestorben war.«

»Es tut mir leid, dass er nicht dazu bereit war.«

»Dann wäre ich nicht so verzweifelt gewesen.«

Sara beugte sich vor. »Sie haben mir nie gesagt, dass es Probleme gab.«

»Weil Sie ganz offensichtlich nichts für mich tun konnten. Sie haben es versucht und sind gescheitert. Und der blöde Seamus. Am Weihnachtsabend ist er wegen Taschendiebstahls ins Gefängnis gekommen, und ich musste ihn da rausholen und mich außerdem um die Kleinen kümmern. Ich lieh mir eine große Summe und musste mir dann überlegen, wie ich sie zurückzahlen konnte. Ich hatte einfach keine Wahl.«

»Keine Wahl in Bezug auf was?«

Daisy streckte herausfordernd das Kinn vor. »Ich erzählte Mr Camden, dass Sie schwanger waren, und sagte ihm, ich würde es seiner Frau sagen, wenn er mir kein Geld gäbe.«

Nein. Jetzt log Daisy. Theo konnte nicht schon die ganze Zeit von Saras Schwangerschaft gewusst haben. Das konnte nicht stimmen. Arme Daisy. All ihr Gerede von der Heirat mit einem reichen Mann, ihr Traum, sich über ihre Stellung zu erheben, hatten sie zu einer hässlichen, erbärmlichen Frau gemacht.

»Sehen Sie mich nicht so an.« Daisys Stimme war ein drohendes Knurren. »Sie haben keine Ahnung, was es heißt, so viele hungrige Mäuler stopfen zu müssen.«

Sara wollte sie testen. »Wenn es so ist, wie hat Mr Camden reagiert, als Sie es ihm sagten?«

»Er schwieg eine Zeit lang. Dann sagte er, dass er gebunden wäre. Dass er nichts tun könnte, dass aber etwas geschehen müsste. Er ging auf und ab und wurde immer aufgeregter, und dann hatte ich eine Idee. Ich bot ihm an, die Sache zu regeln, und er sollte mich für die damit verbundene Mühe bezahlen. Dann hätten wir beide keine Probleme mehr gehabt.«

Theo hatte in dieser Zeit auf Hardenberghs Zustimmung gewartet. Irgendein Skandal mit einer Mätresse oder einem Kind hätte seine Chancen, eine eigene Firma aufzubauen, zunichte gemacht.

Furcht stieg in Sara auf. »Was haben Sie getan?«

»Ich dachte, es würde genügen, wenn ich Sie dazu bringen würde, einen Arzt aufzusuchen. Aber Sie schoben es immer weiter auf. Daher nahm ich ein Fläschchen, in dem etwas drin war, was der Arzt meiner Mutter gegeben hatte, als sie in Ihrer Lage war. Ich gab es in diesen Magenbitter, den Sie damals tranken.«

Sara dachte an die Wochen vor ihrer Inhaftierung in der Anstalt zurück. Diese Unfähigkeit, sich zu konzentrieren oder sich von einem zum anderen Tag an das zu erinnern, was sie getan hatte. »Was haben Sie mir gegeben?«

Daisy zuckte mit den Schultern. »Keine Ahnung. Ich fühlte mich nicht sonderlich gut, als ich zusehen musste, wie Sie so durcheinander durch die Gegend liefen und krank wurden. Dann wurde die erste Rate von Seamus' Kaution fällig, deshalb habe ich Mrs Camden die Kette gestohlen. Das ist ganz einfach in einem großen Apartmenthaus, in dem ständig viele Leute kommen und gehen. Ich hatte vor, sie zu verkaufen und mir damit die ganzen Sorgen vom Hals zu schaffen. Aber niemand wollte sie nehmen.« Ein Schatten von Ärger ging über ihr Gesicht. »Seamus sagte, ich sei blöd gewesen, etwas so Auffälliges zu stehlen. Daher legte ich es an dem Tag, an dem Mr Douglas vorbeikommen würde, in Ihre Schreibtischschublade.«

Sara schloss für einen Moment die Augen und dachte an diesen unglückseligen Tag zurück, daran, wie sehr ihr schlechter Zustand sie abgelenkt und Daisy so die beste Gelegenheit zu ihrem Betrug gegeben hatte.

Daisy sagte die Wahrheit.

Theo hatte alles gewusst.

Am liebsten hätte sie die Zeit zurückgedreht, zurück zu einem Punkt, an dem sie nichts von dem hier gewusst, nichts vermutet hatte. An einen Punkt, als die Wahrheit noch nicht herausgekommen war.

Theo hatte sie beide im Dienste seiner eigenen Interessen manipuliert und Sara wie eine Marionette benutzt, die aus ihrem Kasten kommen durfte, solange sie nützlich war. Er hatte an ihren Fäden gezogen, um seine eigenen Zwecke zu verfolgen, und sie hatte jeden Unsinn, den er ihr serviert hatte, freudig akzeptiert und für ein Zeichen der Liebe gehalten. Wie dicker, giftiger Nebel ballte sich Zorn in ihrer Brust.

Das Zufallen einer Gefängnistür brachte sie in die Gegenwart zurück. »Daisy, wie konnten Sie mir das antun? Ich war Ihre Freundin.«

»Ich hatte meiner Mutter versprochen, dass wir in der Wohnung bleiben würden. Was wäre aus den Kleinen geworden, wenn wir in der Kälte auf die Straße gesetzt worden wären? Wenn Sie gleich zu Anfang mit mir zu diesem Arzt gegangen wären, wäre es gar nicht erst so weit gekommen. Sie hätten tun sollen, was ich Ihnen sagte.«

»Sie sind furchtbar.«

Daisy stieß ein scharfes Lachen aus. »Tun Sie doch nicht so, als wären Sie besser gewesen als ich, Sie hatten eine Affäre mit einem verheirateten Mann und wurden schwanger. Wir sind eine nicht besser als die andere.«

»Nein, das stimmt nicht.« Sie wollte schon sagen, dass sie ihn geliebt hatte, doch das verdiente Theo nicht. »Warum haben Sie weitergestohlen, nachdem man mich fortgebracht hatte?«

»Es hieß, Sie wären nach England zurückgegangen. Ich war der Ansicht, ich hätte meinen Teil des Vertrags erfüllt, doch Mr Camden hielt mich hin, versprach zu zahlen, tat es aber nie, und ich hatte nichts mehr, womit ich ihn unter Druck setzen konnte. Ich begann hier und da ein paar Kleinigkeiten mitgehen zu lassen, gerade genug, um uns die Gangster vom Hals zu halten.«

Trotz aller harten Kanten konnte Sara das Bild des Mädchens nicht abschütteln, das Daisy einst gewesen war. Zuvorkommend und freundlich, nicht diese schmutzige, bittere Göre. Und doch hatte es eine Zeit gegeben, am Ende ihrer Tage in der Irrenanstalt, da war Sara genauso herzlos gewesen. Sich selbst und anderen gegenüber. Hinter Daisys bösartiger Pose steckten tiefe Traurigkeit und Verlorenheit.

»Wo ist Ihre Familie jetzt?«

Das Mädchen senkte das Kinn, damit man es nicht

zittern sah. »Keine Ahnung. In alle Winde zerstreut. Verloren.«

»Daisy, Sie haben schlimme Dinge getan. Aber es tut mir leid, dass Sie hier enden mussten. Auf dieser Insel. Es ist ein schrecklicher Ort. Es tut mir leid, dass Sie Ihre Familie verloren haben.«

Daisy erholte sich schnell und grinste Sara frech ins Gesicht, sodass die Zahnlücke zwischen den aufgesprungenen Lippen sichtbar wurde. »Wie ich höre, ist das Irrenhaus ein schickes Hotel im Vergleich zu dem, was wir Verbrecherinnen aushalten müssen. Sie wissen nichts. Sie haben nie etwas gewusst. Bloß kein Mitleid von Ihnen. Ich kann für mich selbst sorgen.«

Die Wärterin kam herein. »Die Zeit ist abgelaufen.«

Sie packte Daisy im Nacken und schob sie vor sich her aus dem Raum. Daisys gackerndes Lachen hallte noch durch den Flur.

Sara stürmte schwer atmend zum Fähranleger zurück. Daisy. Theo. Sie würde nie wieder einem Menschen trauen. Jeder konnte sich gegen einen wenden. Zu jeder Zeit. Wenn man bedachte, was das Leben ihr jetzt noch zu bieten hatte, konnte sie eigentlich genauso gut ins Irrenhaus zurückgehen. Sich von den Schwestern sagen lassen, wann sie zu essen und zu schlafen hatte. Sie wollte sich nicht mehr tagtäglich dem Leben stellen. Sie hatte alles verloren, was ihr am Herzen gelegen hatte.

Das Leid ihrer Mutter hätte ihr eine Warnung sein sollen, aber Sara hatte sich eingeredet, ihre eigene Geschichte würde anders enden.

Doch so viel Glück hatte sie nicht gehabt. Männer betrogen, Frauen ertrugen.

Sie hatte noch vierzig Minuten bis zur Abfahrt der Fähre. Sie raffte die Röcke und eilte zu dem Gebäude, durch dessen Fenster sie mit Natalia gespäht hatte. Dort zeigte sie den Passierschein vor, den Nellie ihr gegeben hatte, und eine Schwester holte die Unterlagen.

»Aber er ist in der Irrenanstalt zur Welt gekommen, macht das einen Unterschied?«, fragte Sara.

»Nein. Wir haben alle Verzeichnisse aller auf der Insel geborenen Babys, ganz gleich, ob tot oder lebendig.« Der starke schottische Akzent der Frau gab diesen schrecklichen Worten etwas Melodiöses.

Sara wartete, wie sie anhand ihrer Taschenuhr feststellte, zwanzig Minuten. Sie konnte nicht einfach so fortgehen, sie musste das Grab ihres Kindes sehen. Und ein Gebet an dem Erdhügel sprechen, der auf seinen kleinen Gliedmaßen lastete.

Schließlich erschien die Schwester wieder, ein Klemmbrett in der Hand. »Eine Totgeburt, sagen Sie?«

»Ja. Geboren im letzten Juli. Als Sohn von Sara Smythe.«

»Das war keine Totgeburt. Der Junge hat gelebt.«

»Mag sein, dass er gelebt hat, aber dann ist er gestorben.« Diese Haarspaltereien zerrissen ihr das Herz.

»Nein. Er wurde fortgebracht. Zum Findelhaus an der Ecke Lexington Avenue und Sixty-Eighth Street.«

Der Raum drehte sich um sie, Sara musste sich an dem Holztresen festhalten, um nicht das Gleichgewicht zu verlieren. »Er lebte? Warum hat man mir nicht die Wahrheit gesagt?«

»Das machen sie grundsätzlich nicht. Es hat keinen Sinn, die Irren noch verrückter zu machen, als sie schon sind. Ich nehme an, so ist es einfacher.«

Während der Rückfahrt über den Fluss hielt Sara es kaum auf der harten Holzbank aus, die Fähre war ihr viel zu langsam. Es war schon viel Zeit vergangen. Ob er noch dort war? Ob er noch lebte? Sie wusste nicht, was sie tun würde, wenn sie ihn endlich gefunden hätte, wie sie beweisen sollte, dass er ihr Kind war. Sie stöhnte auf, und die anderen Passagiere musterten sie. Der Junge musste sehr gelitten haben ohne seine Mutter. Ihr Baby lebte. Ihre Gedanken wirbelten herum wie Sandkörner in einem Tornado.

Noch mehr Warten, noch mehr Herumsitzen. Die Pflegerin im Waisenhaus war genauso unfreundlich wie die auf Blackwell's Island. Wahrscheinlich wurde man hier schnell hart, denn sonst ließ sich das Geschrei der Babys und Kinder, das durchs Treppenhaus hallte, nicht aushalten.

Wieder ein Klemmbrett, jetzt mit einem Formular, das man ihr unter die Nase hielt. Die Wörter verschwammen vor ihren Augen, doch dann konnte sie sie erkennen und las sie leise vor. Der Junge war von einer Familie in Pflege genommen worden, und zwar, als Sara aus der Anstalt entlassen worden war.

Sie erkannte die Unterschrift auf dem Dokument. Sie hatte sie unter zahllosen Briefen und Verträgen gesehen.

Theo hatte es die ganze Zeit gewusst.

Christopher war ihr Sohn.

* * *

»Wo ist er?«

Sara stürmte durch den langen Flur in Theos Wohnung. Das Wichtigste war jetzt, Christopher zu retten, ihn aus Theos Händen zu befreien und an einen sicheren Ort zu bringen. Auf der Fähre und während der Kutschfahrt zurück ins Dakota hatte sie genug Zeit gehabt, sich einen Plan zurechtzulegen. Als Erstes würde sie mit Christopher zu den Räumen der *New York World* fahren und alles Nellie erzählen. Nellie würde sie beschützen und ihnen ein sicheres Obdach verschaffen, bis Sara eine Überfahrt nach England organisiert hätte. Sie würde erst wieder ruhig schlafen können, wenn ein Ozean zwischen ihr und Theo läge.

Sie hatte sich überlegt, dass sie ruhig wirken und anbieten würde, mit Christopher im Park spazieren zu gehen, von dort aus wollte sie ihn dann zu Nellie entführen, doch je näher sie dem Dakota kam, desto mehr geriet sie in Panik. Und als sie die Wohnung betrat, überfluteten sie die Erinnerungen an alles, was Theo gesagt und getan hatte. Der Abend nach dem Ball, das Picknick. Der Betrug.

Mrs Camden trat aus dem Kinderzimmer, gefolgt von ihren drei fröhlich hüpfenden Kindern. Sie sah Saras Gesichtsausdruck und drehte sich um. »Fort mit euch, Kinder. Bitte spielt im Wohnzimmer weiter.«

Die Kinder trotteten still weg, wahrscheinlich bedrückt von den seltsamen Schwingungen, die von Sara ausgingen.

Sara eilte, Mrs Camden dicht hinter sich, ins Kinderzimmer. Christopher lag in seinem Bettchen und schlief.

»Wo ist Theo?«, fragte Sara.

»Er muss jede Minute zurückkommen. Sie wirken aufgebracht. Wollen wir uns nicht hinsetzen und eine Tasse Tee trinken?«

Sara wäre ihr am liebsten an die Gurgel gegangen. »Sie wussten es. Sie ziehen meinen Sohn auf und haben es die ganze Zeit gewusst, nicht wahr? Wie hat er Sie dazu gebracht?«

Mrs Camden antwortete nicht, doch ein Zittern ging durch ihren ganzen Körper.

»Warum waren Sie dazu bereit? Haben Sie denn gar kein Schamgefühl?«

»Er sagte, dass ich es ihm schulde.«

»Sie *schuldeten* es ihm? Sie sind ja genauso verrückt wie er! Er hat mir meinen Sohn weggenommen. Ich will ihn zurück.«

»Das wird er nie zulassen.«

Das Aufweinen eines Kindes unterbrach die Auseinandersetzung.

»Luther?«

Mrs Camden rannte in Richtung der Bibliothek, Sara ihr hinterher. Luther saß an Theos Schreibtisch und starrte in seine Handfläche.

»Mein Gott, was ist passiert?«, schrie Mrs Camden.

Sara nahm Luthers Hand in ihre. Seine war unverletzt bis auf einen kleinen Stich.

Mrs Camden kniete sich hin. »Ist ja gut, ist ja gut.«

Als Luthers Weinen zu einem leisen Wimmern geworden war, sah sich Sara nach dem Gegenstand um, der die Verletzung herbeigeführt haben konnte. Sie hob einen Brieföffner auf, der wohl vom Schreibtisch gefallen war, und schnappte nach Luft.

Es war ein Messer, ein scharfes Messer mit geschwungener Klinge. Sie hatte es schon einmal gesehen.

In der Bibliothek der Rutherfords.

»Wo hast du das her?«, fragte sie Luther.

Er zeigte auf eine offene Schublade.

»Normalerweise hält Vater diese Schublade verschlossen«, sagte Mrs Camden. »Wie konntest du sie öffnen?«

»Ich habe den Schlüssel in der obersten Schublade gefunden«, murmelte der Kleine. »Ich wollte sehen, ob er passte. Und dann lag da das Spielzeug.«

»Mein liebes Kind, du hättest dich fürchterlich verletzen können.« Mrs Camden nahm Sara das Messer aus der Hand und betrachtete es. »Das ist kein Spielzeug. Was in aller Welt hat es in Theos Schreibtisch zu suchen?«

Sara stellte sich vor, wie Theo es auf dem Ball in seine Jackentasche hatte gleiten lassen, während er sie mit einer Berührung ablenkte. Er nahm jeden verlockenden Gegenstand, den er wollte. Einfach, weil er es konnte. Er war über die herablassende Bemerkung des Mannes über die Straßenkinder wütend gewesen und hatte zurückschlagen wollen. In dem Gefühl, dass ihm jeder andere Mensch etwas schuldete.

Die Wohnungstür wurde geöffnet.

Theo.

Er blieb stehen und ließ seinen Blick über die Szene wandern, die sich ihm darbot. »Was in aller Welt geht hier vor?« Er fragte es fröhlich und gut gelaunt.

Sara straffte sich. Das Wissen um die Herkunft des Messers verlieh ihr eine gewisse Macht. Sie konnte damit drohen, ihn bloßzustellen, wenn er sie nicht mit Christopher gehen ließ.

»Luther hätte sich fast geschnitten, als er mit diesem Messer aus deinem Schreibtisch spielte.« Mrs Camden sagte es mit einer Barschheit, die Sara bei ihr noch nie erlebt hatte.

»Ich habe dem Jungen doch gesagt, dass er hier nicht spielen darf. Geht es ihm gut?«

»Luther, geh mit deinen Schwestern ins Kinderzimmer«, befahl Mrs Camden. »Und schließ die Tür.«

Luther machte sich rasch davon und rief dabei nach Emily und Lula.

Theo tätschelte ihm den Kopf, als er an ihm vorbeirannte. »Es scheint ihm doch gut zu gehen. Ich bin sicher, es ist weiter nichts passiert.«

Sara zeigte auf das Messer in Mrs Camdens Hand. »Was hat das in deinem Schreibtisch zu suchen?«

Zum ersten Mal seit seiner Ankunft schien Theo ein bisschen aus dem Gleichgewicht zu geraten. »Nun ja. Es ist ein Andenken an einen wichtigen Abend, an den ich mich immer erinnern wollte.« Er sah sie bedeutungsvoll an.

»Es ist das Messer der Rutherfords.« Sara stand aufrecht und ohne zu wanken da, obwohl sie innerlich voller Angst war. Seine Kühnheit erstaunte sie. »Du hast es gestohlen.«

Mrs Camden sah so aus, als würde sie sich gleich wie wahnsinnig die Haare raufen. Sie wandte sich an Sara. »Wovon reden Sie?«

»Wir sind zu einem Ball gegangen. Wir beide zusammen, an dem Abend, bevor Sie aus England kamen. Dort habe ich das Messer gesehen. Es gehört zur Sammlung der Rutherfords.«

»Sei nicht albern.« Theo wischte ihre Worte mit einer Handbewegung weg. »Das stimmt ganz und gar nicht.«

Sie beachtete seine Lügen nicht. »Und das ist nicht das Schlimmste, was du getan hast, oder?«

»Wie meinst du das?«

»Ich habe mit Daisy gesprochen. Sie hat mir gesagt, dass sie versucht hat, dich zu erpressen. Dass sie dafür gesorgt hat, dass ich weggebracht wurde. Und dann hast du mir mein Kind genommen.« Ihr Atem ging stockend. Sie konnte nur wenige Wörter auf einmal aussprechen, und ihre Gefühle drohten sie zu überwältigen.

»Du hast dich mit Daisy getroffen? Im Gefängnis?« Theo machte einen Schritt auf sie zu, blieb dann jedoch stehen. »Ich weiß nicht, was ich sagen soll. Dieses Mädchen ist eine Betrügerin.«

»Sie hat mir alles gesagt.«

Seine Schultern sackten nach unten, jetzt sah er mehr nach einem getadelten Jugendlichen aus als nach einem Erwachsenen. Keine Spur mehr von der vorherigen Großspurigkeit. »Ich habe einen furchtbaren Fehler gemacht.«

»Ja. Ich kann mich erinnern, dass du das schon einmal gesagt hast. An dem Tag im Hafen. Damals habe ich den Satz nicht verstanden. Wie konntest du so etwas tun?«

Er vermied es, seine Frau anzusehen und wandte sich ganz an Sara mit dem, was er sagte. »Als Daisy mir sagte, dass du schwanger wärst, wusste ich, dass alles zusammenbrechen konnte. Mein Geschäft, mein Ruf. Sie sagte, sie würde sich darum kümmern, und ich dachte, sie wollte damit sagen, dass sie dich zu einem Arzt bringen würde.«

»Sie hat es versucht«, sagte Sara. »Du warst ein Feigling und hast nur dich selbst zu schützen versucht.«

Er ließ sich nicht beirren. »Und dann war da die Geschichte mit dem Smaragdschmuck. Ich wusste nicht, was ich denken sollte, bis Mr Douglas mir sagte, du hättest dich freiwillig entschieden, nach England zurückzukehren. Damals dachte ich, es sei für uns alle das Beste.«

Sara schüttelte den Kopf. »Warum hätte er dich belügen sollen?«

»Vermutlich weil er genauso wie ich alles ohne Skandal und unauffällig geregelt sehen wollte. Aber nachdem ich diesen schrecklichen Zeitungsartikel gelesen hatte, wusste ich, dass du nicht in England warst. Du warst die ganze Zeit in diesem Irrenhaus eingesperrt gewesen. Dieser Gedanke machte mich ganz elend. Mir wurde klar, was ich da in Gang gesetzt hatte, dass es meine Schuld war. Und ich suchte sofort nach der Reporterin, um dich zu finden.«

»Du hast nicht nur mich gefunden, sondern auch Christopher. Ich habe die Unterschrift gesehen, die du leisten musstest, als du ihn aus dem Findelhaus abgeholt hast.« Sara wandte sich an Mrs Camden. »Wussten Sie, dass Sie meinen Sohn aufzogen?«

»Ich hatte den Verdacht.« Sie richtete einen bösen Blick auf Theo. »Aber ich hatte keine Wahl. Er sagte mir, ich solle ihn in die Familie aufnehmen und nie über die Umstände sprechen.«

»Wie konnten Sie sich darauf einlassen?« Sara fuhr wieder zu Theo herum. »Und warum hast du dich, nachdem du das Kind erst loswerden wolltest, dann um Christopher gekümmert?«

»Weil er ein Junge war«, sagte Mrs Camden bitter. »Theo wollte einen Sohn.«

»Aber Sie haben doch schon Luther.«

Furchtbare Stille senkte sich über den Raum, nur noch das metallische Ticken der Standuhr in der Ecke war zu hören.

»Sag es ihr«, befahl Theo Mrs Camden. »Na los, sag ihr die Wahrheit.«

Mrs Camden errötete. »Die Zwillinge kamen zur Welt, nachdem wir längere Zeit getrennt gewesen waren. Sie sind nicht Theos Kinder.«

Die Erinnerungen stürzten auf Sara ein. Wie Theo mit Emily liebevoller umging als mit den Zwillingen. Der blaue Fleck auf Luthers Arm. Die Art, wie Theo von seinem Stiefvater misshandelt worden war. Und dann der Tag damals im Langham Hotel, als das Kindermädchen darauf beharrte, dass Theo auf die Zwillinge hätte aufpassen sollen. Sie hatte die Wahrheit gesagt. Er war weggegangen und hatte sie in einem Zimmer mit einem offenen Fenster allein gelassen.

Theo ging im Raum auf und ab, die Worte kamen ihm so leicht über die Lippen wie einem Schauspieler, der einen Monolog übt. »Ich bin kein schlechter Mensch. Ich habe einen einzigen Fehler gemacht, und der drohte alles zum Einsturz zu bringen. Ich war in Panik. Du weißt, wie viel mir meine Arbeit bedeutet; du warst die ganze Zeit an meiner Seite. Die Hälfte davon steht dir zu, Sara. Du hast es verdient.«

»Geld kann dieses Problem nicht lösen, Theo.«

»Es geht nicht um Geld. Ich schaffe etwas Unglaubliches, wir schaffen etwas Unglaubliches, und ich will einen Sohn, einen echten Sohn, der meine Vision fortführen wird.« Mit Tränen in den Augen sah er sie an. »Ich werde ihm alles beibringen, was ich weiß, damit er nach meinem Tod weitermachen kann. Ich schwöre dir, ich werde mich gut um ihn kümmern, und auch um dich, ich werde die Dinge in Ordnung bringen. Wenn ich gewusst hätte, wohin Douglas dich bringen ließ, wäre ich durch den East River geschwommen, um dich zu retten. Verstehst du nicht? Ich hatte einen Moment furchtbarer Schwäche und Panik. Aber dann habe ich versucht, es in Ordnung zu bringen und dich und den Jungen zu retten.«

»Wer ist dann Luthers und Lulas Vater?«

Theo sah Mrs Camden an, die dastand und ihn wütend anstarrte. »Sie konnte einem romantischen

Dichter nicht widerstehen, der ihr seine Liebe gestand und sie dann schwanger sitzen ließ, und auch noch mit Zwillingen.«

Mrs Camdens Schultern bebten, sie begann am ganzen Körper zu zittern. »Du bist ein Ungeheuer. Ein gnadenloses Ungeheuer.« Sie wandte sich an Sara. »Ich versuchte, so oft wie möglich mit den Kindern zu verreisen. Ich wollte hier nicht bleiben, die Situation hat mich buchstäblich krank gemacht, aber ich hatte kaum Alternativen.«

Bevor sie die Wahrheit gekannt hatte, hätte Sara alles darum gegeben, als Theos Frau Tag und Nacht an seiner Seite zu sein. Ihr giftiger Neid hatte sie blind für die Wahrheit gemacht.

Mrs Camden hielt das Messer noch umklammert. »Ich war ihm nie intelligent genug. Er brachte mir Bücher und Zeitungen und bestand darauf, dass ich sie las. Er stellte mir Fragen zu Tolstoi und zur Politik, und anfangs habe ich mir viel Mühe gegeben, aber es war nie genug.« Da Sara, die nicht recht wusste, was sie sagen sollte, stumm blieb, fuhr sie mit noch gesteigerter Wut wieder zu Theo herum. »Ich konnte deinen Ansprüchen nie genügen. Du hast mich nie geliebt, und dann, als ich anderswo Trost suchte, hast du mich bestraft.«

»Beruhige dich, Minnie.« Theo behielt ihre rechte Hand im Auge. »Schau dich doch um, was ich für dich getan habe.« Er zeigte auf die Möbel ringsum. »Ich habe für dich und für die Kinder gesorgt. Wir leben in diesem großen Palast, in dem du nur zu klingeln brauchst, wenn du etwas haben möchtest. Wir hatten beide unsere schwachen Momente, aber ich hatte schließlich Erfolg. Ich hielt unsere beiden Skandale aus der Öffentlichkeit heraus. Ich habe alles, was ich mir wünsche. Ihr beide habt alles, was ihr wollt. Es ist gewissermaßen eine Erleichterung.«

»Alles, was ich möchte?« Es platzte aus Mrs Camden heraus. »Ich lebe mit einem Tyrannen zusammen, von meiner Heimat durch einen Ozean getrennt. Meine Familie besteht nur aus Bruchstücken, und ich kann mich nicht einmal in die Sicherheit eines privaten Heims zurückziehen. Stattdessen leben wir in diesem Monstrum, nur wenige Türen von der Wohnung deiner Geliebten entfernt, und jeder Bewohner und Dienstbote weiß, dass ich dir nicht genüge. Von dem Mann verraten, der geschworen hat, mich zu lieben und zu ehren.«

Anfangs dachte Sara, Mrs Camden würde aus dem Zimmer laufen, um dem Gift seiner Stimme zu entfliehen. Doch stattdessen lief sie direkt auf Theo zu, mit erhobenem Messer. Er hob abwehrend eine Hand, als sie näher kam, und eine Sekunde lang sah es so aus, als wollten sie eine makabre Quadrille tanzen. Doch dann stach sie zu, wild und mit aller Kraft.

Sara schrie, Mrs Camden solle aufhören, doch beim Geräusch des Messers, das durch Fleisch schnitt, wandte sie instinktiv den Kopf ab, ihr wurde übel. Theo schrie auf und presste eine Hand auf die andere, zwischen deren Fingern jetzt Blut hervorquoll, auf das weiße Hemd tropfte und schon die Weste befleckte. Mrs Camden zog den Arm zurück und stieß dann wieder zu, diesmal in Richtung seiner Brust.

»Nein! Mrs Camden!«

Sara rannte zu ihr und wand ihr das Messer aus der Hand.

Theo sackte zur Seite, auf den Zeichentisch. Der krachte auf den Fußboden. Stifte flogen durch den Raum, als Theo mit einem dumpfen Geräusch bäuchlings auf das Parkett fiel. Den Kopf hatte er zur Seite gedreht, sein Mund stand halb offen.

Er blinzelte einmal. Dann rührte er sich nicht mehr.

Kapitel 32

New York City, Juli 1886

Immer noch wartete sie. Trotzte sie der Zeit.

Doch dies jetzt war ein anderes Warten, weil es keine Hoffnung mehr gab. Und das war in vieler Hinsicht befreiend. In den vergangenen acht Monaten hatte Sara die Kunst erlernt, nichts zu tun und ihren Geist wandern zu lassen, während ihr Körper still saß. Ihr Geist konnte an jeden Ort wandern, zu dem er wollte. Durch die dunklen Flure des Dakota, ins Kinderzimmer, über die Wege des Central Park. Sie konnte die Augen schließen und die Welt draußen sehen, die Welt, die sie nie wiedersehen würde, nur noch im Geiste.

Das geistige Auge. Es bot Besseres als die Realität. Wenn sie sich genug konzentrierte, konnte sie sich an den Geruch von Christophers Babyatem und an den Klang seines Gurrens erinnern. An die Art, wie er in ihrem Bauch herumzappelte, als sie noch ein und derselbe Mensch gewesen waren.

Eine Klingel ertönte. Ihre Zellentür wurde rasselnd aufgestoßen. Dann ging sie durch den Zellentrakt, begleitet von dem Geschrei und Hohngelächter, das sie normalerweise gut ausblenden konnte. Die Kakophonie der Eingesperrten.

Nach dem Prozess war sie nicht wieder auf Blackwell's Island gebracht worden. Stattdessen war sie, an Händen und Füßen gefesselt, mit einem Gefangenenwagen in ein Gefängnis mitten im Wald gebracht worden, das etwa hundert Meilen nördlich von New York City lag.

Manchmal betrachtete Sara vor ihrem geistigen Auge auch den Tag, an dem Mrs Camden Theo getötet hatte. Was sie falsch gemacht hatte. Ob sie es besser hätte machen können. Aber Mrs Camdens Angriff auf Theo hatte sie überrascht. Und danach hatte sie Fehler gemacht.

Nachdem Theo zu Boden gestürzt war, hatten sich Sara und Mrs Camden sehr lange angesehen, und dann hatte Mrs Camden angefangen zu zittern, sie bebte, als wollte sie sich in die Lüfte erheben und durchs Fenster davonfliegen. Also nahm Sara alles in die Hand. Sie sagte ihr, sie solle zu den Kindern gehen und die Tür des Kinderzimmers gut schließen, sie würde inzwischen überlegen, was zu tun sei.

Es gab keine Möglichkeit, es so aussehen zu lassen, als wäre Theo durch einen unglücklichen Zufall in das Messer gestürzt. Doch dann fiel ihr die Nacht mit dem Eindringling bei Daisy ein. Ja, das konnte gehen. Jemand war in die Wohnung eingebrochen. Und sie hatten ihn dann hier gefunden, tot. Sie verließ die Bibliothek, schloss sorgfältig die Tür hinter sich und befahl Mrs Camden und den Kindern, auf den Dachgarten hinaufzugehen. »Gehen Sie über die Treppe und bleiben Sie dort. Kommen Sie erst wieder herunter, wenn ich es Ihnen sage.«

Als sie in die Bibliothek zurückkam, lag das gestohlene Messer mitten auf dem Teppich, dort, wo Mrs Camden es hatte fallen lassen. Dort durfte es nicht bleiben, es würde zu viele Fragen aufwerfen. Sie schob es in die Tasche ihres Kleides, ging nach unten und durch den Hof in den Park, wo sie es unter einem Gebüsch vergrub. Niemand durfte es finden.

Als sie wieder an den Hausdienern im Dakota vorbeiging, starrten diese sie an und fragten, ob mit ihr alles in Ordnung sei. Zurück in der Wohnung sah sie sich flüchtig im Flurspiegel und merkte erst jetzt, dass ihr Rock und ihre Wange rote Flecken hatten, als hätte sie draußen Himbeeren gepflückt. Theo lag in einer Blutlache, sein Mund war offen, sein Gesicht weiß. Ein metallisches Glänzen auf den Bögen Zeichenleinwand zog ihren Blick auf sich. Die blutbefleckte Scheide des Messers. Die hatte sie in der Eile vergessen.

Und gleich daneben lag, voller Blut, ein ekelhaftes Stück Finger.

Sie nahm die Scheide und ließ sie in eine der Lederrollen fallen, in denen die Zeichnungen aufgehoben wurden. Zeichnungen, die nun keine Früchte mehr tragen würden. All die Ideen, all die Gebäude von Theo. Verloren.

Der Finger war weich und noch warm. Er hatte damit Meisterstücke gezeichnet, mit gleichmäßigen, sicheren Linien, die aus der Spitze des Stifts in seiner Hand geflossen waren. Sie hatte den verrückten Wunsch, das Fingerglied wieder an seiner Hand zu befestigen, ihn wieder heil zu machen. Ratlos legte sie den Finger ebenfalls in die Lederrolle und verschloss sorgfältig den Deckel. Dann schob sie die Rolle wieder unter den Schreibtisch. Sie würde Mrs Camden bitten, diese Dinge später wegzuschaffen.

Stimmen im Flur. Männerstimmen.

Die Wohnungstür wurde geöffnet. Sie hatte sie hinter sich abgeschlossen, aber Fitzroy hatte den Generalschlüssel. Er kam mit zwei Polizisten herein. Vorsichtig und höflich, als wollten sie keine Umstände machen, als wollten sie keine Spuren auf dem Seidenteppich und dem glänzenden Parkett hinterlassen. Und gar nicht gefasst auf Blut und Chaos und eine Leiche. Und auf eine Frau, die rote Flecken auf ihrem Kleid hatte, und rote Flecken auf den Händen und im Gesicht.

Fitzroy antwortete an ihrer Stelle, als sie kein Wort herausbrachte. Ihr Name, wer sie war, wer Theo war. Dass er nicht wisse, wo die übrige Familie sei. Ein Polizist hatte hastig die anderen Räume durchsucht, voller Angst vor dem, was er womöglich finden würde.

Nein, hätte sie gern gesagt. Alle anderen sind in Sicherheit. Nur Theo ist tot.

Und Sara war rot. Rot von Blut.

»Sara.«

Sie war im Besuchsraum des Gefängnisses. Sie wusste nicht mehr, wie sie hierhergekommen war, konnte sich nicht mehr an den Gang von der Zelle bis hierher erinnern.

Mrs Camden stand vor ihr. Blass und schmal. Das war nicht gut. Sie musste gesund bleiben für die Kinder. Für Christopher. Das hatte sie versprochen.

»Es tut mir leid, dass ich erst jetzt komme. Ich wollte nicht, dass die Journalisten es merkten. Ich musste warten.«

»Ja, natürlich.«

Sie setzten sich zu beiden Seiten des kleinen Holztischs. Einst war Daisy die in Fesseln gewesen und Sara frei. Theo hatte jeden in den Abgrund gerissen, den er nur erreichen konnte.

Aber nicht Mrs Camden. Nicht die Kinder. Sara hatte dafür gesorgt, dass es ihnen gut ging.

»Wie geht es Christopher?« Ihre Stimme, die sie so lange nicht benutzt hatte, klang krächzend.

Mrs Camden lächelte. »Wunderbar. Vor zwei Wochen haben wir seinen ersten Geburtstag gefeiert. Er ist kräftig und gesund und wächst schnell. Ein guter Junge. Sie haben einen guten Jungen.«

Sara nickte. Inzwischen sprach sie nur noch wenig. Es war zu mühsam, sich zu überlegen, welche Wörter sie sagen sollte.

»Sara, ich hätte es gestehen sollen.« Mrs Camden sah sich im Besuchsraum um, ihre Augen waren feucht und gerötet. »Ich hätte die Schuld auf mich nehmen sollen. Sie haben nichts getan, gar nichts.«

»Nein. Wir haben es so vereinbart, als Sie mich vor dem Prozess besucht haben. Es ist besser, wenn Sie Christopher aufziehen. Ich wäre nicht in der Lage, ihm all das zu bieten, was Sie ihm geben können. Die Aussicht auf ein erfolgreiches Leben.«

»Ich werde alles dafür tun, das verspreche ich.« Ihre Stimme wurde leiser.

Liebe macht blind. Sara hatte das immer albern

gefunden, eine Erfindung von Dichtern. Sie hätte nie geglaubt, sie könne einmal jemandem so ergeben sein, wie sie Theo ergeben gewesen war. Er hatte sie mit seinem Charme und seinem Intellekt eingewickelt und ihr das Gefühl vermittelt, sie sei ein unverzichtbarer Teil seines Lebens. Was sie vielleicht eine Zeit lang auch gewesen war. Er hatte sie in seiner Nähe gebraucht, weil sie seine eigenen guten Eigenschaften widerspiegelte und weil seine Frau zu jener Zeit seine schlechtesten Eigenschaften spiegelte. Seine Reizbarkeit, seine Boshaftigkeit und seinen Erfolgshunger. Sara hatte sich geweigert, die Schattenseiten seines Temperaments zu sehen, oder sich zu fragen, warum seine Beziehung zu Mrs Camden so angespannt war. Höchstwahrscheinlich hatte er Mrs Camden zu Beginn ihrer Beziehung genauso viel Aufmerksamkeit geschenkt, bevor er sie so hart zu kritisieren begann, weil sie seinen hohen Ansprüchen nicht genügte.

Doch solche Selbstvorwürfe hatten keinen Sinn mehr. Am wichtigsten war der Junge, und sie wollte unbedingt dafür sorgen, dass er trotz seiner eher düsteren Abkunft jede nur mögliche Chance auf ein gelingendes Leben erhielt.

»Haben Sie die Zeichnung in meinem Zimmer gefunden?«

Mrs Camden zückte ein Taschentuch und betupfte sich die Augen. »Ich habe sie über sein Bettchen gehängt, genau, wie Sie es mir gesagt haben. Sie ist das Erste, was er morgens beim Aufwachen sieht, und das Letzte, bevor er abends einschläft.«

Ihr Traum-Cottage, damit auch ihr Kind von schönen Dingen träumen konnte. Trotz all seiner Verfehlungen hatte Theo viel Schönes geschaffen und hinterlassen. Auch diese Zeichnung. Auch ihren Sohn. »Und was ist mit meinem Brief, haben Sie ihn?«

»Er ist an einem sicheren Ort, und ich verspreche Ihnen, ich werde ihn Christopher an seinem einundzwanzigsten Geburtstag geben. Dann wird er alles wissen, und er kann Sie besuchen kommen.«

Sara lächelte. Das würde erst in zwanzig Jahren sein. Dann würde es sie nicht mehr geben. Das spürte sie in ihren Knochen. Irgendetwas in ihrem Innern nagte an ihr. Vielleicht die Schuld. Oder die Wut, so missbraucht worden zu sein. Wut auf sich selbst. Ihr Inneres war ein schreckliches, gärendes Durcheinander und würde sie letzten Endes umbringen.

Mehr war zu diesem Thema nicht zu sagen. Sie hatten eine Vereinbarung. Mrs Camden erzählte von Christopher und Luther und den Mädchen, von dem, was sie gesagt oder getan hatten, welche Wörter der kleine Christopher schon sagen konnte und wie er auf seinen dicken Beinchen herumwankte. Sara trank jedes Wort, jedes Bild von ihren Lippen und füllte damit ihre innere Gedanken-Bibliothek.

Von der sie bis zum nächsten Besuch zehren würde. Bis ihre Kräfte sie verließen und ihre Seele sich in der Nachtluft verflüchtigte. Ihre letzte Erinnerung war, wie sie ihren Sohn in seinem Matrosenanzug auf dem Arm hielt und vom Dachgarten des Dakota auf die leuchtende Stadt hinunterblickte.

Kapitel 33

New York City, September 1986

Ein Jahr nach der offiziellen Einweihung von Strawberry Fields herrschte auf dem kleinen Hügel, auf dessen Mitte das mit Kerzen und Blumen geschmückte grau-weiße »Imagine«-Mosaik prangte, zu fast jeder Tageszeit emsiges Treiben.

Eigentlich mied Bailey diesen Teil des Parks, wann immer es möglich war. Sie fühlte sich nicht wohl, wenn sie über den kleinen Platz ging und sich an den Touristen mit ihren Kameras vorbeischlängeln musste. Als wollte man durch die Sixtinische Kapelle zum Petersdom rennen. Dieser Ort, von Amerikanischen Ulmen beschattet und von Stechpalmen und Berglorbeer gesäumt, verlangte einen gewissen Respekt und so etwas wie innere Einkehr.

Sie fand einen Platz auf einer Bank, von der gerade ein Studentenpärchen aufgestanden war, beide in zerschlissenen Jeans und mit Rucksäcken. Auf dem Mosaik waren rote Rosen zu einem Peace-Zeichen ausgelegt worden, und auf einer gegenüberliegenden Bank saßen drei Gitarristen und spielten einer dafür sehr empfänglichen Menge Melodien der Beatles vor. Sie sah zu, wie ein kleines Mädchen, das ja von der mit dieser Musik verbundenen Tragödie nichts wissen konnte, herumsprang und -tanzte und die Arme im Takt schwang.

Ein Jahr lang trocken. Sie hatte es geschafft. Sie hatte nicht nur das geschafft, sie hatte die Herausforderung angenommen und andere bei den Meetings unterstützt, Neulinge, die weinend und angstvoll hereinkamen, oder solche, die einen Rückfall erlitten hatten und voller Selbsthass waren. Jedes Mal, wenn sie jemand anderem geholfen hatte, war sie gezwungen gewesen, ihre eigene Entwicklung und ihre Fortschritte zu analysieren, sich daran zu erinnern, was es bedeutete. Und sich zu schwören, gesund und stark zu bleiben.

Kurz nach dem unerfreulichen Auftritt in Freds Büro hatte Bailey versucht, Kontakt zu Melinda aufzunehmen. Sie fand es furchtbar, wie das Ganze geendet hatte, und stellte sich vor, wie es sich für Melinda anfühlte, alles verloren zu haben und aus der eigenen Familiengeschichte ausgeschlossen worden zu sein. Es war wirklich nicht ihre Absicht gewesen, Melinda Schmerz zuzufügen.

Daher hatten Bailey und Jack Melinda und Manvel angeboten, ihnen die Wohnung im Dakota abzukaufen. Melinda hatte eine fürstliche Summe verlangt, die sie mit Freuden gezahlt hatten, in der Hoffnung, sie würde Melinda ein wenig Frieden schenken und Manvels Außenseiter-Künstlern weiterhelfen. Soweit Bailey gehört hatte, war Melinda inzwischen ziemlich krass drauf und feierte wüste Partys in ihrer East Side-Eigentumswohnung in einem weiß verklinkerten Bau aus den Sechzigern. Bailey hatte sie mehrmals anzurufen versucht, doch Melinda hatte nie zurückgerufen. Mit der Zeit, so hoffte Bailey, würden sie ihre Freundschaft wieder erneuern können, und dann auf gleicher Augenhöhe. Und falls nicht, dann hätte sie es wenigstens versucht.

Sie schaute auf ihre Armbanduhr. Es sah Renzo gar nicht ähnlich, zu spät zu kommen. Und überhaupt, es sah Renzo gar nicht ähnlich, einen Treffpunkt am touristischsten Ort der Upper West Side vorzuschlagen. Normalerweise spazierten sie um den See, *The Reservoir,* herum und erzählten sich von ihren anspruchsvollen Kunden beziehungsweise Bewohnern. Sein Rat war unschätzbar, und bei ihrem letzten Projekt war er sogar mehrmals vorbeigekommen und hatte eine Zweitmeinung abgegeben, als ihr die Kostenvoranschläge des Elektrikers und des Klempners zu hoch erschienen waren.

Gemeinsam hatten Renzo und Bailey der Wohnung im Dakota ihren alten Glanz wiedergegeben: Bambusstangen und in Schwammtechnik bemalte Wände waren Vergangenheit, stattdessen waren die alten architektonischen Details wieder an ihrem Platz, bis hin zu gusseisernen Waschbecken und soliden Messing-Armaturen. Als alles fertig gewesen war, hatten sie die anderen Bewohner eingeladen – und damit die Nachfrage nach Baileys Expertise angeheizt. Schon sehr bald war sie die gefragteste Innenarchitektin, wenn es darum ging, Stadthäuser, Penthousewohnungen und überhaupt Vorkriegswohnungen in Manhattan zu renovieren. Diese Nische verschaffte ihr Distanz und eine Sonderstellung gegenüber Postmodernisten wie Tristan und Konsorten. Dass sie Tristan die Kosten für ihren Aufenthalt in Silver Hill voll und ganz zurückerstattet hatte, war eine beträchtliche Hilfe bei ihrem Wiedereinstieg in die Design-Szene gewesen.

Theodore Camden wäre mit ihr zufrieden gewesen, hoffte sie. Und Sara Smythe auch. Fred hatte noch weiter in den Familiendokumenten gegraben und herausgefunden, dass Minnie im Jahr 1900 plötzlich an Grippe gestorben war. Das war vermutlich der Grund dafür, dass Christopher diesen besonderen Geburtstagsbrief und die jährliche Zuwendung nie erhalten hatte.

Sara war im Gefängnis an irgendeinem Krebs gestorben, nur wenige Jahre nach ihrer Verurteilung. Bailey war froh, dass sie und Jack endlich einige konkrete Details aus der Familiengeschichte kannten, ganz gleich, wie düster sie waren. Das Wissen, dass Minnie Camden versucht hatte, finanziell für Christopher zu sorgen, hatte das Gemüt ihres Vaters sehr erleichtert. Nachdem das Treuhandvermögen überwiesen worden war, hatte Jack das Nachbargrundstück erworben, die Größe seiner Autowerkstatt verdoppelt und sich ein eigenes Boot gekauft. »Einfache Freuden«, hatte er einmal gesagt, nachdem er sie und Renzo mit aufs Meer hinausgenommen hatte.

Dennoch, es gab noch viele Unbekannte. Aber wie Fred schon gesagt hatte, manche Dinge waren einfach in der Geschichte verloren gegangen.

Am anderen Ende des Platzes tauchte Renzo auf. Er lächelte ihr zu und winkte flüchtig. Sie winkte zurück, und dann fiel ihr der Unterkiefer herunter. An seiner Seite lief ein Welpe mit flaumigem hell-rotbraunem Fell und großen dunklen Augen. Der Welpe kaute an der Leine, während er neben Renzo einhertrabte, doch dann zog eine rote Rose auf dem Mosaik seine Aufmerksamkeit auf sich und er nahm sie nach Art eines spanischen Tangotänzers ins Maul. Der Hund lief locker und mit dem glücklichen Gesichtsausdruck eines Tieres, für das alles entweder Spielzeug oder Nascherei war, auf Bailey zu.

Bailey beugte sich vor und nahm ihm behutsam die Rose aus dem Maul.

»Ist das die Überraschung?« Sie tätschelte seinen Kopf und lachte, als der Welpe versuchte, auf ihrer Hand herumzukauen.

»Ja. Ich möchte dich mit meiner neuen besten Freundin bekannt machen, Eleanor Rigby. Die Rigby genannt werden wird, weil Eleanor für meinen Geschmack ein bisschen sehr nach neunzehntem Jahrhundert klingt.«

»Ich stimme dir von ganzem Herzen zu.« Bailey nahm den Welpen vom Boden und hob ihn auf ihren Schoß. »Sie ist hinreißend.«

»Hoffentlich wird sie bald vernünftig und kaut uns nicht die Fußleisten weg.«

»Da hast du ja eine echt schwierige Aufgabe vor dir. Wie passend, dass dies der Ort ist, an dem ich erfahre, dass ich nicht mehr dein bester Kumpel bin. Nett von dir, dass du es mir in dieser friedlichen Umgebung beibringst.«

»Ja.« Er setzte sich neben sie auf die Bank. Rigby

hörte auf zu zappeln und sich zu winden und legte den Kopf auf Baileys Knie, um fasziniert eine Menschengruppe zu beobachten, die den Musikern applaudierte. »Ich habe es mir genau überlegt.«

»Tatsächlich?«

»Ich dachte mir, du hättest vielleicht eine Beförderung von der Stellung der besten Freundin verdient. Schließlich bist du doch jetzt schon ein Jahr lang trocken, oder?«

Renzo wusste ganz genau, dass es nun ein Jahr war. Er war bei dem Meeting gestern Abend gewesen und hatte vor Stolz gestrahlt, als sie ihre Geschichte geteilt hatte. Eigentlich waren die letzten Monate eine süße Qual gewesen, weil sie beide nicht einmal hatten Händchen halten wollen, um wirklich das volle Jahr abzuwarten.

»O ja, ich bin seit einem Jahr trocken. An welche Art Beförderung hattest du gedacht? Vielleicht allerbeste Freundin?«

Sie musste ihn einfach necken. Denn sie wusste ebenso gut wie er, was jetzt kam. Länger als jeder von ihnen es für möglich gehalten hatte, waren sie Freunde und Vertraute gewesen, und jetzt war es an der Zeit. Gott sei Dank, denn sie konnte sich nicht vorstellen, noch viel länger zu warten.

Er beugte sich zu ihr und küsste sie sanft auf den Mund.

Es fühlte sich richtig an, vollkommen und wunderschön.

Bis sich eine andere Zunge einmischte. Rigby wollte auch dabei sein.

Lachend fuhren sie auseinander und wischten sich den Mund ab, als die Gitarrenspieler gerade den Refrain von »In My Life« anstimmten.

Wie von der Musik hypnotisiert legte sich Rigby wieder in Baileys Schoß, und Renzo sang den Text bis zum Ende mit – ganz leise in Baileys Ohr.

Nachbemerkung der Autorin

Die *Hoffnung der goldenen Jahre* verbindet historische Fakten mit einer fiktiven Romanhandlung, und ich habe mir einige Freiheiten herausgenommen, die Fans des »Gilded Age« sicher nicht entgangen sind. Die Freiheitsstatue kam im Sommer und nicht im Herbst 1885 an, und Nellie Bly schleuste sich 1887 in das Irrenhaus auf Blackwell's Island ein. Die Villa der Rutherfords wurde vage von der Villa der Vanderbilts inspiriert, und Theos Rede basiert auf der Rede, die Edward Clark 1879 in der West End Association hielt.

Eine Reihe von Büchern dienten mir als Inspirationsquelle, darunter *Life at the Dakota* von Stephen Birmingham; *The Dakota: A History of the World's Best-Known Apartment-Building* von Andrew Alpern; *New York, New York: How the Apartment House Transformed the Life of the City (1869-1930)* von Elizabeth Hawes; *Zehn Tage im Irrenhaus* von Nellie Bly (übersetzt von Martin Wagner) und *The Housekeeper's Tale: The Woman Who Really Ran the English Country House* von Tessa Boase.

Herzlichen Dank allen Fachleuten, die meine Recherchen mit Fakten und Einzelheiten unterfüttert haben; etwaige Fehler gehen allein auf mein Konto.

Dank

Ich bin allen sehr dankbar, die mir geholfen haben, das Buch zu schreiben, so meiner Agentin Stefanie Liebermann, meiner Lektorin Stephanie Kelly und dem fantastischen Team im Dutton Verlag, darunter Liza Cassity, Becky Odell, Elina Vaysbeyn, Christine Ball, Amanda Walker, Ben Sevier und Alice Dalrymple. Mein Dank gilt auch Kathleen Zrelak und Molly Steinblatt.

Bei meinen Nachforschungen halfen mir dankenswerterweise Coco Arnesen, Tony Converse, Andrew Alpern, Jennifer D. Port, Jeffrey I.D. Lewis, Dr. Angelique Corthals und Dr. Mechthild Prinz. Lisa Nicholas, Madeline Rispoli, Jess Russell, Dilys Davis, Julie Miesionczek und Hope Tarr lasen frühe Entwürfe und gaben mir wertvolle Ratschläge. Tom O'Brien stellte mir seinen Sachverstand in Fragen der Architektur zur Verfügung, besprach mit mir auf langen Wanderungen die Handlung und ermutigte mich bei jedem Schritt dieser Arbeit. Angelise Sambula brachte mich zum Lachen, und meine Eltern inspirierten mich, wie immer, mit ihrer Liebe und ihrem Einfühlungsvermögen.